朋友圈

肖金红 著

北方文艺出版社

图书在版编目（CIP）数据

朋友圈 / 肖金红著. -- 哈尔滨：北方文艺出版社，2021.4

ISBN 978-7-5317-5046-8

Ⅰ.①朋… Ⅱ.①肖… Ⅲ.①长篇小说—中国—当代 Ⅳ.①I247.5

中国版本图书馆CIP数据核字(2021)第017385号

朋友圈
PENG YOU QUAN

作　　者 / 肖金红	
责任编辑 / 路　嵩　曲丹丹	装帧设计 / 土　土
出版发行 / 北方文艺出版社	网　　址 / www.bfwy.com
邮　　编 / 150008	经　　销 / 新华书店
地　　址 / 哈尔滨市南岗区宣庆小区1号楼	
印　　刷 / 三河市三佳印刷装订有限公司	开　　本 / 710mm×1000mm 1/16
字　　数 / 350千	印　　张 / 18
版　　次 / 2021年4月第1版	印　　次 / 2021年4月第1次印刷
书　　号 / ISBN 978-7-5317-5046-8	定　　价 / 88.00元

序　言

　　生活在当今这样一个发展迅速、信息发达的时代应该是幸运的，因为我们每一个人都享受着时代的快速发展给我们带来的快捷和便利。我们也在日常的忙碌中，密不可分地和这个快速发展的时代有着诸多的交集，也有意或无意地参与其中。

　　在中国，网络的发展速度是有目共睹的。网络，无论是在生活中还是在工作中，所占的比重都越来越大。智能手机的诞生和自媒体的蓬勃发展，更是给人们的生活增添了浓墨重彩的一笔。

　　繁忙的工作和生活的压力，不仅加快了我们的生活节奏，同时也改变了我们的沟通方式。人与人的交流不再完全是面对面的方式，"见字如面"的书信沟通模式也几乎被人们遗忘。而小小的一部手机，便可以帮我们达成交友的愿望。个体的生存状态也呈现出越来越独立和越来越自我的趋势，继而演变出不计其数的宅男宅女。

　　但从古至今，人类都是不能缺少交流的，也是不能缺少朋友的。朋友的定义原本是符合彼此心理认知的，不分年龄、性别、地域、种族、社会角色和宗教信仰，可以在双方需要的时候给予彼此帮助的人。朋友之间更是可以被喻为雨中的伞、指路的灯。在双方心理契合度更深时，朋友更是可称为知己。

　　网络的普遍性，使我们现在的通信、交友都抛弃了原有的形态。任何人，在世界的任何角落，只要凭借网络，就可以随时随地地进行交流和分享。我们与世界的关系好像在网络的帮助下瞬间缩短，而朋友的定义，也不再局限于原有的认知和形态。

　　古人说：人生得一知己足矣。这句话在现在这个时代不知是不是已经落伍了。人们朋友圈里那成千上万的"好友"，好像在瞬时之间便可以招之即来挥之即去。与之相反的是，我们生活当中原本那些朝夕相处的友人却好像越来越陌生了。不只是友人，甚至连我们最亲密的家人，也越来越疏离了。

　　小说《朋友圈》中的主人公李玉璞，人送外号"没谱儿"，是"八〇后""北漂一族"，他经营着自己的广告公司，也交往过几个女朋友，在北京还没有限购之前贷款买了房子。无论是在生活中还是在手机里，他都拥有着众多的"好友"。

　　这样的一个"北漂"，也算是小有成就了，但他和众多的"北漂"一样，缺少心灵深处的那种归属感和安全感。他希望用繁忙的工作和优厚的物质生活，来弥补自己归属感和安全感的匮乏。可是就在他准备开疆扩土、大展拳脚之时，却在不知不觉中陷入一个又一个让他难以自拔的旋涡之中。让李玉璞始料不及的是，身处旋涡中的他，不仅遭受了生活的打击，更遭受了网络的攻击。他那以往曾经是莺歌燕舞的朋友圈仿佛在转瞬之间便土崩瓦解，直到这个时候，李玉璞才深刻体会到锦上添花容易、雪中送炭难得。

李玉璞失去了他的房子和汽车，不得不回到住合租房的状态。李玉璞在最低迷的时候，却慢慢摸索到了他长久以来都不曾真正领悟到的人的归属感和安全感的真正意义。他也在这个时候才意识到，安全感和归属感从来都不是靠物质来维持的；只有内心的坦然和对自己的认知的深入，才会获得真正意义上的归属感和安全感。

就在李玉璞陷入人生低谷的时候，别人眼中的那个"没谱儿"，所做出来的事情却都是让人刮目相看的、最有谱儿的事儿。他抵押了房子偿还了本不属于他个人的债务；他变卖了自己的车子，将大部分钱给了同在北京打工、生活在更底层的河南老乡治疗伤病。在这样的过程中，李玉璞的现实世界仿佛在逐渐坍塌，可是他的内心世界却在日益强大，他也在这样的经历中获得了内心的成长。

小说的女主人公张玉环，是一个单身妈妈。在外人的眼里，她是一个精明能干的女人，也是一个善于钻营的女人，更是一个充满了神秘感的有魅力的女人。她和李玉璞是同行，并在诸多的合作中对李玉璞产生了好感。

但是，曾经被生活伤害过的她，却不敢轻易相信李玉璞，更不敢向任何人袒露自己的心扉。张玉环小心翼翼地包裹着自己的秘密，可是在这种小心翼翼中，她也饱尝着孤独与寂寞。她可以和异性玩暧昧，从而得到她想要的东西；但是多年以来，却没有任何一个男人走进过她的内心。就在张玉环如履薄冰一般地在生活中前行的时候，别有用心之人却在瞬间掀开了她的底牌并大肆渲染。

在他人的渲染中，张玉环成了勾引有妇之夫、和多个异性玩暧昧、不择手段、不知廉耻之人。从不向任何人解释的张玉环，忍受着来自他人的嘲讽和非议，更忍受着来自四面八方的攻击与鞭挞。这些渲染和鞭挞不断从生活的各个方向以及网络的各个角落一齐向张玉环袭来，她在困境中一次又一次地勉力撑持。不仅如此，张玉环的儿子更是在他人的一次预谋中失踪，这让张玉环的精神世界瞬间崩塌，甚至失去了对生命的留恋。

就在张玉环最孤单、最无助的时候，李玉璞却再一次出现在她的身边，和她一起面对这肆虐的狂风暴雨。张玉环和李玉璞的感情也最终在这样的境况中，得到考验与升华。他们相互依靠，彼此温暖。

可是，就在李玉璞向张玉环表白的关键时刻，却被张玉环曾经的初恋情人、身有残疾的高祥扰乱了。张玉环左右为难，但最终还是忍痛放弃了李玉璞，而选择了身有残疾的高祥。虽然张玉环知道她这样做会伤害李玉璞，可是她又无法面对身有残疾的高祥转身而去。

李玉璞面对张玉环的选择和她的从不解释，虽然也有过猜疑，甚至一度在这样的猜疑中深陷其中难以自拔，但是他始终都没有去追问，而是选择接受。在李玉璞看来，这种接受不只是被动的承受，也是彼此的一种成全。

无论是李玉璞还是张玉环，他们都在生活和网络的锤炼中，得到了生命的成长；同时也在这种成长中，学会了对别人的"成全"和对自己的提升。

李玉璞和张玉环，也在不同的心境下选择了与网络保持距离。现实世界已经够错综复杂了，网络与现实生活也早已是"水与火的缠绵"。

面对时而异彩纷呈、时而光怪陆离的网络世界，他们开始学会审视。如何做到现实世界和网络世界的内外有别、张弛有度。怎样做到现实角色和网络角色的完美转换？这些都是值得深入探讨和思索的。原本看似无足轻重的网络世界，在现实生活中所扮演的角色越来越让人不敢小觑。如果不能将网络世界与现实世界进行有效的管理和分割，其后果将是灾难性的。

无论是在现实中还是在网络中，"朋友圈"里的世界，也许永远都是一场风花雪月的痛！

纷雨潇潇
2018 年 9 月 25 日于北京

目 录

第一章　光棍节的生日趴 001
第二章　"没谱儿"的喜乐年华 006
第三章　安全感是只任性的猴子 011
第四章　穷人乍富　腆胸迭肚 015
第五章　海龟的"马甲" 019
第六章　不是冤家不聚头 023
第七章　挥之不去的梦魇 028
第八章　鱼之将死　反戈一击 033
第九章　爱情是本教科书 038
第十章　红尘处处皆套路 043
第十一章　鱼与熊掌谁之所欲 047
第十二章　生活是包裹着糖衣的苦药丸 051
第十三章　被嫉妒的资本 055
第十四章　"没谱儿"的打开方式 059
第十五章　都是月亮惹的祸 064
第十六章　建交与断交 069
第十七章　神马都是浮云 074
第十八章　不怕事多就怕多事 078
第十九章　欺软怕硬的生活 082
第二十章　从此萧郎是路人 086
第二十一章　男人的常态与非常态 089
第二十二章　山雨欲来风满楼 093

第二十三章	性别与底线	097
第二十四章	光鲜的外表　稀烂的人生	101
第二十五章	曾经沧海难为水	106
第二十六章	"出世"与"入世"	110
第二十七章	从剩饭到盛宴的差距	114
第二十八章	移宫换羽解千愁	119
第二十九章	假作真时真亦假	124
第三十章	没有硝烟的战场	128
第三十一章	魑魅魍魉魈魃魕	132
第三十二章	在套路中沦陷	136
第三十三章	屡教不改"二进宫"	141
第三十四章	锦上添花与落井下石	146
第三十五章	往昔的早晚安　今日的黑名单	150
第三十六章	苦恼人的笑	154
第三十七章	胖子的逆袭	160
第三十八章	"黑"你没商量	164
第三十九章	吾日三省吾身	169
第四十章	有钱任性　没钱认命	173
第四十一章	一场风花雪月的痛	177
第四十二章	河东与河西	181
第四十三章	冲动是魔鬼	185
第四十四章	剪不断　理还乱	189
第四十五章	这样的时代	193
第四十六章	一言不合"呼死你"	198
第四十七章	身陷套路　谁主沉浮	203
第四十八章	离奇的绑架案	208
第四十九章	钱乃一剂"良药"	212
第五十章	一半是海水　一半是火焰	216
第五十一章	铩羽暴鳞　高翔折翼	221
第五十二章	再回首已百年身	225
第五十三章	只是当时已惘然	229

第五十四章	折沉沙	233
第五十五章	人生长恨水长东	238
第五十六章	张机设阱　请君入瓮	242
第五十七章	微信有风险　入群需谨慎	247
第五十八章	曲终人散　佳梦难圆	251
第五十九章	人生是一场豪赌	255
第六十章	生命之殇	259
第六十一章	一无所有　把酒酣歌	263
第六十二章	秋意阑珊　吾心微寒	268
尾声　一半苍凉　一半芳香		272

第一章　光棍节的生日趴

2016年11月11日,这个以四根光秃秃的棍子为标记的日子,再一次不识趣地赫然降临,光棍儿们无论是主动还是被动,都不得不面对这个多多少少有些令人尴尬的一天。

面对归面对,可如今的光棍儿们,却不只是一味地自怨自艾。他们在这样一个多少有些尴尬与悲怆的日子里,挥洒着他们对这个日子的鄙薄以及对这一种尴尬的无视,和对自己生活状态那隔靴搔痒似的慰藉。也不知商家们是怎样揣摩透光棍儿们那极为孤独又极为不甘的心情的,他们在这一天,甚至是在此之前就已经善解人意、投其所好地推出了五花八门、多种多样的促销活动。商家们八仙过海、各显神通,早早地就展开了蓄谋已久、高潮迭起的商业大战。

就这样,在商家和光棍儿们的密切配合、并肩作战下,他们各取所需地将这个字面意义上蓬头垢面、灰头土脸的光棍儿节,营造得光鲜亮丽、灯红酒绿。这样一个既平凡又不普通的日子,被各商家和光棍儿们,精心地打扮成了那个他们各自心中想要的模样。

商家们看着如雪片一样的订单,脸上难抑喜悦,算计着在这伟大的光棍节期间进账的多寡。而光棍儿们也兴高采烈地在下单以后,看着手机短信上一次又一次的消费提示,颇为惴惴。直到快递小哥们送来的一个又一个的包裹让他们接到手软,银行不断发送来还款信息时,才有光棍儿开始后悔自己的一时冲动。然后,他们又开始计算着下个月的工资除了还信用卡以外,是否还够自己支付房租、水费、电费和买方便面的钱。

光棍儿们也曾在后悔之余,一次又一次地发誓,自己如果再屡教不改,便自行剁手。但是,他们面对自己誓言的态度却基本相同,也不过就是如日常三餐一般的态度,吃完便完了。唯一能留下来的,也许就只有田间地头那可以充作有机肥料的产物。这产物的作用,便是在下一次光棍节到来之际,发挥它更大的催化作用,以便滋养那颗因没能光荣"脱光"而感到沮丧的心灵。光棍儿们就这样明日复明日,循环反复着,度过了他们一个又一个的光棍节。

在北京一家KTV的包房里,李玉璞和他的众多光棍儿同党,一起迎来了他们各自人生中那个打不走、骂不跑、不解人意的光棍节,更迎来了李玉璞本人的三十六岁生日。

李玉璞的助理李明热情地招呼着在场的各位宾朋，并叫来服务生，给大家安排酒水、果盘和小吃，还不时地跟前来参加聚会的友人们寒暄几句，并负责在KTV大门口接人。

　　李玉璞的大学同学，也是他的死党朴正浩正靠在沙发上举着话筒，反串唱着一首邓丽君的《月亮代表我的心》。他在唱歌的同时，还不忘跟身边的漂亮女孩暗递一下他眼眸中早已泛滥的秋波。

　　啪！突然，一记响亮的耳光如闪电之势打在朴正浩的脸上，朴正浩定睛一看，原来是他的女友郝姗姗正怒目圆睁地瞪着他。郝姗姗那如桃花般的粉面上，此时也早已是满面怒容，正以一种泰山压顶的气势抡起手来准备再一次向朴正浩袭来。这迅雷不及掩耳之势的一记耳光让朴正浩不知所措，但他还是下意识地捉住了郝姗姗即将第二次向他袭来却仍悬在空中的手腕，不知该说些什么。

　　朴正浩看着空降而来的郝姗姗，居然一时语塞，"你、你、你""你"了半天也没说出什么来，只得站起身来拉着郝姗姗的手向门外走去。

　　"你放开我！放开！"郝姗姗一边挣扎着，一边大声叫喊。

　　"咱们有话出去说，你别在这丢人。"朴正浩依然死死攥着郝姗姗的手腕，向门外走去。

　　"出去干吗？你有什么话就在这儿说，你现在知道丢人了？当初骗我的时候你怎么不觉得丢人？"郝姗姗挣扎着，就是不肯和朴正浩出去。

　　李玉璞见此情景赶紧走上前去化解，虽然他也在心里暗骂郝姗姗不识大体，撒泼居然撒到这儿来了。今天可是他的生日啊！

　　李玉璞在心里骂完郝姗姗，又骂朴正浩这小子，他既然驾驭不住这个女人就不要在外面拈花惹草。郝姗姗今天居然跑到他生日聚会上来大打出手，这不明摆着是来砸场子的吗？这不光是朴正浩一个人丢人现眼，也让他李玉璞跟着丢尽了人。郝姗姗今天打在朴正浩脸上的那一巴掌，跟打在他脸上也差不了多少。况且，今天这条消息一旦传出去，还不知道会是什么样子呢。他相信，今天郝姗姗大闹他生日会这条消息，过不了多久，就会在朋友圈里散开。也许还会有人说，不是朴正浩挨了打，而是他李玉璞挨了女人的巴掌呢。虽说"士可杀，不可辱"，但是他除了对郝姗姗赔笑安抚以外，还真不能对她怎么样，这让李玉璞觉得心里实在是憋屈。

　　李玉璞虽然在心里骂着郝姗姗和朴正浩这一对冤家不懂事，却不能对他们置之不理。李玉璞赔着笑脸，赶紧走到朴正浩和郝姗姗面前说："正浩！你干吗，你？快松手，看你，把姗姗弄疼了。"朴正浩见李玉璞走了过来，也把攥着郝姗姗的手渐渐放开，颇有些尴尬地看着李玉璞。

　　李玉璞说完朴正浩又将目光投向郝姗姗，说道："哟！姗姗，你这是怎么啦？正浩又惹你生气啦？什么事你跟我说，我替你揍这小子。你看他皮糙肉厚，万一再伤着你这纤纤玉手可怎么好？来，坐下，咱们有话好好说。"

郝姗姗瞥了凑上前来的李玉璞一眼，又把目光重新移回到朴正浩的脸上。她怒气未消地指着朴正浩的鼻子说："姓朴的你给我听好了，今天，是我要跟你分手！是我甩了你！你听见没有？"说完，她又转头看向李玉璞，以极其轻蔑的口吻说："物以类聚，人以群分，你也不是什么好东西。"然后，郝姗姗便扭着她那窈窕的身姿，转身走出了KTV的包房。

在场所有人都不知如何是好，呆呆地看着朴正浩和李玉璞。

李玉璞眼看着郝姗姗那摇曳的身姿渐行渐远，心里暗道：物以类聚，人以群分，你这是骂谁呢？我怎么就不是好东西了？想想你自己跟朴正浩寻欢作乐的时候，你自己是哪一类？又是哪一群呢？翻脸无情、株连无辜，这是天底下所有女人的通病吗？

李玉璞不知道朴正浩和郝姗姗之间具体发生了什么。但从郝姗姗刚才的表现来看，李玉璞明白，一定是朴正浩一直隐瞒郝姗姗的事情已经败露了。朴正浩早已是已婚人士，这一事实今天不知为何被郝姗姗发现，朴正浩这才遭此一劫。只是自己是今天的寿星，却被朴正浩连累，无缘无故地挨了一顿骂，这上哪儿说理去？

朴正浩望着郝姗姗走远的身影，捂着脸凑过来跟李玉璞说："'没谱儿'，对不起啊！连累到你了，我也不知道她怎么找这儿来了。你看她这泼妇样儿，谁沾上谁不得赶紧逃呀！"

"你以后也安分点儿，这要让你老婆知道了，你这日子还过不过啦？"李玉璞看着朴正浩，不知道是该安慰他还是该骂他，心里却在想：可怜之人必有可恨之处！朴正浩这小子，早晚死在女人手里。

"我老婆不会知道的。再说，我从来都没向郝姗姗承诺过什么。本来以为她还挺洒脱的，看来也是一个俗人。"朴正浩虽然心虚，却装出一副不以为然的样子，脸上挤出无奈的笑容。

朴正浩扫视了一下在场的人，又接着对李玉璞说："今天来给你庆生的人可真不少，我今天情场失意，你可不许跟我抢，看我不大显身手，也让你见识一下什么叫'风流倜傥'。"说着，他便走过去，坐到一位正在点歌的美女身旁，搭讪起来。

李玉璞看着没心没肺的朴正浩，无奈地摇了摇头，又叹了口气，心里说：天作孽犹可恕，自作孽不可活。

李玉璞为了不让刚才的"插曲"影响大家的情绪，当即便拿出手机，打开微信发起了面对面建群，并大大方方地在里面甩了两个大红包。面对李玉璞甩出来的红包，大家也都热情高涨地抢了起来，抢完红包也都在群里一一向李玉璞表示"谢主隆恩"，早已把刚刚在现场发生的"花边新闻"，抛到九霄云外，忘得干干净净。

今天来参加李玉璞生日会的，有他公司常用的平面模特和邀请来的一些朋友，以及个别同行。

他们互相添加好友，然后便开始自我推销了起来。也有的在那儿展示着自己刚刚收到的海外代购商品，还相互点评购买的光棍节慰问品。也有人因为快递公司这几日的不堪重负，而没能及时收到货物，在一旁抱怨着。或者拿出手机在那里催促个别迟到的同党，要他们快点，再快点。

手机在不停地闪烁，有人已经来到了KTV的大堂，问已经在包房内的人所在的包房号码；也有人通知已经来到聚会地点的人，自己还在路上堵着，并发来了水泄不通的交通示意图；还有人在KTV的各个可以彰显自己以提升个人优越感的景观前拍照，并上传了朋友圈。

如今这年月，无论什么事，工作、休闲、旅游、聚餐，其意义好像都已经不在事物的自身上，而是要从这些事物的存在形式上来体现人类的满足感和优越感。

就拿旅游来说，很多人旅游的目的并不是旅游本身，而是拍照，拍照的目的是上传朋友圈，上传朋友圈的目的是展示自己享受人生的状态。然后，便会酷似淡定、酷似低调地躲在一旁，慢慢体会着从四面八方反馈回来的羡慕嫉妒恨。而这种羡慕嫉妒恨，可以在短时间内起到安慰和麻木的作用，慰藉自己内心些许的空虚和寂寥。这种慰藉恰似一种时长有限的药剂，当药效起作用时，服用者便会醺醺欲醉，身心也在瞬间得到安抚；而在这药效退却之时，服用者内心的空虚和寂寥，便会卷土重来，如虫噬般让人难以忍受。

因此，便有了朋友圈里此起彼伏、此消彼长的，或旅行度假，或聚会狂欢，或豪华会议，或饕餮大餐的视觉盛宴。

有人说："人生就是一场戏，精不精彩靠演技。"这年月，谁说只有演员才需要学习表演？其实在现实生活中，才更需要炉火纯青的演技。演员们在镜头前往往都要先苦背台词，再酝酿感情，还免不了要将一场戏反反复复地演上几遍、十几遍甚至几十遍，才可以达到预期的效果。可在现实生活中，每一场戏没有排练，没有预演，更不能重新来过，所以这错了无法更改的一次性表演才更要出神入化、登峰造极。

在人生的舞台上，任何人都不能不思进取、破罐子破摔，忽视自己的演技就等于自毁前程。在人生的舞台上，你是想做生活的主角，还是想跑一辈子龙套，就看你自己是破罐子破摔、得过且过，还是蓄势待发、全力出击了。哪怕只是虚张声势，也总比在死气沉沉的生活中窒息而亡，更有价值。

"'没谱儿'，你看谁来了？"李玉璞没有反应过来，那人又喊了一声："'没谱儿'，你想什么呢？"李玉璞转过身去，只见朴正浩不知什么时候出去，这时又折返了回来。朴正浩一脸坏笑，手里还拎着一个大蛋糕，正站在离李玉璞不远的地方。在朴正浩的身后，还有一个他非常熟悉的身影，跟着朴正浩一前一后进入了 KTV 的包房。

李玉璞明白了，这肯定是朴正浩一早就定好的生日蛋糕。李玉璞每年过生日，朴正浩只要在北京，就会拎着蛋糕到场。朴正浩过生日，李玉璞也会拎着蛋糕光临，这也早已成了"传统"。

虽然李玉璞刚才脑子里还想着自己今天上午刚刚结束的那段无疾而终的感情，但是当他转过头去面对朴正浩和他身后的那个熟悉的身影张玉环时，李玉璞那落寞的神情也转瞬即逝，取而代之的则是他那"没谱儿"般的招牌式微笑。

什么是"没谱儿"式的微笑？那就是在这样的笑容里，你看不出喜怒哀乐，看不出悲欢离合，看不出阴晴圆缺，看不出潮涨潮落。这笑容已经到达了出神入化、登峰造极的地步。除了"没谱儿"自己外，没人知道在这笑容的后面，到底隐藏了什么。

第二章 "没谱儿"的喜乐年华

张玉环,她怎么来啦?李玉璞在心里纳闷儿,他还真没想到张玉环真的会来参加自己的生日聚会。

李玉璞赶紧迎上前去,嘴里连声说着"欢迎"。

张玉环跟在朴正浩身后,手里捧着一大束鲜花,一边跟李玉璞说着生日快乐,一边把手里的鲜花递给了他。李玉璞把鲜花放到一旁,热情地请张玉环落座。不时也有人将送给李玉璞的生日礼物递到他的手上,李玉璞笑容可掬地点头并表示感谢。

朴正浩把手里的蛋糕放在茶几上,走到李玉璞身旁坐下。他拍了一下李玉璞的肩膀说:"你跟这儿想什么呢?发思古之幽情呢,还是痛定思痛,借这个机会准备改邪归正,正式'脱光'呢?"

李玉璞笑着回答他说:"我拿什么'脱光'呀?我驰骋沙场这么多年,好不容易坚持到'光复'的,怎么能轻易'脱光'呢?"说完,他不再搭理朴正浩,赶紧满脸堆笑地招呼张玉环,并指挥李明赶紧叫服务生送茶水饮料进来。

很快,服务生送来了各种饮料和小吃,李明指挥着服务生放好果盘、小吃,并打开啤酒和饮料让大家自己选择饮品。然后,李明将歌单递给大家,招呼李玉璞和张玉环以及朴正浩与其他人,帮他们操作点歌。

有人说"同行是冤家",张玉环是李玉璞的同行,二人更是竞争对手。但李玉璞和张玉环,彼此井水不犯河水,在竞争的过程中,他们并没有什么不愉快的过节,偶尔还会有些合作。这些年相处下来,相安无事。他俩的关系嘛,在外界有很多版本,有人说他们是情人关系,又有人说他们是利益关系,也有人说他们之间的关系相当复杂,就像是几何图形,属于多角不等边形。

张玉环比李玉璞小两岁,相貌也说得过去,只是在李玉璞眼里,这个女人太过于精明,所以他一直都和她保持着那种不远不近、不亲不疏、不好不坏的关系。

在前几天的一次合作时,李玉璞跟张玉环聊天时提到自己的生日在光棍节,准备大家一起聚聚,并顺口邀请了张玉环。本以为自己不过是礼貌性的邀约,张玉环肯定是一听而过就拉倒了,可没想到她还真的来了。

李玉璞和张玉环彼此李总张总的寒暄着,共同营造着一个仁义礼智信、温良恭俭让的温馨画面。寒暄过后,大家点燃了生日蛋糕上的蜡烛,并让李玉璞许愿。

李玉璞装模作样地许着愿,并一口气吹灭了生日蜡烛。在李玉璞许愿和吹蜡烛的同时,手机拍照时发出的"咔嚓"声,在众人耳边此起彼伏地响起。

众人举杯祝贺李玉璞生日快乐,李玉璞在心中也顺便祭奠了一下自己那无疾而终的爱情。大家问李玉璞许了什么愿,是财源滚滚,还是平平安安。

李玉璞意味深长地看了朴正浩一眼,笑着说:"女人多了是祸害,温婉贤良的,一个就好。钱财多了是累赘,小富即安,丰衣足食,足矣,足矣。"

众人哄笑说李玉璞没说实话,在这儿装满足、装低调、装清高、装旷达。一个字儿,假;俩字儿,太假;仨字儿,无比假。外送一条歇后语,猪鼻子插大葱——装象!

"切蛋糕!切蛋糕!"有人在喧闹中喊着。

李玉璞从李明手里接过自己的手机,点击微信,上传照片并附上一句话:"祝福我吧!"然后他就发了出去。

其实没人知道,就在今天上午,李玉璞刚刚结束了一段已经维持了两年多的感情。虽然这段感情一直不温不火,但选在这样一个时间节点分手,多多少少还是对李玉璞的情绪有所影响。他脑海里浮现出今天上午闯入他眼帘的那一幕——与他共同生活了两年的女人挎着另一个男人的胳膊逛商场。虽然李玉璞深知,爱情这东西,如今已经成为人生的奢侈品,可遇而不可求,但面对着那些拿自身当作"经济开发区",随时随地准备着"招商引资"的姑娘毫不掩饰的现实态度时,还是会倒吸口凉气退避三舍。

想到此,李玉璞心头泛起一丝丝的落寞,这丝丝落寞在不经意间爬上了他的眼角眉梢。

吃完蛋糕大家开始唱歌、跳舞、喝酒、划拳、自拍,将这一无比隆重的"生日光棍儿趴",以更加隆重、更加骚动的形式演绎着。

朴正浩此时早已将刚才因郝姗姗给他那一巴掌带来的窘迫抛到九霄云外,正跟一个漂亮女孩举着话筒在那里深情演绎着《相思风雨中》。

一曲唱罢,迎来掌声无数。在场各位也开始跃跃欲试,纷纷准备下场展现自己那最动听的歌喉。这个时候,也许只有音乐才能让他们直视无情的岁月和内心的落寞,时而群情激昂,时而云淡风轻。他们唱《爱拼才会赢》,他们唱《跟往事干杯》,他们唱《往事只能回味》,他们唱《走着走着就散了》,他们唱《我在北京你在哪儿》。最后,以一曲李玉璞主唱、大家合唱的《五环之歌》结束了这场盛大的光棍儿趴。

狂欢结束后,李玉璞在KTV的大门外跟大家一一告别。张玉环告诉李玉璞,过段时间有一个大项目,她自己的公司做不下来,到时候还要和李玉璞的公司一起联袂完成。李玉璞爽快地答应着,并约好第二天到张玉环的公司细谈。然后,他站在原地目送着大家一一离去。

看着所有的人都已经离去，朴正浩跟在李玉璞的身后和他一起上了车，朝着他们家——南五环的方向驶去。

朴正浩来自延边，朝鲜族人。朴正浩的父亲是他们当地的一名片儿警，妈妈是一位民办教师。老两口为他取名"正浩"，本是希望他可以传承他父亲的那一身浩然正气。谁知事与愿违，朴正浩身上什么歪风邪气都有，就是没有什么浩然正气。朴正浩自己倒是觉得，从小他的父母都只顾忙工作，对他疏于管理，就连吃饭，他都是走到谁家就蹭到谁家的。他能像现在这样，顺利大学毕业，自己养活自己，已经是自制力超强的结果了。不然的话，他早就误入歧途了。

其实，朴正浩也算是名如其人，身材尚可，相貌尚可，外加一双秋波澹澹的眼睛和一张巧舌如簧的嘴，绝对是"外貌协会"那些剩女的杀手。

朴正浩和李玉璞不仅是大学同学，还是上下铺，他们俩人现在还是邻居。他们同住一个小区，同住一栋楼，同住一个楼门，而且是上下楼层的同一个户型。这使他们经常想起上大学时，宿舍里的上下铺，李玉璞在上铺，朴正浩在下铺。现在他们依然如此，李玉璞在楼上，朴正浩在楼下。

朴正浩歪着头看着李玉璞说："'没谱儿'，你说那个'杨玉环'是不是看上你了？她怎么每次有大项目都找你合作？你干脆把她和她的公司一块儿收了算了。"

李玉璞瞪了朴正浩一眼道："你少在这胡说八道，人家叫张玉环，不叫杨玉环。况且，我也不是李隆基，我是李玉璞。她找我合作不过是觉得我不会乘人之危，坑她一个女流之辈。每次合作我都是拿最少的利润，从没跟她计较过多少，更是没坑过她，害过她，所以她信任我。"

"那你们每次合作怎么分成啊？是四六呀还是三七呀？"朴正浩拿腔作势地看着窗外。

李玉璞回答说："我没具体算过，大概三七吧，有时候也友情赞助。张玉环是一个在经济上很精明的女人，我们之间除了工作关系以外，再没有什么别的牵扯。真的！"

朴正浩眯着眼睛看了李玉璞一眼，说道："一清二楚，清清白白，谁信呀！外边可都说你俩有关系。"他沉吟了一下又问道："那你图什么呀？既然你不图她人，那凭什么每次共同合作的项目都是她拿大头？"

李玉璞笑了一下回答道："她一个女人经营公司不容易，而且……"李玉璞顿了顿又道："而且，张玉环是单身妈妈，她自己一个人带着儿子过，更加不容易。反正也是她的项目，我也不过是帮个忙，举手之劳而已。"

朴正浩点点头："举手之劳？你还真是大气！哎，你这么怜香惜玉，只可惜那'杨玉环'不是你的菜。不过你看她还真不像孩子妈，那身材，那气质，除了略显精明以外，看上去还像个少女。也是一代妖孽呀！"

"你还真不愧你这'妇女之友'的称号,你以后少在这上面下功夫,今天这一巴掌打得不疼是吗?你老婆要知道这事,还不知道你得挨几巴掌呢?"李玉璞看朴正浩记吃不记打,一点也不吸取教训,故意用言语刺激他一下。

"算了,别说我了。你还是抓紧时间解决一下你自己的问题吧,明年的光棍节你还想一个人过吗?"朴正浩眼看着车窗外划过的景物,有些默然。

李玉璞开着车,对朴正浩的问话只是随口说了一声:"顺其自然吧。"然后他便不再多言。就此,二人彼此各怀心事,保持着沉默。

其实,李玉璞之所以没有脱离"光棍一族"的命运,他一直觉得是父母给他取的名字,或多或少影响了他的婚姻大事。李玉璞祖籍河南鹿邑,与老子李耳不仅是同乡更是同宗。

父母之所以给他取名玉璞,不过是期望自己的孩子假以时日,成就大器。所谓玉,石之美者,有五德,润泽以温,仁之方也。所谓"谦谦君子,温润如玉"。而璞字,则是璞玉浑金,亦喻天然美质,未加修饰之意。由"玉璞"之名,可见他父母对他寄予着多么大的厚望。

但李玉璞这三个字,喊起来却极为绕口。如果喊快了就更是让人不知所云,总免不了有人会多问几句,是什么"鱼(玉)",又是什么"谱(璞)"。再加上李玉璞的行事作风颇有些变化无常、我行我素,久而久之,熟悉他的人都半调侃半诙谐地喊他"没谱儿"。自从"没谱儿"的名号横空出世以后,李玉璞三个字从此再少人问津,反而"没谱儿"的绰号倒是声名远扬、尽人皆知了。就连那些一起合作的小模特儿,初识李玉璞时都还恭恭敬敬地喊他李总,久而久之也都亲切地称呼他"没谱儿"了。

李玉璞是父母唯一的孩子,他家三代单传,父母对他疼爱有加,更希望他能光宗耀祖。但李玉璞除了事业不温不火以外,婚姻也是遥遥无期。每每在他来到婚姻围城的城墙下,即将蓄势待发、临门一脚的时候,却都遭遇电闪雷鸣、风云变幻,让他一次又一次地在婚姻这座围城的面前,遭遇前功尽弃、功败垂成的厄运。

李玉璞的一群同党为他解读,他的名字就是他婚姻道路上的绊脚石、拦路虎。这"没谱儿"的名声在外,哪个女人敢没事儿找事儿"以身试法"?大家都调侃他说,这光棍节就是为他特别存在的,他又出生在光棍节这一天,命该如此。他呀,此生婚姻无望,就死心塌地地将光棍族的优良传统发扬光大算啦!

目前,男的光棍被称为"光光",女的单身则被称为"明明",而成了对的就叫作"双双"。光棍男名草有主称为"脱光",单身女名花有主称为"失明",重新回归光棍族的称为"光复"。

李玉璞在漫长的恋爱生涯中,历经了从"光光"到"双双",然后又从"脱光"辗转回归光棍族的"胜利光复"。这期间历经了十几年。李玉璞眼看着别人"一心一意、一生一世",自己却无法光荣晋级。

李玉璞对他身边这帮没良心的同党的"预言",倒也没往心里去。他觉得,如果自己要想结婚,十次都结了,但他想要的并不仅仅是一个女人。本来嘛,如果只是找一个可以给他生孩子做饭的女人,他根本不用等到现在。既然已经等了这么久,也就不在乎再多等一等。虽然年纪不小,但他还是想寻找那种可以带给他触电般感觉的女人。虽然不知道天意如何,但有点期望总是好的。也许,上天自有安排,只是时机没到罢了。

第三章　安全感是只任性的猴子

第二天一早，还在睡梦中的李玉璞，就被叮叮咚咚的手机铃声吵醒。他揉了揉睡眼惺忪的眼睛，伸手拿过手机关掉闹钟，然后随手打开微信里的朋友圈刷了一遍，他朋友圈里面充斥着他们前一晚在 KTV 里的各种合影照片。有很多照片他自己都不知道是什么时候拍的，不同的背景，不同的角度，不同的姿势，不同的合影对象。

李玉璞看着那些照片笑了笑，他没太在意这些照片。如今的社会人，好像早已经不再用脑子记忆生活中的一点一滴了，能印证人们曾经的生活轨迹的好像只剩下了照片。照这样的趋势发展下去，久而久之，真不知道人类的大脑会不会迅速地衰老和退化。现在的人们，尤其是女人们，都在说"逆生长"，会不会有朝一日人类也会"逆进化"，从人类逆进化成猴子？如果那样的话，一切就变得简单了，世界上所有的事都可以打一架了之，谁赢了谁当老大。至于配偶的问题就更好解决了，喜欢哪只母猴子，只要抢来便是，根本不需要什么两情相悦。想到这儿，李玉璞笑了，他不知是被自己荒唐的想法逗笑了，还是被臆想中占山为王的自己和自己搂着的母猴子逗笑了。

李玉璞收回自己的胡思乱想，看着朋友圈里琳琅满目的狂欢照，有几张他被众多美女簇拥着许愿吹蜡烛的照片尤为吸引眼球。他相信，这些照片肯定已经被昨天刚刚分手的那一位看到了。这样也好，也正好让她知道，他李玉璞并没有因为她的离去而消沉落寞，大丈夫志在千里，何患无妻？就凭他李玉璞的魅力，要想跟哪个女人结婚，本来就是分分钟的事。

像昨天这样的聚会，对于李玉璞而言早已是家常便饭，又因工作关系，本就颇具女人缘的他，平时围绕在他身旁的漂亮姑娘自然不在少数。可李玉璞的户口簿上未婚的状态还是让不明就里的人倍感诧异。每每被人提及，李玉璞也会自我标榜地说自己是"百花丛中过，片叶不沾身"。但在其他人眼里，户口本上至今还显示着未婚的李玉璞，早已经是莺莺燕燕、彩旗招展，一片花团锦簇的繁荣景象了。

李玉璞在北京已经打拼多年，自己拥有一家规模不大的广告公司，虽然没有挣得盆盈钵满，按他自己的话来说，却也够吃够喝了。

几年前，在北京还没有实行限购政策的时候，李玉璞孤注一掷，以自己的全部身家为代价，光荣地加入了房奴的队伍。虽然房子在北京的南五环以外，也只有不到一百平方米，但也足够让众多的北漂一族艳羡的了。不仅如此，他还从朋友那里买了一辆二手的奔驰汽车，算是房车齐备，就差一位美娇娘"以身相许"，成就他的花好月圆的赏心乐事了。

李玉璞昨天本没有心情跟大家聚会，但是总不好扫了大家每年光棍节欢聚一堂，顺便给自己过生日的兴致。这每年光棍儿节的聚会，已经成了他们这个小圈子的传统。他勉为其难地来跟大家相聚，既不辜负大家的一番美意，也可以杀一杀那个离他而去的孟云的气焰，算是一举两得吧。

李玉璞起床下地，拉开窗帘一看，天呀，漫天飘摇的雪花，就那样肆无忌惮地飘洒着。他赶紧洗漱了一下，穿好衣服，开着他的奔驰，从南五环赶往东三环张玉环的公司所在地。按照他的经验来讲，北京的交通状况，想不堵车实在是妄想，何况今天这样的天气。

果然不出李玉璞所料，今天的路况比平时更加糟糕。他坐在车上，把手机放在支架上看着微信群里的信息。一天之计在于晨，群里众生早已各就各位，开始了这崭新一天的"微社交"。他们有向大家讨好请早安的；有扮作知心大姐每天发心灵鸡汤的；有意犹未尽继续发昨晚狂欢照片的；有借发雪景照片以"抒怀旧之蓄念，发思古之幽情"，显示自己情趣高雅的；也有愤愤不平，抱怨交通堵塞的。

李玉璞看了看稀稀落落的雪花和白茫茫的世界，想到昨天晚上那喧嚣的画面，随着时光的流逝，在这雪花的掩饰下，早已无迹可寻。生活何尝不是如同这雪中的世界一般，喧嚣与繁华转瞬即逝？这看似圣洁美丽的世界，却不知包裹着多少凉薄。

李玉璞打开CD，听着"小岳岳"的相声。正赶上"小岳岳"在唱他那首经典的《五环之歌》。"小岳岳"当初来北京打工，也许他做梦也没有想到，多年以后自己会成为家喻户晓的明星。他是自己的河南老乡，既然他能通过努力得到自己想要的一切，那么自己为什么不能呢？虽说"命中有时终须有，命中无时莫强求"，但事业也好，爱情也罢，还是要竭尽全力争取一下才好。

看着眼前的交通状况，李玉璞虽然心中着急但也没有办法，只得随着车流缓缓地向前蠕动着。

这时候李玉璞的手机突然响了起来，他瞥了一眼，手机屏幕上显示的名字是"孟云"。他不想接电话，任那手机铃声肆意地响着。李玉璞备受煎熬地等待着手机铃声的终止，当那手机铃声在他的忐忑不安中戛然而止时，他也好像如释重负一般长吁了一口气。可是，这口气还未喘匀，他的手机铃声便再次响起，屏幕上显示的名字依然是"孟云"。刺耳的手机铃声响彻耳畔，大有死缠烂打、誓不罢休的架势。

李玉璞无奈地拿起手机，刚刚接通，手机里就传出孟云那愤怒的吼声："李玉璞，你为什么不接我电话？你是不是早就想要跟我分手啦？你是不是一直在等这样一个机会？在等一个我主动退出的机会？你是不是从来都没有爱过我？是不是？"

李玉璞听着孟云的谴责，一时间不知该如何回答。明明劈腿的是孟云，自己为什么倒像是做贼心虚一般？而孟云，她劈腿劈得如此理直气壮，还向他来兴师问罪，这天理何在呀？

李玉璞强压自己烦躁的心绪和即将脱口而出的咆哮。他酷似冷静地说："你搞清楚好吗，是你选择了别人，不是我！是你背叛了我，不是我背叛了你！事到如今你不要倒打一耙！好吗？"

孟云在电话的那一头哭了起来，她呜咽着说："你从来都没给过我安全感，从来都没有。"呜咽了一阵，她继续说："我要你一句话，只要你一句话，我就马上离开他。"

李玉璞沉默片刻，以更加冷静也更加冷漠的口吻，清晰地吐出几个字："祝你们幸福！"

孟云在电话那头感到一片愕然，片刻之后，她一个字一个字地说道："我瞎了眼才会跟你在一起。李玉璞，我祝你孤独终老、断子绝孙！"然后，她便挂断了电话。

李玉璞把手机缓缓放到一旁，大脑有片刻的空洞。

李玉璞想着孟云的话，感觉女人永远都是不可理喻的，难道她们视力的强弱，也是随着情绪而上升或者下降的？女人在和你恋爱的时候，总是会说如何如何欣赏你；一旦吵架或分手，她们便会说当初瞎了眼睛，才会选择了你。再附加上一系列的诅咒和谩骂，就像刚才孟云那样，这前后态度的反差让人瞠目。

李玉璞又想，自己会孤独终老吗？这个问题需要时间来回答。但什么又是女人要的安全感呢？李玉璞不知道，他自己又何尝有过安全感，谁又能给自己安全感？女人想要的安全感是婚姻吗？那一纸婚书难道就是所谓的安全感吗？

李玉璞以自己多年来在生活中摸爬滚打的经验和人类的发展史来看，生活在现在这个时代的人，应该是最缺少安全感的。

其实，所谓的安全感应该包含多个层面、多种因素，并且相互影响、彼此交融，比如来自情感的安全感、来自物质的安全感、来自身体的安全感、来自生活环境的安全感、来自名誉的安全感、来自外貌的安全感等等。

李玉璞自己也在追求这样的安全感，比如不离不弃的爱人、衣食无忧的生活、强健硬朗的身体、年轻俊朗的外貌等等。

可事到如今，李玉璞依然没有找到自己想要的安全感。比如生活，如果他的公司连续三个月没有收入，那么房租水电费和银行贷款，就会把他逼得一夜回到从前。为了维持稳定的经济收入，他不得不超负荷地工作、参加各种应酬，而这些满足物质稳定的事情，却使他身体受到不小的磨损。既然物质的稳定和身体的健康都属于"假冒伪劣"，那么怎么可能拥有稳定的感情世界呢？更不要说外貌的安全感和名誉的安全感了，那跟他似乎关系不大。

安全感对于他李玉璞而言，就像是马戏团里那只在钢丝上演杂耍的猴子。既要让它保持身体的相对平衡，又要让那只猴子保持情绪的相对平稳，切不可心浮气躁、大起大落。但是谁又能够让那只任性的猴子始终乖巧听话呢？无论是安全感也好，还是那只任性的猴子也罢，稍有偏颇，就有失足的危险。安全感，就像是雾霾中绽放的花朵，看似如梦如幻、海市蜃楼一般美妙，但想要得到，每走一步，必要付出相应的代价。

李玉璞在北京勤勤恳恳、埋头苦干这么多年，依然没有找到半分安全感。在北京，在这样一个随时都成就着无数人梦想，也随时毁灭着无数人梦想的城市，安全感更是最奢侈的东西了。

李玉璞笑着摇了摇头，心中暗道：安全感，那不过是镜花水月，可望而不可即也。路漫漫其修远兮，吾将上下而求索。自己还是慢慢修炼吧！

就在这时，一声刺耳的响声响彻李玉璞的耳畔，也把他从漫无边际的胡思乱想中拉回到现实世界。

此时，李玉璞看到自己车前的一辆甲壳虫汽车的车主，走下车，怒气冲冲地向他走了过来，并且还大声嚷嚷着。

李玉璞心中叫苦不迭，他暗想：这下完啦！他李玉璞的安全感，今天算是彻底地丢盔弃甲、落荒而逃了！

第四章　穷人乍富　腆胸迭肚

　　那辆甲壳虫汽车的车主是个漂亮女孩，她上身穿了一件小的皮草外套，脚下穿着一双恨天高的高跟鞋，一条超短的小皮裙和一双黑色丝袜勾勒出她姣好的身材。这位漂亮女孩的纤瘦身形衬托着她那柔柔弱弱如林黛玉一般的气质，但她那满脸的气势却颇具王熙凤的狠辣风范。这样决然不同的两种气质，在眼前这个漂亮女孩的身上相互交织着。虽说这两种气质并不会影响眼前这位雌性生物的美丽，但还是让人觉得有些不寒而栗的异样之感。

　　只见那林黛玉与王熙凤合体的漂亮女孩，用她那纤纤玉指敲着李玉璞的汽车玻璃并厉声吼道："你怎么回事？会不会开车？你不知道保持安全距离吗？看你把我的车撞成什么样了？这还怎么见人呀？"

　　李玉璞赶紧从车上下来，点头哈腰地连声说着对不起。

　　"对不起有什么用啊？你脑子里想什么呢？雪天路滑你不知道吗？安全车距你不知道吗？不能离我的车远点吗？"那美女依然不依不饶地继续发泄着。

　　"是我没注意，我发现离你的车距离太近时，踩刹车已经来不及了。这样，你说是走保险，还是私了？多少钱，你说个数。"李玉璞满脸歉意地寻求着解决方案。

　　虽然李玉璞一直在赔礼道歉，但是那美女却依然盛气凌人。她看了一眼自己的车，又转过头对李玉璞说："什么叫没注意？我的车这么大你看不见吗？你的视线死角范围也太大了吧？你的座位是不是太低了？应该在座位下面给你安个弹簧，你才能看见吗？你看看我的车，简直被你毁容了。我还有重要的事情要办呢，车被你撞成这样，我还怎么开呀？"

　　李玉璞本来一直都满怀歉意地赔着不是，没想到这女人年纪轻轻、相貌姣好，但实在是泼辣。她不仅不依不饶，言下之意还埋汰李玉璞个子矮，这让李玉璞心里着实有些气愤。李玉璞心想，俗话说打人不打脸、骂人不揭短，这女人简直不可理喻。李玉璞看着这个衣着光鲜的辣妹，加上那辆红色的甲壳虫，就凭这女人嘴里不饶人的劲，肯定不是从小就锦衣玉食的富二代，也不是识大体的大家闺秀，十有八九是个暴发户。就这没见过世面的样子，就是典型的穷人乍富、腆胸迭肚的样板。

　　李玉璞收起了满脸的笑容，不阴不阳地说："不就是撞了你的车吗？给你修不就行了。俗话说,得饶人处且饶人,你用得着这么咄咄逼人吗?你这车是不是跟别人借的,出了事你不好交代?要不你把车主电话给我,我跟他谈。谁开车没有个小剐小蹭的,就一甲壳虫,你至于吗?再说,我撞的又不是车的前脸儿,牵扯不到毁容不毁容的事。我撞的是车屁股,修一下,跟没事一样,照样'大美妞儿'一个。何况现在的整容技术这么好,回炉整一下比原版的还完美。"

那美女刚开始看李玉璞满脸赔笑地认错,本来以为他拙嘴笨舌的好欺负。没想到这男人转眼之间竟然性情大变,话里话外都暗指着一些不可言喻东西,虽然话未说明,但她也不免多少有了些忌惮。为了不让李玉璞看出她的气短,她仍不屑地瞪了一眼李玉璞说:"你哪那么多废话,快说怎么解决吧!"

李玉璞一副不冷不热的样子说:"这么着,我给你钱,麻烦你自己去修车,行吗?"

那美女点了点头算是同意了,却依然是一副趾高气扬、颐指气使的样子。

李玉璞将双方协商好的赔偿金额交到那辣妹手里,那辣妹刚想转身上车走人,李玉璞又叫住了她说:"你先慢点儿走,我给咱们这次的偶遇拍张照片,也好证明一下这次事故的大小程度。万一你一会儿再有什么其他状况,也能分清责任。"李玉璞故意把那个"再"字的音咬得很重,一副吊儿郎当的样子看着那位辣妹。

那位辣妹狠狠地白了李玉璞一眼,不耐烦地说:"你快点儿,哪儿那么多事儿呀!谁愿意再见到你呀,多此一举。"

李玉璞拍完照片重新回到车上,无奈地摇了摇头。他心想,今天这是怎么啦,早晨起来忘记看黄历了,出门就不顺。如今的女人怎么都这么不可理喻,得理不饶人,没理搅三分?郝姗姗如此,孟云如此,刚才那个辣妹更是如此。看来想遇到一个懂道理明是非的,还真是不容易。刚才那女人相貌倒也不错,只是怎么就那么飞扬跋扈、横行霸道呢?这种女人绝对是"小三",绝不是正室的气度。哎!天下有钱人才成眷属,没钱人只能回家卖红薯。

李玉璞拿起手机,顺手把刚才的事故现场的照片发到了朋友圈和自己所在的好友群里。他还配上文字:"流年不利,破财消灾。"没一会儿,他手机里传来了信息的提示音,李玉璞打开信息聆听着大家对他的各种安慰。有人问他,人有没有伤着;有人问他,赔了对方多少钱;有人说,赔得太多了;也有人说解决了就好,多赔点儿就多赔点儿。

其中,有一张照片里有那个辣妹的侧影,大家就把对赔偿金额的讨论转移到了那个辣妹的身份上。更有人发来帖子,上面写着:如果一个女人开一辆车,人家会说"这个女人能干!"如果一个美女开一辆车,人家会说"这个女人厉害!"如果一个美女开一辆好车,人家会说"这个女人'不简单'!"如果一个年轻美女开一辆好车,人家会说"这个女人是二奶!"

李玉璞看着手机好友群里热火朝天的议论,无奈地笑了笑,专心地驾驶着他的爱车。在经历了堵车、追尾以及吵架的周折后，他终于在中午快十二点时来到了张玉环的公司。

张玉环的公司位于东三环的一幢写字楼里，张玉环的助理小许姑娘热情地迎上前，李总长李总短地跟李玉璞打着招呼。小许姑娘的个子不是很高，人也不是很漂亮，却是一个非常精明的姑娘。她把李玉璞带到了张玉环的办公室，并端上了一杯热茶以后，便识趣地退了出去。

李玉璞走进张玉环的办公室，口中连连说着抱歉的话，并把路上发生的事情简单地说了一下。

张玉环以最得体的社交礼节和他应对。李玉璞呷了几口茶，彼此寒暄了一会儿。张玉环看已经到了中午吃饭的时间，就邀请李玉璞一起共进午餐，说两人可以边吃边谈。

午餐就选在了张玉环公司所在的写字楼内的一家装修考究的湘菜馆，名字叫"湘阁里辣"。湘阁里辣的服务员是一水儿的湘妹子，服务也是热情周到。服务员先为李玉璞和张玉环奉上了热茶，然后又递上菜单，并在旁边殷勤地介绍着菜品。李玉璞推脱说自己最不会点菜了，由张玉环全权代理，他只负责吃就行了。

饭菜很快就上齐了，张玉环一边招呼着李玉璞多吃菜，一边对他讲明今天请李玉璞来公司的具体原因。

原来，张玉环在不久前认识了一位从海外归国的华侨商人。那位华侨商人给张玉环介绍了一个大项目，因这个项目投入资金较多，而且还要跟电视台和影视明星大腕合作，所以张玉环才把李玉璞叫来一起商议这件事。介绍这个项目的华侨，下午便会来张玉环的公司沟通商议此事。张玉环为了慎重起见，所以让李玉璞上午先来，向他介绍一下情况，一会儿也顺便见见那个华侨商人。

张玉环说，那个华侨姓熊，已经移居海外多年，是多家上市集团的老总。熊总的交际广泛，在很多行业都有广泛的人脉。这次的项目如果成功，需要的周转资金是相当大的，也是张玉环和李玉璞的公司从未遇到过的规模最大的项目。

张玉环还说，熊总一直以来非常看好国内的广告业。本来他想自己开一家广告公司，但由于对国内情况不甚了解，所以一直还未涉足这个行业。那个熊总自从认识了张玉环以后，便主动提出进行商业合作。熊总还说，自己不缺钱，也不缺项目，就是缺了解国内商业环境的合伙人。张玉环自己拿不准主意，想让李玉璞看看此事是否可行。

不知不觉间，一桌可口的饭菜已经所剩无几。张玉环和李玉璞二人用过午餐，再次返回张玉环的公司。

刚进入公司的大门，小许就迎上来对张玉环说，有一位先生已经在办公室里等她了。张玉环向李玉璞使了一个眼色，然后二人相继走进她的办公室。

在张玉环办公室正对着门口方向的沙发上，坐着一位身材臃肿的中年男人。

张玉环一进门，脸上便露出甜美的微笑，走上前热情地向那坐在沙发里的男人打招呼："哟！熊总，不好意思，让您久等了。"张玉环礼节性地伸出手，跟刚刚站起身来的熊总轻轻地一握，然后指了一下李玉璞，继续说道："来，我介绍一下。这位是李总，既是我的同行，也是我的合作伙伴。因为这次您的项目规模较大，我想请李总加入进来，共同合作。"继而她又向李玉璞介绍道："这位是熊总，爱国华侨，一直在欧洲生活，是一位成功的商界精英。"

李玉璞和熊总彼此伸出手，握手之后三人落座。张玉环看了一眼熊总面前的茶杯，转过头对跟在她身后进来的小许说道："小许，煮几杯咖啡来，熊总一直在国外生活，应该更喜欢喝咖啡。"

熊总客气地欠了欠身说："没关系，没关系，喝什么都行。"

这位熊总，大概五十多岁，油光满面的脸上镶嵌着一双圆滑世故的小眼睛，外加占据显要位置的酒糟鼻子，绝对让人过目不忘。他那凸起的将军肚上紧绷着一件中式服装，让人感觉如果他动作幅度稍大，便会将那件上衣撑破，变成绑在墩布头上的一条条烂布条。

李玉璞看着这位海外归来的商界大咖，怎么也看不出此人身上有什么成功人士应有的气质；相反，在李玉璞的大脑里却由远而近地飘来了那句话，"脑袋大，脖子粗，不是大款就是伙夫"。

李玉璞在心里暗笑，这位熊总，实在不像什么大款。就他那脑满肠肥和短小的四肢，这形象，这气质，倒是和大咖家里的御用伙夫的气质比较相符。这完全是另一个版本的"穷人乍富，腆胸迭肚"。

第五章　海龟的"马甲"

张玉环和那位熊总在那里郑重其事地进行着他们友好的、和谐的交流活动。她不经意间抬头看见李玉璞脸上那若有所思的样子，就微笑着向那位熊总说道："李总在广告业比我时间长、资历深，很多事情我都得向他请教。这一次邀请李总加入我们的这个项目，也是因为他的经验和能力。当然，他的为人就更不用说了。而且，我们以前也有着诸多的合作，我们所有的合作不仅是成功的，更是愉快的。"李玉璞一听这话，知道自己不能再一声不吭了，今天自己是来给张玉环当花瓶撑面子的，光在一旁看着一言不发，那绝对算不上一个合格的花瓶。

"张总客气了，我不过是在这行多待了几年。张总虽然入行比我晚，但巾帼不让须眉，她是我的榜样。"李玉璞笑着看看张玉环又看看熊总说道。

就在他们三人彼此客套之际，小许端着三杯香气浓郁的咖啡走了进来。

张玉环礼貌地请熊总和李玉璞一起品尝咖啡，他们二人各自端起咖啡杯轻呷一口，称赞小许煮咖啡手艺绝佳的同时，也夸奖张玉环领导有方。

熊总一边品尝着小许煮的咖啡一边说："我这次从海外归来，就是想开拓国内的事业。虽说我在国外已经拥有了庞大的商业帝国，但作为一个中国人，还是想回国做点事情。中国在国际上的地位越来越重要，很多外资企业都来中国开拓市场，华人企业家更是应该回来好好地干一番事业才对。"

李玉璞在一旁听着熊总的演讲，不时向熊总提问着。例如熊总在海外的商业项目都是什么，都涉及哪些行业与国家，对国内经济的判断与期望怎样等等。

熊总也大致地对李玉璞的提问做出了相应的回答。例如自己在海外的投资涉及房地产业、服装业、餐饮业；自己在瑞士、荷兰、比利时都有分公司；他的儿子和女儿都在分公司做高管；不仅是他，世界各国都对中国越来越重视，国内的经济形势也一定会越来越好，这是大势所趋；等等。

熊总还说，他这次回国考察，本来是想看看投资什么项目比较合适。自从上次见到了张总，他就决定进军广告业。但他自己对广告业实在陌生，所以就想找业内人士合作。资金和项目都不成问题，他来操作；张玉环和李玉璞只要负责策划内容和监督品质就行。

熊总还说，他们即将合作的项目，是国内一个大型企业的广告活动，不仅有视频广告，还包括纸媒广告和一场主题晚会。而视频广告不仅是每天要在中央电视台的黄金时段滚动播出，还要请大牌明星来助演。另外，还有主题晚会，明星阵容一定要强大，还必须要在中央电视台那样的主流窗口频道播出。他这几日一直在跟那家企业的负责人沟通，今日来见张玉环，就是想听一听张玉环和李玉璞有什么好的建议。

张玉环说一切都要跟对方见过面，听取了对方的具体要求以后他们才能做计划。这样只知道笼统的大概要求，做出来的计划案是不准确的，更是不专业的。

李玉璞在一旁不时点头，表示赞同张玉环的意见。

熊总听到张玉环这样说，表示等他跟对方约好时间，彼此双方见个面，再具体协商广告的所有细节。

熊总对张玉环和李玉璞说，他生于中国，20世纪80年代移居欧洲，本身是工商管理博士、金融博士，一直从事欧中经济投资与进出口贸易的相关工作。他现任欧中贸易投资股份有限公司董事长、欧洲人文社会科学院名誉院长、欧盟工商企业家协会会长、美国亚洲经济发展合作会副会长、匈中经济文化发展协会副会长，还是瑞士劳尔银行执行董事、开盛集团总裁（该集团为欧洲、美国、中国跨地区集团，拥有资产上百亿元人民币）。

李玉璞和张玉环频频点头，对熊总的能力和魄力表示出应有的敬意。

那位熊总看着张玉环和李玉璞继续说道，广告业是现代服务业和文化产业的重要组成部分，在塑造品牌、展示形象、推动创新、促进发展、引导消费、拉动内需、传播先进文化、构建和谐社会等方面发挥着积极作用。广告业影响着社会的精神文明，是为了人民生活从物质文明到精神文明的提升，是全人类共同的事业。他表示，只要他们三人齐心协力，在不久的将来，他们所建立的广告帝国必将是同行业内闯出来的一匹黑马，使业界同人仰视。

李玉璞看着熊总说话时那嘴角泛起的白沫，暗自揣摩着也怀疑着眼前这位以成功者自居的男人。不管熊总勾勒出何等辉煌诱人的画面，李玉璞总是觉得难以置信。商场如战场，虽然没有硝烟弥漫，没有血流成河，但比硝烟弥漫、血流成河的战场更加险恶。所谓明枪易躲、暗箭难防，自己在商界也摸爬滚打了这么多年，深知没有天上掉馅饼的事儿。越是看着唾手可得的东西，也就越是危机重重；越是让人怦然心动的事情，到头来往往就是竹篮打水一场空。

冬日的阳光已经退却了那有限的温度，但熊总的热情好像并没有被渐渐低垂的太阳影响分毫。他说晚上有一个商界的应酬，他本人刚刚回国不久，朋友也不多，就邀请张玉环和李玉璞一同参加。熊总还说，在生意场上这些应酬都是非常必要的，就如同如今的影视圈，有没有作品还在其次，先混个脸熟才是主要的。出镜率，在很大程度上代表了你受关注的程度，不管这种关注度是正面的还是负面的，有也比没有强。无论是谁，在你的生活范围内能让人羡慕当然是好的；如若不能，哪怕是能让人嫉妒也是不错的，因为被人嫉妒是需要资本的。

张玉环和李玉璞彼此交换了一下意见，李玉璞当然无所谓，他孤家寡人一个，几点回家，回不回家，对他来说都无所谓。

张玉环把自己的车钥匙交给她的助手小许，并交代小许去幼儿园接她儿子。张玉环还交代，让小许接了孩子后先带回自己家，晚一点她再来小许家接孩子。

安排好一切，张玉环和熊总一起上了李玉璞的车，按照熊总的指示，他们驱车来到市内一家五星级酒店的门口停下了车。

张玉环、李玉璞和熊总一起步入酒店的大堂，熊总说邀请函在朋友那里，他要先联系一下，然后就拿出手机打电话。富丽堂皇的酒店大堂暖意融融，与室外的冰天雪地形成了鲜明的对比。今年北京雪下得格外早，冷得也早，刚刚十一月中旬的天气，却已经像数九寒冬一般。

熊总已经跟朋友通过电话，他过来叫上张玉环和李玉璞一起来到酒店二层的多功能厅。他们在多功能厅的门口等了几分钟，就有一位二十几岁的年轻人迎上前来，将请柬递给了熊总。熊总接过请柬，他并没有向张玉环和李玉璞介绍来人，只是向那年轻人点了点头，那年轻人就转身走了。

这家酒店在北京也是久负盛名，李玉璞虽然在北京打拼多年，却从来没有来这里消费过。这倒不是说李玉璞消费不起，只是他觉得实在没有必要来这种地方挨宰，打肿脸充胖子的事情他也不是没干过，但他觉得自己还是有底线的。不是思想底线，主要是金钱的底线。

进入多功能厅，李玉璞他们先将身上穿的外套放到存衣处，便找了一处靠角落的位置先坐了下来。李玉璞环视周围，在昏暗暧昧的光晕中看到在场男士们一个个西装革履，挺拔伟岸；女士们也都是珠光宝气，温香旖旎。

李玉璞在这些人当中，也偶尔看到了他从各种渠道了解到的耳熟能详的商界名流。他们在暧昧的香气中彼此交谈着，什么国际局势、外汇牌价、中外新闻、娱乐八卦，无不被一一包罗其中。

今天的聚会是一家金融投资公司在此包场举办的冷餐会，李玉璞今天本来就和张玉环有约，所以特意穿了一套名牌西装。虽然不是新的，但也不丢人，应付这种场面也还是可以的。只是张玉环今天在大衣里面穿的是一套西服裙，本来在办公室里看着还是很端庄得体的，但在这种场合里，却多少感觉有些突兀。因为在这里，有备而来的女士们大多穿的是礼服，像张玉环这样一身职业装的女士也只有她一人而已。而且，她今天的这身职业套裙与会场女服务员穿的工装颇为相似，这让张玉环的心里多少觉得有些尴尬。

他们三人分别到餐台前取了食物和酒水，来到一处靠角落位置坐下。熊总好像很饿的样子，一边招呼着李玉璞和张玉环吃东西，一边狼吞虎咽地把吃的东西送到嘴里大肆咀嚼。没一会儿，他就把一盘子的食物都吃完了，然后又端起盘子去拿其他吃的东西。

李玉璞感觉到张玉环脸上多少有些不适的表情，他举起自己面前的饮料，跟张玉环的杯子轻轻地碰了一下，然后轻抿一口，又环顾了一下周围的莺莺燕燕。他笑着说："也不知道从什么时候开始，不管什么聚会，大家都非得穿得跟奥斯卡颁奖礼似的。你看看这阵势，让人家明星大腕，情何以堪？她们又不是奥黛丽·赫本，又不是玛丽莲·梦露，到处都是晚礼服，也就审美疲劳了。再说，今天又没有走红毯的仪式，还都穿着礼服来，这也太兴师动众了。其实我倒是觉得张总今天这身衣服很合适，端庄大方又平和自然。"张玉环知道李玉璞这是在开解自己，对他报以感激的一笑，也轻轻地抿了一口杯里的饮料。

　　他们随意地吃着盘子里的食物，看着熊总又端着酒杯在不远处和几个陌生人连说带笑地聊得正欢。

　　张玉环看着熊总问李玉璞："李总，你今天感觉如何？"

　　李玉璞当然知道张玉环所说的"感觉"，指的是熊总本人和他口中提到的项目。

　　李玉璞微微一笑回答说："感觉一般，再看看吧。"

　　张玉环问："一般，是什么意思？"

　　李玉璞望向不远处正眉飞色舞的熊总说："一般就是别当真，让时间来证明一切。"

　　张玉环"哦"了一声，没再多问什么，过了一会儿她起身向大厅的一角走去。李玉璞知道张玉环应该是去洗手间了，他自己喝着杯里的饮料，视线却不经意地环顾着四周。

　　就在这时，一张熟悉的面孔闯入李玉璞的视线。李玉璞低下头喝着杯中的饮料，他心想：在这里怎么会碰上她呢？这还真的是不是冤家不聚头。李玉璞希望对方不要看到自己，更不要认出自己。可是，那人好像知道李玉璞心中所想一样，朝着他所在的这个方向走来。虽然李玉璞依旧低着头，一双穿着黑色丝袜的修长美腿，却赫然出现在了他的视野之中。当李玉璞再一次抬起头来的时候，那张面孔已经与他近在咫尺了。

第六章　不是冤家不聚头

这时候，李玉璞已经想起她到底是谁了，她就是今天早上刚刚被自己追尾的那个林黛玉与王熙凤的合体，那个张牙舞爪的辣妹。

那辣妹站在李玉璞面前，笑靥如花地对他说："先生，不好意思！我手机没电了，麻烦您把手机借我用一下可以吗？"

李玉璞奇怪地看着这张与早上的张牙舞爪相比截然相反却又完全相同的面孔。他心想，这女人早上还是那副嚣张跋扈、面目狰狞的样子，这会儿又是如此的粉面桃花。如此变化多端的女人，还真不知道她到底随身携带着几张面孔闯世界呢？

那辣妹又说了一声："先生，我手机没电了，借您的手机用一下可以吗？"

李玉璞怔了一下，仿佛如梦初醒一般。他明白这个女人显然没认出自己来，这使李玉璞心里感觉舒服了许多。他拿出手机，将手机递到辣妹面前，顺口说着："可以，当然可以。"

那辣妹接过手机拨打了一个号码，然后很自然地走远了几步讲电话。不一会儿，她打完电话将手机交还到李玉璞的手上，口中还连声说着谢谢。突然，她好像发现了什么，睁大了眼睛惊愕地盯着李玉璞，嘴里念叨着："怎么是你？"片刻之后她又换上了那副笑容可掬的面容说道："真是没想到，在这儿又遇到你啦！这北京城还真小。"

李玉璞不知如何是好，脸上立刻浮现出他那招牌式的"没谱儿"笑容，嘴里木讷着回答道："是我，真的是我。"

那位辣妹这时反而大方地伸出手，像是要跟李玉璞握手言和一般。她说："咱们也算是不打不相识，我们认识一下，我叫钱多多。你好！"

李玉璞有些惊慌失措地看着她，下意识地也伸出手来跟她握了一下，脸上仍然保持着"没谱儿"式的笑容说："你好！我是李玉璞。"

这时，张玉环正好回来，看见李玉璞正跟一个美女亲切会晤，便静静地坐在一旁，眼睛只在钱多多脸上瞟了一下，然后就瞬间划过看向别处，但眼神里好像有一种难以名状的情绪在泛滥。

钱多多看了张玉环一眼，眼睛虽然在张玉环的脸上停留了片刻，却也没有多说什么。她又转过脸跟李玉璞说："那我就不打扰你了，以后有机会再见。"刚走了两步；她又转过身来对李玉璞说："不好意思，我还得再用一下你的手机，没问题吧？"

李玉璞没有多说什么，再一次把自己的手机递给了钱多多。只见钱多多这次并没有再次拨打电话，只在李玉璞的手机上操作了几下，就将手机还给了他。

然后，钱多多再一次地向李玉璞表示感谢并道别，终于转身离去。

李玉璞也点了点头，以此来向钱多多表示再见。他目送着钱多多朝着多功能厅的门口走出。

张玉环默然地看着走远的钱多多，脸上似乎被一层阴郁的气息笼罩着，却依然保持着沉默并没有说什么。

李玉璞解释着说："她就是早上被我追尾的车主，没想到在这里遇上了。你不知道，她早上的时候简直像个母夜叉，恨不得把我吃了。这会儿，她又笑得跟花儿似的，这变化之大还真是让人难以接受，实在吓人。我刚才还以为她又要来找茬呢，没想到她是来跟我借手机的。"

听了李玉璞的解释，张玉环那默然与阴郁的神情依然若隐若现，她附和着说了一句："是呀，北京这么大，你们一天之内能偶遇两次，还真是缘分不浅。"

李玉璞正要喝杯子里的饮料，听张玉环这样一说，差点呛着。他把口中的饮料咽下说："算了吧，这样的缘分，还是不要有的好。"

张玉环迟疑了一下，继续问道："你知道她是谁吗？刚才她第二次来要你电话干吗？是不是对你有好感，把自己的手机号留在你的手机上了？"

李玉璞将手机的"最近通话"那一栏打开，递到张玉环面前给她看，然后悻悻地说："对我能有什么好感，人家把她自己的通话记录给删除了，不信你看看。真是，拿我当什么人啦？以小人之心度君子之腹！"李玉璞让张玉环看过手机以后又把手机放回了衣兜里，继续说道："我怎么知道她是谁？"

他们正说着，就看钱多多和一个比她年长很多的男人先后映入他们的眼帘。李玉璞不屑地笑着，看了张玉环一眼说道："你看，我没说错吧！不愧是'钱多多'，人如其名，有钱男人的'收割机'。"

张玉环看他这副表情，默然地说："你真的不认识她？她是一个网络主播，你在网上可以查到她的，我刚才以为你们以前就认识呢。你怎么知道她是有钱男人的'收割机'呢？再说，她要是有钱男人的'收割机'，那男的，应该就是有钱的男人喽。"

李玉璞把目光收回来，看着张玉环说："啊？她是网络主播吗？呵呵！真的不知道，但是就看她那气质，就知道她是小二的妹妹——'小三儿'。她旁边那老头，不用问，就是'小三儿收割机'。"

李玉璞喝着杯中的饮料，眼神不经意地落在那些美女身上。张玉环注视着李玉璞的目光，悻悻地说："李总对食物好像没什么兴趣？"

李玉璞回过头来对着张玉环笑了一下，说道："如今这些姑娘也实在太敢穿了。你看各大年会、聚会，皆是如此。大家时刻准备着粉墨登场，这可能就是人们常说的人生如戏吧。"

就在这时候，只见熊总带着两个人正朝他们这边走过来。

不知是不是因为室内的温度过高，熊总那张油光满面的脸上泛着红，五官中最为显著的酒糟鼻子更是渗出丝丝油光。

熊总脸上一副自满的表情，他用手示意着他左侧的一位与他年龄相仿、身材相似的男人，对李玉璞和张玉环说："李总、张总，我来介绍一下，这位是××集团的叶总。叶总旗下的广告公司，可是咱们业内响当当的龙头企业啊！"他又转过头看向他右侧另一位年纪四十岁上下的男人说："这位是××集团的袁总。袁总是金融界中的翘楚，涉足了房地产、酒店、金融投资等相关产业。咱们以后还得多多仰仗二位老总。咱们一起敬叶总和袁总一杯，好不好？"

李玉璞和张玉环分别起身与叶总和袁总相互握手并问好，并将手中的酒杯轻轻碰了一下，然后又轻抿了一口，相互表示着敬意。

熊总继续说道："叶总、袁总，这是我们公司的张总、李总。这次我回国准备开拓一下国内的广告业，这二位就是我们公司的实力干将，也是主要负责人。以后还请二位给予我们更多的支持啊！"

那位年纪稍长的叶总说："哪里，哪里，大家相互支持、相互帮助！其实国内的广告业还在起步阶段，发展势头不可限量。广告业常常被称为一个国家国民经济发展状况的'晴雨表'，世界上最发达的广告业，也存在于经济发达国家。第二次世界大战以后，随着日本经济的复苏和起飞，日本的广告业称雄全球。著名的日本电通公司是世界上最大的广告公司，每年纯广告营业额就达一百五十亿美元以上。"

叶总看了一下大家认同的表情，继续说道："而在中国，广告影响着人们的意识和思想。广告服务于先进文化的弘扬和高质量文化产品的制作，有着不可替代的作用。根据不同地区的地域文化和人文文化，发布具有当地文化特色的科学知识的公益广告，为文化经济的发展打造靓丽城市名片，从而提升全民的道德意识和文化思想，是一种科学的文化经济发展管理模式，也是引领社会主义精神文明的正确方向。"

熊总伸出大拇指点头说道："叶总说得太对了，我们要向您好好学习，以后还请您多多关照。"大家也纷纷点头表示赞同叶总的观点。

正在大家为叶总的演讲点赞之时，张玉环的手机响了起来，她走到一旁，接通了电话。片刻后，她神色紧张地回来说："各位，不好意思。刚才我的助理来电话说，我儿子有点不舒服送进医院了，我要马上去一下。抱歉！"说着，她拿起自己的包准备离开。

大家纷纷向她表示关切，并劝慰着她，说孩子不会有事的，让她不要着急。

李玉璞看向张玉环说："我送你吧。"说完，他向在座的人打了个招呼，便跟随张玉环一起走了出去。

李玉璞看着身边焦灼的张玉环，缓缓发动了汽车。他们行驶在寂寥的大街上，因为今年冷得早，大街上的人都已经穿上了呢大衣或羽绒服御寒。街道上的行人步履匆匆，夹杂着雪花的大风，呼啸着将所有景物掩映在一片迷茫之中。

很快，李玉璞和张玉环便来到了医院。张玉环的儿子天天已经化验检查完了，小许正拿着化验单准备去诊室让大夫诊断。张玉环看到小许和孩子马上跑了过去，询问孩子的病情。小许看张玉环和李玉璞来了，赶紧也迎上前对张玉环说明情况。本来天天跟她回家时，一切还都挺好的，因为天天在幼儿园吃过晚饭，所以在她家就只喝了一杯酸奶，其他什么也没吃，也不知道为什么突然就吐了。小许不放心，就赶紧带着天天来医院检查。

天天看到妈妈来了，一下子扑到张玉环的怀里，撒着娇说："妈妈为什么才来，我刚刚肚子疼，还吐了。"天天在张玉环的怀里撒着娇，一双大眼睛却盯着李玉璞，疑惑地眨巴着。

张玉环看着孩子，面上露出愧疚之色，哄着天天说："对不起，是妈妈不好，妈妈应该早点回来。"

他们一起来到诊室向医生询问诊断结果，医生看了一下化验单说天天没有大事，各项指标也正常。小孩子偶尔没吃好，肠胃不舒服，也很正常。回家后尽量给他吃易消化的食物，避免着凉就行。

从医院出来，李玉璞本来想送张玉环和孩子回家，却被天天一句"不用了"给硬生生地回绝了。李玉璞看着天天那双充满猜疑的大眼睛，心想这小家伙一定是把自己当"侵略者"了，心里不禁莞尔。

小许刚才是开张玉环的车来医院的，张玉环拜托李玉璞把小许送回家，并一再感谢他的帮忙，几个人便在医院门口分手了。

李玉璞送小许回家后，就一个人开着车朝南五环外的家驶去。刚刚到家，李玉璞的手机就响了起来，他拿起手机一看，来电显示是熊总的电话。

熊总在电话里说他决定给张玉环的公司注资，具体经营由张玉环负责，他实际控股，具体注入资金的数额和控股比例他们要再进一步商议。当然，他更希望李玉璞也可以以注资的形式一起合作，这样他们三人就是名副其实的合伙人了。

李玉璞在电话里答应考虑一下，相关事宜他们三人还可以进一步商讨，然后二人便挂断了电话。

李玉璞走进卫生间开始洗漱，刚刚洗漱完毕，手机响起一声提示音。他拿起来一看，是张玉环发来的微信。

张玉环问道："李总到家了吗？今天实在麻烦您啦！感谢！"

李玉璞回复道："不客气！小事一桩。孩子好点了没有？"

"他没什么事，已经躺下准备睡了，所以才给您发微信没敢打电话，怕吵着他。今天熊总的事情您怎么看，他刚才来电话说要给我投资。"

"别太当真。"

"您什么意思？"

"意思就是，不做任何预想，让事实证明一切。"

"好吧，早点休息吧，晚安！"

"晚安！"

李玉璞放下手机，他想也许张玉环跟自己的感觉一样，只是需要跟自己确认一下彼此的感觉是否准确。熊总所说的一切，不能太当真，毕竟他们对这个人一点也不了解，那个熊总刚刚回国不久，又从未涉足过这个行业，人家那么大的项目，怎么可能就放心交给他呢？而且，如果熊总真的有他所吹嘘的那么雄厚的经济实力，又何必找上张玉环和他这样的小人物合作呢？

李玉璞自认为在商界这么多年，虽然自己算不上能够未卜先知，也不能窥一斑而识全豹，却也在识人善恶上有些经验。李玉璞觉得，这个熊总的身上总是流露着一种说不清道不明的虚伪与险恶，这种气息让他很不舒服，但又很好奇熊总到底是在打什么主意。

李玉璞觉得，在生意场上诚实守信者当然有之，但勾心斗角、尔虞我诈者亦不乏其人。对于一上来就给予你好处的人，也不得不小心防范，这巨大好处的背后是否藏着某些不可告人的目的。

李玉璞在心里暗自筹谋，不管怎样，"兵来将挡，水来土掩"，一切的一切，都需因势利导、随机应变。

第七章　挥之不去的梦魇

　　张玉环正要放下手机，她突然看到自己微信的通讯录里，有一个微信名叫"好望角"的人，正在请求加她为好友。她迟疑了一下，便通过了"好望角"的请求，添加了他为好友。通过以后，张玉环发现"好望角"填写的所在地址，并不是南非共和国的开普敦，而是香港的旺角。张玉环的心里不由自主地怔了一下，然后她试图想翻看一下"好望角"相册里的相关内容，可是"好望角"的相册是空的，什么信息也没有。

　　这个突如其来的"好望角"虽然让张玉环疑窦重重，但也没有发现任何有价值的内容，她也不再多想。现在这年月，微信作为交友软件不仅是方便了人们的生活和工作，更是扩大了人们日常生活中的娱乐视角和范围。至于微信名，不仅可以根据自己的喜好随意取名和更改，连地址也可以随意填写，即使在地区一栏里填写上一个宇宙中根本不存在的星球，也不会受到任何人的指责和非议。

　　张玉环觉得这个新添加的微信好友，也会像以前无数个曾经添加过她为好友的那些人一样，无非是一些无聊至极之人的无聊搭讪而已。张玉环也没太在意这个莫名其妙的微信好友，她觉得，过段时间如果这个人真的和以前那些人一样，找机会把他删除就是了。

　　张玉环放下手中的手机，静静地望着已经沉睡的天天。她觉得自己对不起孩子，虽然在生活上和感情上她已经竭尽全力地在呵护他，但是孩子从小就没得到过父爱，这就是她对孩子最大的亏欠。可是，这一切又是谁造成的呢？她自己又何尝不是一个受害者，何尝不是一个无辜的人。这些年自己独自一人抚养着孩子，这其中的艰辛和不易，又有谁能懂呢？

　　张玉环不知从什么时候开始，已经意识到自己的儿子天天，好像比同龄的孩子更加敏感也更加多疑。不知是不是儿子从小没见过父亲，所以对于男性，好像有一种天生的抵触感。就像今天李玉璞想要开车送她们母子回家时，天天本能地立刻拒绝。还有幼儿园老师曾经对她说过，天天只喜欢跟女孩子一起玩儿，不喜欢跟男孩子一起玩儿。其实这也怪不得孩子，他从一出生就是由自己和保姆照顾着，从来都没有接触过男性；上幼儿园以后，幼儿园老师也都是女性。天天从没见过自己的父亲，也没有接触过其他成年男性，也许就是因为这个原因，这个被女性围绕成长的孩子，自然而然喜欢跟女孩相处。虽然现阶段这也不是什么大问题，但是随着他年龄的增长，会不会对孩子的心理产生什么不好的影响呢？张玉环心里有些困惑，可一时又不知道该如何是好。

张玉环很想改变儿子的性格趋向，但又不知道从何处着手。如果自己能够重新接受一个男人，拥有一个温馨的家庭，那么孩子的性格会不会有所改变呢？张玉环不知道。也许吧，也许自己真的能给天天找到一个爸爸，到时候，说不定天天也真的能开朗起来。

张玉环想到了李玉璞，从这几年的接触来看，她感觉李玉璞这个人还是不错的。虽说李玉璞平时一副没心没肺的样子，但是在很多事情上，都还是挺让她感到欣慰的。

张玉环想到这两年跟李玉璞的合作，说是合作，其实每次的性质更像是朋友间的帮忙。只要她说话，李玉璞几乎从没有拒绝过，而且也从来不计较什么分成比例，每一个项目，都是她说了算。而且她每次给多少，李玉璞就拿多少，从来都没跟她计较过。像今天这样在生意场上为她保驾护航，也不是一次两次了。张玉环在心里问自己，难道这李玉璞对自己就真的只是关照，没有其他情愫吗？如果有，李玉璞为什么从来不主动表态呢？他是不是有什么顾虑，是不能接受天天吗？

张玉环思来想去也没有想出什么结果，她长叹了一口气，又转念在心里告诉自己：还是不要想了吧，自己吃男人的亏吃得还少吗？像自己这样，还是不要对感情抱有什么幻想才对。当初那个男人还不是对自己信誓旦旦、海誓山盟，最后却落得自己一个人孤零零地抚养着孩子。

张玉环呆呆地看着自己的孩子，不经意间，两滴眼泪顺着她的脸颊滑落了下来。她伸出手背抹掉脸上的泪水，又抬起头看向天花板，生生把即将夺眶而出的泪水强忍了回去。

张玉环在孩子身边躺下，关了灯，迷迷糊糊地进入了梦乡。

"玉环！玉环！"张玉环听见有人在叫她。张玉环勉强睁开眼睛，看到窗外的天阴沉沉的，但也已经天光大亮。她心里纳闷，感觉自己刚刚睡下，怎么天就亮了呢？她起身下床，来到阳台上往外看，天空中阴云密布，一阵风吹来，将她身边白色的窗纱吹得"呼呼"作响，并且被风剧烈地舞动着。她赶紧关上窗户，抬头看了看阴郁的天空，黑压压的乌云给大地笼罩上一种压抑又恐惧的气息。

"咚咚咚！咚咚咚！"伴着急促的敲门声，门外有人喊着她的名字。"玉环！玉环！快开门！"张玉环疑惑地看着门口，她不知道这时候会有谁来找她。

张玉环疑惑不解地来到门前，她缓缓地将门打开，一个身影迅速闪了进来。

"玉环，快跟我走，我们要换一个地方住。后面有人追我，跟我走，再晚就来不及了。"那个身影大口喘着气，紧张的神情在脸上表露无余。

"高翔，你这么长时间去哪儿了？怎么才来找我呢？你让我跟你去哪儿？我一会儿还得上班呢,要去哪儿,你自己去吧!"张玉环面对着失踪已久的高翔既委屈又气愤。

"来不及了!快!收拾一下重要的东西,马上跟我走!"说着,高翔已经把柜子里的两个皮包拿了出来,又把床头柜的抽屉一个个拉开,把里面的东西胡乱地往里一塞,拉着张玉环就往楼下跑。

"我一会儿还要上班呢,你到底要带我去哪儿呀?你不说清楚,我哪儿也不去。"张玉环使劲地把手一甩,挣脱了高翔拉着她的手,生气地问道。

"玉环,你别闹了。我知道这段时间我没回来你生气了,咱们先走,有时间我再跟你解释好吗?你看你一个大肚婆,谁会请你工作呀?你就别跟我闹了好吗?"高翔央求着她,重新拉起她的手,几步跑到了外面的街道上。高翔伸出手臂去招呼出租车,却没有一辆车为他们停下。

张玉环奇怪地望着周围的一切,又看了看自己。张玉环看到自己只穿了一条宽松的白色连衣裙,腹部高高隆起,显然自己就快要生宝宝了。她的脚上穿着一双平跟的凉鞋,是的,是凉鞋。现在不是冬天,而是夏天。张玉环诧异地环顾了一下周围的环境,这里也不是北京,这里是香港。她所在的位置,是被誉为九龙"不夜天"的旺角,她之前住的地方就是弥敦道西侧的一幢老住宅楼,她隐约记得,自己已经在这里住了两三个月了。

张玉环害怕极了,她被这一切奇怪的事情弄得莫名其妙、头痛欲裂。她明明记得自己在北京已经生活好几年了,这个时节正是北京的冬天,自己的儿子天天也已经上幼儿园了。自己怎么又会来到香港呢?自己是什么时候来的?还有,自己怀的孩子又是怎么回事儿?还有高翔,他是什么时候回来的?他要带自己去哪里?

张玉环不知所措地站在原地,耳边仿佛有无数蚊子在嗡嗡地叫着,而且这声音越来越大,瞬间就将她包围吞噬。

"快跑!"高翔拉起她的手,不由分说地狂奔了起来。

回眸的瞬间,张玉环就看见几个麦色皮肤、上身穿着短袖衬衫的人在追他们。那些人的手上都拿着东西,其中一个人的胳膊上还有文身。那些人在后面追赶着她和高翔,他们越追越近,眼看那些人就要追上自己和高翔了。张玉环只觉得呼呼的风声在耳边掠过,如耳鸣一般的嗡嗡声在耳畔和脑海里回荡。她气喘吁吁地被高翔拉着狂奔,脚下却越来越软,像踩了棉花一般。瞬间,她觉得高翔拉着她的手不知什么时候已经松开了,她无意识地挥动了两下手臂,却没有再找到可以支撑自己的依靠,眼前一黑就顺势倒了下去。

张玉环感觉到有温热的液体从自己的身体里流了出来,那从她体内流出的液体就像是她正在消逝的生命,渐渐地游离了自己的身体。她没有感觉到疼痛,只觉得越来越冷。她想,自己可能要离开这个世界了,虽然她不甘心,但是也不得不接受这样的事实。

"对不起！妈妈！对不起！"她呢喃着，虽然知道妈妈听不见她说的话，她却只想跟妈妈说"对不起"。

张玉环什么也看不到了，但是在她的脑海里，却充满了高翔的面庞。灿烂的阳光中，高翔用自己的额头抵着张玉环的额头，脸上绽放出灿烂的笑容。他说："玉环，跟我走！我们一起去环游世界，永远也不分开。好吗？"

张玉环呻吟了一声，她觉得眼前光芒太盛，刺得她睁不开眼睛。张玉环闭着眼睛喊道："高翔！高翔！"没人回答她，张玉环有些害怕，随着这种害怕一齐向她袭来的，是她腹部传来的阵阵剧痛。

张玉环勉强睁开眼睛，发现自己躺在一个洁白的房间里，旁边有穿着护士服的护士小姐走上前来，笑盈盈地用粤语对她说："恭喜你！是个靓仔！"

张玉环不敢相信自己的耳朵，她还没有完全弄清楚这一切到底是怎么回事儿。那护士看着她迷茫的眼睛，笑了一下，然后，又改用生涩的普通话说了一遍："恭喜你！是个漂亮的男孩！你当妈妈啦！"

张玉环在心里消化着这些信息，她伸出手抚摸着传来阵阵痛感的已经平坦的腹部，这让她相信自己真的当妈妈了。护士还告诉她，因为是早产，孩子出生时才五斤多，暂时还在保温箱里，需要观察几天。如果没什么事，过几天就可以出院。张玉环自己也因为生产时大出血，所以需要好好调理身体。

护士小姐走了，张玉环因产后虚弱，在不知不觉中意识渐渐开始模糊。她感觉自己好累，就好像自己重生了一般。张玉环朦朦胧胧正要再一次进入梦乡之际，又有人在耳畔呼唤着她："玉环！玉环！"

张玉环一下子睁开眼睛，掀开被子光着脚站在地板上。她在黑暗中静静地聆听着周围的声响，没有找到刚才那声音的来源。她来到阳台上，发现外面漆黑一片，呼啸的北风夹杂着雪花打在玻璃窗上。

张玉环糊涂了，刚才还是夏天，怎么转眼之间又到冬天了呢？而且即使是冬天，香港也不会下雪呀。她趴在玻璃窗上向外望去，可是周围的一切告诉她，这里不是香港，这里是北京。自己什么时候回北京来的？她转身迅速回到房间打开灯，映入她眼帘的是熟悉的房间、熟悉的陈设，还有依然在睡梦中的天天。

张玉环呆坐在床上，往日的一切，一幕幕浮现在她的眼前。是的，天天是在香港出生的，当初她不愿意去香港生孩子，是高翔硬要她去的。高翔那张在张玉环记忆中几近模糊的面庞，仿佛又浮现在张玉环的眼前。

在灿烂的阳光中，高翔用自己的额头抵着张玉环的额头，对她说："玉环，跟我走！我们一起去环游世界，永远也不分开。好吗？"

张玉环听了高翔的话，跟他一起来到了香港。可是她做梦也没想到，后来发生的一切，却让她至今都觉得不可思议。

张玉环久久地呆坐在床上,这个匪夷所思的梦魇已经伴随她多年。每当她即将要遗忘过去的时候,那些不堪回首的以往便会毫无征兆地入侵到她的脑海,一次又一次地折磨她,一次又一次地将虚幻和现实交织在一起,一次又一次地把她刚刚建立起来的摆脱过去,重建未来的勇气瞬间毁灭。

第八章　鱼之将死　反戈一击

　　第二天，李玉璞一直睡到了日上三竿自然醒，才缓缓地睁开眼睛。洗漱完毕以后，李玉璞给自己做了顿简单的午餐，吃完午餐他就窝在沙发里看电视，这是他在很多的无聊周末都会重复的生活片段。李玉璞不喜欢那些矫揉造作的爱情片，也不喜欢那些脑残至极的娱乐节目，更不喜欢隔靴搔痒式的喜剧小品。他平时的选择，除了欧美大片，就是像《大真探》这样的探险类节目。

　　这一次，电视上正好在播一对夫妻荒野求生的内容。男主角前特种部队求生专家迈克·霍克与他身为电视台记者的妻子露丝携手同行，在全球各地的蛮荒之地接受最严苛的生存挑战。他们被空投到不同地方，作为一个团队齐心协力度过四天四夜的求生历程。他们的背包里只有一把小刀和一些衣服，如此条件，对这对夫妻而言不仅是在测试他们的意志，同时也是在考验着他们彼此的感情。他们在地球上最原始最疯狂的地方，以相同的立场，联手对抗大自然的洪荒之力。

　　李玉璞看着这个节目不禁想到，真正的爱情一定是摆脱了物质的约束发自内心深处的喜欢。爱情一旦受到物质的束缚和左右，就丧失了它所有的魅力。繁体字的"愛"字，本就是由"爪""心""秃宝盖"和"友"四部分组成，从而得知，爱的寓意就是要获得友人的心。但想获得友人心的要件，必须是获得者自身的魅力而不是他所拥有的物质魅力。虽然他李玉璞相貌一般，物质条件也一般，但追求一场纯粹爱情的权利是任何人也不能剥夺的。没有了心有灵犀，没有了情投意合，那样的情感肯定不能叫作爱情。他不能稀里糊涂的就步入婚姻的殿堂。

　　看来，将来想要了解一个人的品德和性情，确定其是否可以患难与共，就要和其经历一场荒野求生。只有能一起经历颠沛流离，才能一起度过余生。

　　就在李玉璞盯着电视胡思乱想的时候，他那不甘寂寞的手机铃声骤然响起，将他拉回到现实之中。

　　朴正浩来电话说刚把老婆送到机场，正在往回开，他一个朋友新开了一家餐馆要他去捧场，他让李玉璞晚上别安排其他事，两个人正好一起去喝一杯。

　　朴正浩的爱人唐琪在上海工作，本来一直想找机会调回北京。可是唐琪所在的公司去年有一个职位空缺，唐琪也极有可能得到那个让人艳羡的职位，所以她就想等升职以后再办理调动。就这样，调回北京总公司的计划一拖再拖，被搁置了下来。唐琪和朴正浩这一对夫妻，也变成了一对真正意义上的"周末夫妻"。

李玉璞自己本是孤家寡人一个，朴正浩的来电也正合他意，他和朴正浩一起消磨这个无聊的晚上，总比他一个人孤独地看电视要强得多。为了晚上可以一起喝两杯，李玉璞和朴正浩约定，晚上两个人都不开车，由李玉璞负责在网上约一辆车来送他们到目的地。

李玉璞挂断电话，开始在手机上操作，准备约车。

朴正浩从机场回来直接来到了李玉璞的家，两个人闲聊了一会儿，李玉璞约好的车就已经在楼下等他们了。两个人下楼，上了已经等在小区门口的车，直接来到了他们应邀的地点。

这是一家韩式料理餐馆，装修风格很有韩式的味道，古朴而简约。身穿韩服的领位小姐热情地迎上前跟他们打着招呼。

李玉璞和朴正浩跟随漂亮的领位小姐往餐厅里面走去，餐厅里面坐满了前来祝贺或者是前来蹭饭的各色人士。李玉璞心想，不知这家餐厅的老板是朋友太多还是仇人太多，今天前来祝贺的各色人等也不知是怀着什么心态来吃饭的。餐馆老板热情地过来跟朴正浩和李玉璞打招呼，他也姓朴，个子不高，四方脸。朴老板特意将他们带到一个雅间内，并为他们和已经落座的几个人作了介绍。

大家彼此寒暄着，有人已经开始攀谈并互赠名片。李玉璞虽然在生意场上也摸爬滚打了这么多年，却一直没养成随身带名片的习惯。他潜意识中一直都觉得，名片名片，就是明着骗。真正有名望、有地位的人是不需要名片这种东西的，有谁见过各国首脑彼此会晤时互赠名片的？又有谁见过社会名流、商业巨头或大牌明星到哪里都带着名片的？没名望、没地位的人，才会随身带着名片，生怕别人不知道自己在这个社会中所扮演的角色。往往越是头衔多如牛毛的人，就越是徒有虚名的人。

李玉璞和朴正浩分别坐在了单间里并不相邻的两个座位上。在他落座的时候，发现自己身旁的位置上坐着一位穿着时尚的美女。虽然是美女，李玉璞也没敢多看。倒不是李玉璞胆小不敢看，也不是被那"非礼勿视"的思想制约，而是在李玉璞心里总觉得自己越显得高冷，才越会让人觉得他有神秘感，越会让人对自己产生兴趣。这一招果然奏效，那美女用眼睛注视了李玉璞一会儿，突然惊奇地开口对他说："李总，这么巧，你也来了？"李玉璞一时间不知该如何是好，只好应付着答道："你好！你好！"那美女看出来他显然没认出自己，就解释说自己和李玉璞在一次活动中有过一面之缘，李总是贵人多忘事才会不记得自己。李玉璞看着眼前的美女，大脑里迅速搜罗着记忆中的女性形象，却怎么也想不起来在哪里见过她。他脸上堆满笑容敷衍着说："哦！你这样一说我就想起来了，你好像变样了，越变越漂亮了。去年二十，今年十八，难怪我没认出来。"

这样的恭维话放在任何环境、任何女人身上都是安全有效的，必定让对方兴高采烈、心花怒放。李玉璞也是以不变应万变，以这句话应对那些已经在他记忆中搜罗不出印象的美人，无不效果显著。今天也是一样，那位美女听了李玉璞毫不吝惜的溢美之词，也是熏熏然陶醉其中，笑得花枝乱颤。

这时，各式美食陆续端了上来，老板今天招待大家的，除了各式菜肴外还有韩国小烧。在座的除了要开车的，其余每人的杯里都倒了一些。有人举起酒杯彼此间相互示意，也有人拿出手机开始给各式菜肴拍照并发布在朋友圈，以彰显自己在俗世中的一抹烟火气和存在感。

李玉璞从一落座，就发现他的对面有一个人几乎没怎么动过筷子，一直在用手机拍照。

这时服务员端上来一个盘子，放在了桌子的中央。那盘子用玻璃罩子罩着，透过玻璃罩子可以清晰地看到盘子上趴着几条章鱼，而且其中一条章鱼已经张开它的腕足，亦步亦趋地顺着盘子爬上了玻璃罩子。李玉璞看着这一幕，想到了曾经听说过的活吃章鱼，自己从没有亲自尝过，也没有亲眼见过那惨烈的场景。只是想想也知道，这活吃章鱼不仅残忍，还让人觉得恶心，不要说吃了，想想就已经让人倒足了胃口。

没想到，李玉璞身边的那位美女这时却用她那纤纤玉手打开了玻璃罩子，拿了一条章鱼出来。只见她右手捏着章鱼的头部，左手将刚才拿起的玻璃罩子重新盖好，然后又将那章鱼的几条腕足捏住尽量不让它们扭动挣扎。那条章鱼仿佛知道大限将至，瞪着恐怖的眼睛，似乎有话要说一般。当那条章鱼的眼睛与李玉璞的眼睛四目相对时，李玉璞感觉到那分明是一双人类的眼睛在怒视着他。

这时，那美女已经将章鱼的头蘸向了一盘酱料，那条章鱼此时不知是被酱料熏的，还是已经预感到自己挣扎的无谓，它的眼睛已经闭了起来，瞬间便被那美女含进了嘴里。李玉璞目不转睛地看着那美女，简直不敢相信这"茹毛饮血"的场面真的发生了。

就在这时，不知是不是那条被含在嘴里的章鱼被这位美女给咬疼了，它的几条腕足同时张开，"啪"的一声死死地贴在了那美女的脸上并用力地扭动着。在座所有人看着这惊悚的一幕，露出惊恐的表情。那美女脸上虽略有尴尬之色，却依然强装镇定，面对着对面拍视频的那个家伙挤出了一个勉强的笑容。随后，她将那章鱼的腕足一条一条地捏在手中，陆续送到嘴里慢慢地咀嚼着。

李玉璞眼眸低垂，端起酒杯轻轻地啜了一口杯中的韩国小烧，他不想再看桌上的章鱼，也不想再看旁边的那位"章鱼小姐"。

这时餐厅服务员又将一条整鱼端了上来，口中报着菜名"生鱼刺身"，然后放下鱼转身离去。李玉璞平时很喜欢吃生鱼片，但他平时吃的生鱼片都是一片一片被切好、整齐地码放在盘子里的。这一次被端上桌的也不是他平时吃的三文鱼或金枪鱼，而是一整条不知名的鱼。李玉璞仔细看了一下，盘中的那条鱼的身上，已经被切出了一道道口子。很显然，鱼片已经切好，只是没有被拿下来，照原样安放在原位而已。如果不仔细看，还真的会以为这是一条完整的鱼摆放在餐桌上。

李玉璞刚咽下一口韩国小烧，看着这道别具一格的生鱼刺身，总觉得就这样下筷子，从整条鱼身上夹鱼片下来吃有些残忍。正在他心存不忍之际，旁边的"章鱼小姐"对李玉璞微微一笑说："这道特别的生鱼刺身据说是这家店的招牌菜，鱼片的新鲜程度绝对是别家没有的，李总一定要品尝一下。"李玉璞本来就很喜欢吃生鱼片，听"章鱼小姐"这样一说，也想品尝一下这道生鱼刺身与往常吃的有什么不同。李玉璞抬起拿着筷子的手，向那条鱼伸去。当他的筷子夹住一片鱼肉，正要用力从鱼身上将鱼肉夹掉的时刻，这条经过酷刑的鱼仿佛被疼痛惊醒，又像是回光返照一般，它一下子张大了嘴巴，瞪着圆鼓鼓的眼睛，身子也瞬间腾空而起，居然蹦起了十几厘米高。李玉璞被这惊悚的现象吓得险些将手里的筷子扔了，他迅速地将手缩了回来，惊魂未定地看着那条不肯赴死的鱼。

这时，在座其他人也被这条死而复活的鱼吓了一跳，大家目不转睛地注视着这条"死不瞑目"的鱼。而李玉璞身边的那位"章鱼小姐"一下子抱住了李玉璞的胳膊，将头埋在了他的胸口不敢再睁开眼。

那条搏尽了最后一丝力气的鱼，重新落回到盘子里，一直保持着刚才那大嘴张开、怒目圆睁的样子。那样子好像在蔑视人类的所谓善良，也好像是在控诉人类的残忍和自私。它就那样保持着凛然的姿态，没有再变换过。

所有人都不敢再碰这条"死不瞑目"的鱼，当餐厅服务员再次上菜的时候，大家一致建议他把这条"死不瞑目"的鱼端下去好好安葬。虽然不知餐厅到底如何处置这条鱼，反正大家是不敢再碰它了。

李玉璞再也无心吃东西了，他一声不响地喝着闷酒，想起了下午在家里看的电视节目，那对在荒野中艰难求生的夫妻。

远古人类经历了一个从利用自然火到人工取火的漫长过程，火山爆发、电闪雷击引起森林起火，对于原始人来说，是很可怕的。但是人们在同险恶的自然条件做斗争的过程中，逐渐了解了火是可以取暖的，被烧死的野兽是可以充饥的。

于是，人们便试着取回火种，把燃烧的树枝带到山洞里去，用火作为战胜寒冷、防止野兽侵袭的武器。在长期的劳动过程中，他们还发现了摩擦生火的现象。例如，打击燧石或石器相碰会产生火花；刮木、钻木时会生热，甚至冒烟起火。经过若干年的摸索、尝试，他们终于在实践中掌握了打击、磨、钻等人工取火的方法。这样，他们就从利用自然火过渡到人工取火。火的发现和利用，对于人类和社会的发展有着非常巨大的意义。

所以，恩格斯指出："摩擦生火，第一次使人类支配了一种自然力，从而最终把人同动物分开。"

但是，现代人在高度文明的滋养下又开始追求原始，追求"茹毛饮血"式的复古。李玉璞不知道这是对文明的挑衅，还是对远古时代的怀念。

李玉璞这一顿饭吃得索然无味，虽然老板盛情，但他总觉得好像有什么东西卡住喉咙一样难以下咽。不知是不是因为没吃什么东西，在不知不觉中，李玉璞颇有点醺醺欲醉的感觉。

　　朴正浩这时已经酒足饭饱，他不像李玉璞那样喜欢思考问题。他觉得人生在世随遇而安，一切胡思乱想都是庸人自扰，只有及时行乐才是人生真谛。

　　李玉璞看时间不早，便拿出手机在网上约车，然后二人跟老板告辞来到餐厅门外，在那儿边抽烟边等司机接单。

　　不一会儿，手机发出了一声提示音，显示已经有司机接单了。李玉璞打开约车软件，当他看到接单司机的头像时，不由得一阵毛骨悚然。那接单司机的头像惊悚怪异，面部阴森扭曲，眼睛和嘴唇都是黑色的，面部露出一种阴森扭曲的怪异表情，正瞪着一双奇特的眼睛注视着他。李玉璞被这样一张面孔吓了一跳，手机差一点掉在地上，刚才那醺醺欲醉的酒意，也瞬间飘散得荡然无存了。

第九章　爱情是本教科书

　　站在一旁的朴正浩看着李玉璞一脸惊恐的样子，嬉皮笑脸地说："'没谱儿'，你怎么啦？我怎么感觉你今天不太对劲呀！"李玉璞把手机举到朴正浩眼前，只一眼，朴正浩瞬间蹦了起来喊道："我靠，这是什么鬼？快点取消订单。"李玉璞这才反应过来，迅速地在手机上操作着，取消了订单。

　　朴正浩一脸的惊魂未定，他朝地上呸了一口，转过头对李玉璞说："怪事年年有，今年特别多。刚才那应该就是传说中的'幽灵车'，你听说过吧？"李玉璞和朴正浩都从未经历过什么"幽灵车"事件，虽然知道这只是个别网约司机的恶意刷单行为，但他们从没想到这样的事情会发生在他们自己身上。可事情就这么巧，不常约车的两个人竟会被老天如此垂青。

　　虽然两个人被那扭曲阴森的图像着实给吓得不轻，但朴正浩还一副满不在乎的样子调侃着说："'没谱儿'，明天咱俩去买彩票试试，说不定能中大奖呢。"

　　李玉璞定了定神，瞪了朴正浩一眼说："算了吧，我这人天生'招黑'的体质，从来没有过什么好运，要去你自己去吧。"

　　李玉璞和朴正浩彼此交换了一下意见，决定不在网上约车了，直接在路边打出租车回家。

　　刚刚站定，一辆红色的SUV停在了他俩的面前。随之传来一个美妙的声音："李总！"李玉璞定睛一看，原来是刚才的那位"章鱼小姐"驾车停在了他们面前，她身旁还坐着那位在餐厅里一直拍摄的"摄影男"。

　　"章鱼小姐"嫣然一笑，对李玉璞说道："李总，你们去哪儿？我送你们一程吧，这里不好打车的。"

　　李玉璞虽然口中客套着说不用麻烦了，但听"章鱼小姐"说这里不好打车，脚不由自主地朝着车子走去。朴正浩看李玉璞朝着车子走去，也跟在李玉璞身后，上了"章鱼小姐"的那辆SUV。

　　"章鱼小姐"在车的后视镜里看向他们，先问他们要去哪里，然后又说："李总，你是不是真的不记得我啦？"

　　李玉璞刚才已经说还记得人家，现在也不好改口，他死扛着说："记得，怎么会不记得？但具体是哪次聚会上见过，还真说不上来了，可是我记得你。美女嘛，总是让人印象深刻。"

"章鱼小姐"在反视镜中对李玉璞莞尔一笑,接着说:"那您还记得我姓什么吗?"

李玉璞在心里思忖了一下,他根本就不知道这位"章鱼小姐"是何许人也,又怎么会知道她姓甚名谁。事到如今也只能胡诌了,虽然说错是必然的,但也别无他法,一会儿找借口就说自己酒喝多了、记忆有些不太清晰就行了。

李玉璞想好了为自己解释的说辞,气定神闲地说:"记得,怎么会不记得呢,你不是姓'章'吗?章子怡的'章',我没记错吧?"

"章鱼小姐"在后视镜中瞪大着双眼,看着坐在后座上的李玉璞说:"李总真是好记性,没想到您还真记得我。上次在××公司的周年庆典上和您匆匆见过一次,我们是同桌,您还说有机会推荐我上您公司负责制作的广告,可是您后来一直也没找我。"

李玉璞一听自己胡诌居然也能胡诌对了,心中着实吃惊不小。李玉璞在心中感叹,自己是不是从今天起就真的转运了,中国的姓氏如此之多,能猜中的概率如此之低,居然也能蒙对,这也真是奇迹。

这时,朴正浩的手机响了起来。朴正浩看了一眼手机显示屏上的来电显示,原来是他爱人唐琪打的电话。他接通了电话,跟爱人说自己和李玉璞已经参加完聚会,正在回家的路上,马上就到家了。他还特意将手机递给李玉璞,让李玉璞跟唐琪说了几句话,其用意不过是怕唐琪怀疑,让李玉璞为自己以作证罢了。李玉璞简单地跟唐琪聊了几句,说朴正浩跟自己在一起,让唐琪放心,他保证会把朴正浩"毫发无损"地护送回家。唐琪在电话里笑着说没什么不放心的,只是告诉朴正浩自己已经到上海了,给他报个平安,然后就挂断了电话。

说话间汽车已经开到了李玉璞他们居住小区的大门口,他俩向"章鱼小姐"道谢后,朝着他们居住的小区大门走去。进入小区,他们才发现整个小区黑漆漆一片。他们借着天上的月光来到自己家所在的单元门口。一进入楼道,他们瞬间便被楼内的漆黑所吞没。没办法,只能在伸手不见五指的楼道内摸黑前进了。

李玉璞和朴正浩打开手机上的手电筒,借着手电筒的光亮开始了他们艰难的爬楼历程。

李玉璞和朴正浩毕业这些年,为了生计劳碌奔波,应对着各种各样的交际应酬,徜徉于各种声色场合,不知有多久没有参加过体育锻炼了。如今的他们虽然还未到不惑之年,可是身材已经走样,再也不是十几二十年前那如青松般挺拔的青年了。朴正浩今天要从一楼爬到十五楼,而李玉璞要爬到十六楼,这对他俩来说实在是一个不小的考验。

这两位曾经身手矫健的青年,如今在漆黑的夜里,吃力地爬着楼梯。当他们爬到第九层的时候,已经累得呼吸急促、气喘吁吁,额头上也渗出颗颗汗珠。他们不得不停下来稍作喘息,回味着自己曾经在校园里生龙活虎的青涩年华,不禁感慨"廉颇老矣"！

朴正浩一屁股坐在台阶上不肯动弹了，李玉璞看朴正浩坐了下来，也跟着坐下。气喘吁吁的二人关掉手机上的光源，决定先稍事休息，一会儿再继续艰苦的攀登。

朴正浩拿出一支烟叼在嘴上，又递给了李玉璞一支，然后分别给自己和李玉璞点上。在黑暗中，朴正浩对李玉璞说："'没谱儿'，你还记得林青吗？听说她回国了。"

李玉璞一听到"林青"二字，心中顿时一阵翻滚，脑海中瞬间浮现出那个清秀的面容。

李玉璞迟疑了一下说："她回国了吗？你怎么知道的？"

朴正浩平静地回答说："前两天听说的，不知道是不是真的。"

二人就此沉默，各自回忆着自己那蓬勃的青葱岁月，和那个在他们生命中曾经占据着重要位置的女孩。

在大学里，李玉璞和朴正浩虽然一个来自河南、一个来自延边，却是同学里面感情最好的两个人。他们一起上课，一起去食堂吃饭，一起打篮球，甚至还曾经同时爱上同一个女生，那女生就是林青。林青是他们学校的校花，在他们眼里，林青如女神一般神圣，相貌更是与林青霞颇有几分相似，清纯脱俗，美得不可方物。

不同的是，朴正浩对林青的感情是高调张扬的，而李玉璞对林青的感情是藏于内心的，他只是在朴正浩需要他在场的时候悄悄地陪着林青和朴正浩他俩。他们三个人经常一起吃饭，一起去图书馆，偶尔也一起出去玩儿。

李玉璞很喜欢自己这个陪伴者的角色，这样既可以近距离地接触自己心中的女神，又不会因为过于明确的目的性造成尴尬。久而久之，他也分不清楚自己是陪朴正浩追求林青的成分多，还是自己以这样一种方式来陪伴林青的成分更多。

李玉璞虽然喜欢林青，可是他总觉得自己和林青之间好像有着一种不可捉摸的隔阂，但是能这样和林青相处，能每天看到林青，他就已经心满意足了。

事情也奇怪，林青在朴正浩甜言蜜语、殷勤百倍的疯狂追逐下不但没有什么回应，反而对李玉璞颇有好感。这一状况不仅让朴正浩丈二和尚摸不着头脑，也让李玉璞如堕雾中不知所措。

朴正浩在感觉到这一点以后，有一段时间约林青见面时不再叫李玉璞陪他一起去了。李玉璞也知趣，自己一个人在宿舍待着打发无聊的时间。可是当林青发现李玉璞不再出现在他们的活动中时，特意问过朴正浩多次，朴正浩用他那三寸不烂之舌找各种理由敷衍过去。还有一次，当林青向朴正浩问起李玉璞时，朴正浩居然说李玉璞新交了一个女朋友，所以以后不能和他们一起玩儿了。

没想到，第二天，就在李玉璞去往图书馆的路上，林青喊住李玉璞要他帮自己占一个位置。从此以后，林青有事没事都喜欢叫上李玉璞参加她的活动。

朴正浩感觉到这一事态的转变，他跟李玉璞彼此约定公平竞争，他就不相信自己帅得一塌糊涂，怎么能输给"没谱儿"呢？二人还约定，不管是谁最后胜出，另一个都不许心存芥蒂，都要真心地祝福对方。所谓"肥水不流外人田"，自己兄弟能独占校花，总比便宜了外人强。

李玉璞第一次感觉到来自女神的关注，虽然内心多少觉得有点对不起朴正浩，但还是如痴如醉地一头栽进了初恋的情网之中。

可是就在李玉璞认为自己和林青感情趋于明朗，正在甜蜜的上升期中沉醉的时候，林青突然之间就毫无征兆地消失了。甚至连一句话或一个暗示都没有，就那样扔给李玉璞一团疑惑，自己却云淡风轻地走了。当时李玉璞到处打听，结果只打听到林青去了美国，到底为什么出国，又为什么走得这么匆忙，谁也不知道。

后来，朴正浩通过林青同宿舍的同学才大概了解了些许内情。

原来，林青在与朴正浩和李玉璞认识之前就有一个男朋友，可是那个男孩却不止林青一个女朋友。林青在跟朴正浩和李玉璞来往的时候，正好是和前男友分手的空档期，后来不知道为什么林青突然就出国了，和林青一起消失的还有她的那个前男友。

李玉璞自己所认为的初恋，不过是这样被别人当作"备胎"利用了一把。当原车胎补好后，他这个"备胎"不仅被打回了原形，甚至连一句解释都没有，就连他"备胎"的资格，也被无情地剥夺了。

有人说女人是本书，但对于李玉璞来说，林青这本书他不仅没有读懂，甚至在他刚刚翻开扉页时，就被强迫放手并永远地消失了。即使他后来陆续交往过几个女人，却依然对女人这本书，似懂非懂，不知其要点所在。

后来李玉璞总结出一点经验，他认为虽说女人是本书，但也要分别对待，就像经、史、子、集一样，切不可以用一种方式去研究、去理解、去解读。

比如说，有些女人如经典名著，而有些女人如百科全书。无论哪一种女人，都要男人认真的去研究、去理解、去解读。

约翰 格雷说，男人来自火星，女人来自金星。从而得出的理论就是，男人和女人无论是在生理上还是心理上，无论是在语言上还是在情感上，都是大不相同的。所以，想要去研究、去理解、去解读女人这本书，谈何容易。

对于李玉璞来说，如何去理解女人，或者说怎样去品读女人这本书，他没有一点头绪。就拿张玉环这个女人来说吧，虽然他接触了几年，但对于张玉环这本书该怎样研读，他至今没有寻找到一丝端倪，也没有找到半分脉络。

但什么样的书，或者说什么样的女人才能让人百看不厌呢？李玉璞自己也不知道。虽然说女人或者说爱情没有完美无缺的，但他总希望在爱情中，多少能够感受到一点让他或怦然心动、或牵肠挂肚、或如胶似漆、或相濡以沫的感觉，哪怕只是一点点也好。

　　李玉璞在黑暗中长叹了一声，对他来说，女人也罢，爱情也罢，他始终都处于若即若离的被动状态中，各自安生或流离。

第十章　红尘处处皆套路

李玉璞在那场所谓的初恋中,似乎找到了怦然心动的感觉,但最后留给他的没有甜蜜,只有刺激,甚至是打击。

在饱尝了失恋的惨痛经历后,李玉璞郁闷了很长一段时间。这样的结局对他来讲,实在是太讽刺了。郁闷过后,李玉璞也就慢慢想开了,像林青那样优秀的女孩,怎么会相中他呢?如果当初真的勉强在一起了,他李玉璞还真没有把握能守得住人家。

一阵灼热的感觉从李玉璞的手指尖传来,也让他从回忆中瞬间清醒过来。李玉璞迅速地甩掉烟头,对着黑暗中的朴正浩说:"走吧,回家睡觉。"

"皇帝陛下,该早朝了。醒醒!醒醒!皇帝陛下,该早朝了。醒醒!醒醒!皇帝陛下……"

李玉璞勉强睁开迷离的双眼,搜寻自己的手机,伸手过去将手机铃声关掉。他又在床上赖了一会儿,才缓缓起身洗漱,吃了自己亲手煮的方便面以后,开着车加入到了堵车的洪流之中。

李玉璞来到办公室的第一件事,就是先给自己冲了一杯咖啡,他一边喝着咖啡一边叫来他的助理李明。

李明走进李玉璞的办公室,脸上带着一种难以言喻的怪异表情。李玉璞盯着李明的脸问道:"怎么啦?你这小子捡到钱包啦?今天有什么美事儿吗?"

李明一脸坏笑地看着李玉璞说:"老大,你昨天晚上是不是和佳人有约,共赴饭局去了?"

李玉璞不知道李明这小子葫芦里卖的什么药,不明所以地看着李明道:"不怎么样呀,很普通的饭局。我是和朴正浩那小子一起去的,哪里和什么佳人有约呀!怎么啦?你怎么知道我昨天有饭局?谁跟你说的?"

李明说:"不光我知道,估计认识你的人都知道了。"说着,李明拿出手机,点击自己微信的朋友圈,打开以后递给李玉璞看。李玉璞接过手机,只见李明微信的朋友圈里,有一组酷似普通饭局的图片。他一张张点开来看,居然是昨晚那个"章鱼小姐"在活吃章鱼的照片,有她手拿章鱼头正在蘸酱料的;有她手捏着章鱼正在送入口中的;还有那章鱼被吞入口中吃痛后,八条腕足死死吸附在"章鱼小姐"脸上的;更有两张是"章鱼小姐"瞪着惊恐双眸的特写和李玉璞张大着嘴巴一脸惊恐的照片。

在这组照片的上面还配着这样一组文字："从深海登陆，以难以匹敌的鲜爽，已经撼动了，你在'她'心中的地位。想找回自信，找回属于你应有的位置，就来×××料理店吧！"图片下方便显示着那家餐厅的名称及地理位置。

李玉璞瞪着李明手机上的那条微信，一瞬间他似乎明白了什么。这是昨天晚上那个一直在用手机拍摄的人拍下的照片，可是好像又不仅仅这么简单。这也可能是那家餐馆老板的营销策略，拿这组照片来博人眼球的。只不过自己在无意之间，被"章鱼小姐"或者是被那个餐馆老板别有用心地利用了一把，充当了一次临时演员。

李玉璞瞬间感觉到无比郁闷，他在心里先把"章鱼小姐"和那个餐馆老板的祖宗十九代都逐一问候了一遍，又在心里把朴正浩那小子骂了几百遍，心想这是不是朴正浩那小子跟餐厅老板，包括那个"章鱼小姐"合计好的，就等着看他的精彩表演呢？朴正浩那小子，是不是此时正捧着手机，躲在角落里捧腹大笑呢？

李玉璞交代李明整理一下他们公司的财务，把那些还欠着他们公司尾款的公司集中到一起，到年底了，要赶快催一下这些公司还款才行。"无商不奸"，那些所谓的公司老板、成功人士，如果你不追着他们要钱，他们是绝不会主动给你的。

李明出去了，李玉璞心里还在想着刚才在李明手机上看到的那条微信，也揣测着与他相熟的各类人士，在看到这条微信后的各种反应。自己这次反正是出糗出大了，以后一定要找个机会把昨天的损失弥补回来。至于怎样弥补，他还没想出好的办法。无聊的李玉璞打开电脑，在网上浏览着各种各样的新闻与旧闻。

在这一年里，无论是国内还是国际，无论是政坛还是经济，还真是瞬息万变，让人目不暇接。李玉璞浏览着这些波诡云谲的国际风云，真是东边日出西边雨，几家欢喜几家愁啊。还是老话说得好，其实，家家有本难念的经。个人也好，国家也好，小老百姓也好，一国元首也好，都有不为人知的苦楚与无奈。今日座上客，他日阶下囚，谁也不敢说自己就能一辈子走运或一辈子倒霉。无论是谁，命运的小船不知何时，说翻就翻。变幻莫测的一切，总是让你出乎意料、措手不及，且不留丝毫的转圜余地。

就在李玉璞的思维漫无目的地驰骋时，李明再一次走到李玉璞面前。李玉璞抬头看着他问："怎么样？欠咱们钱的那些公司都整理出来了吗？马上跟进，尽量在新年前给结清，最晚也得在春节前都给结了。"

李明笑着说："我都已经整理出来了，马上跟进。"然后他又拿出手机，打开微信给李玉璞看："老大，你看又有一条有关你的信息。"李玉璞再一次接过李明的手机，看到李明的朋友圈中，又有一条新的信息，几幅图片上配的文字是"能够成就一对才子佳人，难道不是这条鱼最大的价值吗？子非鱼焉知鱼之乐？"文字下方的一组图片分别是：李玉璞伸出手用筷子去夹鱼身上的肉片；李玉璞被那条鱼吓得张嘴瞪眼的特写镜头；还有那条"死不瞑目"的鱼张着大嘴瞪着一双惊恐眼睛的照片；还有旁边的那位"章鱼小姐"紧紧地抱住他的胳膊，把头埋在他胸前的画面。图片下方，依然显示着那家餐厅的名称以及地理位置。

李玉璞这次真的生气了，刚才看到的第一条信息，还能善意地理解为对方的无意之举。但这第二条微信完全可以证明，昨晚的一切都是事先预谋好的，这满满的套路，根本就是一场阴谋。

李玉璞让李明把这两条微信的截图发给自己，他拿起手机开始拨打朴正浩的手机号码。电话接通，可是却没有人接听。再拨，还是没人接。李玉璞心里暗想，肯定是朴正浩这小子做了亏心事，才躲着不敢接自己的电话。当他第三次拨打朴正浩的手机时，对方却出乎李玉璞意料地接听了电话。

"你小子怎么回事？昨天的事儿是不是你们设好的局，就等着我往里跳呢？你小子什么时候学得这么黑了，连我都算计，你是不是人呀？"李玉璞还没等朴正浩出声，就对着手机劈头盖脸一通谴责。

朴正浩在电话的另一头被李玉璞骂了个劈头盖脸，云里雾里地一时找不到方向。他听李玉璞发泄得差不多了，对着手机说："老兄，你到底受什么刺激了？是不是又失恋了？'杨玉环'把你甩了？从昨天分手到现在我没招惹你吧？你这上来就一顿臭骂，也得告诉我到底是怎么回事吧！就是死，你也得让我死个明白呀！"

李玉璞把李明手机里那两条微信的内容跟朴正浩说了一遍，他认为这里绝对有猫儿腻，不可能只是巧合那么简单。

朴正浩让李玉璞把那微信截图转发给自己，他看完以后再去问那餐厅老板，到底怎么回事。

李玉璞挂掉电话，在自己的手机里找到李明刚刚发给他的截图，然后又转发给了朴正浩。一会儿，朴正浩打来电话，他气哼哼地说："'没谱儿'，你放心，我饶不了开餐厅的那小子。我说他怎么想起来请我去他那吃饭呀，本来我跟他也不是很熟，只是前几天刚认识的。他说他餐厅马上开业让我去热闹热闹，我还以为他热情好客让大家给他添添人气呢，没想到是被他利用了。简直是太阴险了！这都什么人呀？就是请临时演员也得提前告知呀，哪有这样害人的？吃顿饭都能吃出这么大事儿来，这以后不熟悉的人请吃饭，还真不能随便就去吃。"

李玉璞看朴正浩并不知情，还要去找那餐厅老板讨说法，自己的气先消了一半。他刚才本来也是在气头上，并且以为是被自己的哥们儿出卖了，才一时没忍住。他知道朴正浩那狗怂脾气，别到时候真的跟人打起架来，那可就不好了。上大学时，他可没少为朴正浩拉架调解。这要是真出点什么事儿，到时候还得他出面解决去。

李玉璞赶紧对朴正浩说："算啦！算啦！我刚才就是太生气了，你也别找那餐厅老板算账了，他给你来个死不认账，你还真没办法。我们就吃一堑长一智吧，以后还真是不能随便去不熟悉的饭局了。"

　　李玉璞挂了电话，虽然他跟朴正浩说算了，但就这样吃个哑巴亏，总觉得像是被人强迫自己吞了一只死苍蝇似的，让李玉璞心里实在是恶心得要命。

　　李玉璞有必要找当事人谈谈，昨天那位"章鱼小姐"一定了解内情，她肯定知道这件事的来龙去脉。可是，自己昨天也没有留她的联系方式，这可怎么办呢？李玉璞发微信给李明，让他通过朋友圈的微信好友，给自己找一下那位"章鱼小姐"的联系方式。

　　李玉璞坐在他的老板椅上把身子转向了窗外，他望着灰蒙蒙的天空，脑海中空空如也，没有一丝的思维意识。

　　就在这时，他办公室的门被敲响了，他没有转身，随口喊了一声"进来"，便继续呆呆地望着窗外。

　　"李总，有人找您。"李明的声音在身后响起。李玉璞还没有来得及将身子转过来，身后已经响起了另一个让人浑身酥麻的声音。

　　"唉哟！李总，您好逍遥呀！不像我们，一大早就得起来为生活奔波了。"

　　李玉璞把身子转了过来，目瞪口呆地望着眼前的身影。他简直怀疑自己是不是产生了幻觉，怎么说曹操曹操就到，她就这样不请自来，到底是赔礼来的，还是讨债来的？

第十一章　鱼与熊掌谁之所欲

李玉璞看着空降而来的"章鱼小姐",一时之间感觉有些懵,这一状况不仅在他意料之外,而且完全让他不知所措、不明所以。

李玉璞大张着嘴巴,结结巴巴地喊出:"章,章,章……"一个"鱼"字就在脱口而出的刹那间,还没等发出声来,又被他生生地硬给咽了回去。

李玉璞强装镇定,站起身来迎了上去,并且还在脸上挤出勉为其难的笑容。他口是心非地说道:"章小姐大驾,真是没想到啊!有失远迎,失敬!失敬!"

"章鱼小姐"妖娆地一笑,神情之中并没有丝毫的窘态。她婀娜的身体往旁边一闪,一个个子不高、满面油光的男人便出现在李玉璞的面前。

"章鱼小姐"为李玉璞介绍着说:"李总,我今天是来给你介绍一单大生意的。"她将目光先后投向李玉璞和身旁的那个男人,然后又抬起一只手示意了一下,接着说:"这位呢,是××集团的董事长,贾先生。贾董的集团公司涉足多个领域,是一家非常有实力的集团公司,正准备在新三板市场挂牌上市呢。"

李玉璞满面堆笑,一边口中说着"幸会幸会",一边伸出手去迎接贾董事长那只肥厚的手掌。就在李玉璞的手与那位贾董事长的手掌相互接触的那一刻,闯入李玉璞脑海的却是"熊掌"这一词汇。

李玉璞赶快请"章鱼小姐"和这位"熊掌先生"落座,并通知李明,要他沏一壶茶进来。

宾主落座后,贾董用他那肥厚的"熊掌",从自己的包里拿出来一张名片递给了李玉璞。李玉璞接过名片,看着名片上的头衔,××集团董事长——贾富贵。李玉璞在心中暗笑,这名字起得也太现实太有目的性了吧!可是偏偏又遇上这个"贾"姓,这样一来,"真富贵"也成"假富贵"了。这要是有一天"预言"成真,那"章鱼小姐"的黄粱美梦,可就竹篮打水一场空喽!再说,在新三板市场都还没挂牌,也敢说自己实力雄厚?还真是自不量力!

李玉璞虽然心里对"章鱼小姐"和这位贾董事长并不"感冒",嘴里却寒暄着:"哟,贾董这是大财团啊,以后得向您多学习。今天章小姐和贾董在百忙之中能光临我们公司,真是让鄙公司蓬荜生辉!不知道贾董这次是想给什么产品做广告,做什么类型的广告呢?"

"章鱼小姐"就像贾董事长的发言人似的,还没等贾富贵说话就抢先说道:"贾董的集团旗下有多家业绩优良的公司，涉及煤炭行业、矿泉水行业、娱乐行业和教育行业。这一次呢，贾董就是要给下属公司的一个矿泉水品牌做广告，并且想在中央电视台的黄金时段播出。我对贾董说，李总的公司从事广告业多年，无论是业务还是信誉都没得说，这不就把贾董带到您这里来了。"

这时，李明走进房间把刚刚沏好的茶端了进来，每个人面前放一杯。李玉璞让李明去拿来笔和记事本，让他详细记录这位贾富贵先生对广告的要求。

贾董好像很渴的样子，也顾不上水温，端起茶杯就喝了起来。然后，他将双手放在自己的身前，相互握在一起，缓缓说道："我们做的广告一定要特别、漂亮，要让人过目不忘、回味无穷。千万不要制作成那些大同小异、毫无创意的广告，一定要挑战人们原有的思维模式和审美观念。要让人看了广告就有马上去买我们矿泉水的冲动，就像男人势不可挡的欲望，必须得到彻底的释放才行。"贾富贵看了一眼"章鱼小姐"，又继续说："广告模特儿呢，就让小章来；策划案呢，你们出。我们的矿泉水，一定要通过这个广告，在业界一炮打响。"

李玉璞和李明听着贾富贵的要求，不由得眉头微蹙。

李玉璞心里想，这位贾富贵的要求还真是够特别的，还什么男人的欲望，还什么漂亮，还要有即刻就去买这种矿泉水的冲动，那还不如直接给观众们来一大段床戏算了。李玉璞脑海里出现了一组镜头，贾富贵本色出演负责欲望，"章鱼小姐"负责新颖和漂亮，他们在一张柔软的大床上，热火朝天，颠鸾倒凤。待战火熄灭、潮汐退却之后，他俩下床，每人手拿一瓶矿泉水一饮而尽，然后对着镜头说："他好，我也好！"

李玉璞被自己脑海中勾勒的画面逗得忍俊不禁，另外三人发现李玉璞一个人在那里傻笑，不约而同地将目光投向了他。李玉璞迎向三人疑惑的目光，才知道自己的思维偏离轨道了。他轻咳了一声说道："嗯……那个……贾董，您的意见，我们一定仔细斟酌，您有要求尽管提，我们会竭尽全力去为这个项目做出一个好的创意，力争获得您的认可。"

"章鱼小姐"对着李玉璞嫣然一笑，说："没问题的，凭李总的实力，一定能够给贾董一个最完美的创意策划，我和贾董就拭目以待啦。"

李明给每个人的杯子续上茶水，彼此间又寒暄了一会儿。然后，贾董站起身道："李总，希望你尽快拿出一个完美的策划案来，通过后就可以开拍了。希望尽早在中央电视台的黄金时段看到我们的广告。"

李玉璞本来想请"章鱼小姐"和贾富贵一起吃午饭，可贾富贵说一会儿还有个很重要的会议必须参加，以后再找时间一起吃饭，便站起身来准备告辞。

李玉璞这时候才想起来，聊了半天他还没顾得上问"章鱼小姐"朋友圈里的那些信息到底是怎么回事呢，便对章鱼小姐说："章小姐，你留个联系方式给我吧，以后有什么事情我们好及时沟通。"

"章鱼小姐"有些诧异地盯着李玉璞说："我不是给过李总名片吗？你给弄丢了吧？怪不得一直没找我拍你的广告，我再给你一张，这回要是再弄丢了，我可跟你没完。"

李玉璞赔着笑脸说："不会了，不会了，这次一定不会了。"

送走了"章鱼小姐"和"熊掌先生"，李玉璞拿起手机先把"章鱼小姐"的手机号码给存了起来，然后又打开自己的微信，在通讯录里看到了"章鱼小姐"的微信提示，马上添加了她的微信。不一会儿，"章鱼小姐"就通过了他的申请。

李玉璞把自己手机上的微信截图发给了"章鱼小姐"，问她昨天是怎么回事。

"章鱼小姐"回答他说，那是餐厅老板的一个营销手段，本来有一个男演员和她配戏的，结果那男演员临时有事没来，正好李玉璞进了那个包间，又正好坐在她身边，所以自然而然就那样拍了。她希望李玉璞不要介意，她也不是故意隐瞒，今天过来就是特意来向他解释的。况且，那些照片也没有什么恶俗的内容，不会对李玉璞造成什么不好的影响。作为补偿，她今天还给李玉璞带来了这单大生意，以后大家还是合作伙伴，就不要计较太多了。

李玉璞放下手机，点燃了一支烟，缓缓地吸着。其实他也没有想计较照片的事，可就是对这种不仅被人利用，甚至连知情权都被剥夺的情况感觉堵心。他想起昨天在餐厅里，当服务员端上那盘生鱼刺身时"章鱼小姐"那意味深长的笑容和她说的"这道特别的生鱼刺身据说是这家店的招牌菜……李总一定要品尝一下"的话，李玉璞嘴里不由自主地嘟囔了一句："阴险！"他把手中大半截烟狠狠地在烟灰缸里碾碎。

正在这时，他的手机铃声响起。李玉璞拿起一看，是张玉环的手机号码。他接通电话，感觉张玉环的声音与往日有些不同。张玉环在手机里不冷不热地对李玉璞说，请他下午到她公司去一趟，关于他们上次说的那个项目，熊总有事要跟大家继续沟通一下。

李玉璞把李明叫进办公室，让他去买两份盒饭回来。

一会儿工夫，李明就端着盒饭回来了。他俩在李玉璞办公室的茶几上开始吃盒饭，李明还给两个人倒了茶。

李玉璞一边吃着一边跟李明说，让他继续跟进那些欠款的公司，要催紧点儿，不然那些公司肯定是能拖就拖，这一拖没准就过年了。他又让李明抓紧时间给贾富贵的广告写个策划案，等他们把策划案定下来，再联系贾富贵和"章鱼小姐"。

李明一一点头答应着，等李玉璞都交代完了，他抬头看着李玉璞说："老大，那照片的事你问那位'章鱼小姐'了吗？到底怎么回事呀？"

李玉璞看了李明一眼，一副无奈的表情，说道："我问了，她说是那家餐馆的营销手段，本来有一个男演员配合她，可是那男演员临时有事没来，她当时也顾不上跟我商量，就那样拍了。她说反正也没有什么毁我名誉的事情，还说今天来咱们这里，一是给咱们介绍生意，二是想跟我解释一下，让我别有什么想法。"

李明摇摇头笑了一下，说："那就这么算啦？那'章鱼小姐'就这么理直气壮地利用别人，这也太过分了。"

"暂时不跟他们计较了，这一次的广告，在正常的报价上加收 20%，算是我的名誉损失费。"

李明不禁失笑，颇有些崇拜地看着李玉璞说："还是老大有办法。"

在公司吃完盒饭，李玉璞开着车缓缓地向张玉环的公司驶去。他打开 CD，听着"小岳岳"的相声，不知从什么时候开始，听相声已经成了他的消遣，也成了他减压的一种方式。

这时，李玉璞手机的提示音响了一声，他拿起手机打开微信一看，是李明发来的一个视频。李玉璞将视频点开，当他看到里面的画面时，刚刚那稍有释放的被出卖感，又再次升腾起来。刹那之间，李玉璞眼角的余光发现自己驾驶的车已经贴近前方的车辆，即将与前车亲密接触。说时迟那时快，李玉璞脚下已经迅速做出反应，就听到一声刺耳的刹车声，在他的耳边骤然响起。

第十二章　生活是包裹着糖衣的苦药丸

张玉环这时正在她自己的办公室里，目光不时向遥远的天际眺望。世上的一切变化都是那么悄无声息、转瞬即逝，本来今天早上还是灰蒙蒙一片的天空，这时已经在不知不觉间被蓝天白云所代替。张玉环将自己的身体沐浴在阳光下，虽然阳光明媚，但她看到朋友圈时，心情却怎么也明媚不起来。

张玉环也看到了朋友圈里的那两组照片，李玉璞和那位美女"享受"美味时的合影。尤其是当她看到那个美人抱着李玉璞的胳膊，张玉环的内心深处，不由泛出些许的醋意。

虽然张玉环一直都觉得李玉璞油嘴滑舌、吊儿郎当，她自认为自己也从没对李玉璞有过什么特别的情愫，但当这些照片第一时间跳入张玉环眼帘的时候，当她看到李玉璞跟其他女人的亲密合照的时候，张玉环心跳的速度还是莫名其妙地陡然加快。她颇有些不快地放下手机，在心里对自己说：李玉璞就是这种人，放浪形骸，落拓不羁；而自己，也从来就不该把他和阳光正直、绅士风范这些词语联系在一起。

张玉环再一次拿起手机，仔细端详着李玉璞和那位美女的面部表情。她自己都不知道，今天这是第几次审查李玉璞的那两组图片了。还有李玉璞身边的那个女人，虽然很漂亮，但在她的眼里，那些女人总是那么刻意而且做作，自己如果好好打扮一番，不知道要比那些女人美多少倍呢！

张玉环这样想着，心里好像比刚才舒坦些。她拿起办公桌上的小化妆镜，看着镜中自己的容颜。虽然自己已经年过三十，还生了孩子，但容貌一点也不比那些小姑娘差。尤其是今天，张玉环因为晚上的应酬，特意穿了一条黑色丝绒绣花的旗袍，更是衬托出她如雪的肌肤和玲珑有致的身材。张玉环对着镜中的自己又补了补妆，自信地朝镜中的那个美人露出了一个不屑的微笑。

灿烂的阳光将张玉环周身照耀得温暖而舒适，她端起咖啡慢慢地品味着，生活已然不易，作为一个带着孩子的单身女人就更加不易，而做一个在职场打拼还不靠出卖色相而在众多男人的竞技场里分得一杯羹的单身女人，尤其不易。

张玉环觉得，生活就像是一颗苦药丸，但是无论它多苦，你都要把它咽下去。唯一的差别在于，你是选择愁眉苦脸地咽，还是喜笑颜开地咽；是就那样品味着苦涩双目含泪地咽，还是给它包裹上一层糖衣，再从容淡定、面带笑容地咽。没有谁的生活从头到尾完全都是一帆风顺的，所有人都在努力为自己苦涩的生活加点糖，再加点糖，从而将自己苦涩的生活包裹得甜蜜点儿，再甜蜜点儿。

正当张玉环完全沉浸在自己的糖衣之中，试图回避生活苦涩的内核而品味甜蜜的时候，她办公室的门被人敲响了。张玉环赶紧收回自己飘散的思绪，马上调整到最佳状态，优雅地说了声："请进。"

助理小许先一步走进房间，告诉张玉环李总到了，紧接着李玉璞的身影便出现在了她的眼前。

张玉环依旧保持着优雅的姿态，伸出手与李玉璞握手，一边寒暄着，一边请李玉璞入座。助理小许转身走出办公室，一会儿又返回来给他们端来两杯咖啡，放下后再一次转身出去。

张玉环面带微笑地对李玉璞说："李总最近很忙吧，怎么感觉您今天气色好像不太好，是不是睡眠不足？来，喝杯咖啡提提神。"说着，她自己先缓缓地端起杯子，轻轻地啜了一口，眼神却不经意地游走在李玉璞的身侧，好似要从李玉璞的身上查找出什么不同于往常的疑点或破绽来。李玉璞也发觉了张玉环那扫描仪一般的眼神，不知这女人今天是什么情况，与往日有所不同。

李玉璞看着眼前的张玉环，眼神有着些许的迷离。虽然以前的张玉环也算端庄得体，但总是一身职业装的她少了几分阴柔和妩媚。但今天张玉环这身打扮，不得不说有着几分妖娆、几分惊艳。此时此刻，李玉璞心里也有着几分微醺。

李玉璞强自平复心里漾起的层层涟漪，端起咖啡杯，轻啜了一口，意味深长地说："好香！"

张玉环听李玉璞答非所问的一句话，诧异地看着他。

李玉璞顿时觉得自己有些乱了方寸，赶紧补充道："哦，咖啡好香。"然后他又继续道："是呀，忙，哪有不忙的时候呢？要是真的哪天不忙了，就该没饭吃了。"

张玉环本来想问他昨天去哪吃饭了、旁边的女人又是谁，可是琢磨了半天，总觉得这样问有些唐突，最终还是把即将问出口的话给咽了回去。她转而又问道："李总，您对上次熊总提议的合作事宜有什么想法，我想先听听您的看法。"

李玉璞想了一下说："熊总上次只是提议我们一起联合注册一家公司，但各方出资多少、各占股份多少、将来主营的项目及他能给公司带来什么样的好处都没明确。所以，我觉得我们各方还是要把这些都说清楚以后再谈合作，不然，注不注册新公司都没意义。还有，这个熊总到底实力如何、人品又怎么样，我们都不了解。我觉得还是不要急于注册新公司，再深入了解一段时间再说。如果他现在有业务，我们完全可以以现有的公司操作，利润按比例分成给他就是了。"

张玉环听着李玉璞的分析，轻轻地点了点头。正在这时，张玉环的手机响了起来，她拿起手机一看，原来是熊总打来的。熊总在电话里说，他正和那位之前他提到的客户在一起，要李玉璞和张玉环马上就过去。

张玉环向助理小许交代了一下，把自己的车留给了小许，让小许帮自己去幼儿园接孩子。然后，她和李玉璞就一起上了车，朝电话里和熊总约好的地点驶去。

虽然还没有到晚高峰，可路上却并不通畅。当他们来到跟熊总约定的地点时，暮色已浓，一轮清冷的满月孤寂地悬挂在天上。

李玉璞停下车，看着眼前这座在北京颇具知名度的大厦。他知道，在这座大厦里办公的公司，都在市场中占有举足轻重的地位。而这里的租金，据说每天每平方米就要几千元人民币。这样的价格可不是像他和张玉环这样的小公司所能够承受的，他自己更是连想都不敢想。

熊总打来电话，让李玉璞和张玉环在大厦的大堂里等着，一会儿会有人来接他们。果然，不一会儿，就有一个年轻的小伙子走上来，很礼貌地跟他们打招呼，然而带他们上了一台专用电梯，来到这座大厦的顶层。

李玉璞从来没想到过，自己有一天会来这种地方和客户见面，他现在更是摸不准这熊胖子到底是何方神圣。李玉璞本来还感觉那熊胖子不过是到处忽悠混饭吃罢了，并不像一个真正有实力的企业家。但是，这位熊胖子这几次带他们出入的场所却一个比一个高档，这还真让人感觉云里雾里。

会所内部的设计风格以明朗、简洁的美式风格为主，却又融合了东方的雕花特色。那洋溢着浓郁美式古典风格的宽大房间、古朴的油画以及深棕色的泰釉色调，都传递出一种遥远而亲切的感觉。

那位年轻人把李玉璞和张玉环带到了一个宽敞的房间，熊胖子和几个中年人正在聊天。熊胖子在看到李玉璞和张玉环走进来后，亲热地跟他们打招呼："玉璞、玉环，你们可来啦！我正和曹总聊上次说的那个项目，只是我不是具体做文案策划的，这策划方案还得你们来谈啊！"然后他又对那位曹总说："曹总，这就是我们公司的李玉璞，李总。他负责您这个项目的文案策划，让他来和您具体讲讲策划方案。"

李玉璞一听要他讲策划方案，脑子里顿时一片空白。哪里有什么策划方案啊？什么时候让他做策划了？上次这熊胖子只不过是提了一句，他还以为这熊胖子不过是信口开河，没事瞎忽悠呢，他根本就没当回事。可事到如今，李玉璞也只得勉为其难，和那位曹总握手示意相互问好以后，在旁边的沙发上坐下，然后故作镇定地对曹总说："曹总，您好！策划案我们只是做了一个框架，还有很多具体细节需要向您落实，所以今天来也是想和您再沟通一些细节问题，然后我们才能做出具体的方案。"

被称作曹总的人是一个五十开外的中年人，很有商人气质。难能可贵的是，他的身材并不像大多数中年男人那样，仍保持着还算不错的体态。他听李玉璞这样一说，微微笑了一下，看向刚才带李玉璞和张玉环进来的那个年轻人。然后，他对李玉璞说:"李总,这是我们公司项目部的项目总监王雨,让他和你们对接项目的具体内容吧。但你们记住,一切内容都是为结果服务的,我要的是结果,必须深刻。无论是晚会还是电视广告,必须记忆深刻,要让人有那种意犹未尽的感觉。"而后他又对那个年轻人说:"王雨,你和李总对接这个项目,尽快拿出一个满意的方案,要快!"

曹总向王雨交代完,将目光转向张玉环,问熊总:"熊总啊,这位小姐是……"

熊总看着身着旗袍的张玉环,眼中闪出一丝惊艳,笑着回答说:"这是我们公司的张总,张玉环小姐,与杨玉环一字之差,一样的闭月羞花,您说是不是?"

曹总的眼神始终盯在张玉环的身上,笑着说:"当然,当然,没想到熊总刚刚回国不久,就招兵买马,集结了李总和张总这样的人才,有眼力啊!"说着,他不由自主地上下打量张玉环,转而又问:"熊总啊,你在国内的公司经过工商登记了吗?你们的公司,注册资金是多少啊?"

熊总笑眯眯地说:"当然,当然经过工商登记了。我刚回国,匆匆忙忙注册的公司,注册资金也不算多,五千万元。"

曹总点了点头,又和熊总两人闲聊了一会儿。

李玉璞在跟王雨沟通着将要制作的广告细节,在他的目光环顾在场所有人的时候,不经意间他看到一张他自己也不知在哪里见到过的面孔。虽然一时间想不起来那张面孔在哪里见过,可他确认这个方脸、细眼和五短身材的人,肯定是在哪里见过的,绝对没错。李玉璞又看了看那人旁边的女人,很年轻很漂亮,但这张脸却是完全陌生的。

服务员走到王雨的身边,征求王雨是否可以上菜,王雨在征求了曹总的意见后表示可以,服务员就转身下去了。

大家纷纷入座,美味佳肴陆续端上了桌。李玉璞发现,会所为了保护客人的私密,在客人谈话时,会所的服务人员都会离开现场。即使是在就餐时,服务人员在给客人上完菜、斟上酒以后,也会马上到餐厅外面等候,尽量缩短逗留现场的时间。

李玉璞吃了他人生中最昂贵也是最隐秘的一顿饭,却总是觉得这一顿饭氛围不对。他的胃一阵阵痉挛,特别不舒服。

第十三章　被嫉妒的资本

晚饭后，曹总让服务员到自己的私人雪茄柜里取来了几支雪茄，在座喜欢雪茄的每一个人都点了一支。李玉璞看着眼前喷云吐雾的商界大咖们，瞬间觉得自己在北京这么多年简直白混了。一直以来，自己都畏首畏尾拘泥于一家小公司，就这样不好不坏地支撑着，还不如眼前这个刚从国外回来的熊胖子潇洒快活。

他有些郁闷，也有些惭愧。就在李玉璞暗自郁闷的时候，曹总一席人已经享受完雪茄给他们带来的快感，准备各自纷飞，另寻他处。

站在大厦门前，众人相互告别着，就在转瞬之间，李玉璞想起了刚才那个感觉有些熟悉的面孔究竟是谁了。他又仔细看了那人一眼，看了那人的方脸、细眼和五短的身材，正是之前和那个辣妹钱多多在一起的男人。没错，就是他。那人正在跟曹总告别，然后便转身上了一辆奔驰车。

突然，李玉璞觉得有人在轻轻地拽自己的衣服，他转过头一看，原来是张玉环背对着自己，但是手却从背后伸过来。还听她在跟曹总说："不麻烦曹总了，我搭李总的车回家就行了。"

李玉璞还没完全从刚才的状况中清醒过来，只是机械地跟着说道："是啊！不麻烦曹总了，我顺路把张总送回家就行了。"

曹总看着李玉璞问道："李总家住哪儿呢？跟张总顺路吗？"

李玉璞顺口说："哦，我家住南五环。"话一出口，李玉璞立刻觉得自己错了，一时间他看着张玉环，张玉环也看着他，俩人无语。

曹总哈哈一笑说："刚才张总说她家住望京，那不顺路啊！张总还是坐我的车回去吧，我也去那个方向。"正说话间，曹总的司机已经把曹总的车停到了他们身边，并拉开了车门。张玉环不易察觉地瞪了李玉璞一眼，在曹总"有请"手势的示意下，上了曹总的车。

李玉璞注视着曹总的车在夜色中渐行渐远，不知道该怎么办。虽然张玉环并不是小姑娘，在商界打拼了这么多年，也绝对有一套自我保护的办法，但今天的这个状况，怎么说都是他在无意之中造成的，万一张玉环以后怪罪起他来，或者有什么不好的事情发生，他李玉璞绝对脱不了干系。李玉璞心中暗自着急，觉得一定要想办法弥补一下自己的失误，不然张玉环非得恨死他不可。

李玉璞上了自己的车，拿出手机给张玉环发了一条信息，内容只有四个字："随机应变"。

  李玉璞在车上稍微等了几分钟，然后拨通了张玉环的手机。当电话接通后，就听张玉环在电波的那一头甜甜蜜蜜地叫了一声"老公"，然后又接着说，"老公，我一会儿就到家啊，没事了，你放心吧。孩子睡了吗？嗯，嗯，现在已经到东三环了，你别着急，我最多一刻钟就到家了。不用，你不用下楼接我，有朋友会送我到小区门口的，我自己上楼就行了。好的，好的。"

  听着张玉环自然的话语，李玉璞的一颗心才稍微平静了些许，他发动自己的汽车，向南五环的方向驶去。

  第二天一早，李玉璞接到张玉环的电话，她在电话里的声音跟平时没两样，她让李玉璞去他的公司，和熊总三人一起开个会。

  李玉璞赶紧刷牙洗脸，匆匆吃了两片面包后就开车赶往张玉环的公司。赶到张玉环公司一看，张玉环一个人悠闲地一边喝着咖啡，一边玩着手机。她看李玉璞走了进来，先示意李玉璞坐下，便拿起电话通知小许送一杯咖啡进来。

  李玉璞看着张玉环问道："你还好吗？昨天，没什么事吧？"

  张玉环也不看他，顺口答道："好啊！当然好啦！能有什么不好的呢？"

  李玉璞看着张玉环，感觉她的语气里多少都有些嗔怪的意思。他想对张玉环说对不起，因为昨天自己的失误给张玉环带来了麻烦很不好意思。自己昨天之所以一时之间没反应过来，是因为看到了那个上次和钱多多在一起的男人，所以一时分神，才让张玉环误上贼船。可还没等李玉璞张口，小许带着熊总正好走了进来。

  熊总晃动着他那肥胖的身躯，一进门就满面含笑地说曹总很愿意和他们合作，让李玉璞尽快跟王雨沟通，把策划方案和报价尽快做出来；只要一签合同，按规定，曹总的公司就会有一笔预付款先付过来，他们这也算是旗开得胜。

  李玉璞和张玉环也分别站起身来，迎接这位未来的合伙人。他们彼此寒暄。小许给李玉璞和熊总端上咖啡后，熊总问张玉环和李玉璞，关于之前所说的合作事宜，还有共同注册公司的事情，考虑得怎么样了。李玉璞婉转地讲出自己的想法，他说可以先把业务做起来，也可以按照熊总的意思，把熊总介绍来的业务所产生的利润，按比例分成给熊总。注册公司的事情先不用着急，看将来业务的发展方向，再商议注册公司的事情也不迟。

  熊总听着李玉璞的意见，脸上的表情分明是在说他并不赞成李玉璞的观点。熊总说："我们既然想一起做公司，就不要畏首畏尾的，像李总刚才说的那样小打小闹有什么意思呢？我回国来就是想好好做一番事情。既然是合作，我认为还是要重新注册一家共同的新公司比较好，这样对我们既是保障也是约束。我还会把我原有的资源和渠道一起嫁接到新公司。就说曹总这次要做的这个项目，预算资金起码在千万以上，如果是用李总或张总原有的公司操作，会让客户认为我们没有实力。昨天在餐桌上我已经说过咱们注册了新公司，注册资金是五千万元。

等过段时间签合同，被曹总公司发现我们欺骗人家，那岂不是得不偿失？所以，这次必须要注册一家新公司，注册资金起码也要五千万元才行，这样谈生意我们也有面子。是不是？"

熊总停顿了一下，看李玉璞和张玉环并没有提出异议，便继续说道："不仅如此，你们看昨天人家曹总那气派，人家的企业是上市公司，咱们实力太弱，怎么和人家合作？再说，你们就不想有朝一日咱们也把业务做大，有一天也能上市？昨天在场有一位戴眼镜的先生，你们看到了吗？他就是做金融的，专门负责企业包装，运营上市挂牌的。他已经成功帮几家企业运作上市了。只是他为人很低调，一般的聚会他很少参加，也不让人特别介绍他。年轻人一定要敢闯敢干才行，不然就只能混个温饱。"

李玉璞昨天听熊总在那吹嘘，说什么新公司注册资金五千万元，根本就没当回事。他当时以为这只是熊总吹吹牛就罢了，谁知他真的要注册一家五千万元的公司。现在听熊总的一番言论，也不是一点道理都没有。自己这些年就是一直怀着小富即安的心理，公司才没有什么起色，真就是只混了个温饱，连买的房子都是贷款的，连小富都算不上。而且，事到如今也只得这样了，不然客户看他们的经营许可证，上面的注册资金和他们吹嘘的悬殊太大，到那时可就不好办了。

李玉璞点点头说："好吧！我同意，就按您说的办吧！"

张玉环看着他俩，也点头表示赞成。

熊总看李玉璞和张玉环都赞同了他的意见，心情愈发愉悦。他调整了一下自己的坐姿，舒展地将自己肥胖的肚子挺了挺，继续说道："这就对了嘛！咱们必须要有魄力才行。从古至今，人类的生存法则永远都是'撑死胆大的，饿死胆小的'。人类社会永远都是被精英阶层主宰的，普通老百姓也只有羡慕嫉妒恨的权利。如果人这一辈子没被别人羡慕嫉妒恨，那就等着羡慕嫉妒恨别人了。"

李玉璞、张玉环和熊总三个人商量了一下注册新公司的具体事宜，以及注册新公司的地址和名称，这件事就基本定下来了。

新公司的名称定为"瀚博新媒体文化有限公司"。这名字是李玉璞想出来的，一时之间也没想到更好的，就想到了"瀚博"这两个字，字面意思好，希望新公司的前景浩瀚广博。熊总说他有一个朋友就是做代理注册这一行的，只要给他那朋友一些手续费，他们根本就不用自己操心，一条龙服务，等着拿营业执照就行了。

剩下就是怎样分配股权，三人一商量，每人各占公司股权的30%，另外10%作为风投，以后可以找更有实力的人来参与。因为熊总是外国籍，所以张玉环和熊总决定让李玉璞做法人。

就这样，一切事情决定下来，熊总就去找朋友帮忙，操作所有注册新公司的事宜。

等熊总离开后，李玉璞又和张玉环闲聊了一会儿，就驾车朝着自己家附近的一家 4S 店驶去。李玉璞的车该做保养了，而且上次跟钱多多的车追尾也一直没有处理。昨天又险些和前车追尾，他觉得自己的刹车片可能需要更换了。

　　李玉璞在车上给助手李明打了个电话，让他继续跟进催款的事情，并且要抓紧贾富贵那边的矿泉水策划案。

　　李玉璞将一切交代清楚，就一边开着车，一边想着昨天险些害他追尾的那个视频。还是那天"章鱼小姐"活吃章鱼的视频，可他自己出现在那视频里总是让人心里不舒服。也就是"章鱼小姐"识趣地给他介绍了一单生意来将功折罪，不然他不可能就这么算了。这不是侵犯他李玉璞的肖像权吗？他可以到法院起诉"章鱼小姐"并要求赔偿的。李玉璞想到这儿，自己都觉得好笑，侵犯肖像权，这以前好像都是那些明星才会遇到的事情，如今就他这样的人物也有人侵犯肖像权了，真是好笑。

第十四章 "没谱儿"的打开方式

张玉环送走了李玉璞和熊总，暗自在心里盘算着新公司的事情。她本来也和李玉璞当初的想法一样，并不打算注册什么新公司，也不打算和熊总有什么密切的合作。毕竟她并不了解熊总这个人，虽然熊总宣称自己是什么跨国集团总裁，坐拥多少亿，拥有着如何如何的关系网，好像上天入地无所不能似的。但是，越像他吹嘘的这样神通广大，也就越是让人心有不安。

张玉环深知，生意场上诚信固然重要，但比诚信更重要的则是学会保护自己。她见过太多空手套白狼的例子，谈生意的重点是一个"谈"字。既然是通过人与人交谈来达到合作的目的，便无法保证其交谈的真实性和全面性。所谓"兵不厌诈"，一切过程都是为结果服务的，而真相往往又总让人唏嘘不已。在生意场上，把一棵歪脖树吹嘘成茂盛的森林，已经是屡见不鲜的惯用手法了。现在谈生意已经成了一场撒谎比赛，在这个赛场上，好像也没有人在乎是谁在撒谎，而是看谁撒谎的本领更高。那些骗不了人的撒谎者，都是撒谎技术拙劣，连自己都无法骗到的笨蛋。只要你撒谎撒得自如，就不怕没人前赴后继地掉进利益的旋涡，让他们欲罢不能，越陷越深。

张玉环也在商界摸爬滚打了几年，虽然不能说对商界的尔虞我诈应对自如，但她也时时刻刻都提醒自己保持清醒。她不知道是李玉璞的判断影响了自己，还是自己和李玉璞在对待熊总这个人的看法上不谋而合，虽然今天同意与熊总合作，但彼此三人各占股份的份额相等，而且由李玉璞任法人，多少都让她感到些许安慰。毕竟李玉璞让她信任。

张玉环在心里安慰着自己，李玉璞还是可靠的，虽然李玉璞有时候看着一副吊儿郎当的"没谱儿"模样，但是这些年跟他合作下来，他从不逾矩。尤其在经济方面，李玉璞跟她的合作虽不是义务帮忙，但也从来不计较经济利益的多少。在这一点上，张玉环不知道李玉璞是对自己有好感，还是只限于他对一个带着孩子的单身女人的怜悯。

就拿昨晚的事情来说，要不是李玉璞没谱儿，她也不会上曹总的车。可要不是他"没谱儿"够机智，她还真得费点精力去摆脱那个曹总。这个李玉璞就是总让人觉得他的没谱儿中，又暗含些许的有谱儿。他这没谱儿的性格还真让人捉摸不透，也拿捏不好。

张玉环打开手机，看着刚刚才发现的一条被疯狂转载的视频，是与之前看到的照片相符的那一段视频。一个妖娆的美女生猛地吃着一条章鱼，而那美女身边就坐着李玉璞。虽说之前已经看过这生吃章鱼的照片，但无论是照片还是视频，就是让张玉环心里不舒服，特别不舒服。

几天以后的一个周六，李玉璞开着做好了保养的车，来到一个公司负责的广告安装现场去视察了一番。李玉璞看到硕大的广告牌被吊车吊着与支撑的钢架结合，然后由工人焊接加固，不由想起自己也曾经是那被高高吊起的"蜘蛛侠"中的一员。虽然现在自己已不用再从事这样辛苦而繁重的工作，可是每次看到自己公司负责的广告牌完美展现在人们视野的时候，他心里都有一种由衷的满足与感慨。

回到家中，李玉璞开始琢磨"章鱼小姐"的那个矿泉水广告方案，他在纸上写了几个预案的框架，可是都不满意。李玉璞把那些还没成形的预案草稿扔进了废纸篓，却又突然想起了当初那如电光火石般闯进他脑海的那第一条"他好，我也好"的所谓的策划案。李玉璞"扑哧"一声笑了出来，他自己都觉得这条所谓的策划案太搞笑了。自己当时也不知是哪根神经搭错了，或者是被贾富贵那又是漂亮、又是欲望、又是冲动、又是拥有的要求给刺激着了，才会想到那样一幅呼之欲出的画面。

在李玉璞眼中，一个好的广告创意，不仅要有经济效益，还要有艺术价值。可是现在的广告，无论是纸媒还是视频，都更多地追求利益而忽略艺术。广告在人们的生活当中不是自然产物下的山清水秀、鸟语花香，而是在利欲熏心下的野蛮疯长、杂草丛生。

就连李玉璞本人，这些年也将广告艺术抛诸脑后，只为满足客户的要求，做了很多毫无艺术美感的广告创意。没办法，什么艺术、什么浪漫、什么美感，那些都是无聊的有钱人追求的东西。只有他自己知道，他从一个打工者到现在拥有这样一家小广告公司有多么不容易。在北京，像他这样的小公司多如牛毛，他也从最初做简单的写真喷绘，到后来做路桥和纸媒广告，再到现在做视频广告，这中间的每一步，都是以他的青春和心血为代价换来的。

像他这样的北漂，只有每个月按时支付房贷、信贷，还有公司的房租和员工工资，才是唯一的生存之道。不然，他便会在转眼之间变得一无所有、寸步难行。

李玉璞想着这些无聊的事，对那个矿泉水的广告创意却理不出什么有价值的头绪。他用手使劲地抓了抓自己的头发，决定不再想什么策划，还是先给自己准备一顿晚饭才好。他想，也许自己在劳动的过程中，能找到些许的灵感也说不定呢。这样想着，他就开始洗手为自己做羹汤，两菜一汤很快完工，家里还有之前别人送的红酒，李玉璞开始自斟自饮。

李玉璞在不知不觉中将一瓶红酒很快就喝光了，可是脑子里依然空空如也，没有任何灵感的火花闪现。他觉得自己的大脑有些混沌，把用过的碗筷放到厨房，又把吃剩下的饭菜放回冰箱，就准备洗澡睡觉。

正当李玉璞满身浴液还没来得及冲洗的时候，他的手机没完没了地吼叫了起来。李玉璞包裹着满身的泡沫，拿起了手机，没想到电话却是交警队打来的。交警队的工作人员问他有没有一位叫朴正浩的朋友。在得到李玉璞的确认后，交警队工作人员跟他讲了有关朴正浩的事情，请他马上去一趟。李玉璞问清了地址，马上把自己身上的泡沫冲洗干净，换了身干净衣服便打车来到了交警队。

李玉璞急匆匆地来到交警队，这一路上，李玉璞在脑海里做了许多假设。他不知道朴正浩这小子是不是又闯祸了，会不会有人身安全问题，更不知道是他自己出事了，还是他把别人给伤着了。

当李玉璞来到交警队，让他出乎意料的是，郝姗姗居然出现在他的视线当中。他走到朴正浩跟前问到底发生了什么情况，还没等朴正浩说话，警察把他叫到一边，告诉了他事情的来龙去脉。

原来，朴正浩和郝姗姗分别是这次交通事故的肇事双方。他们在马路上互相飙车，你追我赶愣是持续了十几公里，最后是朴正浩把郝姗姗的车别到一边，险些造成事故。虽然有惊无险，但朴正浩和郝姗姗的车都有不同程度的损坏。朴正浩不仅要赔偿郝姗姗汽车的修理费，还要缴纳相应罚款才能离开交警队。可是朴正浩今天没带钱包，既没有现金也没有银行卡，朴正浩这才让警察通知李玉璞来为自己解燃眉之急。

朴正浩本来也不想通知李玉璞，不仅麻烦而且还丢人。他已经把修车的费用用手机转账给郝姗姗了，可是他没现金交罚款。朴正浩死皮赖脸地想要加警察为好友，发红包给警察，可是人家警察怎么也不同意，还把他训斥了一顿。他更不敢通知自己的爱人，最后才不得不叫李玉璞来帮他解决问题。

李玉璞帮朴正浩交了罚款，朴正浩又反复向警察保证，以后绝不再犯同样的错误，并接受了警察的再教育以后才离开了交警队。

走出交警队，李玉璞看着一脸沮丧的朴正浩，问他："你今天怎么回事？怎么还跟郝姗姗飙上车了？"

"能怎么回事呀，倒霉呗！我今天加班，谁知道在回家的路上遇到她啦。我本来好好地开着车，她突然并线别了我一把，我差点就撞上马路中间的隔离带了。后来我就找了个合适的时机也别了她一下，谁知这女人不依不饶，又别了我一下。哎，斗气呗。"朴正浩长叹了一口气，又无奈地苦笑了一下。

李玉璞听着朴正浩的讲述，感觉无论是朴正浩还是郝姗姗，这两个人简直都无药可救。真不知道他们怎样看待自己这段感情的，是过于在意，还是过于不在意。如果是过于不在意，他们又何必这么兴师动众、劳民伤财，甚至差点闹出人命，还闹到交警队来了？

这时，朴正浩的手机发出一声悦耳的声响，他拿过手机一看，是他爱人唐琪发来的微信语音。朴正浩点开语音，只听唐琪问他怎么还没回家。朴正浩告诉唐琪说自己和李玉璞在一起参加一个聚会，很快就到家了。说完朴正浩还特意把手机交给李玉璞并向他使了个眼色，李玉璞心照不宣地接过手机为朴正浩证实清白，随意地和唐琪聊了几句，就把手机还给了朴正浩。

朴正浩接过手机，正要放到一边开车回家，却又听到手机微信发出了一声提示音。他再一次打开看，居然是一个朋友给他发来的一个截图，还问朴正浩这是不是他的车，他自己是不是没事儿。

朴正浩点开截图，看到截图上有刚才他的车和郝姗姗的车亲密接触的一组照片，还有郝姗姗的隔空喊话。郝姗姗在朋友圈中写道："今日霉运当头，不宜出行，路遇渣男，横行霸道，胡作非为。"

朴正浩气得简直想把手机砸了。他再一次把手机递给李玉璞，大声道："你看看这疯女人，还在朋友圈骂上我啦。谁是渣男啊？她才是渣女呢！"

李玉璞看着朴正浩，也苦笑了一下说："你俩这真是情人见面，分外眼红啊！"

朴正浩瞪了他一眼，无可奈何地摇了摇头，说道："是呀，哥们儿这把岁数了，还上演了一把'生死时速'，看来我还是勇猛不减当年！"

李玉璞听着朴正浩的话，感觉这个家伙实在让人哭笑不得，损他道："你这是什么生死时速啊？你这根本就是'作死的时速'。你要是再有这么一次，就离'阎王爷'不远了。"

朴正浩用拳头捶了李玉璞一下道："你就咒我吧！再说，谁跟她情人啊？有这样的情人吗？就她这脾气，你说有哪个男人敢娶她？"朴正浩停顿了一下，继续对李玉璞说道："'没谱儿'，今天谢啦！我以后见着郝姗姗一定躲她远点儿，好男不跟女斗。"

"这就对了，你何必跟一个女人置气？以后安分点，好好过日子吧！"李玉璞停顿了一下，又接着说，"正浩，你跟唐琪结婚也有四五年了，怎么还不要孩子呢？"李玉璞心里总觉得像朴正浩这样不安分，可能就是因为家里缺一个孩子，才让他毫无约束。婚姻里不能没有孩子，虽说这不是绝对的，但是，孩子既是夫妻双方的润滑剂，也是彼此沟通的桥梁，这却是毋庸置疑的。

朴正浩的眼睛望着前方，淡漠地说："我也想啊，可是我俩长期这样两地分居，想怀上孩子哪那么容易啊。再说，就是唐琪现在怀上了孩子，那孩子生出来让谁来带呢？到时候她就得辞职回家，靠我一个人的薪水养家、养孩子、养车，还得还房贷，实在不敢造次！"

李玉璞看着朴正浩无奈的样子，摇了摇头，没再多说什么。因为他深切地知道，朴正浩所讲的一切都是现实。这残酷的现实，无论是对他自己，还是对朴正浩，或者对广大的北漂一族，都无一例外地被如此严峻地桎梏着。

朴正浩满怀感激地看了李玉璞一眼,继续驾驶着他那伤痕累累的"坐骑"。他明白,李玉璞总是在他危难的时候挺身而出来帮助他,这才是男人之间的友谊,或者说是义气。

朴正浩相信,李玉璞心里也明白,男人之间的友谊,不需要无聊的说教或指责。相反,男人之间的友谊,很多时候都是一起"干坏事"的时候建立起来的。就像他们曾经的年少轻狂和无法无天,在多年后才发觉,那是多么弥足珍贵。事到如今,他们无论如何都很难再找到那种感觉了。那种互为同盟和相互包庇,才会让男人感到荣辱与共的豪气和仗义。

第十五章　都是月亮惹的祸

时间在不经意间已经溜到了这一年的年末，最近李玉璞的心情还不错。公司的欠款都收得差不多了，"章鱼小姐"那边的矿泉水广告策划也已经得到了那个"假富贵"（贾富贵）的认可，并且价格也让李玉璞很满意。整个策划案围绕着"生命之泉"的创意作为主题，具体细节已经让李明去做改进和完善了。

熊总那边新注册的公司，据说也已经办好了相关手续。他和张玉环还有熊总三个人，每人都出了注册时所需要的三分之一的手续费，只是李玉璞还没有看到营业执照。给曹总公司的广告创意和报价也已经做好，只等曹总那边的答复了。曹总公司这次是为旗下代理的一个国际知名品牌的汽车做广告，如果曹总一方对视频广告没有异议，便会很快推出，但专题晚会的日期还要再进一步商榷。因为很快新年和春节就要来临，无论是明星大腕还是舞美灯光以及演出的场地，都是一年中最繁忙的时期，价格也会比平时高出不少。尤其是演艺明星，这个时候不仅是他们一年当中最忙的阶段，也是出场费最高的时期，比平时要高出一两倍甚至三四倍。而且每年的这段时间，更是这些明星大腕一年当中档期最紧张的演出季，是他们名利双收的丰收季。所以，曹总公司的专题晚会决定避开这个时段，放在来年春季后的"五一"前后。

李玉璞这一天正在办公室的沙发上晒着太阳，他端起面前的一杯绿茶呷了一口后又放回到面前的茶几上，继续兴趣盎然地玩着他的游戏。电话铃声突兀响起，打扰了他玩游戏的兴致。他接起电话，原来是曹总公司的王雨打来的。王雨在电话里对李玉璞说，视频广告的策划和报价，他们公司经过审核后没有异议，要李玉璞他们带着相关材料和营业执照副本及复印件，下午到曹总公司签合同。

李玉璞赶紧通知张玉环和熊总，看下午谁去签合同，还叮嘱熊总要带上营业执照副本及复印件。

本来李玉璞想，反正价格和方案都已经确定好了，不管是熊总去签合同也好，还是张玉环去签合同也罢，其实都无所谓，实在没必要三个人都去跑一趟。他自己也想早点回家待着，最近的天气实在太冷了，哪儿都没有自己家里舒服。可是张玉环在电话里一定要求他去，而新公司的营业执照及副本又都在熊总那里，所以熊总也得去，这样一来他们三个人就必须都得出席签约仪式了。

李玉璞放下电话，心里琢磨着，肯定是张玉环怕曹总再纠缠她，所以她才让自己一定参加。

李玉璞和张玉环及熊总按约好的时间先后来到了曹总的公司。曹总的公司位于北京 CBD 商圈的一栋高档写字楼内，财大气粗的曹氏集团更是拥有这栋写字楼中的整整三层。他们被前台接待小姐带到会议室。途中，他们看到曹氏集团的员工们忙碌而有序地在工作着，没有人交头接耳或随便走动。李玉璞在心里暗暗佩服曹总公司的管理制度和员工素质，不愧是上市公司，整体形象不可小觑。前台小姐请李玉璞他们在会议室稍等，并奉上茶水后就退了出去。李玉璞看到张玉环羊绒大衣的衣领处露出来的是上次穿过的那件旗袍的立领和盘扣，心中暗想，这张玉环好像比原来爱打扮了，不过这样打扮的张玉环的确好看。片刻之后，王雨就出现在他们的面前，而让李玉璞没有想到的是，另一个他熟悉的身影跟在王雨身后，也出现在他的视野里。钱多多！她怎么会在这儿？李玉璞心中不禁诧异，这偌大的北京城，怎么就让他和钱多多这样一而再再而三地邂逅呢？这到底是因缘际会，还是冤家路窄呀？

王雨和李玉璞他们打了招呼，说曹总在外地出差，不过晚餐前肯定会赶回北京。因为今天是公司周年纪念日，晚上的周年庆典曹总肯定是要参加的，也顺便庆祝他们签约成功。然后，王雨又为钱多多进行介绍。他说："李总、张总、熊总，这是我们公司为这次广告请到的广告界的资深模特，钱多多小姐。"然后，王雨又转身向钱多多示意并介绍道："钱小姐，这是我们公司的合作伙伴，'瀚博广告公司'的李总、张总和熊总，也希望你们彼此之间合作愉快。"

张玉环这时也认出了钱多多，她不经意地看向李玉璞，立刻捕捉到他眼神里那一种难以琢磨、不知所措的情绪。

钱多多很主动地上前和李玉璞打招呼，并伸出手示意道："哎哟！原来是李总啊，我们还真是有缘呢，我们这已经是第三次偶遇了，这样的缘分可不是谁都能遇到的。"说着，她风情万种地和李玉璞的手轻轻一握，然后又和张玉环握手示意。李玉璞总觉得自己的情绪或者气场十分排斥这个钱多多。而钱多多看向张玉环的时候，眼神里也有着些许的挑衅意味，虽然她极力掩饰，却还是让李玉璞捕捉到了这一丝丝的不同寻常。当钱多多和熊总握手时，熊总那双"熊掌"似的双手将钱多多的纤纤玉手握在他的掌心，好似有刹那的失神。直到钱多多主动将自己的手抽回，熊总才如梦初醒般地赞叹道："钱小姐真是风情万种啊！有钱小姐出演这次的广告，这款新车肯定销量猛增，钱小姐也一定能声名鹊起啊！"

李玉璞在心里纳闷儿，当初曹总不是说要请大牌明星做广告吗，怎么换成钱多多这么个非主流的小模特啦？而且，这钱多多什么时候成了广告界的资深模特了？当初王雨说明星的具体费用，他们公司单独支出就好了，让他不要含在整体报价里。李玉璞还认为是因为明星的费用的确不好统一报价，一线、二线、三线明星的价格也确实是相去甚远，所以要等确认才能定价。可是现在想想，这也许是曹总在利用这个特殊的机会，来培植某些特殊关系而需要履行的特殊义务吧。这样看来，曹总应该也不会盯着张玉环不放，毕竟一个年过三十又是孩子妈妈的女人，没那些年轻女孩子更想得开也更放得开。

合作三方开始就广告的细节进行商讨，先由李玉璞做广告创意的阐述和拍摄细节的讲解，如果谁在任何一个环节有任何建议或意见，都可以随时提出来。然后，大家再共同进行推演，推演过后，再探讨可行性和不同方向的改进方案。因为这次是关于汽车的广告，策划方案主要按照驾驶的人性化设计和安全保障这两大方面来展开。在不同区域，分别展示并强调了汽车良好的性能以及驾驶的舒适感。

当一切相关事宜商讨完毕，签约仪式也顺利进行，李玉璞公司一方由李玉璞签署，曹氏集团一方由王雨签署。

华灯初上，一轮满月悬挂在天空，清辉湛湛，把苍茫的世间照得格外明朗也格外寒凉。王雨带领众人来到距曹氏公司不远的一家酒店的多功能厅，那里已经有公司员工布置好了庆典的所需设备——LED大屏幕、高级音响、麦克风、奖品，一应俱全。

一场豪华的周年庆典在一曲欢快的乐曲中拉开帷幕，到场各界人士，男的西装革履风度翩翩，女的珠光熠熠举止优雅。

曹总在晚宴即将开始时赶到现场，在多功能厅中央位置的舞台上，向所有来宾致敬并发表感言，然后又向所有嘉宾举起酒杯表示敬意。

宴会的主持人接过话筒，继续他幽默风趣的主持工作和提前安排好的助兴节目以及陆续的抽奖。曹总今天特别安排了工作人员照顾李玉璞他们一行人，钱多多自然是充当花瓶的角色，被曹总带在身边去帮他应酬一些必要的生意伙伴。李玉璞发现，钱多多在离开自己的座位时，还颇有意味地扫了张玉环一眼。李玉璞分明在这种眼神中看到了几分不屑、几分得意，还有几分嫉妒。然后，钱多多微微一笑，便离开了他们的桌子，摇曳生姿地跟随曹总流连于各桌之间，努力释放着她诱人的魅力。

周年庆典在众人的觥筹交错和涣散的眼神中缓缓谢幕。李玉璞他们也在曹总安排的一轮又一轮敬酒中，都颇有些醉眼迷离、不分东西。

熊胖子已经被另一桌请去转战场地继续欢饮，因为李玉璞和张玉环都喝了酒，王雨就安排了司机送他们回家。

张玉环今天不知是心情不好还是喝得太多了，也许二者兼而有之，她在刚上车时还正襟危坐，保持着优雅的坐姿，可没过一会儿，就把头靠在李玉璞的肩头上，有些昏昏欲睡。

李玉璞尽量保持着他端正的坐姿，也尽量将肩膀调整到合理的角度，让张玉环的头靠在上面更加舒服。天上那轮美丽的满月随着他们乘坐的轿车一起，轻轻滑过满天的繁星，将湛湛清辉透过摇曳的树梢洒向大地。

李玉璞望着那轮明月,他已经不记得自己有多久,没这样仔细地端详过这美丽的月亮了。他脑海里突然想起若干年前,曾经有一个女孩也是在醉酒之后,这样靠在他的肩头酣然入睡。当时好像也是这样一个冬季的月圆之夜,他也是这样看着那个让自己心动的女孩。

　　这样想着,李玉璞仿佛不受控制一般,伸出一只手臂轻轻地揽着张玉环的腰肢,缓缓低下头吻向了张玉环的嘴唇。可就在这意乱情迷之时,随着一声刺耳的急刹车声,他和张玉环的身子同时向前倾去。张玉环和他也同时如梦初醒一般,立刻回归到之前那端正的坐姿,只有他们略显急促的呼吸和心神摇曳的表情,让他们彼此都略显出一丝窘态。他们不约而同地向前方望去,原来是有一辆车突然并线,才使得他们乘坐的车紧急制动。司机转过头来问他们有没有伤到,在得到他们并无损伤的答复后,司机才继续启动汽车往前行驶。

　　李玉璞和张玉环各自按捺着自己狂乱的心,不约而同地将目光转向车窗外,以此来回避彼此的尴尬。

　　转眼间,车已来到了张玉环居住的小区门口,李玉璞虽还有些尴尬,但还是故作镇定地问张玉环用不用送她进去。张玉环表示不用送,自己进小区五分钟就到家了,并特意讲明,自己的助理小许已经带孩子先回来了,还客套着说时间太晚,就不请李玉璞到家里坐了。

　　两人就此分开,司机继续开车把李玉璞送回了家。

　　到了家以后,李玉璞迅速地冲了个热水澡,又给自己沏了杯茶,他坐在沙发上一口一口地喝着热茶,脑海里却不由自主地反复出现刚才的画面,他也不确定刚才张玉环到底是睡着了还是清醒的。如果是睡着的还好,可如果是醒着的,他可怎么解释啊?自己和她以后见面,又该怎么泰然面对呢?李玉璞又转念一想,张玉环如果是睡着了,她刚才对自己的回应又是怎么回事呢?

　　就在李玉璞胡思乱想时,手机提示音的鸣响,打断了李玉璞那漫无边际的思绪。李玉璞拿起手机一看,果真是张玉环发来的信息。

　　张玉环问道:"睡了吗?"

　　李玉璞回信道:"没睡呢。"

　　张玉环又问道:"你刚才为什么吻我?"

　　李玉璞看着信息,他有些发懵,为什么?自己为什么要去吻张玉环?自己都不知道是为了什么,怎么答复她呢?难道说自己喝多了吗?好像不太好。

　　李玉璞一时间不知该如何应对张玉环的询问。他缓缓地打出几个字:"对不起!"

　　张玉环又发来信息说:"不用对我说对不起,告诉我,为什么?"

　　李玉璞真的不知道该怎么解释自己刚才的行为,他抓了抓自己的头发,然后很艰难地打出几个字:"一时冲动,你别在意。"

就在他的手在手机上点击发送的同时，他感觉自己犯了一个错误，一个非常严重的错误。
　　是的，李玉璞犯了一个非常严重的错误。什么叫一时冲动？什么又叫你别在意？这不是明摆着就是占了人家便宜，拍拍屁股走人的态度嘛。虽然张玉环已经不是小女孩儿了，也不至于为这点事就哭着喊着让他李玉璞负什么责任，那也不是张玉环的作风。但如今他这个态度，不得不说，总是让人觉得他有些无赖、有些无耻、有些混账！
　　李玉璞迅速点击手机屏幕，将刚才的信息撤回。可是已经晚了，张玉环已经看到他发的最后这一条信息。
　　张玉环回复他的两条微信，已经赫然出现在了李玉璞的手机屏幕上：
　　"一时冲动？！"
　　"我别在意？！"

第十六章　建交与断交

张玉环靠在床头，眼睛久久地盯着手机屏幕。

"一时冲动，你别在意。"李玉璞给她的解释让她的心跳陡然加快，她在心里暗骂李玉璞，他居然说是什么一时的冲动，还让自己别在意。他李玉璞拿自己当什么人了？本来自己还觉得他李玉璞平时虽然有些吊儿郎当，但起码的底线还是有的。李玉璞这几年来在生意场上也没少关照自己，上次那个曹总要强行送她，还是李玉璞打电话来才让她找机会解围。可今天看来，他跟那些花天酒地的好色之徒也没什么区别。李玉璞根本就是个彻头彻尾的"没谱儿"！他更是把"没谱儿"这个绰号，演绎得登峰造极。

这样想着，两行清泪从张玉环的眼眶里滑落，顺着她的脸颊缓缓流下。张玉环抬起手背在自己的脸上抹了一把，站起身来向着客厅走去。张玉环从客厅的酒柜里拿了一瓶红酒和一个大号的郁金香酒杯，坐在靠窗的沙发上，一个人自斟自饮了起来。

她想起了自己这些年一个人带着孩子在北京闯荡的艰辛；想到自己才年过三十便已孤身独影多年；想起每每面对寂寞长夜和自己身体内长久以来滋长的孤独与凄凉，如虫噬般地舐咬着自己的时候，自己的无能为力和痛苦不堪。

外人都以为张玉环是个女强人，精于算计。但只有她自己知道，她多想有个坚实的臂膀，让她依偎，让她依靠。她多想寻到一丝丝安全感，让自己无忧无虑、幸福平安。也许就是因为这样的心态，才让她今天在半醉半醒的状态中迫切地想要得到李玉璞的抚慰。可是她错了，大错特错了。从此，自己还是打消对男人的这个念头吧。男人，就像约瑟夫·普利策所说的那样："半边脸是温文尔雅的学者，半边脸是肌肉抽搐的魔鬼。"

日子一天天继续，眼看这一年就这样蹉跎过去了，"章鱼小姐"主演的矿泉水广告正在拍摄，因为现在不是矿泉水销售的旺季，在电视台的播出时间也安排到春节以后了。

这天，李玉璞正在办公室里无聊地喝着茶打游戏，他桌上的电话忽然响了起来。李玉璞接起电话，原来是熊胖子打来的。熊胖子在电话里对李玉璞说，钱多多出事了，过两天的拍摄也不知道还能不能顺利完成，并且要李玉璞跟王雨联系一下，探探一下曹总那边的口风，是不是需要换一个模特。还好这个钱多多是曹氏集团一方自己找的模特，不然，责任就得由李玉璞他们承担了。

李玉璞问熊胖子到底是怎么回事，熊胖子说钱多多好像跟昨晚被警察查抄的一起涉黄事件有关，但具体是怎么回事他也不知道。他让李玉璞上网去查，也许是他多想了，曹总一方也许不在乎这些事。

李玉璞上网一查，没有看到与钱多多有关的任何信息，反而看到上次熊胖子带他们去的那家私人会所因涉黄被查的相关新闻充斥着网络。李玉璞纳闷儿，难道钱多多跟被查的这家私人会所有什么关系？还是跟里面被查的某个人有什么关系？李玉璞面对电脑里的花边新闻百思不得其解。但是他知道，钱多多一直都是围绕在各种酷似有钱人身边的花蝴蝶，出入各种会所本也是她生活的一个部分，即使真的被牵扯进什么绯闻当中，也不是什么稀奇事。反正钱多多是曹总他们自己定的模特，出了事他们也应该是知道的。自己还是不要先提出什么质疑的好，万一钱多多没有事，反而显得是他搬弄是非了。又或者曹总真的跟钱多多有什么关系，自己这样唐突也绝对不是明智之举。如今之策，还是以静制动，最为保险。

果不其然，李玉璞并没有接到曹总那方面任何有关替换模特的通知。

广告如期开拍，钱多多一如往常地出现在开拍现场，丝毫没有被卷入丑闻的窘迫和尴尬。

待广告顺利拍摄完成后，就等着后期的剪辑制作了。王雨也按照曹总的指示，如约将所有费用全部打到了李玉璞他们新公司的账户上。

这一次的广告收益颇为丰厚，李玉璞也对这次的广告收益非常满意，甚至对他一直都不太认可的熊胖子的能力，都有了些许的改观。

就在新年的前一天，李玉璞接到熊胖子的电话，约他一起到张玉环的公司，一来庆祝他们合作的第一笔业务得到满意的回报，二来商量他们公司今后的发展方向和经营模式。

李玉璞接到电话后就在自己的办公室里发呆，他不知道该怎么办，自己该怎么面对张玉环。

李玉璞想起和张玉环亲密接触的那天晚上，当他看着张玉环破空而来明显带有怒气和质问口吻的回复时，李玉璞的大脑一片空白，不知该如何是好。

李玉璞脑海中回荡着那天的情景，他面对着自己的手机屏幕，面对着张玉环当时发过来的"一时冲动？！""我别在意？！"这几个字的时候，他那因酒精产生的醉意早已经被吓到了九霄云外。李玉璞不知道该向张玉环作何解释，他感觉自己是越描越黑、越解释越混乱。李玉璞当时的确是一时冲动，难道非得让他撒谎说自己是因为爱上了张玉环，是被她的魅力所征服，才一时意乱情迷，主动亲吻她吗？如果自己撒谎骗她，也许会讨得张玉环一时的欢心，但是以后自己又该怎样跟她相处呢？自己对张玉环充其量也就是有几分好感罢了，怎么也谈不上有什么爱慕之意呀？况且，如果自己对张玉环谎称有什么爱慕之心，那以后可怎么脱身呢？他可不想就这样从此被一个女人以任何名义绑架，而且这种鬼话连他自己都不信，更说不出口。张玉环于他，千真万确没有让他产生什么爱情的冲动，而且他李玉璞虽然三十好几，光棍一条，也不至于对一个孩子妈产生什么念头吧。

李玉璞被自己脑海中的一团乱麻困扰着，一时间找不到解决这团乱麻的头绪，最后觉得还是顺其自然，让时间来解决一切的好，又或是等找到一个合适的机会再解释，都要比他在这种情况下做出解释要好。他觉得现在的情形根本就无法解释，他的确不知该如何解释自己当时的心态和行为。

从那天开始，李玉璞一连几日都不敢再主动联系张玉环，而张玉环也没有再和他联系过。李玉璞本来悬着的心渐渐放了下来，他想这张玉环毕竟是孩子妈了，也不至于对他死缠烂打。但是一连几天，都没有张玉环的一点消息，李玉璞的心里也有点忐忑不安。他虽然不敢给张玉环打电话，可是他的好奇心却难以抑制地想知道张玉环近期的动态和反应。

李玉璞拿起手机，打开微信想侦查一下张玉环的朋友圈，看看有没有什么有价值的线索。没想到，他居然无法再看到张玉环的朋友圈，不知什么时候，张玉环已经把他拉黑了。

李玉璞面对手机，心中暗骂张玉环小气，但是他也没有别的办法。毕竟在这个网络世界里，任何人都有可能在不经意间就得罪了什么人；也经常会在你都不知道的什么情况下，被屏蔽、被删除或是被拉黑。李玉璞对朋友圈的这类现象也是见怪不怪。在那个虚拟的朋友圈中，谁把谁屏蔽了，谁把谁删除了，谁把谁拉入黑名单了，也都是再普通再正常不过的事情了。可是，当李玉璞发现自己被张玉环拉黑了，心里还是觉得有点堵得慌。

李玉璞觉得，他和张玉环之间，就像是建交多年的两个国家一夜之间就突然断交了一样，多少让人感觉有些错愕。更主要的是，被断交的一方居然是自己，甚至自己连通知都不曾收到一份，就这样被不留余地地断交了。李玉璞此时觉得自己仿佛是一个势单力孤的小国，被势力强大的国家毫不留情地扫除出了势力范围；自己又好像是一只被遗弃的宠物，随随便便地就被人抛弃了，连知情权都被人家无情地剥夺了。

李玉璞虽然不甘心就这样被断交，但是他又不能去质问张玉环，也不好意思低声下气地去赔礼道歉。他点开了一个叫"麻豆集中营"的群，这是他和张玉环都加入了的一个交流群，里面基本上是一些平面模特和广告公司或经纪公司的工作人员。虽然他很久都不关注这个聊天群了，但今天他很想进去看看，看看张玉环最近有没有说什么或做什么。

李玉璞进到群中，静静地观察群中的动向，可是浏览过后，李玉璞依然大失所望。没有，什么也没有，张玉环也很多天没有在这里出现过了。李玉璞试探性地在群里发了两条所谓的"心灵鸡汤"，然后又发了两个红包，立即引来了一片赞誉和感谢。很多李玉璞根本就不认识的，平时也从不现身的"潜水员"纷纷现身，抢了红包以后又"五体投地"地感谢他。李玉璞觉得，无论是在什么样的群里，也只有在红包降临的短暂时光里，最能体现这个群的"团结"。群里的个体之间，大部分时间都是处于一种相安无事的状态。但也有时候，一言不合就剑拔弩张、水火不容。

可是，李玉璞今天不能再躲避了，他不得不硬着头皮去面对。他和张玉环也总不能就此不相往来吧？何况，他们现在还是合伙人，也不可能为这点事就翻脸。他想，到时候见了面，自己给张玉环真心诚意地道个歉，他俩从此一笑泯恩仇就算了。这都21世纪了，张玉环还能为这点事不依不饶没完没了不成？

李玉璞心中打定主意，把自己捯饬了一番，就驱车前往张玉环的公司。

张玉环的助理小许将他带到张玉环的办公室，奉上茶水后就退了出去。

张玉环一如既往地衣着整齐，妆容得体。她坐在电脑前，见李玉璞来了甚至都没抬眼看他，只轻轻说了声"请坐"，便继续盯着电脑，一言不发。李玉璞看张玉环对自己如此态度，不免觉得尴尬。两人也就半个月没有见面，李玉璞感觉张玉环好似清瘦了不少，这让他联想到是不是因为自己伤害了人家而造成的，心中不免自责。他看熊胖子还没有来，办公室里只有张玉环和自己两个人，心里想着这正是向张玉环道歉的好时机。

李玉璞喝了口茶，尽量装作镇定地对张玉环说："张总，最近还好吧？"

"好，当然好！"张玉环还是没有抬头看他，依然目不转睛地盯着电脑。

"那个……对不起啊！我不是故意的。"李玉璞觉得自己的脸有些微微泛红。他很奇怪自己还会脸红，他这些年一向把自己武装得没心没肺的，脸皮厚得也堪比城墙了，今天怎么还会脸红呢？

张玉环微微抬头，嘴张了一下，依然没说什么。但是，李玉璞那天给她发来的信息内容，此时却浮现在她的脑海中。

就在张玉环陷入自己的回忆中难以自拔，她和李玉璞之间正尴尬无比的时候，小许带着熊总走了进来。张玉环勉强跟熊总打了个招呼，便借机走出了办公室。她来到卫生间里，面对着镜子里的自己，擦了擦即将夺眶而出的眼泪，又反复做了几个深呼吸，平复了一下自己的情绪后才返回办公室。

熊胖子落座后，小许又为他奉上茶水，然后再次转身出去了。

熊胖子喝着茶，他还沉浸在自己的成功当中，并没有太注意张玉环的情绪。他一脸的洋洋自得，看着李玉璞笑着说："玉璞，这次广告策划，曹氏那边非常满意。下一次的晚会策划案，你还得多费点心思啊！"说完，也不等李玉璞答话，他又转过头去向刚刚从外面进来的张玉环说："玉环啊，怎么最近瘦了，这次也辛苦你啦！曹总对你很赏识，也很期待着跟咱们进一步的合作。"

张玉环淡淡地道："我瘦了吗？没有吧。我不辛苦，是您辛苦了，也谢谢曹总抬爱。"

李玉璞这时突然想起,熊胖子请人帮忙注册的新公司的营业执照自己还没过目呢。那天在曹总公司签合同的时候,熊胖子只是把副本的复印件给了王雨,其他手续都还在熊胖子手里,也不知他今天带了没有。李玉璞看着熊胖子说:"熊总这段时间真是辛苦了。咱们的营业执照您带来了吗?也让我和张总看看。"

"当然,当然带来了。朋友知道我着急,给咱们加急办理的,不然没有这么快。"熊总调动着脸上全部的神经开始往中心部位集中,更显得他那硕大的一张脸上肉感十足,活脱脱一个大号的四喜丸子,在那里活灵活现地兜售着自己的能力和智慧。他从自己随身带的包里拿出了办理好的营业执照、副本以及公章,可是李玉璞在营业执照上分明看到营业执照上的注册资金,并不是熊总当初说的五千万元,只不过是一千万元而已。

第十七章　神马都是浮云

李玉璞看着营业执照上注册资金那一项所显示的数字，又以一种不解的眼神看了张玉环一眼，最后将目光又转回到熊胖子身上。

熊胖子显然是明白李玉璞目光中的诧异神情，他呷了一口茶，然后放下茶杯缓缓地道："那个……我朋友说，其实注册资金的多少也不会真正影响咱们的业务，而且还得多交服务费。一千万元，五千万元，也差不了多少，不会影响我们的业务。咱们反正只有一个目标，尽量多赚钱就行了，不用管其他的。你和张总之前的公司，主要是经营项目比较单一，而且注册资金也只有一百万元，实在是对以后的经营不是很有利。这家新公司就好多了，不仅经营项目扩展了很多，这一千万元的注册资金在合作方看来实力也要强很多。"

李玉璞听着熊胖子的解释，虽然他说的也不无道理，但是这前后差距让李玉璞觉得这位熊胖子虽然是有些能力，但虚张声势的成分也是很大的。

李玉璞再一次将目光投向所注册的共有人的名单中，除了他和张玉环以外，还赫然写着"熊廷厚"的名字。李玉璞曾经问过张玉环熊胖子的姓名和经历，只是张玉环对这位神通广大又神秘莫测的熊胖子也知之甚少，并不比李玉璞有更多更深入的了解。

李玉璞在心中暗想：原来这熊胖子的本名叫熊廷厚，他不是已经出国定居几十年了吗？那他持有的应该是外国护照呀，名字也应该是英文名字，怎么他还用中文名字呢？熊廷厚，又熊又厚，熊胖子这名字还真是名如其人，有意思得很。

熊廷厚和李玉璞以及张玉环三人彼此寒暄了一阵，然后开始商量新公司办公地点的事。既然开始营业了，就要像个样子，总不能像以前那样东一个西一个各自为战。他们以后肯定是要一起办公的，也要租一个大一点的办公室才行。

李玉璞提议，因为张玉环家中有孩子需要照顾，新的办公地点就由张玉环来决定，或者索性就在她现在所属的写字楼，找一间大一点的办公室。这样的话，李玉璞把自己公司里的东西搬过来就行了，张玉环也就少了搬家的麻烦。

熊总自然是去哪儿都行，对李玉璞的提议也表示赞成。

张玉环并没有对李玉璞的好意有什么过多的表示，她今天始终是那种不冷不热、怏怏的神态。李玉璞心想她也许还在因为自己那天的莽撞而心存怨气，自己还是小心为妙，不要再招惹出什么是非才好。

时间还早，写字楼物业的工作人员应该还没有下班，张玉环先让小许去问一下物业还有没有大一点的房子出租，如果有，就签了协议把办公设备搬过去。

小许按照张玉环的意思，去找物业商量换办公室的事情。没过一会儿，她从物业回来说物业经理不在，但物业的其他工作人员说，他们楼上的一家公司正在搬家，这几天房间就能腾退出来。那一间办公室的面积，正好比张玉环现在用的这间大一倍，到时候他们就可以直接搬到那一间办公室，不过租赁合同要等经理回来了再跟他们签。

李玉璞他们当即决定租下那间办公室，合同就委托给张玉环，等物业经理在的时候随时过去签字就行了。

接下来的这段时间，轻松而又忙碌。新公司已经全部收拾停当，虽然说装修和家具算不上豪华，但也能让李玉璞、张玉环和熊廷厚三人满意，毕竟他们也是本着少花钱多办事的原则来装饰这间办公室的。即使是这样精打细算，上一个广告产生的利润也已经全部被这间办公室消耗殆尽了。为了以一种全新的面貌和崭新的工作状态，展现给所有的亲友和生意伙伴，他们决定在春节前举办一次新公司的开业庆典暨新春联谊会。联谊会邀请的嘉宾来自与广告业务相关的各个合作单位，还有以往的客户，以及将来有可能成为他们客户的单位及个人。

开业庆典当天，李玉璞着实把自己好好地捯饬了一番。他站在镜子前，看着刚刚沐浴完毕、身着崭新西装的自己，感觉那个久违的、意气风发的李玉璞，又神奇地出现在了自己的眼前。

这时，李玉璞家的门铃响了起来，他知道是朴正浩来接自己去庆典现场了。今天毕竟是公司举办开业庆典的好日子，他也断然避免不了来自各方人士的敬酒，所以他特意拉上朴正浩这个死党为自己开车。

朴正浩一进门就盯着李玉璞坏笑道："'没谱儿'，你今天这是要假公济私，把自己嫁出去吗？你别说，还真有点新郎官的样儿。干脆，就着今天的场面，给你和'杨玉环'把喜事办了吧！你们这鳏寡孤独的，既然已经决定合伙'打家劫舍''中饱私囊'了，何不'一不做二不休'，从此'狼狈为奸''同流合污'算啦！"

李玉璞被朴正浩这一套歪理邪说气得简直想揍他，什么事只要从这家伙嘴里说出来，怎么就那么不堪入耳呢？

李玉璞朝着朴正浩挥了挥拳头说："你小子就是狗嘴里吐不出象牙来，什么事被你一渲染都得被拉出去枪毙了。我就纳闷儿，唐琪那么好的女孩怎么就看上你啦？你小心我把你的糗事给来个大白于天下，看你小子还敢不敢嘚瑟！"

这时，李玉璞的手机响了起来，是熊胖子打来的。熊胖子说他已经到现场了，可是没看到李玉璞和张玉环，并问他什么时候到。李玉璞说自己已经在路上了，过一会儿就到。挂了电话，李玉璞和朴正浩赶紧下楼发动汽车朝着举办庆典的酒店驶去。

庆典现场已经由工作人员装点完毕，喜气洋洋的，就等着今晚的主角、配角及龙套们粉墨登场了。

熊胖子一身新装，虽然为他增色不少，可是怎么看他那身气质，都觉得不像大款，倒像是伙夫。

张玉环今天身着一袭黑色的晚礼服，凸显出她婀娜的身姿和典雅的气质。

他们三人相互沟通了一下庆典的流程和讲话的内容，以及彼此请到的嘉宾名单。然后，他们就站在门口的位置，准备迎接光临此次庆典的嘉宾们。不一会儿，被邀请的各路大神们陆陆续续来到现场，他们彼此点头示意，搜肠刮肚地说着场面上惯用的空话和套话，以刷新自己在这种场合的存在感。

曹总、薛总、钱多多、"章鱼小姐"以及之前在聚会上见过一面的叶总和袁总全都悉数到场。

这场庆典和以往所有的庆典没有什么不同，同样是在一曲欢快的乐曲中拉开序幕；同样有彬彬有礼的主持人饱含热情地开始宣读主持词，并同样饱含热情地向今天的到场嘉宾表示感谢；尤其是在宣读那些李玉璞他们提前打过招呼要重点介绍的重量级嘉宾时，主持人更是加重语气，并依次表示着感谢和敬意。

然后是李玉璞、张玉环、熊廷厚走到台上跟大家见面并讲话。他们也像奥斯卡颁奖礼一样，分别向在场的嘉宾以及帮助过他们的贵宾表示了一番又一番的感谢。之后，主持人又恭敬地邀请了曹总、薛总、叶总及金融界的翘楚袁总陆续上台发表了贺词。

李玉璞看着一个个衣冠楚楚的大咖们在那儿谈笑风生，身边的女人们也一个个保持着花瓶应有的靓丽和识趣。他感觉如今这个场合与自己是四维空间，既近在咫尺又远在天边。在他的四维空间里，仿佛有一匹长着美丽翅膀的神马，由天空的尽头一直向他飞奔而来。他知道那是自己由来已久的理想，他也一直期盼着自己能驾驭着自己理想的坐骑越飞越高，奔向美好的未来。

在庆祝晚宴中，李玉璞、张玉环和熊廷厚三人举着酒杯一次又一次地来到每一桌前向来宾敬酒。他们也一次又一次地和来宾们互相说着大同小异的溢美之词。然后，在此起彼伏的抽奖活动中，在李玉璞他们的巧妙安排下，几名重要嘉宾也顺其自然地得到了相应的礼品。这样的安排其实并不高明，但这也是公开的秘密，毕竟礼多人不怪，在今后的生意场中，也好得到彼此的关照和配合。

酒过三巡，菜过五味。在场各位在酒精的作用下意兴阑珊之际，现场的即兴节目也都陆续登场。有几个颇有才艺的模特，也在众人的喝彩与鼓励下，半推半就地陆续登台展示自己的才艺。唱歌的、跳舞的、演奏乐器的、表演魔术的，应有尽有。其实这些模特也不只是想为李玉璞公司庆典助兴，更多的则是想让在场的各位企业家和广告公司的老总们能注意到自己。毕竟像他们这样的小模特，想有出头之日，就得有机会要上，没有机会，创造机会也要上。

就在这个时候,一曲哀婉的歌曲《葬心》,回荡在所有嘉宾的耳边。李玉璞往舞台上一看,原来一位女歌手正站在舞台中央,深情地演唱着这首歌曲。而伴着这首歌曲,一对翩翩起舞的男女映入了他的眼帘。只见一个穿着礼服的男士和一个穿着白色旗袍的女士,正沉浸在《葬心》的旋律中,淋漓尽致地演绎着令人窒息的、美到极致的"狐步舞"。尤其是那位穿旗袍的女士,着实吸引人的眼球。她的舞姿从容优雅、流畅婉约,竟然如行云流水般与那哀婉的歌声匹配得浑然一体。那身旗袍与她窈窕的身姿完美结合,合二为一。她脸上的表情不卑不亢、不矜不伐,仿佛一朵正在绽放的雪莲,不仅散发着一种幽幽的神秘气息,更有着一种翩若惊鸿般的冷艳。

李玉璞目瞪口呆地看着那让众人瞩目的窈窕身姿,一时间,简直被这一画面震惊。那万众瞩目的女人不是别人,正是张玉环。李玉璞从来都不曾想到,张玉环居然还身怀如此"绝技"。这样的张玉环,不仅让人耳目一新,简直就让人意乱情迷。

一阵雷鸣般的掌声响起,把还在目瞪口呆的李玉璞从神游的状态拉回到现实当中。意犹未尽的人们久久地看着献舞的那一对男女,尤其是那个穿白色旗袍的女人,心底不禁生出无限的遐想。

庆典已接近尾声,此时,已经可以看出今晚有哪些人得到了机会的垂青,或者是成功地接收到了幸运之神的橄榄枝。

熊廷厚今天酒喝得着实不少,已经被袁总顺路带走了。

李玉璞和张玉环依然保持着得体的姿态,在门口与来宾们一一话别。李玉璞看已经没有什么人了,悄悄对张玉环说:"你今天没开车来吧?一会儿咱们一起走,我特意让朴正浩过来帮咱们开车,我让他先送你。"

张玉环看了李玉璞一眼,淡淡地答道:"谢谢!有车送我。"

李玉璞一时僵在原地,也不知道该怎么接张玉环的话。正在这时,一辆轿车停在了他们身旁。有服务生已经来到车前,为张玉环打开了车门。李玉璞看到曹总正坐在车的后座上,朝着张玉环意味深长地点头示意了一下,张玉环便转身向着宾利车走去。

李玉璞无比吃惊地呆立在那里,看着宾利车缓缓驶去,对张玉环今天的表现充满了疑惑。朴正浩走到李玉璞面前,看着他呆萌的表情,伸出手在他眼前晃了几下说:"别看了,走吧!"

李玉璞缓缓转身,跟着朴正浩向停车的方向走去。就在他转身的瞬间,他看到就在酒店大门的里面,钱多多正隔着玻璃向曹总和张玉环所乘坐的那辆宾利车消失的方向凝望着。她的脸上渐渐被阴霾笼罩,就像这冬季的夜晚,黑暗而冷漠。

第十八章　不怕事多就怕多事

　　夜风袭来，寒凉无比。李玉璞被这冰冷的寒风侵袭，不由得打了个寒战。他和朴正浩两个人一前一后上了车，车子缓缓地向着南五环外家的方向驶去。

　　朴正浩驾驶着他的爱车，瞟了一眼满脸阴郁的李玉璞说："'没谱儿'，真没想到那'杨玉环'还真的是不一般啊！那万种风情，说是勾魂摄魄，也不过如此吧！"

　　李玉璞没接朴正浩的话茬，此时的他，还陷在张玉环那惊艳的表演和对他的淡漠之中。也许还不只是他和朴正浩，包括今天在场的所有人，可能都被张玉环的表演所惊艳到了。尤其是那位曹总，就在张玉环刚才转身走向那辆宾利车时，李玉璞分明从曹总的眼神当中看到了贪婪的神色。

　　朴正浩看李玉璞没说话，继续说道："'没谱儿'，你是真的对那'杨玉环'没意思，还是被人家拒绝了？她今天怎么跟那个曹总走了呢？哎！这女人呀，没有哪一个能逃得过金钱的诱惑。英雄难过美人关，美人难过豪门关。我本来还以为那'杨玉环'对你有意思，哪知道她也不过是俗物一枚。也是，她这个年龄，还有孩子，能被曹总这样的大咖看上也不容易。这种机会她这一辈子可能就这一回，肯定不能让自己错失良机。你也别多想了，天涯何处无芳草，你说是不是？"

　　李玉璞依然没有接朴正浩的话头，他还在思索为什么张玉环会上了曹总的车，难道她真的想为了自己的下半生找一个实力雄厚的倚仗？还是因为上次的事她始终对自己耿耿于怀？李玉璞认为就是因为上次的事情，所以张玉环今天才故意上了曹总的车来刺激自己。

　　李玉璞不知是真的受了张玉环的刺激，还是因为酒精的作用，觉得自己的头隐隐作痛。

　　李玉璞将目光投向窗外，看着夜幕笼罩的天空中一轮上弦月挂在上面，凄清而冷冽的光芒将天空中的朵朵浮云也熏染得同样凄清而冷冽。

　　那朵朵浮云在他眼前仿佛幻化出六个洒脱的字，"那都不是事儿"。是的，那都不是事儿。张玉环算他什么人呢？她越是想气他，他李玉璞就越是应该不在乎，不是吗？男女之间谁先表示在乎对方，谁就已经注定败了。况且，张玉环从开始到现在，都不是他李玉璞的梦中情人。他心里现在这样的失落，不过是因为张玉环拒绝了他的好意，而上了别的男人的车，而让他的自尊心受到了挫伤而已。

就像小时候自己的一把玩具枪，虽然自己并不是很喜欢，但生生被别人连招呼都不打就拿走了，自己心里是无论如何都难以接受的。

李玉璞不再想张玉环，也不再想任何事。可是当他再一次将目光投向天空的浮云时，刚才的"那都不是事儿"，都瞬间幻化成"羡慕嫉妒恨"。

朴正浩看李玉璞不说话，以为他真的为了张玉环今天的行为在郁闷，就想找话题为他开解。

朴正浩故作轻松地说："'没谱儿'你看今天这场面，也算是美女如云。面对那么多妆容精致、袅袅婷婷的佳人们，你会有那种怦然心动的感觉吗？"

李玉璞的目光依然漫无目的落在窗外飞快掠过景物上，听到朴正浩的问话，他悻悻然地回答道："你不觉得那些精致丽人都像是戴着面具的假面人吗？面对她们哪里还会有什么怦然心动。现在的我也是曾经沧海难为水，反倒是上次在咱们小区里看到一对白发苍苍的老夫妻，他们相互搀扶，蹒跚前行的那一幕让我感到温暖。"

"你什么时候变得这么……这么平和了？"朴正浩搜罗着合适的形容词，看着李玉璞的后脑勺说道。

"每时每刻都在变，越变越老啦！"李玉璞自嘲着说。

"也是，谁不是每时每刻都在变老呢？好在有我陪着你一起变老，你也不至于太孤单是吧？"朴正浩嬉皮笑脸地说道。

"谁要你陪？地球人全都陪着我一起变老呢，我可不领你的人情。"李玉璞将目光看向朴正浩，脸上也挂着一丝笑意。

朴正浩看李玉璞笑了，一颗悬着的心也放了下来。他本来也觉得李玉璞不会对那个"杨玉环"真的动心。可即便如此，张玉环拒绝了李玉璞的好意，并且还当着他的面上了别的男人的车，肯定会让李玉璞受到伤害。这就好比一个平民被一个公主甩了，你可能觉得没什么，毕竟阶层不一样，即使被甩也是正常现象。但要是一个王子被平民甩了，那种失落感可就不一样了。虽然李玉璞算不上王子，张玉环未必就低李玉璞一等，但李玉璞毕竟也算是一个平民中的翘楚，那条件怎么也比一个单身的孩子妈好一点吧！

李玉璞听朴正浩说到朋友圈，便拿出手机开始翻看他的朋友圈。其实他现在已经很少看朋友圈了，面对歌舞升平、繁荣荼蘼的朋友圈，李玉璞着实有些审美疲劳。小小的一个朋友圈，俨然已经成了大家秀恩爱、秀美丽、秀享受、秀繁荣的舞台了。殊不知，真正的恩爱、美丽、享受、繁荣是不需要秀的。他看了一眼，如他所想的一样，朋友圈几乎被今天的庆典内容刷屏。

李玉璞和朴正浩二人在深夜里回到各自的家中，在自己的睡梦里各自安生或流离。

第二天一早，李玉璞准时来到新公司的办公室。他觉得新公司、新气象，自己也要有个崭新的面貌才行，总不能像以前那样，仗着是自己的公司，想几点到就几点到。毕竟是三个人合作，自己一个大男人绝不能让张玉环或者那个熊胖子小看了自己才是。

李玉璞来到自己的办公室，小许看到他来了，也跟着走了进来，并问他要茶还是咖啡。李玉璞要了茶，看着转身离去的小许，感觉还是女性更加细心周到，也许是自己不会管理手下，李明就从来没主动给自己沏过茶。

李玉璞将一杯茶已经喝得只剩了茶叶，自己又在杯子里加了些水，依然没见张玉环和熊廷厚来公司。他在心里笑自己表演得是不是有点过头了，还是应该本色一点的好。他突然又想到，昨天张玉环是坐曹总的车走的，会不会她昨晚真的和曹总共度良宵去了？想到这里，李玉璞脸上泛起莫名的不悦之色。

就在这时，熊廷厚带着一脸阴晴不定的神色走进了李玉璞的办公室，一进来，就把办公室的门关了起来，走到李玉璞身边，一脸诡异地说："玉璞，你看到朋友圈里的那条帖子了吗？那上面说的是真的吗？昨天晚上我喝得有点多就先走了，张总真的是跟曹总一起走了吗？"

李玉璞被熊廷厚问得莫名其妙，反问道："什么帖子？什么真的假的？昨天张总的确是坐曹总的车走的，出什么事啦？"

熊廷厚看李玉璞一脸的懵懂，就明白他还什么都不知道。他拿出手机打开微信朋友圈，一边将手伸到李玉璞面前，一边说："昨天夜里，不知谁发的帖子，说一个姓张的女人脚踏三只船，不仅自己早就结婚生子，还和一个姓李的男同行多年保持着暧昧关系，最近又傍上了一个大款。微信里还说，她丈夫早就知道她劈腿的事实，但是为了不给孩子造成心理阴影，所以一直都没提出离婚，但也一直没有再回他们共同的家。那个和她一直保持暧昧关系的男人，本来也已经有了一个谈婚论嫁的女朋友，可就在前不久，这姓李的男人和这个张姓女人在家亲热时被自己的女友捉奸在床，那女友才毅然决然地向男友提出分手。而张姓女人不但不知悔改，现在还变本加厉，也许是嫌之前那个姓李的出轨对象不能给她更大的利益，最近又劈腿一个更有钱的老板。更是在自己公司开业庆典发布会当天，就把旧情人狠心甩掉，跟新欢共度良宵去了。"

李玉璞听着熊廷厚的讲解，一口气没喘匀，把喝到嘴里的一口水全都喷了出来。他虽然还没看见这条微信，但这内容已经很明显了，这明摆着说的就是自己和张玉环，外加曹总三个人。他不知道是什么人给他和张玉环以及曹总三个人，编了这么香艳的花边新闻。他眼睛盯着手机屏幕迅速地翻阅着上面的信息，在熊廷厚的朋友圈里有一条题目叫"孩子妈劈腿多年，丈夫至今离家不归"的帖子。

李玉璞点开那条微信，除了在身份定位上只提到广告界一位张姓女人并没有写出全称以外，其他内容基本与熊廷厚说的一样。但是只要认识他和张玉环的，基本就能想到这条信息上所指的张姓女人就是张玉环。包括里面所说的，那个和张姓女人保持多年暧昧关系的李姓男人，明显就是将矛头指向了自己。而那个商界大咖的指向，也显而易见就是曹总无疑。

李玉璞呆呆地看着这条微信，大脑一片混沌。张玉环难道不是单身？事情的真相到底是怎样的？自己怎么会身陷如此绯闻当中呢？

虽说自己身正不怕影子斜，但这里面写的都是哪儿跟哪儿啊？自己不过是觉得她孤儿寡母不容易，这么多年才一直在工作中关照她，在经济上谦让她。怎么会被外界说成如此，这让他李玉璞情何以堪呢？

"玉璞、玉璞，你想什么呢？你看这里面指的是张总吧？张总不是单身吗？她昨天是不是和曹总一起走的？"熊廷厚看着李玉璞的表情，就知道他肯定明白这帖子里说的就是张玉环。

"我也不知道怎么回事，我从没见过张总的爱人，一直都以为她是单身。我看她一个人带着孩子不容易，所以一直都尽量帮助她。"李玉璞觉得气愤，也觉得冤枉，更觉得讽刺。"我俩什么关系都没有，这上面简直就是胡说八道！"李玉璞愤愤道，他感觉自己如坠云里雾里，根本辨不清方向，也不知道到底什么是真实的、什么是虚幻的。

"我知道，我知道。虽然咱们认识的时间不是很长，但这段时间接触下来，我相信李总不是那种鸡鸣狗盗之人。这些东西你也不必太在意，你不搭理过几天也就没事了。"熊廷厚安慰着李玉璞。

虽然李玉璞一直觉得熊廷厚这人有些市侩，不是那种光明磊落之人，也一直在心里告诫自己跟他合作一定要慎重小心，但今天熊胖子的这几句安慰的话还是让李玉璞很受用的。这不仅让李玉璞对熊廷厚这个人多少产生了一些好感，也让他第一次和熊廷厚摒弃成见，促膝而谈。

他俩讨论着这件事到底是谁干的；干这件事的目的又是什么；是张玉环那未曾露过面的丈夫，还是曹总的家人或情人，又或是李玉璞的前女友；还有，张玉环到底是不是单身；她和曹总到底有没有发生关系；她今天到这个时候都没来公司，会不会真的跟曹总……所以才日上三竿、不见踪影？

这样的讨论显然是没有任何结果的，起码到现在为止，他们还无法找到这件事情的因果关系和真相所在。

第十九章　欺软怕硬的生活

　　张玉环茫然地盯着手机屏幕，两行泪水从她的眼眶中夺目而出。她不知道是什么人把她那精心隐藏起来的、自己多年以来都视而不见、遍体鳞伤的往事，就这样残忍地从坟墓里扒了出来。不仅是暴晒于阳光之下，而且还要多加渲染、添油加醋地昭告天下。

　　她想起了那个在大学校园里对未来满怀憧憬的张玉环；想起了与初恋男友在北京的中介公司往返奔波到处租房子的张玉环；她还想起了那个在香港街头被人追杀的张玉环；想起了在医院里，面对着一个天使一样的婴儿，手足无措、忐忑不安的张玉环；想起了那个面对着自己爱人生死不明、渺无音讯而孤独无助的张玉环。

　　张玉环之所以拼命地挣钱，就是想不再依靠任何男人，虽然她偶尔也会利用男性的弱点，跟他们玩一点小暧昧来达到自己的目的，但是那也不过是你情我愿、适可而止，她从未真正有过逾越雷池的想法，更没有跟任何人发生过任何实质性的关系。

　　张玉环曾经很感激李玉璞这些年来对她的关照，也曾经在心里猜测过李玉璞是不是对自己有情。但是她不敢奢望，不敢奢望自己能真的迎来一份真挚的感情。尤其是李玉璞那没谱儿的性格，时常被那些莺莺燕燕环绕的生活状态，更是让她没有一点安全感。

　　至于曹总，那就更是不可能和她的感情有什么交集了，除非她真的能接受某种交易规则。但张玉环自己知道，她做不到，自己已经生活得如此卑微，难道还要让自己更加卑微下去吗？她想起昨晚坐在曹总的车上，曹总的非礼举动，不禁浑身一颤。即使到现在，她依然能清晰地感到那双大手传递给她的那种热烈的欲望。这种感觉让她有一种说不出的厌恶，即便她回家后将自己从头到脚洗了个干净，可这种厌恶的感觉还依然在心里蔓延。

　　张玉环觉得，自从有了那一次和李玉璞的亲密接触以后，所有的事情就开始变得复杂而多变。

　　李玉璞当时将他自己的行为解释为一时冲动。而李玉璞不知道，他这样的解释，在张玉环心里却是明晃晃的推托和嫌弃。这让张玉环备受打击，也将张玉环推向了另一个极端。包括张玉环选择坐曹总的车回家；包括张玉环在公司庆典上的倾情一舞，张玉环都是在一种混乱情绪下做出的决定。

张玉环知道，如果不是自己想以这种无言的对峙来挑衅李玉璞，她绝对不会选择与曹总同车而行。她知道曹总对她是有兴趣的，这种兴趣她也并不是十分排斥。这起码还证明自己依旧是有魅力的，不是吗？张玉环也在心里暗自揣测过，曹总对自己到底是何种心态。但无论是何种揣测，无一不是让人沮丧的。

张玉环在心里问自己，曹总是把自己当成情人的对象来培养吗？她觉得这个想法很可笑，自己已经不年轻了，还有孩子，好像不太符合理想情人的标准。那曹总是把她当人生伴侣来培养的吗？对于这个问题，张玉环自己都觉得不可置信。她尚且不知曹总是否是自由之身，即使是，他又会对自己这个带着孩子的女人认真吗？

张玉环觉得，没有哪一个男人是能够完全信赖和依靠的，俗话说得好："男人靠得住，母猪能上树。"她张玉环不会再相信什么男人，她更不允许自己做那悲痛欲绝、投缳自尽的杨玉环。她要做《西游记》里的女妖精，对待男人，就要活着调戏、死了吃肉。

张玉环看着被朋友圈及各个交流群霸占着的这条信息，抬起手用手背狠狠地抹了一把脸上的眼泪。她觉得生活向来都是欺软怕硬、恃强凌弱的。生活于她，更是没有丝毫的公平可言，她与生活之间的关系，从来都是两强相遇勇者胜。无论如何，她张玉环都不会就此认输。越是这个时候，她越要光鲜亮丽地出现在所有人的视野里。她绝不允许那个凄凄惨惨的张玉环在人前出现，她要让那些想看她笑话的人都大失所望。

张玉环拿起手机，在自己做群主的两个微信群里，狠狠地甩了两个大红包。那两个微信群里的成员，大多是跟她曾经合作过的小公司的负责人，例如喷绘、打印、户外施工，还有一些不知名的平面模特。他们当中很多人都看了从昨天夜里就开始在朋友圈里传播的那条信息，也大都猜得出那里面的张姓女人就是张玉环。他们彼此在背后议论着，觉得这肯定是张玉环的仇家看她公司越开越大，人脉越来越广，在成心恶心她；也有人觉得是张玉环树大招风、过于招摇，才会遭人嫉恨因而扒出隐私公之于众；还有人觉得不管这谣言是真是假，张玉环受到这样的打击，可能都要消沉一段时间了。可当他们看到张玉环发来的大红包时，都瞬间恢复了往日的热情，毫不吝啬地对张玉环进行了一番此起彼伏的感谢和褒奖。

张玉环面对着手机里那些虚假的赞扬，脸上渐渐露出了不屑的笑容。她又在朋友圈里发了一组美照，并配上了文字，内容是："拥有美好的心态，才能拥有美好的生活。心自在，人安详！"然后，她便精心打扮了一番，驾驶着自己的爱车上班去了。

当张玉环光鲜亮丽地出现在李玉璞和熊廷厚的面前，把他俩都吓了一跳。他们没想到张玉环不仅没有受到那条信息的任何影响，还光彩照人地出现在公司，这还真是让他们对张玉环这个女人有点刮目相看。

李玉璞和熊廷厚交换了一下眼色，跟在小许的身后，相继来到张玉环的办公室。

张玉环看了他们一眼，先对小许说："小许，帮我煮杯咖啡。"然后她又故意对李玉璞视而不见，对着熊廷厚说："怎么，熊总，找我有事？"

李玉璞清了一下嗓子，故作镇静地说："那个……张总，您来得正好，我和熊总正想和您商量一下袁总公司广告招标的事情。"

"袁总公司不是主营金融行业吗？他为哪一款产品做广告？我昨天没有听他谈起呀，他们想做什么形式的广告？纸媒的，还是视频的？"张玉环在自己的椅子上坐下，一脸平静地看着他们。

熊胖子上前一步，颇有些得意地说："他们公司是做金融的，但也有其他产业。昨天在车上袁总跟我说，这次就是为下属公司新研发的一款智能型空气净化器做广告的招标。可是他们集团的广告，一直都是通过招标与广告公司合作的。所以，我们要是想参与，也得走这个形式。"

"这样啊！那我们就得弄清楚他们的具体要求才能做标书。比如形式，是纸媒广告还是视频广告？还有，他们想请什么样的模特，是一线大牌明星还是普通广告模特？预算资金是多少？这些情况我们都掌握吗？"张玉环侃侃而谈。

李玉璞和熊廷厚本来是想探探张玉环的情绪如何，看到她这样心平气和地娓娓道来，原本悬着的心也就放下了。李玉璞对张玉环说："张总说得对，下午袁总的公司有一个招标说明会，我们先去听一下具体情况。他们公司涉及很多产品，如果可能，咱们尽量拿下这个项目。你在公司听我们的消息，我和熊总去招标会就行了。"

"不需要，下午我还是和你们一起去听听招标说明会吧。"张玉环淡淡地答道。

李玉璞看着张玉环，从表面上倒也看不出她的神色与往日有什么不同。他是为了让张玉环避免不必要的尴尬，主动提出让她留在公司的。李玉璞认为，张玉环在短时间内应该尽量少出现在公众场合，这样大家才会尽快忘却那些流言蜚语。谁知道张玉环并不领情，非要下午一起去，真不知道她是内心太强大，还是不愿意领他李玉璞这份人情。

从张玉环的办公室出来，李玉璞对自己有些泄气。自从和张玉环有了那次所谓的亲密接触以后，好像他在她面前总是低声下气的。他不明白自己为什么会这样，本来成年人之间接个吻也算不上什么，就算是滚床单，只要你情我愿那也不是什么问题。可现在却好像是自己对不起张玉环似的，李玉璞对自己最近的表现实在不满意。他一直都认为，自己可以理直气壮地风流倜傥，轰轰烈烈地没心没肺，怎么现如今学会内疚了呢？他还是大名鼎鼎的"没谱儿"吗？

袁总的公司，位于北京金融街的一栋豪华写字楼内。李玉璞、熊廷厚和张玉环三个人，按时来到了这座北京著名的大厦，并由工作人员领进了招标说明会的现场。里面早已是人头攒动，有不少业内知名的广告公司都已到场。像李玉璞他们这样的小公司一般是不太有实力和那些大公司竞争的，这样的说明会也很少参加，更不要说正式的招标会了。

李玉璞他们一进会场，便发觉有人有意无意地向他们这边看。李玉璞觉得自己好像从没有这样受到过"重视"，但这种"重视"让他心里实在是有点不安稳。他仿佛听到有人小声议论说："看，那就是网上说的那对男女，今天居然还堂而皇之地招摇过市，这心理素质还真是非一般人可比。"

李玉璞感觉自己的手掌心微微有些出汗，他侧眼看了一下张玉环，出乎李玉璞意料的是，张玉环此时却神色如常。不仅如此，她仿佛颇具挑衅意味地用目光扫视了一圈那些对她侧目之人，脸上带着一丝凛然的笑意，继续向中间的位置走去。他们三人在会场中间找了三个座位坐下。稍后，在会场前方有一位穿着灰色西装的工作人员宣布，招标说明会马上开始。

工作人员首先对来参加此次招标说明会的各家广告公司表示了感谢，又讲了一下这次广告招标的形式，最后打开面前桌子上的电脑，转身在身后的投影仪上详细地介绍此次广告招标产品的性能独特性以及领先同类产品的领域范围。

原来袁总公司这次是为了一款新产品做广告招标，这款新产品就是复合型智能空气净化器。李玉璞心里想：这袁总也算是与时俱进了，近几年这空气质量实在堪忧，而袁总公司这款复合型智能空气净化器就应运而生。能如此抢占商机的经营策略，实在是值得自己多多学习。

台上那位工作人员还在继续讲解着，说这一款复合型智能空气净化器在技术方面遥遥领先于其他同类产品，也是他们集团今年推出的一个重要产品，希望在广告创意上一定要有独特之处，更重要的是广告的思想意识一定要能够匹配他们的产品。

李玉璞听到有人在小声议论袁总公司的经济实力，也有人在谈论这款复合型智能空气净化器的产品性能，更有人说这次招标会将是广告公司之间的一次激烈角逐，不知最后谁能脱颖而出。

李玉璞认真地听着说明会所阐述的理念和细则，并做了详细的记录。就在他全神贯注地将目光投向投影仪的时候，前排的一个身影在不经意间闯入了他的眼帘。这个似曾相识的身影迅速走出了会场，李玉璞大脑瞬间一僵，心跳也跟着停跳了一拍。他的眼神一直跟随着那个身影，直到这个身影在大门的开合之间消失，李玉璞才鬼使神差地站了起来，快步向会场门口的方向走去。可是他走出大厦的大门一直来到大街上，也没看到刚才在会场里见到的身影。

李玉璞默默地回到说明会现场，却再没听进去一个字。直到说明会结束，他才如梦初醒一般，不知刚才那一幕到底是真实的，还是自己的幻觉。

第二十章　从此萧郎是路人

李玉璞神情恍惚地回到了家,他不知道今天看到的那个身影到底是不是林青,可是那个侧身以及那个背影,都实在是太像多年以前的林青了。虽然李玉璞知道,往事如风,他的青春岁月、他的冲动懵懂、他的悲惨初恋,都已经随着林青的消失而消失,但他仍然想去探究当初那一切究竟是为了什么。难道当年自己就真的是被林青当作"备胎"利用了,还是林青当初有什么难言的苦衷?李玉璞不明白,他不明白林青那样清纯的女孩为什么会利用自己。他更不愿意承认,不愿意承认自己被无情利用的悲催事实。这是他多年以来的一个心结,一直影响着他对感情的态度。

李玉璞从餐厅打包了几个菜回家,又把以前从南方带回来的一坛子"女儿红"拿了出来,准备来个一醉解千愁。他刚刚把酒坛子打开,还没来得及往酒杯里倒,就听见门铃响了起来。

李玉璞知道,这个时候来找他的肯定是朴正浩那小子。他打开房门一看,果然是朴正浩,那家伙正一脸坏笑地站在他的面前。

"你今天怎么不去撩妹,来我这儿浪费大好时光?"李玉璞看着朴正浩那一脸匪夷所思的坏笑,无比诧异地问道。

"哟呵!'没谱儿',几天不见,你小子重色轻友的老毛病又犯了是不是?你要是不欢迎,那我可就走了啊!知道你小子最近桃花太盛,我怕你意乱情迷,过来给你再加一把火,让你小子欲火焚身、涅槃重生,赶紧光荣地脱离光棍族。"朴正浩看着有些萎靡的李玉璞,脸上的坏笑更盛了几分。他虽然口中说着要走,腿却不由自主地往房间里迈去。朴正浩来到餐桌前,看到桌上的酒菜,顺势坐下,并伸手捏了一片火腿放在嘴里嚼着。嚼完那片火腿,朴正浩又继续说道:"得即高歌失即休,多愁多恨亦悠悠。今朝有酒今朝醉,明日愁来明日愁。"

"你这是劝我,还是劝你自己呢?还背上唐诗啦!是你自己又惹上风流债,跑我这躲清净来了吧?从大学到现在,要论情债的多寡,你认第二,谁又敢认第一呢?"李玉璞被朴正浩这一副吊儿郎当的样子逗得忍俊不禁,他从厨房里拿来碗筷摆在朴正浩面前,自己也在朴正浩对面的位置上坐下。

"你自己看看,是你的桃花盛还是我的桃花盛,我的朋友圈都被你的绯闻给霸屏了。你是真的把那'杨玉环'给拿下了吗?有魄力!"朴正浩拿出手机,打开自己的朋友圈,顺手递给李玉璞,然后又接着说道,"不过,你这过门就当爹,有心理准备吗?而且,我觉得当爹这件事,别人白给的,总不如通过自己的努力耕地播种长出的'人参果'更可心。你说对不对?还有,那'杨玉环'到底是不是单身呀?你俩要是及时行乐倒也无所谓,但你跟她要真的想'狼狈为奸'签卖身契,还是得想清楚才行。不是我吓唬你,一入围城深似海,何况对方还带着个拖油瓶,你这将来的日子可以用一部电影来形容了——《悲惨世界》。"

李玉璞拿过朴正浩的手机,用手指滑动着屏幕看了一会儿,然后又把手机还给朴正浩说:"我跟张玉环什么事儿都没有,也不知道是哪个神经病发的这些无聊的东西,我的朋友圈里也有。我没工夫搭理这些,我觉得这好像是针对张玉环而来的,不像是针对我的。不管它啦!这年月,要是为这点事就寝食难安,那这一辈子非得郁闷死不可。"沉默片刻,李玉璞继续说道:"正浩,我今天看到林青了,在一个招标会上。只看到她一个背影,但是我觉得那就是林青。"

朴正浩看李玉璞面对绯闻跟没事人一样,自己悬着的一颗心瞬间落了地。他本来也不相信,即使李玉璞真的喜欢张玉环,也不至于头脑发热到要给张玉环的孩子当后爹的地步。谈到婚姻和孩子,那就真得慎重了,何况那还不是自己亲生的孩子。"两个人的围城,一个人孤单",要真想进入那座围城,必须慎之又慎。

朴正浩这时正把一片水煮肉片放到嘴里咀嚼着,就在他正要往下咽的时候,却突然听李玉璞说看到林青了,不自觉地脸上表情一怔,一时间仿佛失去了吞咽的能力,嘴里的那片水煮肉也不上不下地卡在了喉咙。不过,转瞬之间,就恢复了常态,他看着李玉璞幽幽地说:"真的吗?你真的看到她了?她是一个人吗?听说她离婚了,不知是不是真的。"

李玉璞分别给他们二人的酒杯斟满酒,自己先喝一口,放下酒杯说:"应该就是林青没错,没见到有什么男人跟她在一起。因为当时人很多,我也只看到一个背影。当我追过去的时候,人已经没影儿了,所以也没有机会打招呼。"

李玉璞其实不想告诉朴正浩,他当时是被眼前的林青惊到了,一时之间都不知该如何反应。时至今日,李玉璞虽然不能说是情场高手,但也是经历过感情的成熟男性,可是在面对林青的时候,他还是有那种懵懂又心悸的感觉。他也不知道,自己到底是应该为这种感觉感到欣慰,还是应该感到自卑。

其实他不知道,不仅是他自己,就连朴正浩这样的"采花大盗",听到林青的名字时,大脑也居然有瞬间的失忆。这就是林青,这就是他们心中的女神。既然是女神,她就是有着那蛊惑众生的魅力。她什么都不说,什么都不做,就能够让你丢盔弃甲,甘愿臣服。当初被林青折服的同学,除了李玉璞和朴正浩以外还大有人在。所以他俩最后这结果不仅不算丢人,反而还有些让人羡慕。虽然在若干年后的今天,他们感觉当时追求校花的行为是个笑话,但在那个时候,能做校花的裙下臣,也是无比荣耀的。只是当时那些自鸣得意的裙下之臣,大多跟李玉璞或者朴正浩一样，在被淘汰之际不仅连被通知的权利也剥夺了，甚至连临别赠言都被省略了。就这样，"从此萧郎是路人"，收获了一场无言的结局，自动转入了失恋的状态。

他们回想在大学校园里那些既美好又迷茫的岁月，还真有岁月催人老的感觉。美好的大学生活，如流星一样灿烂而短暂，接踵而来的，就是铺天盖地的各种压力。尤其是在大学里的最后一年，继续考研的同学，压力来自考试；准备就业的同学，压力来自就业；谈恋爱的同学，压力来自爱情。

尤其是像李玉璞和朴正浩他们这样的外地学生，毕业的同时也就意味着失业。他们必须为将来的生活绞尽脑汁，为自己在北京的生存谋得一席之地；否则，他们一跨出校门，就将面临流离失所、饥寒交迫的窘境。

朴正浩醉眼迷离地看着李玉璞说："'没谱儿'，你说咱们当初找工作那会儿怎么就那么难呀？当时给我急的！"

"不知道现在的大学是不是还这样？"李玉璞想到校花，想到林青，想到至今还是孤家寡人的自己，不由得有些怅然。

这一晚，李玉璞和朴正浩不仅把那一坛子"女儿红"喝了个干净，还外加六瓶啤酒，他们才罢休。

朴正浩回家睡觉去了。李玉璞虽然大脑有些混沌，却没有丝毫的睡意。他走到窗前，点燃一根香烟，把玻璃窗打开一条缝，在那儿慢慢地吸着。

寒冷的北风迎面而来，让李玉璞打了个寒战。他紧吸了两口烟，正准备把玻璃窗关闭时，忽然一丝凉意从他的鼻尖传来。就在他诧异之间，又是一丝凉意落在了他伸出的手背上。李玉璞定睛一看，原来天空中已经有无数的雪花无声无息地飘然而下。

李玉璞心想，在这个雪夜，不知有谁会和他一样见证这场大雪的降临。明天一早，人们只会看到被积雪覆盖的大地，没有人会想到在这大雪的下面，都隐藏着什么。

第二十一章　男人的常态与非常态

　　周一上午，李玉璞在经过了漫长的堵车后，秉承了他一贯的迟到早退作风，十点多才到达公司。

　　李玉璞本来还觉得有点不好意思，自己跟张玉环和熊廷厚刚刚开始合作，就这样迟到早退，这实在不像一个敬业的商人，也不是一个合格的创业者。其实，李玉璞从来都不是什么敬业的人，也从来没想过要做一个敬业的人。他对待自己的事业，一直都是那种一人吃饱全家不饿的态度。也许这就是他在北京混迹多年，至今还止步于暂时脱贫却不能致富的症结所在；这也是他内心深处缺少真正的安全感的症结所在；更是他的婚姻及家庭，时至今日都悬而未决的症结所在。

　　李玉璞在心里讨伐着自己，他觉得自己无论是在生活还是在工作上，都被这种吊儿郎当的态度所限制，以至于直到今天，婚姻也好，事业也罢，一直都不温不火，没有任何起色。

　　李玉璞下了车，抬头看着眼前的这栋写字楼，他暗下决心，从今天开始自己再也不能混日子了，一定要拿出点拼搏的劲头儿来。李玉璞调整了一下自己的情绪，想象着自己一会儿见到熊胖子和张玉环时，应该具备的反应和面部表情。

　　李玉璞做了一个深呼吸，努力把情绪调整到最佳状态。他不奢望别人眼中的自己是成功者的形象，那样的形象附加在他身上压力太大。他只需要让别人看到，自己正走在成功的道路上，这样就完全可以了。

　　可是让李玉璞意外的是，他到了公司才发现，迟到早退的不只是他一个人，张玉环和熊廷厚还没有来呢。李玉璞问李明，李明说他也不知道张总和熊总为什么到现在都还没来公司，他们也没打过电话来说明情况。李明还问李玉璞，要不要打电话给张总或者熊总，问问他们是什么情况。李玉璞跟李明说不用管了，自己看着办就好了。

　　李玉璞等李明离开了自己的办公室，才拿出手机拨打了熊廷厚的手机号码。在手机里传出了一段等待接听的音乐声后，熊廷厚接听了电话，他说自己在路上，最多十分钟就可以到公司了。

　　李玉璞放下手机，拿起茶杯给自己沏了杯茶，刚喝了几口，熊廷厚那肥胖的身影就出现在了李玉璞的办公室门口。一进门，熊廷厚就抱怨说北京堵车的情况如何如何严重，说自己其实早上很早就出门了，但是一路被堵，所以这个时间才到公司。正说着，他们看到张玉环从公司大门进来，走进了自己的办公室。

熊廷厚隔空向张玉环打着招呼，看着张玉环走进了自己的办公室，他嘴里絮絮叨叨地说："张总的气质真是优雅，难怪曹总会对她念念不忘。"李玉璞听了熊廷厚这句话，不禁眉头微蹙，无来由地觉得这个人很讨厌。

熊廷厚将头转向李玉璞，继续说道："李总，你说咱们是不是可以趁热打铁，赶快把主题晚会的方案落实下来，最好赶在春节前和曹总的公司把合同签了，省得夜长梦多。而且春节将至，如果能提前把这些事情都处理好了，大家也就可以早点放假，舒舒服服地过个年。这样，我也可以早点回欧洲去，和家人团聚了。"

李玉璞本来还很反感熊廷厚刚才那句话，但不管熊胖子这个人到底怎样，他对挣钱的事还是蛮积极主动的。他李玉璞自然是跟钱也没仇，至于熊胖子身上其他的毛病，他也只能适当地忽略不计了。李玉璞觉得熊胖子的话很有道理，如果能在节前签好合同当然最好，毕竟一场主题晚会要比一个视频广告的利润大得多。如果时间拖得太长，难保不会有什么意外发生。这样的一个大项目，不知有多少公司盯着想要来巧取豪夺呢。

李玉璞和熊廷厚一起来到张玉环的办公室，把刚才的想法和张玉环进行逐项沟通。张玉环听了他们的建议以后，也是完全赞成，毕竟这样的好事又有谁会不愿意呢？

熊廷厚热情高涨地马上拿出手机和曹总联系，曹总在电话里说他没什么意见，他也觉得如果能在春节前就能把所有的事情都敲定也未尝不可，毕竟一场主题晚会也需要准备相当长的一段时间。这样的话，过了春节假期，双方就可以马上进入状态，操作这件事了。

熊廷厚满面笑容地挂了电话，让李玉璞马上做方案，只要方案一出，他们就可以去曹氏集团协商签约的事宜了。

李玉璞虽然觉得熊廷厚这个人平时云山雾罩有点不靠谱，可没想到人家的行动力还真是相当强。就凭这一点，就值得他好好学习。他向熊胖子和张玉环打过招呼，就回家专心做起了策划方案。他必须自己亲自做这场晚会的策划方案，虽然他并不擅长做晚会策划，但是他相信只要自己用心，也没什么是他做不了的。

这个晚会的策划方案李玉璞整整做了两天两夜，还咨询了多位操作过此类项目的业界同仁，在吸取了一些合理性的建议后，经过反复的修改才算初具雏形。

李玉璞在这两天几乎没怎么睡觉，他经常是睡着睡着就会突然被自己的一个想法惊醒，然后马上起床修改策划方案。毕竟这次的项目，无论是对他还是对公司，都是极其重要的。也许这一次，自己的专业就会从广告策划转到晚会策划，来个重大突破。人生的高峰，也许就这样在不经意间，毫无征兆地悄然而至了。想到此，李玉璞便会兴奋不已，再无睡意。他多次在三更半夜站在阳台上，面对着天上的点点繁星，憧憬着自己的海市蜃楼，也酝酿着另一种意味的"欲穷千里目，更上一层楼"。李玉璞想,从古至今,事业才是男人人生中的必需品,这是亘古不变的真理。

李玉璞拿着他的策划方案反复检查了好几遍,才在自己基本满意的情况下,把策划方案交给了熊廷厚。

关于报价,李玉璞向张玉环和熊廷厚解释说,因为有些暂时不能确定的因素,所以在报价方面,也只是把相对能把握的方面做出了预算。而那些不能确定的方面,像整场晚会要请多少明星、请什么级别的明星、具体费用是多少,则都在补充条款里做出了约定,由曹总公司另行支付或由他们公司代付,曹总公司负责实报实销。

熊廷厚高兴地接过策划方案,满脸堆笑地对着李玉璞猛拍马屁。他说:"李总,真是人才!凭你的才能,这策划方案肯定没问题!我马上就去曹氏集团让他们审核策划方案,审核完毕咱们就可以签协议了。有什么进展,我会和你以及张总及时沟通,你们就等着我的好消息吧!"

李玉璞看着拿着策划方案,满心欢喜走出公司大门的熊胖子,和张玉环打了声招呼,又向李明交代了一声,就提前回家补觉去了。

李玉璞在自己的憧憬中,在家里好好地做了两天美梦。

周一的早晨,李玉璞吃过早餐,就心情愉悦地开车去上班了。他到了公司一看,只有李明和小许在公司,熊总和张玉环又都还没有来。李玉璞感觉最近这张玉环也不知道什么情况,总是迟到早退,心不在焉的。开始,他还觉得张玉环毕竟有孩子,偶尔晚来早走也没什么大不了的。可是,也不知为什么,这种现象最近好像特别频繁。李玉璞本来想找机会问问张玉环,看她生活上需不需要什么帮助。但是自从他俩发生了那一次暧昧事件,又被李玉璞解释为"一时的冲动"以后,张玉环就总是对他爱理不理的,甚至还在微信里把他给拉黑了。这让李玉璞将自己想要去向张玉环示好的心情,一次次地扼杀在摇篮里。他生怕自己的好心被当成驴肝肺,自己的热脸贴了人家的冷屁股。

马上就要过春节了,公司里除了上次给曹氏集团做的策划方案还悬而未决,暂时也不会有什么其他业务。李玉璞照例给自己沏了杯茶,然后一个人在办公室里,浏览着五花八门的花边新闻消磨时间。

墙上的时钟已经指向了十点三十分,李玉璞听见了由远而近的脚步声。片刻之后,熊廷厚带着一阵风,从门外扑面而来。

"李总、李总,你快看看,张总好像出事了。"熊廷厚拿出手机,点开一个页面给李玉璞看。

只见手机屏幕上显示了一条八卦新闻,报道了本市某家医院,昨天晚上接收了一名年逾半百,因心脏病突发进入医院治疗的患者。李玉璞开始还觉得,人吃五谷杂粮,没有不生病的,有病看病本也不是什么新鲜事。可是,再往下看,李玉璞就觉得有点不对劲了。报道里称，这名患者是一家上市公司的老总，而这名上市公司的总裁不是在单位里突发旧疾，也不是在自己家里犯病，而是在一名单身女子的家里突然发病，后来被这名单身女子紧急送往医院救治。而这位资产雄厚的上市公司老总被送进医院时，已经是命若悬丝、危在旦夕。不仅如此，这位神秘的单身女子还跟那位总裁的夫人在医院的楼道里狭路相逢，并且挨了那位夫人的一个耳光。

这样一条带有隐喻的桃色新闻一经发出，就引得无数人产生了无限的遐想。人们纷纷想象着这样一则桃色新闻产生的前因后果，二人当时所处的环境，以及二人如何卿卿我我、承欢床笫，才造成了这位上市公司总裁突发旧疾、生命垂危的后果。

在这则桃色新闻的下方，更是引发了无数网民的愤怒，纷纷对文中所指的"小三"进行叱责和谩骂，什么红颜祸水，什么蛇蝎女人，什么不知廉耻，什么狐狸精。一时间，这些谩骂和指责被那些网友毫无保留地都一一钉在了文中那个"小三"的身上。

在整篇报道的文字中还穿插着一张张醒目的图片，有医院的医生和护士快速推着病床进入手术室的；也有那单身女子一个人站在医院走廊颔首低头的；还有那神秘女子在医院的走廊里，背靠着墙壁蹲在地上无比颓丧的；更有那位单身女子被另一个年长的女人掌掴的。

虽然那躺在病床上的男人戴着氧气罩的照片并不是很清晰，可是那位单身女人的照片却很清楚，她就是张玉环，没错，真的是张玉环。

李玉璞看着这则花边新闻，他的大脑在这一时刻也是无比愕然。他不知道张玉环怎么会惹上这种事，也不知道张玉环和曹总是不是真的有那种关系。李玉璞在潜意识里希望这其中有什么误会，但是如果曹总和张玉环之间没有什么特殊的关系，为什么曹总会在晚间出现在张玉环的家里呢？又是什么样的情况，促使曹总引发旧疾，犯了心脏病呢？

这一切的一切，让李玉璞百思不得其解。自己跟张玉环已经认识几年了也没去过她的家，但曹总和她认识只不过一两个月的时间，却已经堂而皇之地登堂入室了。这足以让人产生无限的遐想，曹总和张玉环的关系，绝非一般。

第二十二章　山雨欲来风满楼

阴霾笼罩的天空凄迷而寒凉，呼啸的北风夹杂着枯叶和尘沙，肆无忌惮地在玻璃窗上敲打出凌乱的声响。仿佛一个被封锁了千年的怪兽，隐藏在云层中肆意咆哮着，释放着它的狂虐和愤恨。

天已经快要亮了，张玉环却丝毫没有睡意，她坐在儿子天天的床边，就那样久久地凝视着自己的孩子。天天是上天赐给自己的孩子，如果不是为了天天，张玉环不知道自己还会不会活下去。生活，为什么这么难？为什么她想要清清白白、简简单单地活着就这么难？生活为什么总是逼她？从她少女怀春，第一次对感情产生那种懵懂的冲动开始，残酷的生活，就一次次逼她走在一条她自己无力掌控的风雨飘摇的道路上。

想当初，她和高翔面对爱情的迷醉初尝禁果。爱情，不仅没有让她的人生更圆满、更幸福，反而使她不得不面对社会的歧视和生活的压力，以及独自一人抚养天天的艰辛。天天，她现在只有天天，只有天天不会歧视她，不会抛弃她；也只有天天和她同甘共苦、相依为命。

张玉环下意识地抬起左手，摸了摸自己的脸。脸上虽然已经不像当时那么火辣辣的疼了，可是那屈辱的感觉，却比挨打时还要让她痛苦。

张玉环知道，无论是谁，那些认识自己的人也好，不认识自己的人也罢，这两天都在津津乐道地谈论着自己的风流韵事，谈论着自己的轻佻和放荡。张玉环恨生活，恨生活为什么要把她逼到如此境地，逼成如此不堪的模样。张玉环恨那个曹总，恨那个曹总为什么像一只嗜血的蚊子一样，盯着自己不放，赶都赶不走。张玉环恨那个赏了自己一个耳光的老女人，那个老女人就那样居高临下、盛气凌人地给了自己一个耳光。她不过是要在自己面前彰显她那可怜的高傲，以此来维护她那薄如蝉翼的尊严。她不对自己的配偶多加管束，却来对自己大打出手，还利用社会的舆论来鞭挞和拷打自己。她让本就无辜和弱势的自己，被社会的舆论碾压着，碾压得肝胆俱裂、痛不欲生。

张玉环抬起手臂，用手背抹了一把自己脸上的泪水。张玉环想起钱多多那个贱人，当时就是那个钱多多在医院里遇到自己送曹总到医院就医，面对着狼狈不堪的自己，钱多多还不失时机地拿出手机拍照。张玉环知道钱多多恨自己，钱多多把曹总对她的冷漠和疏离都归结到她身上。可是，自己为什么就这么倒霉，为什么会在这个时候冤家路窄，遇上那个对自己恨之入骨的钱多多？而且，上一次被疯传的自己和曹总还有李玉璞都保持着不正当关系的谣言，也是钱多多这个贱人一手炮制的。虽然说自己并没有证据证明这一点，但是她就是感觉这一切的一切，都跟钱多多脱不了干系。还有李玉璞，他还真不愧对他那"没谱儿"的绰号，要不是他让自己误会他对自己有爱慕之情，可能自己也不会假借曹总来刺激他。如果自己始终没有理会曹总，曹总也可能就会对自己死了心了。那样的话，钱多多也就不会迁怒到自己，自己也就不会处于如今这被动又屈辱的局面，更不会挨了曹夫人那一巴掌。

人言可畏！

她张玉环不是什么铜墙铁壁，也没有修炼到百毒不侵的地步。只有张玉环自己知道，在她那伪装出来的坚强外表下，自己有着一颗最脆弱、最敏感、最多疑、最骄傲的心。也只有她自己知道，为了维护自己这颗脆弱、敏感、多疑、骄傲的心，每日都要和生活、和情感、和欲望、和自己，没完没了、无休无止地缠斗。也许自己的防御意识稍有疏忽，这颗心就会在转瞬之间被攻击得七零八落、破碎不堪。

张玉环抬起手又抹了一把自己那已经夺眶而出的眼泪，她不甘心，为什么倒霉的总是自己？可是自己再怎么不甘心，她现在也不得不承受这一切。

"妈妈，你怎么啦？你为什么哭啦？你怎么不睡觉呢？"天天睁着大大的眼睛，正在好奇地看着张玉环。

"没事，妈妈没事。"张玉环抽了一下鼻子，强装出一副笑脸。她温柔地摸了摸天天的头，接着说："妈妈有点头疼，睡不着。天天睡醒啦？妈妈帮你穿衣服好不好？"

"妈妈要不要吃药，我帮你拿好不好？"天天在床上站了起来，伸手去摸张玉环的额头。

"妈妈没事，一会儿就会好的。来，妈妈帮你穿衣服，天天该上幼儿园了。"张玉环强压内心翻涌的情绪，帮天天穿好衣服以后，又帮天天准备了洗漱的水，并在牙刷上挤好了牙膏，站在一旁看着天天像大人一样地刷牙洗脸。

一切收拾好，张玉环开车把天天送到幼儿园。她看着天天进入自己的班级，走到自己的小凳子旁坐下，等着老师为他们准备早餐，并挥手和自己说再见。张玉环对着孩子强露出一抹微笑，慢慢地转身离去。

张玉环刚才对天天说的不是假话，她真的头痛，头痛欲裂。从曹总因病住进医院那晚开始，她就没有好好地睡过觉。每当夜幕降临，曾经的所有过往，都会在张玉环的脑海中一一呈现。而她也会在历历往事中，一次又一次地迎来黎明的降临。

张玉环回到了家，给小许发信息说自己身体不舒服，要在家休息两天，公司的一切事宜交由李总和熊总决定就好。

张玉环在吃了两片安眠药以后，就躺在床上希望久违的睡眠可以让她紧绷的神经得到些许的舒缓，哪怕是只睡一小会儿也是好的。她不能任由自己的失眠症如此发展下去，她真的害怕自己会由现在的失眠症，发展成抑郁症。虽然她不知道这两者之间有无关系，但是她不能失去健康，为了天天，她也一定要坚强地挺住。

还好，如她所愿，在安眠药的作用下，张玉环一直睡到下午两点才起床。她洗漱完毕后，又给自己弄了点东西吃，然后准备去幼儿园接天天。在出门前，她看着镜子里苍白的自己，特意拿出化妆品给自己化了淡妆，才放心地离开了家。

一路上还算顺畅，张玉环很快就来到幼儿园。她接了天天以后，一边询问天天在幼儿园有什么有趣的事情发生，一边驾驶着自己的车很快地回到了家。

晚上帮天天洗澡的时候，张玉环发现天天的脖子上有一圈红色的印记，这个发现让张玉环吃惊不小。在张玉环的再三追问下，天天才说出幼儿园里有一个名叫张子豪的小朋友，今天从身后使劲拽他的衣领。当时天天被衣领勒得直咳嗽，脖子上的红印就是张子豪拽天天衣领时被衣领勒出来的。

张玉环把张子豪的名字暗暗记在心里，想等一会儿天天睡着了，她再和幼儿园老师以及张子豪小朋友的家长沟通一下，希望可以避免以后再发生这样危险的事情。

看着熟睡中的天天，张玉环拿出手机，对准天天的脖子，按下了相机的快门。伴随着"咔嚓"一声响，天天的身体陡然一动，好像是被吓到了一样。张玉环赶紧伸出手在天天的后背轻轻地拍了几下，让孩子感受到自己在陪伴着他、关心着他。还好，天天没有醒，只是努了努小嘴，然后又继续熟睡。张玉环不免在心里责备自己，怪自己刚才给天天拍照时没有把手机调成静音。天天从小就比普通小孩敏感，就像今天这样的事情，要不是她发现了天天脖子上的红印，可能天天自己是不会主动说出事情的缘由的。因为天天怕她伤心，怕她流泪，他说过他是男子汉，他要保护妈妈。想到这些，张玉环在天天的小脸蛋上轻轻地亲了一下，告诫自己以后要更加细心、更加关注天天的情绪才行。

张玉环把手机调成了静音，打开微信里天天所在幼儿园的家长群，在里面找到了了张子豪的妈妈。然后，张玉环在群里留言，讲述了今天在幼儿园里因张子豪拖拽天天的衣领，把天天脖子勒出红印的事情。张玉环向张子豪妈妈讲清事情的经过以后，拜托张子豪的妈妈，一定要叮嘱孩子，以后一定不要再做这样危险的事情。万一有什么意外，那后果将是不可想象的。

过了几分钟，张子豪的妈妈回复张玉环说，她问过自己孩子了，张子豪并没有拖拽天天的衣领。张玉环对这样的答复非常不满，她相信天天不是个撒谎的孩子，而且天天也没有必要撒这个谎，那脖子上的红印就是最好的证明。张玉环把刚刚拍下的照片发到了群里以示说明，照片上，天天脖子上那一道被勒出的红色印记清晰可辨。这时，家长群里有些看到照片的家长，不禁担心地纷纷发言："这么严重啊！""好危险！""太危险了！""后果不堪设想！""一定要教育好孩子！"……

　　张子豪的妈妈面对这样的情况，明显已经有些不耐烦了，她@张玉环说："再说一次，不是我家孩子拽的。"然后她就再也不出声了。

　　张玉环虽然心里生气，但是想到张子豪毕竟也是个孩子，天天和张子豪又在同一个班上，只要这种情况以后不再发生，还是不要计较太多，所以也就没再多说什么。

　　第二天一早，张玉环送天天到幼儿园去，路上一再跟天天确认，昨天是不是张子豪拽他的衣领，天天也再次肯定地回答说是。为了让张玉环放心，天天还故意说："现在已经不疼了，没事了。"

　　张玉环心疼地看着天天，她总觉得自己这个妈妈当得不称职。这些年，为了生活，她对天天亏欠得太多太多。

　　到了下午接孩子的时候，张玉环早早地就到了幼儿园门口。有两个平时和张玉环比较熟悉的小朋友的妈妈，主动过来和张玉环打招呼，并问昨天在幼儿园里所发生事情的具体情况。张玉环把事情经过又叙述了一遍，还说她跟孩子确认过，就是张子豪从天天的身后，拖拽天天的衣领才把孩子的脖子勒出红印来的。那两个妈妈说，她们都看到了昨天微信群里的照片，真的是太危险了，张子豪的妈妈必须要对自己的孩子严加管教才行，不然以后还不知道会出什么大事呢。

　　张玉环表示只要以后不再出现这样的情况就好了，都是小孩子淘气是难免的。

　　就在这时，一个瓮声瓮气的声音在她们耳边轰然响起："你们三个大人在这儿诽谤一个孩子，你们还要不要脸？"

　　张玉环她们不知所措，眼前已经赫然出现一个六十岁左右的老人，他满面怒容地瞪着她们。那位老人涨红着脸，声音中充满了燃烧着的熊熊怒火，他双手也不停地挥舞着对张玉环她们大声吼叫道："你们这些大人，在这儿说一个孩子的坏话，作为家长，你们好意思吗？看看你们三个多大岁数了，居然在这儿诋毁一个孩子，你们不怕遭报应吗？"

　　包括张玉环在内的三个妈妈一时间不知所措，呆呆地站在那里。她们不知道眼前这位老者到底是何许人也，也不知道，她们为什么得罪了这位花甲老人？更不知道，这位花甲老人又为什么会对她们火冒三丈、横加指责，甚至是歇斯底里地破口大骂？

第二十三章 性别与底线

正当张玉环和另外两位小朋友的妈妈面面相觑之时，她们三人手机的提示音几乎同时响了一下。

张玉环打开手机，看到是幼儿园家长交流群里的信息提示。交流群里面显示，张子豪的妈妈@了她，正在对她隔空喊话。张子豪妈妈用语音留言说："天天妈妈，你在幼儿园门口和谁说我家孩子坏话呢？你有话跟我说，别在背后诋毁别人家孩子。作为一个母亲，你这种行为，实在是太无耻了。"

张玉环一时之间没弄明白这是怎么回事，她不明白张子豪的妈妈为什么会对她隔空喊话，又为什么指责她在诋毁张子豪。就在这时，张子豪的妈妈再一次发来怒气冲天的语音信息，那位妈妈已经完全不顾及她们此刻的交流方式是在微信群中。张子豪妈妈怒吼着说道："天天妈妈，我昨天跟你说过，这件事与我家子豪无关。你今天没完没了，还在别人面前说我家孩子坏话，这件事情咱们没完！你别走，在那儿等着我，咱们要么法院，要么'野湖'，你选地儿！"

张玉环和另外两个孩子妈妈听着张子豪妈妈的隔空喊话，一时间不知所措，她们不知道张子豪妈妈的滔天怒意是从何而来。片刻之后，她们才明白过来，刚才那个骂她们的老人一定是张子豪的长辈。而这位长辈肯定是对张子豪妈妈说，幼儿园门口有人在议论和诋毁张子豪，所以才会引发张子豪妈妈如此强烈的反应。

张子豪妈妈这时又发出了第三条语音。她说道："天天妈妈，你是不是叫'张玉环'？我有个朋友认识你，据说你前两天，三更半夜把一位已婚男士送进了医院，还在医院的走廊上被那位已婚男士的夫人打了一记耳光。还有，在此之前，有人说你不仅和这位已婚男士有染，同时还和另一个姓李的男人不清不楚、乱七八糟！你这样的人能教出什么好孩子来？今天还污蔑我家子豪拽你儿子的衣领，勒了你儿子的脖子，你今天拿出证据来就算了，拿不出证据来咱们没完！"紧接着，张子豪的妈妈在微信群里发出了两个链接，这两个链接分别是前两天张玉环在医院被打的那条新闻和之前被疯传的张玉环和曹总、李玉璞三角恋的绯闻链接。

张子豪妈妈发出这两条相关链接之后，再一次对张玉环喊话说："大家都看看，天天妈妈的所作所为都上娱乐头条了。这样的人还敢诬陷我家子豪，这件事不能就这么算了，有本事你在幼儿园等着我，咱们没完。"

　　张玉环听着这恶毒的语音微信，大脑"嗡"的一声，眼前也是一片眩晕，差点倒在地上。另外两位家长也愕然地看着她，此时的她无言以辩。她自己受此侮辱也就罢了，可是这还在幼儿园的家长群里，其他家长和老师会怎么看她？会怎么看天天？

　　正在这时，幼儿园的大门开启，家长们蜂拥而入，到各自孩子的班级接自己家孩子。

　　张玉环木然地来到天天所在的班级，接了天天以后转身就往外走。就当她即将走出幼儿园大门的时候，在身后嘈杂的声音中，传来一声刺耳的吼声："张玉环，你给我站住！"张玉环还没从刚才的木然状态中反应过来，"啪"的一声，一记响亮的耳光重重地打在张玉环的脸上。这一巴掌把张玉环打得一个趔趄，险些摔倒。脸上火辣辣的疼痛让张玉环知道，面对对方的蛮横无理，自己此刻却是那样的卑微无助，那样的力不从心。

　　这时的张玉环，再不是那个精明能干、光鲜亮丽的张玉环。此刻的她像一朵低到尘埃里的花朵，没有人同情，没有人怜悯，更没有人呵护，在卑微的生活中，她得到的只有践踏，无情的践踏。

　　"不许打我妈妈！"张玉环在恍惚中看到天天那弱小的身体，冲向张子豪的妈妈，而他眼眸中的愤怒，却宣告着自己不容侵犯的尊严。

　　张玉环耳边的"嗡嗡"声骤然响起，除了那一句"不许打我妈妈！"她再也听不到任何声音。但是她知道自己要保护天天，只要她活着，就要保证天天不受到伤害。张玉环使出全身的力气冲到天天身边，一把抱住了他。她把天天的头埋在自己的胸前，不想让天天看到世人质疑、冷漠和鄙视的眼光，还有自己的狼狈、不堪、卑微和屈辱。幼儿园的工作人员也已经赶到现场，为她们双方做着劝解工作。但张玉环一句话也没听进去，她无法在这种尴尬的环境中多待一分钟。世人那鄙夷和默然的神态，像刀子一样将她凌迟，她抱起天天，踉跄着快步冲出了幼儿园。

　　张玉环一连两天没有在办公室出现了。李玉璞很想了解一下这个张玉环到底是怎么回事，网上疯传的事情到底是不是真的。但是他一次又一次地强迫自己，将已经拿起的手机又放了回去。在李玉璞的心里，他不愿意相信张玉环真的和曹总有什么不正当的关系。但那网上的传言却不由得他不相信，那可是"有图有真相"啊！

　　李玉璞不由自主地一次又一次拿起手机，翻看着朋友圈里面被疯狂转发的花边新闻，还有在花边新闻里穿插着的一张张照片。当他看到有关张玉环的那些照片时，心里居然像被人捏了一把似的，抽痛了一下。他也曾到他的一些微信聊天群里，试探性地查看过里面的动向，看到有人在议论有关张玉环的事情，有人说曾经见过张玉环和曹总共同出入公共场所；也有人说看到过张玉环和曹总曾经同乘一辆车；还有人说，有人亲眼看见张玉环被曹总的夫人甩了耳光……

李玉璞面对纷乱繁杂、五花八门的八卦信息，一筹莫展。他也曾问过张玉环的助理小许，可小许给他的回复是，张总来电话说自己身体有些不舒服，暂时休息两天。李玉璞当然知道这不过是张玉环对外界的托词，想必任何一个女人遇到这种事，都不会愿意在人前过多露面的。

到了第三天，张玉环照例没有在她的办公室里出现。今天没有出现在办公室的不仅是张玉环，连小许都没有来，还有熊总也没有来。空荡荡的公司里只有李玉璞和李明两个人。

李明已经提前买好了火车票准备回老家过年了，李玉璞也答应了李明，准许他提前回老家的请求。毕竟像他们这样的"北漂一族"，也只有在春节期间，才可以奢侈地回一次老家与家人团聚。

李玉璞心烦意乱地在办公室里来回转圈，他不知道自己为什么会这样心烦意乱、坐立不安。他在心里问自己，自己是为张玉环而担心吗？还是懊恼张玉环与曹总之间的瓜葛？他不知道，真的不知道。

就在李玉璞在办公室里无所事事又心神难安的时候，他的手机突然响了起来。

"李总，您快来呀！张总出事了，你快点来，我好害怕。"小许带着哭腔向他求助，电话里除了小许的声音以外，还有天天在一旁哭喊着"妈妈"的声音回荡在电话里。

"小许，到底怎么啦？你在哪儿？"李玉璞焦急地问。

"我在张总家，张总出事了，我怎么都叫不醒她。您快来呀！"电话里传出小许急切而又带有哭腔的话语。

李玉璞知道肯定出了大事儿，他向小许询问了张玉环家的楼层和房间号码，便飞快地奔出了公司，开着自己的车，朝着张玉环的家里驶去。

当李玉璞来到张玉环家的楼下，他感觉自己按下电梯按键的手有些莫名的颤抖。李玉璞站在电梯里，在心里向佛祖祈求着张玉环的平安，他害怕张玉环真的有什么不测。可是当李玉璞来到张玉环的家里，眼前的一幕还是把他惊呆了。小许蹲在张玉环身边，脸上流着眼泪呼喊着："张总，您醒醒，您醒醒啊！"天天也趴在妈妈身上大声地哭喊着："妈妈，妈妈……"

李玉璞被吓坏了，他的第一反应是，难道张玉环真的想不开寻短见了？他三步并作两步冲上前去，先试了试张玉环的鼻息，感觉张玉环还是有呼吸的。他问小许，有没有叫救护车？小许说已经叫过了，应该马上就到了。就在这时，他们听到救护车那高低错落的鸣叫声已经在楼下响起。李玉璞一把将张玉环打横抱起，快速朝楼下冲去。临出门前，他还不忘嘱咐小许，让她看好天天，张总这边由他照顾。

李玉璞的心里如无数把鼓槌槌着，太阳穴也突突地跳着。虽然是冬天，他后背的衣服已经被汗水浸透。李玉璞好像从没这样紧张过，他也不知道自己这样紧张，除了对生命的敬畏以外，还有没有其他方面的因素。

　　到了医院，张玉环马上被送进抢救室进行抢救。李玉璞一个人在医院的楼道里转了一圈又一圈，他害怕，真的害怕，他害怕一个活生生的生命就此陨落。而且李玉璞觉得，自己也是加剧这生命陨落过程的幕后黑手。如果真的是这样，他真的无法心安理得地置身事外，也无法原谅自己给别人造成的伤害。

　　李玉璞在心里一次又一次地将自己骂了个体无完肤。是的，他骂自己当初不应该招惹张玉环，更不应该在自己和张玉环有了那次暧昧的亲近以后，还大言不惭地说自己不过是一时冲动的话。这种态度对张玉环来说，肯定是一个打击，不然她也不会把自己拉黑，也不会对本来排斥的曹总突然亲密起来。自己一直都觉得男女之事只要你情我愿，并且不违背道德的底线就没什么问题。但是自己从来没想过，底线也是有性别的，男人的底线和女人的底线从来都不在同一水平线上，是完全不一样的。或者说，女人在突破底线愿意以身相许之前，都是有背书和附加条件的。

　　李玉璞面对着急救室那紧闭着的门，一遍又一遍地谴责着自己。他知道张玉环虽然外表精明，好似铜墙铁壁，但她多年来自己一个人抚养孩子，肯定在内心深处是想找个依靠的。这依靠不一定是经济上的，也许更多是精神上的。但是自己恰恰在精神上给了她重重的一击，自己真是没谱儿到家了，也混蛋到家了。

　　人命关天，如果张玉环真的有什么不测，他李玉璞绝对无法装得跟没事人一样心安理得地过日子。虽然这整件事跟他没太大关系，也不是他直接造成的，但李玉璞总觉得自己就是愧对张玉环。如果张玉环真的出了事，他李玉璞可能这辈子都会愧疚不安。他知道自己从来都不是什么谦谦君子，也不是圣人，更不想当圣人。因为他知道，清心寡欲四大皆空，他李玉璞做不到，也不想做到，那样太累。但他李玉璞也不是泯灭良知的混蛋，不是！绝对不是！

第二十四章　光鲜的外表　稀烂的人生

正在李玉璞将自己从内在到外在、从灵魂到肉体全方位谴责的时候，护士来通知李玉璞，说张玉环已洗过胃，但暂时还处于昏迷状态，要等病人苏醒后，经过检查才能出院。

李玉璞听到这个消息，才长吁一口气，如蒙大赦一般将悬着的一颗心稍稍放下。他在心里感谢老天爷的垂怜，这垂怜不仅是对张玉环的爱怜，也是对他自己的一种宽恕。不然，他的后半生必然要在自责中度过了。他给小许发了条信息，告诉小许说张总已经没有了生命危险，只是暂时还昏迷着，让小许负责照顾天天，张玉环这边他会照顾的，让小许不用担心。

还好是一场虚惊，但就是这一场虚惊，也已经把李玉璞吓得心惊胆战、魂不附体。

张玉环在苏醒以后又经过了必要的检查就可以出院了。在这些天里，张玉环的助理小许每天早上把天天送到幼儿园，然后再去医院照顾张玉环；而李玉璞则负起了每天接天天放学回家的任务。

李玉璞的车今天限行，他又担心晚高峰堵车的情况严重，便早早地离开了公司，打车来到了天天幼儿园的大门外等候天天。

一会儿，幼儿园大门开启，家长们蜂拥而入，涌向自己孩子所在的班级。李玉璞之前已经向小许确认过天天的班级，所以他很顺利地就接到了天天。他一边询问天天今天在幼儿园里发生的事情，一边来到马路边准备打车送天天回家。

北京人都知道，在上下班的高峰时间是很难打到出租车的。李玉璞和天天在马路边等了很久，都没等到一辆空驶的出租车。李玉璞低头看着天天，露出一张自以为亲和的笑脸和天天商量着说："天天，你看咱们在马路边站了这么久都没有等到出租车，咱们坐地铁回家好不好？"天天点点头，算是同意了李玉璞的建议。

他们来到熙熙攘攘、人头攒动的地铁站里，那壮观的场面把多年不坐地铁的李玉璞吓了一跳。曾经有人说："在北京坐公交会被堵死，坐地铁会被挤死。"无论是谁，每天都要在是被堵死还是被挤死的选项中艰难地抉择。

李玉璞看着呼啸而来又呼啸而去的地铁，一次次地在被挤死的恐惧中，吓得驻足不前。也有一次，就在他拉着天天准备抢占有利地形冲锋陷阵的紧要关头，天天睁着天真的大眼睛对李玉璞说："叔叔，咱们再往前挤，就会被挤到站台下面去了。如果这时候地铁开过来了，咱俩都会被压成薯片儿的。"

李玉璞忍俊不禁，他抱起天天，看着眼前这个可爱的孩子。他心里想，为了这个可爱的孩子不被压成薯片儿，他也一定要尽自己有限的力量，保护这个可爱的孩子，不让他以后再受到伤害。

没想到天天并不喜欢李玉璞的拥抱和笑容，他挣脱出李玉璞的怀抱，看着地面说："李叔叔笑的时候像狼外婆一样，你还是别笑了。"

李玉璞听了这话更是欲哭无泪，他无怨无悔地照顾了这孩子这么多天了，怎么就变成狼外婆了？在天天的眼里，他不仅是坏人，甚至连性别都变了，这还有没有天理了？

张玉环已经康复出院，助理小许接到李玉璞的命令，让她每天来照顾张玉环和天天，哪怕只是陪他们说说话也好。

小许每天帮忙把天天送到幼儿园，然后来到张玉环的家里来陪张玉环一起买菜、做饭、散步、购物。其实张玉环一再声明自己那天只是服用安眠药过量了，并不是想不开自杀。她也不用小许照顾，自己只要在家休息两天就可以了。可李玉璞坚持让小许每天来陪张玉环，公司的事情他会处理，反正快要过春节了，也没什么要忙的。李玉璞还叮嘱小许，如果有需要，随时打电话给他，不管什么时候，他都随叫随到。

春节将至，对于每一个"北漂"来说，回家的那张火车票都格外珍贵。但是因为春运，每到这个时候，也是一票难求。

李玉璞好不容易才在网上抢到了一张回老家的火车票。在回老家之前，他特意买了些礼物来到张玉环的家里，想在走之前再去探望一下张玉环和天天。

其实，自从张玉环出院以后，他还没有来过张玉环家，也一直没和张玉环见过面。不知为什么，李玉璞心里只要一想到马上要和张玉环见面了，就有些胆怯。可是到底为什么胆怯，他自己也说不清楚。李玉璞压抑着自己的忐忑心情，又看了看自己手中提着的礼物，怎么看自己的形象，都像是登门求婚的傻帽儿。尤其是刚才特意在花店里买的那束鲜花，本来是想给张玉环改善心情的，现在却感觉自己实在是多此一举。在外人眼里，他就只差一个求婚戒指，就可以和电视里那些傻乎乎的求婚者媲美了。李玉璞这时才觉得自己的行为有些好笑，可是既然已经来了，难道她张玉环还能把自己吃了不成？

张玉环在打开门看到李玉璞的第一眼时也愣了一下，然后那意外的神情一闪而过，她礼貌地请李玉璞到客厅落座。但李玉璞在张玉环那得体的举止中，却感觉到了丝丝的淡漠和疏离。这种感觉让李玉璞觉得特别别扭，他知道张玉环对自己是有成见的，这也怪不得张玉环，虽然自己不是那种无恶不作的大奸大恶之人，但也绝不敢自誉为什么正人君子。所以，有成见也就有成见吧，谁又是十全十美之人呢？

　　他们彼此心中虽说都有芥蒂，但表面上也不得不故作镇定。李玉璞拿出特意给天天买的"乐高"玩具，天天虽然没有马上伸手去接，却也在眼神里流露出惊喜的神色。张玉环向李玉璞表示感谢后，示意天天可以收下，天天才接过玩具，到自己的房间里深入研究去了。

　　李玉璞和张玉环二人寡淡地聊着天，李玉璞告诉张玉环，自己过两天就要回河南老家了，过了春节马上就回来，但是要看具体能买到哪天的火车票。他还告诉张玉环，熊廷厚这两天也准备回瑞士的家里过年。熊廷厚说家里人一直都催他早点回去，他本来也想来看张玉环的，可临时又被人叫走，所以就没有来。张玉环也说，她也要回重庆老家过年，一切事情就等他们过年回来再做打算。

　　从张玉环家里出来，李玉璞如释重负地长吁了一口气。这段时间他一直都觉得自己的心里被什么东西压着，让自己的心情难以释然。刚才看到张玉环好好地站在他的眼前，一如从前地和天天说笑时，他的心在瞬间就安稳了。是的，安稳，这是他这段时间以来都不曾体会到的感觉。

　　其实，在李玉璞的心里，真的很想把事情的来龙去脉弄个清楚明白。张玉环和那位曹总到底是怎么回事？安眠药服用过量又是怎么回事？包括天天的亲生父亲，那个从来都没有露过面却神秘地存在着的男人，这一切到底是怎么回事？

　　李玉璞发现，张玉环的秘密还真是不少。但是那又怎么样，他不敢问，他生怕自己一不小心触动了张玉环某些不愿触动的真相。既然张玉环不愿揭示，他还是不要触碰为好。再说，他李玉璞算张玉环的什么人，有什么资格去追问人家的隐私呢？

　　送走了李玉璞，张玉环返回房内，她先去看了一眼正在专心致志拼"乐高"玩具的天天，然后又返回客厅，给自己煮了一杯咖啡，慢慢地品着。张玉环知道，自己应该少喝或不喝咖啡，可是自己就是无法戒掉这个嗜好。这么多年，张玉环喝的咖啡，一直都是不加糖不加牛奶的黑咖啡，她不仅是早已习惯了，更是迷恋上了黑咖啡那苦涩的味道。她觉得，黑咖啡那纯粹的苦味就像自己的人生，闻起来香浓扑鼻，但只有亲口品味的人才知道，那种难言的苦涩，不是什么人都能接受的。

　　张玉环想到了自己的父母，自己已经有好几年都没有见过他们了。还有天天，更是从来都没见过自己的外公和外婆。想到这儿，张玉环像是被什么东西扎了一下，身子不由自主地抽搐了一下。

　　张玉环在心里告诉自己，她不能再逃避了，即使是为了天天，她也不能再逃避了。她不能让天天在一个缺少亲人、缺少亲情的环境中长大。虽然这样的情况已经持续几年了，但这种情况还是要尽早改善的好。

　　张玉环拿起了手机，在手机屏幕上，一个数字、一个数字地按下了一组电话号码。当输入完这一组电话号码，张玉环好像已经用尽了全身的力气，心脏也似乎要跳出自己的胸膛一般，剧烈地跳动着。手机里传出"嘟嘟嘟"的长音，片刻后有人接起了电话。

"喂，谁呀？"一个沙哑而苍老的声音在电话的那一头响起。张玉环听到这个声音，长久以来被压抑着的思念、委屈、脆弱，在片刻之间如潮水般涌来。

"妈，是我，我是玉环。"她虽然压抑着自己泛滥的情绪，却依然难以掩饰她的哽咽之声。

"玉环，你有好久没打电话回来了，你还好吗？"在张玉环妈妈的声音里，显露着难以掩饰的惊喜和思念。

"妈，我很好。我过几天就回重庆，陪您和爸爸一起过年。和我一起回来的还有你们的外孙天天，这次我带他一起回来看你们。"张玉环尽量将这些事先组织好的语言，以酷似愉快的情绪说出来。

"什么？外孙？玉环，你什么时候结婚的？你什么时候生的孩子？我和你爸爸连女婿都还没见过呢，他这次跟你一起回来吗？"张玉环妈妈在电话的那一头絮絮叨叨地说着。

"您女婿工作太忙，这次还不能和我们一起回国，等下次有机会，再让他回来看望您二老。"张玉环按照自己预想的节奏，将自己心中的台词缓缓地讲出来。虽然妈妈还有疑问，但她也已经接受了这个事实，她已经有了一个外孙，过几天他们就会相见了。至于那个女婿嘛，什么时候能出现就要看天意如何了。

结束了和妈妈的通话，张玉环找出自己和天天的身份证，拍了照片后发到小许的手机上，让小许帮自己和天天预定北京至重庆的机票。

张玉环和小许沟通完机票的事情，继续品尝着自己那杯已经凉透了的黑咖啡。她回想着那天自己被人羞辱后，抱着天天从幼儿园回来的情景。张玉环这辈子都不会忘记那天的自己，当时几近于崩溃的自己，那颓废至极也悲观至极的自己。她觉得自己一直都在自欺欺人，一直都在用光鲜亮丽的外表，掩饰着她稀烂不堪的人生。甚至有时候她自己都觉得她属于那样五彩缤纷的生活，却在不经意间，被人轻而易举地打回了原形。

她呆呆地坐在那里，想起了那天自己被打的情景，屈辱、愤怒、卑微、绝望、一幕一幕，在脑海中展现。

如果她不是当时怀里抱着天天，她可能真的会放弃自己，放弃生活，放弃一切。那天的情形她已不能全部记起，就连自己是怎样开车回到家的，张玉环都已经不记得了。

张玉环只记得，回到家的自己尽量像平时一样，机械地做着和往常一样的事情，偶尔会说："天天喝水。"或者是："天天饿不饿？"还有就是："天天洗澡，天天睡觉。"天天在一旁默默地看着张玉环，也不说什么，只是默默地看着她，默默地配合着她。他没有哭，因为他知道，如果他哭了，妈妈就更伤心了。

那天晚上，幼儿园老师打来电话，首先对天天受伤一事表示道歉，并说幼儿园经过查看录像监控，确认是张子豪在和天天一起玩耍的过程中，因拖拽天天的衣领，给天天造成了伤害。幼儿园也已经让张子豪的家长观看了视频录像。经过沟通，张子豪家长也表示愿意向她道歉，以取得她的原谅。

当时的张玉环，望着熟睡的天天，却久久不能入眠。道歉、原谅，她的人生好像已经被道歉和原谅霸占了许多年。她不愿意接受道歉，更不愿意去原谅谁。为什么一句"对不起"，就要她原谅伤害过她的人？她已经身心俱损，还要假装大度地去原谅别人。不，她绝不原谅任何人。

那天的夜晚很孤寂，张玉环坐在天天的床边，借着窗外的星光和月光，久久地凝视着天天。他长得越来越像高翔了，周正的脸庞，清晰的五官，颇具高翔的英气与俊美。高翔，那个孤傲而英俊的大男孩，只留给她一个同样孤傲而英俊的小男孩，就从此音信全无、了无踪迹。

张玉环吃了两片安眠药，躺在天天的身旁，想要强迫自己入睡。她必须强迫自己中断对以往痛苦的回忆。如果她不强迫自己终止这样的回忆，她相信自己早晚会精神失常的。到那时候，天天怎么办？这个可怜的孩子，只有她一个亲人，自己是他的天，是他的地，是他的一切，是他的所有。天天又何尝不是自己的天，是自己的地，是自己的一切，是自己的所有。

许久，张玉环依然没有如她所愿地进入梦乡，她怀疑自己是不是对安眠药已经有了免疫力，安眠药的效力已经无法使她的失眠症臣服。张玉环起身又吃了两片安眠药，然后重新躺下。她口中默默地念着："天天、天天、天天……"

张玉环觉得自己的思维意识渐渐模糊。在模糊中，她觉得自己正处于一个巨大旋涡的边缘，只要稍有偏颇，自己瞬间就会被这旋涡所吞没。

第二十五章 曾经沧海难为水

李玉璞在临行前特意去商场，为家中的父母买了过年的新衣裳，还置办了一些年货，然后就登上了回乡的火车。

李玉璞坐在返乡的列车上，看着车厢里一张张风尘仆仆的面孔，聆听着那来自四面八方的南腔北调，感觉自己就像是掉进大海里面的一滴水，瞬间被潮汐淹没。他想起了苏轼的那句话："寄蜉蝣于天地，渺沧海之一粟。"

李玉璞正沉浸于"抒怀旧之蓄念，发思古之幽情"，突然，一句熟悉的乡音让他从自己的世界中回到了现实里。这乡音让他感觉是那么亲切，他不知道这些河南老乡是不是也都和他一样，为了实现自己的梦想漂泊在外。也只有离家在外的人，才知道什么是乡音、什么是乡情。

李玉璞心想，也只有漂泊在外的人，才知道人在他乡是多么的不容易。像他这样，能不看别人的脸色自己当老板，生存环境相对还要好一些。可是像眼前这些河南老乡，也许就不会有他这么幸运了。特别是有些人对他们河南人若有若无的歧视，实在让人心里感觉别扭。不过，也有人极力维护着他们河南人的形象，还编成段子广泛传播，以正视听。

李玉璞一直认为那个写段子的人，肯定是他们河南老乡。那段子编得还真是很有说服力，太有才了。

李玉璞一直把那条段子存在自己的手机里，经常在不经意之间当众发表一下，以此来向周围的人宣告河南人的尊严。李玉璞再一次拿出手机，把这条段子翻了出来，自己默默地看着，欣慰的笑容不由自主地爬上了他的脸庞。

这段子就叫——《河南人民都笑了》。

说河南人落后，甘肃人笑了；说河南人斤斤计较，上海人笑了；说河南人夸夸其谈，北京人笑了；说河南人小偷小摸，新疆人笑了；说河南人没思想，老子、庄子、墨子、韩非子都笑了；说河南人没文化，杜甫、韩愈、白居易、李贺、李商隐笑了；说河南人不懂艺术，吴道子笑了；说河南人不会武功，少林和尚笑了；说河南人不爱运动，邓亚萍、刘国梁、孙甜甜笑了；说河南人不会打仗，刘秀、岳飞都笑了；说河南人只看脚下，张衡笑了；说河南人不刚烈，杨靖宇笑了；说河南人不见义勇为，李学生笑了；说河南人不会唱歌，陈明、刘娜、黄鹤翔都笑了；说河南的小伙不帅，潘安笑了；说河南人只会说河南话，央视的海霞、沙桐、张泽群都笑了；说河南女人懦弱，花木兰笑了；说河南人不会做生意，新飞、双汇笑了；说河南人近代文人骚客不多，姚雪垠、二月河笑了；说河南人不懂C++，五笔字型输入法的发明者王永民笑了；说河南人都是河南人，山西人笑了；说河南不是华人发祥地，伏羲女娲笑了，伏羲女娲笑过了，轩辕黄帝也笑了；说河南人就这么多伟人，河南人民都笑了。

李玉璞笑了，笑得很开心。是呀，他要回家过年了，要见到父母和家乡的亲朋好友以及街坊邻居了，他能不开心吗？可是，想到这儿，李玉璞的心里还真的又开始有些郁闷了，每次回老家最怕的就是父母软硬兼施的逼婚。按照父亲的话来说就是："不孝有三，无后为大。"更何况，他还是他家三代单传的独苗。

李玉璞心里想着，这次怎么才能抵挡父母那喋喋不休的"劝降"和威逼利诱的相亲呢？想到这儿，他有点头疼，真的头疼。他真的不知道是因为没有遇上合适的人，还是自己也被感染了什么"恐婚症"，感情问题才一拖再拖，蹉跎至此。

李玉璞茫然地望着车窗外飞快掠过的景物，又想起了自己的大学生活，想起了林青。他不知道，一个人是不是在面对曾经以为美好的人或事，然后又被完全颠覆后，就会性情大变呢？李玉璞不知道。他只知道，他李玉璞喜欢上的女人绝不会是什么庸脂俗粉，必然是女神一般，云淡风轻、不染尘埃的佳人。可是在现实社会中，这样的佳人，别说可遇不可求，就是遇也遇不到啊。他曾经以为林青是那样的佳人，但残酷的事实告诉他，他和林青，就像是香烟爱上了火柴，其后果只能是被点燃、被伤害。而林青，也确实是云淡风轻地就把他逼出了至今都无法痊愈的内伤。

李玉璞的父母这些年来为了向李玉璞施压，对他采取了一轮又一轮的"车轮战"加"人海战"，他们李家的七大姑八大姨，也全都热情高涨地参加到针对他而开展的"劝降"工作中。

上一次他回乡探亲的时候，李玉璞为了不再一次受虐，避免父母的威逼利诱和喋喋不休，还特意带朴正浩这个家伙回来给他当"肉盾"。本来父母看有外人在家，对李玉璞的逼婚，表面上也真是略有缓和而不再对他严厉施压。谁知那个烂泥扶不上墙的朴正浩，不仅毫无避讳地在他父母面前分别和唐琪还有郝姗姗暧昧地通电话，还居然在他父母面前"没谱儿"长、"没谱儿"短地叫个没完。这惹得他家老爷子火冒三丈，差一点把他们轰出家门。

他家老爷子更是在背地里把李玉璞好一顿臭骂，说他交友不慎、有辱门风。什么是"没谱儿"？他们李家在鹿邑虽不是什么大门大户，但也是书香之家。李玉璞的曾祖父和曾曾祖父都曾经考中过举人，曾曾曾祖父更是考中过进士。不仅如此，他们李家跟"老子"他老人家还是同宗。可事到如今，他们的儿子却被人叫作"没谱儿"，这根本就是在打他李家人的脸，让他们在宗族门楣面前颜面扫地，这简直是岂有此理！

李玉璞望着窗外，心里琢磨着，这次回家以后该怎么和父母打这一场持久战。听从父母之命，娶一个他们中意的女人，然后再生个孩子，一日便是百年？那种婚姻，他李玉璞受不了，如果是那样，他宁愿一个人单着。娶一个让自己心动的女人，不离不弃、天长地久？这当然好，可是这谈何容易！不管了，到家以后再说，兵来将挡水来土掩，一切都见机行事吧。

张玉环自从几年前离开重庆，这还是第一次真正意义上的回家。为什么说是真正意义上的回家呢？因为上一次她回重庆，只站在远远的地方，看着自己的父母在家中进进出出，而她没敢在自己的父母面前露面就又匆匆离去了。

张玉环的父母是当地川剧团的演员，父亲在剧团里是生角，而母亲是剧团里的旦角。他们两个人不仅在舞台上配合得珠联璧合，在生活中更是举案齐眉、让人羡慕。张玉环的父母当初在舞台上演绎过无数次的才子佳人、花好月圆，也演绎过无数次为情所困的曲目。但是他们从没想过，甚至到现在他们也不知道，张玉环却替他们完成了一次真正意义上的私奔。

张玉环自从大学毕业就一直在外地工作，一年也难得回重庆一两次。后来她更是告诉父母自己被派到国外去工作了，短时间内不能回国，只是定时给他们打电话或寄钱回来。张玉环的父母从来也没有见过女儿口中所提及的那个所谓的女婿，就是这次带回来的这个外孙，他们也是在前几天才刚刚知道的。

老两口在戏台上演绎了一辈子的人情冷暖、世态炎凉。虽然他们对女儿的生活状态有着颇多的疑惑，而女儿给予他们的具有明显疏漏的解释也颇有疑问，但他们没有对此刨根问底、追踪觅迹。他们知道，女儿既然不愿意说，自然有不愿意说的理由。想想也知道，女儿这些年一个人在外面一定有着颇多的苦楚。既然女儿现在终于鼓足勇气带着外孙回家了，他们老两口还有什么可想不开的呢？只要女儿好、外孙好，这就够了，他们别无他求。

张玉环从心里感激父母对她的理解和爱护，看着父母面对天天时那充满爱意的笑脸，张玉环从心里感到幸福和满足。她不想再奢求什么了，只要父母和天天都在她身边，就是她最大的幸福。

从此，张玉环那紧张不安的情绪也渐渐缓和，她也将自己全部的热情投入到和父母孩子的相处之中。

张玉环每天早晨带着天天陪妈妈一起去晨练，顺便到早市买些蔬菜，然后又拎着新鲜的蔬菜再到江边逛一逛，体会着多年来奢望的闲适和惬意。她看着父亲和众多的叔叔阿姨喝着茶、打着牌、摆着龙门阵，或是看父母给老朋友们唱上一段川剧，她心里既满足又感慨。舞台上曾经的才子佳人，在时光的晕染下也已经是鬓生华发、满面沧桑。张玉环在这一时刻，仿佛透过光阴的折射，看到了当年那俊朗的小生和貌美的女子。他们在舞台上的一招一式、一颦一笑，无疑都是对生命的绚烂晕染和惊艳。张玉环也在这一时刻，似乎与世隔绝，忘却了所有的尘世纷乱，静怡而超然。

重庆，只有在重庆，张玉环才能找到自己内心的闲适与安稳。她对重庆有着深深的眷恋和依赖。这里与香港、北京截然不同，如果可能，她宁愿当初没有走出重庆，没有遇到那个叫高翔的男人。这样，她就不会如飞蛾扑火一般，被伤得面目全非。

张玉环觉得自己的灵魂又再一次飞回到了重庆，她深深地呼吸着那在空气中萦绕着的、久违的麻辣气息。这山城的雨，这山城的雾，这山城的辣，都早已经贯穿古今天地，甚至早已经融入她的骨血和灵魂，让她魂牵梦萦、难以忘怀。

在重庆的这几天里，与其说是张玉环带着天天好好地把重庆游览了一番，还不如说是天天陪着张玉环彻底地把山城回味了一遍。

张玉环看着眼前那依山就势、沿江而建的洪崖洞、吊脚楼，仿佛看到了那个多年前曾经和小伙伴们一起在这里嬉戏玩耍的小女孩。

坐在重庆的轻轨上，当天天瞪着大眼睛不可思议地看着那火车穿楼而过的时候，张玉环真的有一种穿越时空、穿越生命的感觉。不是这一时刻，而是自己的这一生，仿佛就像这穿楼而过的火车一般，无以名状而又难以想象。

当夜幕降临，晚风清凉，张玉环抬手轻抚从面颊掠过的凌乱发丝。她再一次蓦然回首，望着灯火阑珊中被迷雾笼罩着的、那素有"小香港"之称的朝天门时，她恍然大悟。在这一时刻，出现在张玉环脑海中的，只有"宿命"这两个字。

是的，"宿命"。张玉环曾经憧憬和向往的一切，就在她正要触摸到的时候，那所有的一切，便如大梦初醒般，就那样在她面前戛然而止。那是怎样的一场匪夷所思的梦境啊，匪夷所思到她不敢去想、不敢去触摸。这场梦像海市蜃楼般虚无缥缈又历历在目，即使她刻意地去回避，这场梦依然会不请自来地纠缠她多年，让她挥之不去、欲罢不能。

张玉环，那个曾经对生活、对爱情有着美好的憧憬的张玉环，那个特立独行、我行我素的张玉环，早已被自己那无畏的青春和懵懂的爱情，伤得遍体鳞伤、气息奄奄。

第二十六章 "出世"与"入世"

浮生若梦，无论是谁，这场梦只有做到最后，在大梦初醒的那一刻，才知道这场梦的寓意如何。

短暂的春节假期过后，每个人都要回到自己之前的生活轨道。如果说张玉环离开北京，回到自己阔别已久的家乡是另一种形式的"出世"，那么她在参透了一切苦厄，看淡了人生悲喜，能够坦然去面对另一个自我时，她却依然不得不回到这个熙熙攘攘的北京，来演绎另一种形式的"入世"。

朱光潜先生说过："以出世的态度做人，以入世的态度做事。"

朱先生用极简单的言语，道出了人生极复杂的道理。凡尘中的人类，如沧海一粟，如宇宙中的尘埃，如世间的众生万物。在这生活的舞台上，每一个生命，既是这生活舞台上的主角，也是这生活舞台下的看客。无论是唱念做打、咿咿呀呀，还是风轻云淡、冷眼旁观，都不过是"入世""出世"的一种体现罢了。

"出世"是无，"入世"是有；"出世"是豁达、是了然，"入世"是争取、是获得；李玉璞也好，张玉环也罢，虽然还没有参透这无边的佛法，却以自身为主体，经历着一次又一次的"出世"和"入世"。

李玉璞在老家待到大年初五，就匆匆地回了北京。他不愿意在家久留，虽然待在父母身边更有家的味道，但父母的逼婚却是他不愿意面对的。

李玉璞回到北京自己的家里，好好地过了几天猪一样慵懒的生活。其实他特别喜欢这样的生活，无拘无束，睡到自然醒，然后看碟、喝茶，或是和朴正浩一起举杯小酌或酩酊大醉，都是他极喜欢的。

生活慢慢恢复到节前的模样，李玉璞每天在公司里尽职尽责地排遣着他的无聊时光。张玉环也回公司上班了。他们就像商量好的一样，都守着自己办公室的大门，彼此之间没有太多的交流。即使需要交流，张玉环也会让她的助理小许姑娘来传达，而李玉璞则也会通过小许或李明向张玉环表明自己的态度。

只有熊廷厚用微信告知他们，说自己在瑞士还有事情没办完，要过几天再回来。本来刚过完年也没什么紧急的事情，熊廷厚晚几天回来，也没什么大不了的。所以，李玉璞和张玉环也大方地回复熊廷厚说，公司里没有紧急的事情，让他不用着急。

这一天正好是周日，当李玉璞睡到自然醒，打开窗帘向外张望的时候，外面的世界已是白茫茫一片。窗外那银白色的世界，仿佛童话般圣洁无比，房屋、树木、街道、汽车，都被大雪包裹了起来，再也无从寻找本来的面目。

李玉璞洗漱完毕，为自己煮了碗方便面就开始窝在沙发上看电视。

突然，一则新闻吸引了他的目光，新闻中报道，北京市公安局朝阳分局接到"朝阳群众"的举报，在一幢居民楼里，经常有些年轻妖艳的女子出入。警方经过一段时间的蹲守侦查，确定在此居住的熊某某，有长期嫖娼的行为。昨晚，北京市公安局朝阳分局在此抓获一名嫖娼人员及两名卖淫女子。而据在此地居住的居民们讲，此嫖娼人员是租住在此的一名租客，他经常带些年轻女子回此地居住。现此人和两名卖淫女子都已被警察逮捕，并接受进一步调查。

类似的新闻李玉璞也看过不少，也算不上是什么稀奇的事。但是新闻里那个一晃而过的镜头，却让李玉璞为之一惊。因为刚刚那一晃而过的人，怎么看怎么像熊廷厚。李玉璞眨巴着眼睛，在脑海中又回顾了一下刚才的画面。没错，刚才那个身影，还有被新闻中提及的熊某某，就是熊廷厚没错。

熊廷厚这老家伙，昨天白天在微信里说自己还在瑞士有事情没处理完，要过几天再回国，怎么晚上就在朝阳被警察抓起来了呢？这熊胖子还真是当得了老板、做得了流氓啊，这前后的差距，还真让人大跌眼镜。熊廷厚言行之中如此迥然不同，这是属于熊廷厚自身对于生活，对于人生，对待"出世""入世"的诠释吗？

李玉璞没想到熊胖子这老家伙的私生活如此糜烂不堪，真是让他大开眼界。还有，他自称是跨国公司的董事长，怎么租住在居民楼里呢？是为了躲避嫖娼行为的暴露，还是根本就是个到处行骗的骗子呢？

李玉璞在心中暗想，熊廷厚此人如此不检点，想必在其他方面也未必能遵守道德规范，未必不触犯道德的底线。这以后的合作，还真得对他多加戒备才行。李玉璞拿过手机，点开了微信，想在朋友圈里找出熊廷厚以往的生活或工作的痕迹。但是，在熊廷厚的朋友圈里，还停留在上次曹总公司年会的内容，最近这段时间都没有更新过。李玉璞一直往前翻看着，可是熊廷厚的朋友圈只有近两个月的一些内容，不过都是他在各种场合看似春风得意的照片。里面既没有他跟家人的合影照片，也没有他在国外的生活记录。

李玉璞面对着手机，不禁对熊廷厚有些狐疑。虽然这老家伙自称是刚刚回国的，怎么他的朋友圈除了在各个场合的聚会照片以外，连一点生活的痕迹都没有显露呢？在他的朋友圈里，居然没有他国外的家和家人的任何痕迹，甚至连只言片语也没有。难道他在国外用的不是这个微信号码？也只有熊廷厚的微信头像，那张欧洲风格的房子的图片，还有微信签名写着："想念，我远在瑞士的家。"似乎是隐喻着，那张照片就是他的家。但是，这似是而非的话语和似是而非的图片，还真不能说明那就是他的家。而这酷似思念家人的文字，到底是真情流露，还是欲盖弥彰呢？

李玉璞又打开了自己的各个微信群，大概翻看了一下，也没有看到什么人在议论刚刚报道的扫黄打非的新闻。他不知是大家见怪不怪了，还是没有注意到这条新闻，或是没有注意到新闻视频中的人物。李玉璞放下了手机，继续窝在沙发里盯着电视屏幕，心不在焉地看着。

李玉璞一直窝在沙发里，无聊地来回更换着电视频道。一直到他再一次感觉到肚子里"咕噜噜"直叫唤，才想起来自己从起床到现在只吃了一碗方便面。李玉璞看了一眼墙上的挂钟，都已经快到吃晚饭的时间了，可家里除了方便面以外，已经没有什么可以吃的了。

李玉璞走到窗前看了一眼窗外，雪还在下，但他不得不到外面去解决自己的辘辘饥肠。他穿上外套，心想这样的天气，干脆叫上朴正浩一起到外面吃火锅最好，又暖和又可口。

李玉璞顺着楼梯来到朴正浩家门前，抬手按下门上的门铃。一遍、两遍、三遍，没人开门。他想不出这样的天气，朴正浩一个人能到哪儿去。他抬起手，再一次按下了门铃。

"谁呀？"这一次，从里面传出来朴正浩不耐烦的声音。紧接着朴正浩把门打开了一条缝，一看是李玉璞，他又嬉皮笑脸地说："'没谱儿'，你怎么来啦？有事儿？"

李玉璞看朴正浩衣衫不整、头发凌乱，就知道这小子肯定又没干好事儿。他随口说着："没事儿，本来想叫你一起出去吃饭，算啦，你继续忙吧！"说完，他转身就走。

"嗨！'没谱儿'，我刚想起来，今天咱们几个在北京的大学同学有个聚会。我本来想早点告诉你的，这不被我给耽误了。你先回家等我一会儿，我马上就好，一会儿来找你。"朴正浩说着，已经急不可耐地把门关上了。

李玉璞无可奈何地笑着摇了摇头，回到自己的家，一边等着朴正浩，一边往嘴里塞了几块糖。他实在有点饿得难受，只能先用糖果满足一下自己的食欲。他心想，刚刚过完春节，前两天朴正浩这家伙和自己说唐琪这周末不回北京了呢，那他这是跟谁"造人"呢？让唐琪知道了，不把他人脑子打出狗脑子来才怪呢。

大概又过了半个小时左右，朴正浩才来敲他的门。

两人闲聊了几句就一起下了楼，朴正浩约好的车已经在楼下等着他们了。李玉璞知道，今晚必定又是一场无法回避的酒局，所以朴正浩才特意约好了车，不然晚上喝了酒也得打车回来。

朴正浩一点儿没有因为刚才的风流快活被李玉璞发现并堵在屋里的尴尬。他也从来不会在李玉璞面前装正直，他觉得兄弟之间没有那个必要。他这人，一直都觉得自己从来都不是什么所谓的道德模范，也不想当什么道德模范，更不愿意装什么绅士。

在朴正浩的心里，他认为朋友之间不需要伪装什么。既然能够称为朋友而不只是熟人，最起码的标准就是，既能欣赏对方的长处也能包容对方的短处。只在人前彰显自己的长处而隐藏短处，或者是只接受对方的长处而不接受对方短处的，那不是朋友之间相互的理解与包容，只是偶像与粉丝之间脆弱又虚无的维系。

昨夜的这场大雪仿佛给喧嚣的城市开启了静音模式，马路上的人和车比平时少了很多。虽然雪天行车缓慢，但也并不像李玉璞他们想象得那样慢。

当李玉璞和朴正浩来到相约的地点——×××酒窖时，他们才意识到，今天的这场聚会必定与以往的聚会截然不同。这家酒窖并不像普通餐厅那样人声鼎沸，而是相当安静，甚至在大堂和走廊里都看不到一个人。

酒窖的装修极具有十八九世纪欧洲的宫廷范儿。从大门的门口到楼梯乃至于到各个房间，全部铺的都是纯羊毛的高级地毯，墙上也装饰着不同年代的油画。走廊的拐角处摆放着与整体布局格调一致的沙发和茶几，茶几上摆放着精致的干花，给人一种复古而静谧的美感。繁复的水晶灯从大堂的楼顶垂了下来，不仅璀璨夺目，更有一种无比奢华的震慑感。

不用想也知道，来这里消费的客人一定是非富即贵。李玉璞不明白，当初那个看似憨厚胆小又爱占小便宜的庞子瑞，被他们称作"小胖子"的大学同学，也就是今天这场同学会的组织者，为什么会请他们到这么奢华的地方来吃饭。

不知从什么时候开始，同学之间的聚会，俨然成了彰显个人成就，对自己曾经的潦倒和落魄华丽逆袭的最佳途径与方式。

在如此撼人心魄的奢华感面前，李玉璞和朴正浩虽然还未与庞子瑞同学见面，就已经对昔日那位时常跟在他们身后蹭饭吃，甚至吃他们剩饭的胖子同学感到自愧不如、甘拜下风了。他们好奇的是，胖子同学是怎么就混成了如今这腰缠万贯、挥金如土，让他们都无比嫉妒的"土豪劣绅"的？

第二十七章　从剩饭到盛宴的差距

　　李玉璞和朴正浩向穿着笔挺制服的酒窖服务生报上了同学庞子端的大名后，服务生满脸堆笑，毕恭毕敬地带着他们来到酒窖二楼一个房间的门口。

　　服务生很有礼貌地敲了敲门，然后为李玉璞和朴正浩打开了房间。

　　房间里面已经有几个他们大学时期的同学，正坐在沙发上彼此客套寒暄着，见到李玉璞和朴正浩进来，纷纷过来热情地跟他们打招呼。他们彼此间相互问好、落座后，又开始问询并讨论着工作、生活、家庭、教育、孩子等一系列的问题。

　　大家不由自主地将话题渐渐转移到了今天的主角——庞子瑞同学的身上。

　　这位庞子瑞同学，自从大学毕业后就渐渐地淡出了同学们的视野。大家谁也不知道，他是如何摇身一变，就一跃成了他们这些同学中的佼佼者的。

　　庞子瑞外号胖子，河北保定人。因为人长得胖，所以同学们都叫他胖子而不是庞子瑞。据说庞子瑞的父亲很早就去世了，母亲一个人把他带大。从小家里的经济条件不好，所以他当初在学校上学时，日常生活非常节约。他不但经常跟在别人屁股后面蹭饭吃，甚至还吃过别人的剩饭。胖子同学也很努力地挣钱，他曾经利用寒暑假做过很多工作，毕业以后更是从事过多种行业。他在校期间就曾经在每年情人节的时候卖过巧克力，中秋节的时候卖过月饼，春运的时候倒卖过火车票，还有邮票、纪念币等。在大学毕业后，他就开始和别人一起做生意。他做过洗车行、修车行，还做过房屋中介，后来有人说他发了财移民了，但所有人对他近几年的情况都不太了解。

　　据说他本来已经移民到了加拿大，已经很长时间没在国内露过面了，不知什么时候回国来的，这一次也不知为什么又把大家叫来聚在一起。

　　李玉璞和朴正浩自从毕业以后就和庞子瑞没什么来往，这几年就更是音讯全无，所以对这位胖子同学也是感到无比好奇。

　　而胖子同学这次不仅突然请大家吃饭，还在人均消费四位数以上的地方消费。如此的排场，怎么也不像当初那个到处蹭饭吃的小胖子的手笔。李玉璞觉得，庞子瑞如此阵仗不仅仅是想摆阔，肯定还有其他原因，所谓"皮裤套棉裤，必定有缘故"。

　　正说着，已经有一个雄健的身影出现在了房间的门口。大家纷纷把视线投向这个身影，只见那富态的身形被一身最新款的"阿玛尼"武装着，一进门就双手抱拳，客套着说自己迟到了，请大家海涵。在座各位一眼就认出了，这位气宇轩昂的人士就是刚刚大家还在议论的庞子瑞先生，他身后还跟着一个与他身材相似的年轻人。

庞子瑞同学向大家一一问好，虽然满面的谦卑，但他那一举手、一投足，让在场的所有人都把他那低调的奢华看了个清清楚楚、明明白白。

庞子瑞的相貌与十几年前并没有大的改变，只是与原来的身材相比，显得更加富态了，也更加有气魄了。

庞子瑞被大家簇拥着坐在了沙发的中央位置，你一言我一语地跟他寒暄打趣，共同回忆着大学时期那些美好的懵懂和八卦。当然，此一时彼一时，当年那个不起眼的小胖子，早已成为现今让人瞩目、羡慕甚至是嫉妒的庞总。

"庞总，你现在在哪发财呀？"

"庞总，听说你移民了，什么时候回国的？"

"庞总，大学毕业以后你去哪了？怎么跟大家也不联系？"

"庞总，你这次回国有什么大项目要做吗？别光一个人发财，有什么好事儿也拉我们这些'房奴'一把。"

庞子瑞面带微笑，朝着大家微微点头示意着，不紧不慢地逐一回答着大家的疑问。

庞子瑞说，他大学毕业以后，曾经流连于各人才招聘会，却没有哪家公司慧眼识珠，聘用他这匹商界的黑马。自认为外在形象并不是很差的庞子瑞同学，在刷脸失败以后，就放弃了大北京，毅然决然地回了河北老家。

回到家乡以后，庞子瑞去了当地的一家民营企业工作。但他在那家企业仅仅工作了半年，就辞了工作又跟亲戚朋友东拼西凑了几万元钱，回到北京和别人一起开了一家洗车行。没想到这个洗车行却让他挣到了人生的第一桶金。从此以后，庞子瑞的生意便一路顺风顺水，后来又开了修车行。就在那几年，北京到处都在大兴土木，他的修车行被列入了拆迁范围。因为拆迁，庞子瑞得到了一笔不大不小的补偿款，这是他人生的第二桶金。他拿着这笔钱，一时也没找到其他合适的投资项目，就头脑一热把这笔钱全都买了房子。没想到，这看似头脑一热的举动，让他赚到了人生的第三桶金。那时候的房子还便宜，小一点的才三四十万元一套，他大大小小一共买了六套房子。让他更没想到的是，他买完房子以后，国内的房价像疯了一样飙涨，直至他出国前夕，那六套房产已经比原来增值了好几倍。

后来，庞子瑞和朋友一起去加拿大旅游，觉得当地是一个生活安逸的好地方，就回国把这六套房子都卖了，移民到了加拿大。

庞子瑞在加拿大生活了三年，虽然在那边也认识了一些朋友，但也时常觉得孤独寂寞。自己还这么年轻，国内现在的经济又发展得这么好，他就又转战回了国内。他觉得自己以前都是小打小闹，这一次他准备大展拳脚，要好好地缔造出一个新的商业王国。

在座各位听着庞子瑞的传奇故事,都羡慕不已,纷纷赞叹庞总有远见、有魄力,也有对机会的把握能力。羡慕之余,大家也懊悔自己没能充分地把握住机会,去闯、去干。

就拿房价来说,大家刚毕业的时候北京的房子是什么价格,现在又是什么价格。当时大家都想着自己工作一段时间,有了积蓄再考虑房子的问题,可是没想到这些年自己的工作倒是相对稳定了,但房价却是时不我待,没能稳定住。这房子上涨的速度,将他们工资上涨的速度,狠狠地甩出了十万八千里,够让大家吃十回后悔药的。早知道这种情况,当初就应该一毕业就先解决房子的问题,哪怕和家里人借钱,也应该先买房子。

可是现在呢,你即使是借,最多也只能借个首付,那每个月的房贷自己都不敢多想,想了就让人失眠,要不怎么近年来有中年危机、中年抑郁的说法呢。处在经济高速发展的阶段,只要你稍一迟缓,就无法再跟上经济的步伐,而且是一步跟不上,步步跟不上,这房价就是最好的例子。

大家正兴致勃勃地聊着大学时期那些美好的趣闻八卦以及如今的压力和彷徨,庞子瑞的手机突然响了起来。他接了一个电话,便吩咐他随行的人员到楼下去接人,然后又举起他那璀璨夺目的左手,看了一下时间,对大家说:"咱们光顾着聊天了,大家饿不饿呀?马上开饭啊!我今天还请了一位贵客,你们肯定猜不到是谁。"

大家并没有被庞子瑞口中的贵客所吸引,所有人的目光都聚焦在他那伸出的左手上。庞子瑞的左手手腕上,戴着一块"伯爵"白金镶钻的手表,而左手的无名指上,还戴着一枚颜色浓重的帝王绿翡翠戒指。只要对手表和翡翠稍微了解点行情的人一眼就能看出,庞子瑞这一只手臂的价格就在七位数以上。这样的气派,可不是普通暴发户能够装得出来的。

就在这时,房间门口出现了一个俏丽的身影,她的出现一下子就把众人的目光吸引了过去。那耀眼的程度,不亚于任何一个影视明星。当年的她,在大学校园曾迷倒千万众生,时隔多年再次出现的她,依然可以迷倒众生千万。岁月的流逝并没有给这张面孔留下什么痕迹,反而给这张精致绝伦的脸,赋予了更加神秘与高贵的气质。

林青,李玉璞他们学校当年的校花,也是在座所有男性的梦中情人,就这样在神秘失踪若干年后,又神秘地出现在了他们的面前。

庞子瑞热情地上前去迎接林青,把她请到了预留好的位置上。庞子瑞笑着对林青说:"林青,你可来啦!我还真的怕你不肯赏光呢。你看看咱们班里,留在北京的同学今天几乎全来了,你还都记得吧?"

林青微微一笑,目光很快扫过在座的各位,当她的目光接触到李玉璞那志忐不安的目光时，稍稍停顿了一下。她笑意盈盈地说："当然，当然记得。这辈子最快乐的时光就是在大学校园里度过的，怎么可能不记得那段时光里的人和事呢？"然后，她依次叫出在座每一个人的名字。当她将目光再一次落在李玉璞身上时，她毫不迟疑地叫出"没谱儿"这个在同学之间尽人皆知的绰号。

当"没谱儿"这个绰号被林青脱口叫出时，在座各位哄堂大笑，也瞬间将他们拉回到十几年以前的葱茏岁月。他们也仿佛瞬间被当年那个朝气蓬勃又懵懂莽撞的自己附体，将当年在大学校园里议论的那些美好的娱乐八卦，又翻出来议论了一遍。

当大家谈到当年的梦想时，在座的男生几乎都说，当年最大的梦想就是能得到校花林青的青睐。不过，万事有例外，胖子同学却说他自己当年的梦想，与这位全校男生心中的女神毫无关系。胖子同学说他当年最大的梦想就是，每天都可以想吃什么就吃什么，每天都有吃不完的山珍海味。

胖子还说他小的时候，因为是母亲一个人带着他，每当放寒暑假时，他就会被母亲送上火车，一个人坐火车去山东的姥姥家。因为母亲在铁路工作，为了省钱，母亲利用工作的便利，把他放在火车的货车车厢里，等火车到达山东的姥姥家时，就会有人来叫他下车。那时候没有什么动车、快车，火车速度特别慢，他每次在货车车厢里根本就不知道火车开到了哪里，也不知道是什么时间了。他唯一能感觉到的就是，他会定时闻到从其他车厢飘过来的饭菜的香味。每当这个时候，他就会拿出母亲提前给他准备好的饭盒，饭盒里是母亲给他准备的蛋炒饭。他每次都是伴着自己的眼泪一起，吃完那盒蛋炒饭的。

后来，胖子的生意做得顺风顺水，还真的圆了他小时候的梦想。他现在也真的是想吃什么就吃什么。他经常会坐着飞机去澳洲吃龙虾，去日本的神户吃牛肉，去法国酒庄品尝红酒。庞子瑞说，月有阴晴圆缺，人有旦夕祸福。只有吃了喝了的才是属于自己的，账面上的数字无论多少，无论是正数还是负数，都不是真正属于自己的。

大家听了胖子的发言，都不禁感慨万千。在感慨之余，大家更加感谢庞总今日能让大家和他一起，参与到这豪奢的盛宴当中。

酒窖的服务生将一道道精美的菜品摆在餐桌上，每上一道菜品，还会自豪地并带有炫耀色彩地讲解着。这世界上最好吃的红虾，产量也极其有限，一般只在西班牙当地供应，能出口的是少之又少。据说每年只约十五万公斤，几乎没有海外餐厅能稳定供应这款红虾。

服务生看着大家用极其崇拜的眼神望着盘子中的红虾，用更加自豪的腔调说："这种虾生吃是最能够品尝出其鲜美味道的，不仅没有一点腥味，还在鲜香中透着一丝丝甜意。只要您吃过一次，就会终生不忘。今天之所以大家能够品尝到这样稀有的食材，都是因为庞总在一个星期以前特意预定下了这款虾，不然的话，像今天大家所享用的食材，还真不是有钱就能随时吃到的。"

听到此处，大家纷纷举杯向庞子瑞敬酒，感谢他的热情款待，感谢他的有福同享，感谢他的不忘旧情，也祝愿他财源滚滚、心想事成。

这一顿酒一直喝到了午夜时分，大家才依依不舍地离开了让他们流连忘返的餐桌。庞子瑞同学当年一言不发，悄悄地消失在众人的视线中，如今却以这样光芒万丈的架势回归到大家的视野里。这样隆重的存在感，让他们这些原来感觉优越于庞子瑞的同学，瞬间丧失了那原有的优越感。

回家的路上，朴正浩颇有些英雄气短地对李玉璞说："'没谱儿'，你说胖子这小子是走了什么狗屎运呀？你看看他今天这气派，这不是对咱们这些当年对他不屑一顾的同学最大的羞辱吗？一个同学间的聚会，他订那么高档的地方，也不知道这小子是发了什么横财了。哎！人比人，气死人呀！也就我还守着我们那个破单位拿着死工资，我干脆也下海经商得啦！你说好不好？"朴正浩仿佛被今晚这一顿大餐打击得不轻，沮丧至极。

朴正浩见李玉璞没有接他的话茬，又喊道："'没谱儿'！'没谱儿'！你想什么呢？你说胖子生意做得这么好，我也下海经商好不好？"

朴正浩的声音把李玉璞的思绪拉回了现实，其实李玉璞也在极力压抑着自己嫉妒的情绪。一个当初并不起眼的胖子，今日都能混得腰缠万贯、挥金如土了。怎么自己经营公司这么多年还是这副惨淡的模样。难道真的是自己技不如人吗？虽然自己不愿意承认，但在残酷的事实面前，他也不得不蔫头耷脑、铩羽而归。

李玉璞怔了一下，若有所思地对朴正浩道："你经什么商呀？你就在公司里待着挺好的，自己干，压力有多大你知道吗？不是每个经商的人都能发财的。你看我，每年累死累活的，刨去房租、水电、员工工资，几乎剩不下什么了。万一哪笔生意赔了，这一年就等于白干。你在公司老老实实待着，起码还能落个旱涝保收。"

"不行，我必须得搏一搏。你看咱们都是奔四的人了，再不搏一搏，这辈子就这么庸庸碌碌地过去了。我就不信，我连胖子都不如！"朴正浩愤愤不平地说。

第二十八章　移宫换羽解千愁

虽然已经过了立春的节气，可是北京的天气却依然是春寒料峭、寒气逼人。

在春节过后的这段时间里，李玉璞和张玉环，都还算是以比较正常的状态出现在公司里。说是正常，也只是李玉璞以自己的视角观察到的表面现象。因为自从春节过后，当李玉璞再次见到张玉环，总感觉有一种难以名状的不同。除了张玉环比原来更加沉寂、更加清冷以外，李玉璞倒也没有发现什么其他的异样。

至于熊廷厚那个老家伙，除了上次李玉璞在电视里发现他劣迹败露的那惊鸿一瞥后，还一直没有在公司里露过面。

新的一周又开始了，李玉璞来到公司，坐在沙发上，一边喝着小许给他沏的茶，一边无聊地看着朋友圈里五花八门的各种信息。

不经意间，一个肥硕的身影已经赫然出现在了他的眼前。李玉璞看着眼前的熊廷厚，以难以掩饰的狐疑目光，审视着这位皮糙肉厚、满面油光的"归国华侨"。此时，在李玉璞的脑海中，呈现出上一次新闻里那个像是被霜打了的茄子一样的熊廷厚。而那个颓唐又落寞的熊廷厚，正与眼前这个满面油光、世故圆滑的熊廷厚，渐渐地重合在了一起。

"哎哟！熊总，过年好！过年好！您这是什么时候回国的？怎么也不提前说一声，我好去机场接您啊！"李玉璞上下打量着熊廷厚，虽然满心的疑惑，却还是尽量装出自然又热情的表情。有时候，连李玉璞本人都惊讶于自己的巧言令色，他都不记得是从什么时候开始，自己可以如此脸不变色心不跳地说着言不由衷的话；自己又是从什么时候开始，由父母眼中那个温润如玉的李玉璞，渐渐蜕变成了如今这个没边儿没沿儿的"没谱儿"。

"谢谢李总！我昨晚刚刚回国的，不想麻烦你们，就让别的朋友去机场接我了。"熊廷厚依然是那副不阴不阳、不悲不喜、皮笑肉不笑的样子，让李玉璞在他的这张脸上，看不出任何破绽。

"哦，您昨晚刚回来呀？怎么不在家休息一下，也好倒倒时差？公司里有我跟张总呢，您不用担心。"李玉璞继续虚情假意地说着。

"哎呀！怎么休息得下来呢？曹总公司的那台晚会，我们要抓紧时间跟进了。虽然曹总现在人还在医院，但工作还要做呀！不然到时候，我们拿什么支撑一台晚会呢？更何况，这样的生意，不是随随便便哪家公司都能接到的。我们不能让煮熟的鸭子飞了，你说是不是呀？"熊廷厚一本正经地说着。

李玉璞此时面对着如此有责任感的熊廷厚，还真是分不清这个熊胖子到底是对职业的责任感，还是对金钱的责任感。

李玉璞本来也在心里一直琢磨着曹氏集团那台主题晚会的事情，也该继续跟进了。但是因为刚刚过完春节，曹总的病情也一直没有什么起色，所以他就暂时没提这件事。一方面是因为曹总住院，王雨一个人并不能全权处理这件事；另一方面，李玉璞也尽量避免在张玉环面前提起曹总和晚会的事情，以免引起张玉环的情绪波动。本来他也想等到熊廷厚回国以后，再和熊廷厚商量这件事。没想到熊总还挺敬业，一到公司就身体力行，自己主动提出要尽快解决这件事，这让李玉璞不得不对熊廷厚刮目相看。

熊廷厚和李玉璞商量，先大出血到商场采购些最好的营养品去医院探望曹总，然后再约王雨和曹氏集团的主管人员商谈主题晚会的事情。虽然知道曹总现在也无法享受那些营养品，但这些东西本身也不是给曹总吃的，而是给别人看的。在很多时候，很多事情的意义都不在事情本身，而是在这件事情所体现出的其他层面上。无论何年何月，"面子工程"那都是必不可少的，并且是必须要做的。

其实曹总当初住进医院时，李玉璞不是没想过去医院看望他。但是当时他被微信上那些张玉环和曹总的绯闻给弄蒙了，一时不知道如何是好。况且，那绯闻有鼻子有眼，有图有真相，也不由得他不信。而李玉璞在当时也不知该如何表态，所以也只能暂时拖着。

即使到现在，李玉璞依然还是不明白，曹总跟张玉环到底有什么特殊关系；他也不知道，在面对曹总家人的时候，自己该怎样自处，言语上又该怎样沟通。李玉璞心里认为，即使他代表公司去看望曹总了，人家也未必领情。没准儿，还会被曹总的家人不分青红皂白，以肇事方同伙的身份痛打一顿，那实在是得不偿失。他李玉璞一向胆小，面对着人命关天的大事，他还是多一事不如少一事的好。

李玉璞就在这样的患得患失中犹豫不决，对整件事情保持着旁观者的态度。后来又出了张玉环服用安眠药过量的事情，整个搅乱了李玉璞的思维，所以他一直没有找到游刃有余地解决这一切事情的方案。

望着渐渐远去的熊廷厚那肥硕的背影，李玉璞不禁感慨万千，感慨熊廷厚的利欲熏心，也感慨自己对唯利是图之心的不够彻底。他想起那句话："男人，要对自己狠一点。"

整整一天，李玉璞眼巴巴地等着熊廷厚的消息。而张玉环一直坚守在自己的办公室内，既没有出来询问这整件事的进展，也没表示出任何态度。

李玉璞明白，张玉环这个时候不好表现出什么态度。关注也不是，不关注也不是；发表意见不是，不发表意见也不是。至于张玉环和曹总那不为人知的一切，她自然不方便对外人言说，而他也不方便刨根问底。李玉璞觉得，这个时候还是给予张玉环最大的空间和时间,才是最好的选择。

时间一分一秒地过去,直到下班,李玉璞也没能等到熊廷厚的消息。他拿出手机,怕打电话不方便,就发送了一条信息给熊廷厚,问事情进展得怎么样了。过了一会儿,熊廷厚回复他说,因曹总卧病在床,医院的人根本就不允许会客,所以自己根本就没见到曹总本人。但是熊廷厚已经联系了王雨,王雨说公司内其他人不能擅作主张,要等曹氏集团召开完董事会,才能决定公司将来的运营和这次的主题晚会是否还需要再进行下去。

熊廷厚还说,他自己已经回家等消息了,让李玉璞他们也该下班就下班,等有了具体消息再做打算。

李玉璞和张玉环怀着各自的心事返回家中。

曹氏集团的大楼里面,一切都似乎一如往常地继续着。当初曹总因病住院,那些不利于曹氏集团的绯闻满天飞的时候,曹氏集团的股东们就在第一时间召开了紧急会议。

股东们一个个西装革履、正襟危坐,面部表情尽量装作一如往常。但是,只有他们自己知道,他们内心那如意算盘的敲击声,到底是怎样的节奏。

其中,有人真心希望曹总能够早日康复,以扭转今日的不利局面。也有人嘴角挂着嘲讽的笑意,在心中暗想,他曹某人居然也有今天?"皇帝轮流做,明日到我家",这曹氏集团,会不会从此以后就要改朝换代、江山易主了呢?还有人在心中暗自嘲讽曹总如今的结局,没想到叱咤风云的曹总大风大浪都闯过来了,居然在小河沟里翻了船。那个叫张玉环的女人,难道真的是杨玉环的转世投胎,在 21 世纪的今天制造了另一起红颜祸水、祸国殃民的大事件?那他们这些曹氏集团的肱股老臣,岂不是要遭无妄之灾、受池鱼之殃?

表面上酷似平静的会议室里,股东们微汗荼蘼者有之,以静制动者有之,阳奉阴违者有之,左右逢源者有之,按兵不动者有之,蠢蠢欲动者亦有之。但最后他们都不得不将自己那即将喷薄而出的私心强行按下,因为现在还不是振臂一呼、另立山头的时候。曹氏集团之前代理的汽车品牌中,一款汽车安全气囊性能存在危险隐患而被紧急召回。这一事件,严重影响到曹氏集团的信誉,也严重影响到曹氏集团的营业额和股票价值。所以曹氏目前这一次面对危机,虽然是改朝换代的好机会,但那样也会让他们自己损失惨重。所谓伤敌一千,自损八百,这样的代价实在是得不偿失。不到万不得已,这一步是无论如何也不能走,起码暂时还不能走这一步。

股东们为了自己的切身利益,不得不一致表决,通过了在目前来看必须以大局为重的一致意见。

这就是,为了避免民众的恐慌而对曹氏集团产生不利猜测,股东们决定,曹氏集团派专人和媒体记者们接触，对曹总因病住院的事情做出澄清，并将该澄清以文字的形式发到各大纸媒及门户网站上。

文章中写道，春节前夕因工作繁忙，曹总在从公司返家的途中，在自己的车里因旧疾发作住院治疗。曹总当时被他的司机和司机的爱人一起送到医院救治，病情近日已有好转，不日将康复出院。感谢社会各界对曹氏集团的关注，也感谢媒体对曹总及其家人的关心。希望大家一如既往地支持曹氏集团和曹总本人。

在文章中曹总的夫人还发表声明说，本来曹总因旧疾发作住院治疗是很普通、很平常的事情，但有些居心叵测之徒，利用这一最普通、最平常的事情，来诋毁曹总和曹氏集团。曹总和家人以及曹氏集团，都将会向造谣生事者保留追究法律责任的权利。

曹夫人还在文章中澄清，曹总并不是像某些报道中写的那样，在什么单身女子的家中因不明原因突发旧疾；也澄清了在医院的楼道里，她并没有扇任何人的耳光，而是在帮那位司机的爱人捋了一下头发。她还特意向那位司机和他的爱人表示了感谢，说曹氏集团也对曹总的司机和他的爱人给予了奖励。曹夫人希望某些不良媒体和别有用心之人，立即停止对曹总的恶意诽谤。她也再次重申，曹总和曹氏集团保留向不良媒体和恶意诽谤之人追究法律责任的权利。

曹氏集团的股价本来在春节前夕，在曹氏集团董事会和各股东的努力下，已经连续上扬，创下了历史新高，却因为曹氏集团的当家人曹总的这一场病和至今昏迷不醒的状况而受到了影响，股价下跌了30%。

曹氏集团的股东们都觉得这不过是商业运营中股价的暂时波动而已，随着曹氏集团和曹夫人的两篇声明报道的及时发布，曹氏集团的股价一定会像现在这初春的天气一样，虽然还没有到春暖花开的地步，但一定能迎来冰雪消融、万物复苏的迹象。自上周开始，曹氏集团的股盘已经趋于平稳，并显示有人正在接手那些被抛出的股票，曹氏集团的股价已经从下跌30%的基础上，环比上升到下跌20%，并且股价还保持着稳健的上升通道。

风过平湖，微波涌动。一场不大不小的波澜，就这样渐渐地平息了下来。

在曹氏集团宽敞明亮的大会议室里，股东们正讨论着在年后举办的主题晚会的议题。对于是否要按原计划举办主题晚会，大家发表着自己的意见。最后，大家一致表决，这场主题晚会不仅要办，而且一定要办好。这样不仅可以将前段时间的不利影响降至最低，如果到时候曹总病情能好转，再在晚会上露个脸，那就可以将社会民众以及合作伙伴的所有疑虑彻底驱散。

就这样，李玉璞他们一直等到两天后才得到了肯定的答复：主题晚会按照原计划进行。具体时间，定在清明节后的第一个或第二个周末。预备资金也已经顺利打到了李玉璞他们的公司账户上，一切事宜将在精心的策划下，行之有效地稳步推进。

这样一来，李玉璞以积极的状态投入了工作，他和李明还有熊廷厚一次又一次地和曹氏集团的人开会商讨晚会的各种事项；联系场地，确定日期，确定参演明星，找演艺公司签署具体的合作意向；然后又联系各个灯光舞美及相关的公司，确定租赁合同并商讨价格，还到各个部门报备晚会事宜和报批各种相关事项。

在李玉璞带着李明和熊廷厚奔波在各家公司及查看场地的同时，张玉环和小许也在公司里积极配合着他们所需要的一切。公司里电话传真响个不停，俨然大后方"备战"的紧张状态。只要李玉璞他们在前方一个指示，张玉环和小许马上就将后续工作跟进展开。

张玉环之前的满心阴霾，好似已经渐渐被这迟来的春风吹散。虽然她不方便出现在曹总的人际关系网络中，但在其他方面她一定是事必躬亲、任劳任怨。

转眼之间，主题晚会日期临近，李玉璞、张玉环和熊廷厚一直都忙得不可开交。现在，每天加班已经成了他们的常态。时间、场地都已经确定，主要演职人员也已经确定，宣传海报也已经在各大媒体及门户网站和相关电视台做了相应的报道。

眼看着这台声势浩大的主题晚会即将拉开帷幕，就在主题晚会隆重上演前的一个星期，李玉璞突然收到一则消息：本台晚会的一位重量级嘉宾，一个在广大人民群众中一直享有良好口碑的演员大腕，因吸毒被拘留。

一石激起千层浪，这一条重大新闻一经发出，便占据了各大娱乐八卦和热搜的榜首。李玉璞他们面对如此局面不知如何是好，如今广电总局对类似有劣迹的演艺明星，再也不是那种小惩为戒的姑息态度，而是坚决封杀。可是这样一来，这台晚会的后续播出和社会影响力就必然受损。李玉璞他们面对这一突发状况，左右为难、一筹莫展。

第二十九章　假作真时真亦假

春雨霏霏，朦朦胧胧。

已是华灯初上时分，李玉璞、张玉环、熊廷厚、小许、李明以及其他各相关单位的工作人员，都在晚会现场各自忙碌着。导演、演员以及灯光、舞美等相关人员也都早早就位，正在做着灯光及音响的最后调试，节目顺序的调整，以及主持词的纠错等等。当初因丑闻换掉的那位影视大咖，也在经过再三考量和曹氏集团的同意认可后，由另一位重量级男嘉宾代替。

虽然这位替补嘉宾也颇具影响力，却没有之前那位影视大咖那么家喻户晓。但事到如今，也只能退而求其次了，这也实在是无奈之举。只是当初制作的纸媒宣传海报和电子海报不得不紧急撤换，这也给李玉璞和张玉环他们增加了很大的工作量。

不过，终于等来了晚会的如期举行。为了今天，李玉璞和张玉环以及工作人员不知已经熬过了多少不眠之夜。

虽然今天春雨霏霏、道路拥堵，但会场外大厅里的人头攒动和在场众人脸上洋溢着的笑容，与今天的天气却形成了鲜明对比。会场外熙熙攘攘的人群显示出，观众们对这场晚会的热情和期望，丝毫没有受到天气的影响。

观众们在会场门外大厅的服务台前，领到了今天晚会的节目单，并相互谈论着他们熟悉的演员和嘉宾。在讨论嘉宾和节目之余，也有人在讨论曹氏集团的主营项目和最近股票增长情况。

这些观众们不知道的是，这场宣传规模声势浩大的主题晚会，不仅承载了他们观看精彩节目的期望，更承载了外界人士难以想象的更为重要的责任和使命。他们不仅仅是观众这一单纯的身份，更是这场晚会本身内在和外在共存的、意义更加重大的见证者和参与者。

关于此次晚会的宣传广告和格式海报，早已在各大主流媒体以及各大网站轮番展示并滚动播出。与宣传攻势同时释放给大众的信息，还有曹氏集团未来的接班人——曹总的儿子曹昊天之前在媒体上欲语还休地透露说，曹总的病情已经好转，如果情况允许，很有可能亲临晚会现场见证这一盛况。

大幕拉开，随着灯光的闪烁和烟雾的晕染，展现在观众眼前的是一个又一个美丽得让人窒息的场景。天空、大地、星辰、海洋、宇宙、森林，还有花草树木、万物生灵，以让人炫目的表达方式，渲染着整场晚会的高端、高雅和高贵。在场的每一个人，都似乎被带入那个富丽堂皇、美轮美奂的世界里。

虽然当初大力宣传的那位大咖明星因众所周知的原因被临阵换将，曹总本人也没能亲自驾临现场，之前宣传的某位重要领导也未能莅临指导，但是有曹总的夫人和曹氏集团未来的接班人曹昊天前来助阵，以及其他各界名流前来捧场，依然可以让在场的所有人感受到曹氏集团的实力。

主持人激情四溢地介绍着每一位到场的重量级嘉宾。当这些嘉宾的名单被主持人一次次念出，又被在场观众次第纳入耳畔和眼帘，那种轰动效果绝不比晚会本身带给人的冲击力和满足感差。

所有人都明白，如此的阵仗，不是随便什么人、随便什么集团公司都能做得到的。一位又一位嘉宾的慷慨陈词，一个又一个佳绩的展示，一名又一名演职人员的完美表演，无不体现着这场晚会的成功和圆满，以及曹氏集团的辉煌和灿烂。

这场晚会的成功还不仅限于这场晚会的本身，在晚会拉开帷幕之前，曹氏集团与其新近合作的代理品牌及供应商，连同晚会一起，早已经霸占了各大媒体的头版。在如此强大的宣传攻势下，曹氏集团的股价也一再逆大盘而上扬，与上一个统计周期相比，再一次环比上涨10%。

鲜花、掌声、闪烁的灯光，一次又一次地把晚会推向了一个又一个的高潮。今晚的盛况，将在几个小时以后出现在各大媒体的头版和网站首页。如此盛况，不知那位在医院里卧床的曹总会是什么感受。不知他会不会因为今日的盛况而尽快痊愈呢？对于曹总或是曹氏集团来说，这盛大的晚会，是不是另一种意义上的"冲喜"呢？而这"冲喜"的效果，又将会如何呢？

大幕落下，曹氏集团主要领导、到场的嘉宾和各相关团体代表纷纷上台与演职人员合影留念。当在场记者相机的闪光灯和观众们无数的手机相继按下快门记录这一辉煌时刻的时候，没有人会怀疑曹氏集团的辉煌仍将继续。曹氏集团的股价也将重新站上历史的高位，或将更上一层楼，也说不定呢。

夜色正浓，笙歌散尽。

熊廷厚陪同今天到场的记者们吃夜宵去了，也顺便把当初许诺给记者的"车马费"发到他们每一个人的手里。所谓"吃人嘴短，拿人手软"，记者们既然吃了主办方的，又拿了主办方的，也就意味着这嘴和手都要为主办方所用了。熊廷厚的责任就是要督促所有的记者，连夜赶稿排版，明天一早就要让广大民众在所有纸质媒体、门户网站以及手机终端上看到相关新闻报道。

李玉璞已经让张玉环先回家了，她有孩子要照顾，他自己留在现场负责收尾工作。李玉璞虽然很累，但他还要在现场协调舞美公司拆卸灯光背景、舞台音响和机械滑道等，以及其他相关后续工作。

连续奋战多日的李玉璞脸上写满了疲惫，虽然如此，晚会的成功举办让他的心里依然有一种难以言喻的满足感。此次晚会，不仅是对他工作的一次前所未有的挑战，也是对他自我价值的界定及自身能力提升的考验。

直到凌晨三点，所有的拆卸工作才完成。李玉璞看着舞美公司的工作人员将道具陆续装车运回，他才拖着疲惫的身体，开车驶向了南五环外的家里。

春雨依旧淅淅沥沥地下着，李玉璞一路上看着眼前的雨刮器有节奏地摇摆着，他突然感觉自己应该有个家了。是啊，自己该有个家了，不然再像自己这样三更半夜拖着疲惫的身躯，一个人返回那个毫无生气的房子，真的有一种凄凉的感觉。在李玉璞心中，家不仅是一所房子，而是一个有自己所爱的人和自己的至亲骨肉的所在；是有人心心念念随时牵挂着自己，能在疲惫之时，随时感受到温馨和牵挂的所在。对于爱情，对于婚姻，李玉璞虽然不愿意委曲求全，但此时的他，却比任何时候都更渴望有一个家。

李玉璞在一片朦胧的夜色中，回到了家里。他顾不上洗漱，也顾不上为自己准备一顿早餐，安抚一下自己那饥肠辘辘的五脏庙，打开房门径直走进卧室，一头倒在床上便睡了过去。

他不知道自己睡了多久，突然听见有人"没谱儿——""没谱儿——"地叫他。李玉璞下意识地睁开眼睛往周围看了看，周围什么人也没有，但那个喊他的声音还在"没谱儿——""没谱儿——"地鼓动他的耳膜。李玉璞顺着声音一路来到室外，发现雨还在下着，空气中充满着潮湿的味道。在这潮湿的味道中，隐隐约约还有着一种异香，让他感觉心情舒畅。跟随着那种异香的氤氲，还有那时有时无的"没谱儿——"的呼唤，李玉璞发现自己不知何时已经来到了一处花开荼蘼的所在，那雨雾中的花朵似真似幻，在雨雾的映衬下，更显得圣洁而神秘。李玉璞感觉眼前的一切都美得那么虚幻、那么不真实，在他脑海中不禁想到"阆苑仙葩"这个词语。

雨越下越大，雨水顺着李玉璞的脸颊流下，直到这时他才感觉自己冷得要命，全身上下的衣服也都已经湿透。李玉璞瑟瑟发抖地转过身去想原路返回，但脚下的路却又让他恐惧不已。此时，他的脚下没有了绿草茵茵，没有了花开荼蘼，他正身处一处绝壁，一步之外便是无限深谷。

"没谱儿——""没谱儿——"李玉璞再次听到这藏在风雨中的声音，他伸出手使劲地想抓住这声音，却无论如何也无法触摸到这声音的载体。当李玉璞猛地一个转身，再一次努力扑向这声音的时候，脚下却一个踉跄，让他瞬时失重从高空坠落。

风雨合谋，噼噼啪啪地一次次重重地敲击在玻璃窗上，那声音像是有人在发泄着自己无名的怒意，将李玉璞唤醒。李玉璞大喊了一声，一下子坐了起来，眼前的景物渐渐清晰，家具、窗帘、台灯，还有自己所在的这张床以及窗外的风雨声。这时，他才意识到，自己刚才是做了一个匪夷所思的梦。

第二十九章　假作真时真亦假

李玉璞起床来到窗边,看着外面雾茫茫一片,又看了一眼墙上的挂钟,已经是下午 4 点了。这场雨已经下了快 24 个小时了,自己也已经快 24 个小时没吃过东西了。想到吃,李玉璞的肚子很配合地"咕噜噜"叫了起来。

李玉璞给自己煮了两包方便面外加两个鸡蛋,他把煮好的方便面盛到碗里晾着,打开手机想看看今天各大媒体对昨晚晚会的报道,手机不知什么时候没电已经自动关机了。李玉璞找出充电器给手机充上电,然后就开始享用他的方便面。

吃完面,李玉璞将碗筷放到厨房水池里,回过头又拿起手机。刚一打开手机,就有几条微信的提示音响起。

李玉璞点开微信,看到的是几篇昨天晚会相关报道的链接,每一篇报道,无不以华丽的辞藻和恢宏的场面以及嘉宾的重量级别来渲染。那一张张绚烂的舞台照片,还有座无虚席的现场展现,以及嘉宾们的豪华亮相,将昨晚的活动推向了另一个高潮。

李玉璞放下手机走到窗前,看着窗外那相互纠缠的风雨,又想起了自己那个匪夷所思的梦。他笑了笑,然后又无比满足地伸了一个懒腰。正当这个伸懒腰的动作即将完美收官之时,他的手机铃声再一次急促地召唤着他。

李玉璞拿起手机一看,是熊廷厚打来的。他刚刚接通电话,熊廷厚那有些急促而慌乱的声音,便像开闸泄洪一般直冲他的耳膜而来。

"李总,告诉你一件事,曹总去世了。现在还没有对外公布,我得到的内部消息。明天早上,你和我一起去曹氏集团,把这场晚会的尾款赶紧给结了吧,不然我怕夜长梦多。万一他们鸡蛋里挑骨头,再或者因为此事曹氏集团内部发生什么变故,到那时候,想结咱的尾款,可就希望渺茫了。"

李玉璞听着熊廷厚的话,他感觉此时的自己,被熊廷厚这几句难以名状的揣测,瞬间就推到了那个匪夷所思的梦境之中,身临绝壁深谷,一步之差便有万劫不复的危险。

第三十章　没有硝烟的战场

李玉璞久久地望着窗外被风雨吞噬的苍茫大地，心里想着熊廷厚刚才所说的话。他觉得这个老奸巨猾的熊廷厚，是不是有点庸人自扰呢？像曹氏集团那样的商业巨贾，不会那么容易有变故，更不会拖欠他们这点尾款。这部分尾款放在他身上那就是身家性命，但放在曹氏集团，那不过就是九牛一毛而已。他熊廷厚也号称是跨国企业的老总，怎么如此胆小如鼠？看来这熊总之前的吹嘘绝对是夹杂着大量水分的。早晚有一天，这水分会被蒸发掉，让他显露出干涸穷乏的本来面目。

李玉璞虽然在心里安慰着自己，但是他心里也不由自主地产生了些许的担忧。毕竟事事皆有变数，谁说亿万富豪不会一夜之间变得一贫如洗？谁说高楼大厦不会瞬间崩塌？会的，一切皆有可能。他听过见过太多的案例，从古至今，从富甲一方变成潦倒乞丐的警示故事，多如牛毛、数不胜数。

李玉璞打开手机，想上网查找一下是否有曹总去世的相关新闻报道。但是他查找了半天，却一无所获。他能够看到的，仍然是各种宣传昨晚那盛大晚会的新闻报道。另外，充斥他手机屏幕的，就是些同行及合作单位发给他的祝贺信息。李玉璞不知道熊廷厚从哪里得来的曹总去世的消息，也不知道这消息到底靠不靠谱。难道曹总真的去世了？什么时候去世的呢？明明昨晚曹夫人和曹公子还喜笑颜开地来到晚会现场，预祝了晚会的成功，还向到场来宾和领导表示了感谢。曹夫人当时也一脸笃定地说曹总的病情很稳定，恢复得也很好，怎么这还不到24小时，曹总就去世了呢？如果曹总真的去世了，是在晚会结束以后发生的事情，还是在晚会之前就已经发生了呢？不过是一个私企老总，又不是什么将相王侯，也不至于像封建王朝的皇帝那样，为了江山的稳固秘而不宣吧？

李玉璞理不出头绪，他觉得那些豪门贵胄的思维方式肯定跟他是不一样的，他也没有必要夜看三国，替古人担忧。他不过是个小广告公司的经理人，像他这样的小人物，实在是没必要挣着卖白菜的钱，操着卖白粉的心。只要到时候能妥妥当当地把尾款结回来，他才懒得理睬那些豪门之间的钩心斗角、鬼蜮伎俩呢。

李玉璞实在闲得无聊，又被熊廷厚刚才说的话扰乱了心情，窗外的雨声让他更心烦意乱。他打开电视机，随便浏览着那些无聊的综艺节目，李玉璞以前是从来不看那些综艺节目的。在他看来，那些弱智的综艺节目简直就是对观众智商的侮辱。可是现在，他居然心甘情愿地被这样的弱智节目荼毒着。

李玉璞看了一会儿电视节目，觉得实在没意思，就关了电视机，拿上钥匙想去朴正浩家跟他聊一会儿，消磨一下无聊时光。

李玉璞顺着楼梯来到朴正浩家所在的楼层，正要推开楼梯间的门进入楼道的时候，朴正浩家的房门正好打开了，李玉璞立刻停止了他即将推开楼梯间大门的动作。

李玉璞看到，从朴正浩家走出一个女人，那女人从朴正浩家里出来后直接走到了电梯前，按下了电梯按钮，然后又捋了捋自己的头发。当电梯来到这一层打开门时，那女人走了进去。李玉璞站在楼道里一直没敢动，他默默地注视着这个女人，就在电梯门即将关闭的那一瞬间，他看清了这个女人的面孔。让李玉璞无论如何也没想到的是，那女人居然是钱多多。

李玉璞不知道朴正浩和钱多多是什么时候搅和在一起的，那个钱多多绝不是什么省油的灯。朴正浩这个记吃不记打、不知死活的家伙，招惹谁不行，非要招惹钱多多，以后真不知道她会捅出什么娄子来呢？

李玉璞目睹了朴正浩的小秘密后，顺着原路安安静静地返回了自己的家。他此时没有了和朴正浩谈天说地的兴致，觉得自己还是一个人得过且过好了。

第二天一早，李玉璞如约来到曹氏集团的大楼外。

他把车停好，刚拿出手机想打电话问问熊廷厚到了哪里，就看到熊廷厚那肥胖的身躯，从另一个方向蠕动着向他这边缓缓走来。当熊廷厚即将走到曹氏集团大门口的时候，李玉璞才下车和他打了一声招呼。来到曹氏集团所在楼层，他们向前台小姐通报了姓名和来意，前台小姐带着他们一起来到小会议室，在那里等着王雨的到来。

大概过了十几分钟，王雨一脸凝重地走进了会议室。在他们双方分别表示了相互问好的礼节后，李玉璞和熊廷厚向王雨表明了今天的来意。

熊廷厚将手肘压在自己面前会议桌的桌面上，让双肘帮自己支撑一下那肥胖的身躯，从而得以改善一下自己的坐姿，使之更为舒适。等调整好坐姿，他才缓缓地说："王总监，我和李总今天来呢，是想来征求一下曹氏方面对我们工作的意见。如果方便，想把晚会的尾款顺便结一下。"

王雨一听熊廷厚说想结尾款，停顿了一下，然后将目光先后投向李玉璞和熊廷厚说："李总、熊总，你们看，今天刚刚周一，我们集团的董事们，还没来得及开会对这次的晚会提出意见或建议。再说，咱们合同里是签好的，等电视台播出以后，才结束我们这次的全部合作。这电视台还没有播出呢，董事们也还没看到电视效果呢，恐怕现在公司还批不了尾款。这样吧，等电视台播出以后，我再向董事会申请批款。等钱批下来以后，财务会自动转账到你们公司的账户，到时候我会通知你们的。你们说，好吗？"

熊廷厚看了一眼李玉璞，他们彼此交换了一下眼神，点头表示同意。

其实在昨天熊廷厚给李玉璞打电话时，说今天要来曹氏结账，李玉璞就想到了，这尾款今天肯定是结不回去的。本来嘛，人家当初要求是要电视台播出的，这电视台还没播呢，人家怎么会给你结账呢？不能因为曹氏集团的当家人去世了，人家就得提前给你结账，这怎么可能呢？况且这消息还不知道是真是假，即使是真的，也不可能成为提前给他们结账的理由。更何况，到现在为止，曹氏集团对曹总去世的事情只字不提，他们也不好提出什么异议。

李玉璞和熊廷厚很礼貌地向王雨告辞，王雨也一如往常地将他们送到电梯口，然后挥手告别。宾主双方，都没有再提起曹总的事，都怕一旦提起，反而使自己处于不利的尴尬境地。

送走了李玉璞和熊廷厚，王雨转身返回曹氏集团的大会议室里。

在曹氏集团的大会议室里，所有在座的董事们已经在讨论曹氏集团的股票价格问题，董事们现在最大的担忧就是曹氏集团的股价问题。虽然曹总去世的消息一直封锁着，但不知道为什么，股市今早刚刚开盘，就有人在疯狂砸盘，短短的一个小时内，曹氏集团的股票就已经跌停了。

曹氏集团董事局已经派人去调查这个疯狂砸盘者到底是何许人。除了调查此人以外，他们也在筹集资金入市挽回曹氏股票的跌势。董事们这么做不是为了曹总和曹总家人，而是为了他们的自身利益。盘面上每跌一个百分点，对他们而言，那都是实实在在的巨额损失啊。

虽然股东们很乐于见到曹总及其家人的狼狈不堪，但那要等他们将自己手中的股票套现，并将曹氏的主动权紧紧地掌握在自己手里以后才行。

曹氏集团董事局的成员们对于晚会之前曹氏股票的连续上涨也不是没有疑惑的。但是董事们当时都已经被他们自己制造出的声势浩大的主题晚会宣传攻势所迷惑。他们一厢情愿地认为，曹氏集团股价的连续上扬，是在主题晚会地毯式的宣传轰炸下发生的连锁反应。而当时盘面的利好和飘红，也不过是一些社会游资在兴风作浪跟风炒作，散户们盲目追涨而造成的。可是如今看来，当时一定有人在吸筹，而且这一切都在当初曹总住进医院，曹氏集团股价急跌之初就已经布好了局。那位布局者一直在暗中窥视着曹氏集团的一切动向，出其不意，伺机而动。他们谁都没想到曹总居然没能挺过来，就这样一命呜呼了。如此一来，对手正好利用此事把这把火点了起来。

董事们觉得，虽然如今形势不容乐观，但也不是没有挽回的余地。力挽狂澜一定不是件容易的事，但是再不容易，他们也要拼死一试，所有的董事们都不能就这样看着曹氏的股价难以遏制地急速下跌。

董事们不约而同地将目光投向代替曹总来出席会议的曹昊天，想在他那里得到曹氏股票价格异动的些许信息。显然，曹昊天和他们一样，完全不知道问题所在，他也一脸茫然地看着各位董事。事已至此，董事们也别无他法，他们一致表决要将集团所有的流动资金全部拿来救市。最好明早股票能以涨停的姿态开盘，那样就可以避免不明真相的中小散户跟风抛售，不然曹氏集团的未来简直难以想象，他们在座这些人的未来，也一样难以预料。

如此局面，这些董事不敢再掉以轻心。他们不知道到底是谁在幕后发力，迅速将曹氏股价打至跌停。看幕后者那披荆斩棘、杀伐果断的架势，感觉这是一场策划已久、有预谋、有布局的商战。他们不明白曹总这到底得罪谁了，又有什么深仇大恨让那个幕后者如此心狠手辣，简直就是要斩尽杀绝、寸草不留。

照如此局势发展下去，曹氏集团的股价将会很快探底，到了那个时候，他们就连"割须弃袍"的逃跑机会都没有了。

第二天一早，曹氏集团的股价在上一个跌停的基础上，多空双方势均力敌，彼此焦灼地较量着。曹氏集团筹集来的资金全部抛入股市，空方抛售多少，他们就买进多少。一个交易日下来，虽然多方前赴后继、严防死守，却还是遭到空方猛烈的打压。多空双方在盘面上都各有得失，多方拼命地死守紧要关口，维持着惨烈的拉锯战。但是，从股价上来看，一场鏖战下来，他们双方彼此难分胜负。

直至华灯初上，曹氏集团的董事们再一次正襟危坐，面对如此严峻的局势，他们不得不承认对手的强大。大会议室里灯火通明，为了明早的战役，董事们不得不连夜拟订作战方案。根据今天的经验来看，他们的防守还是很有效果的，虽然投入了大量资金，却还是把股价死死拖住了，止住了股价进一步的跌势。只要他们能止住股价的跌势，就给他们赢得了制造利好消息，让股价起死回生的可能性。他们一次次地研究策略，一次次地沙盘推演，也一次次地在心里迫使自己相信，只要投入的资金足够多，他们不仅能让曹氏集团的股价止跌，还一定能将曹氏的股价再一次托涨起来。

明天的战役更要化被动为主动，股价最好以涨停的姿态出现在公众面前。那样，社会游资和中小散户必将跟风买入，这样一来，空方的幕后操纵者便会节节败退。等股价止跌回稳，他们再腾出手来查出那个幕后黑手，杀他个片甲不留。

第三天早上，所有人，无论是曹氏集团的董事们，还是跟曹氏集团有合作的集团公司，包括社会游资和中小散户，莫名其妙地眼睁睁地看着曹氏集团的股价再次以跌停的方式开盘。

所有人在看到曹氏集团的股票就这样以跌停的方式展现在众人眼前的那一时刻，大脑中全都一片空白，不知所措。

第三十一章　魑魅魍魉魈魃魖

所有人都不知道这是什么原因造成的。昨天多空双方在盘面上的拉锯战难分上下，空方也并没有占得什么明显优势，为何今早一开盘就以这样残酷的跌停方式直接告终？这一夜之间，到底发生了什么不为人知的事情？

就在股民们目睹着曹氏集团的股票一片哀鸿遍野而疑问重重的时候，他们心中的谜团很快便有了答案。有反应灵敏的媒体报道，曹氏集团的当家人曹总已经于四天前因病去世。四天前，也就是在曹氏集团的那场主题晚会隆重上演的当天，在那一片热闹非凡的歌舞升平中，在曹总的夫人和儿子宣称曹总的病情稳定、不日即将出院的郑重声明中，曹总却撒手人寰、一命呜呼。这样截然相反的两种剧情居然在同一时刻上演，曹总的在天之灵又该如何面对如此滑稽、如此讽刺、如此悲催的现实呢？

本来，生、老、病、死是自然规律，任何人都不能幸免。可是让广大股民疑惑不解的是，为什么曹氏集团面对曹氏当家人的离世这样本是人之常情的事情却要秘而不宣。不仅是秘而不宣，曹夫人和曹公子还要出面来制造曹总病情稳定的假象。这样异常的举动只能说明，曹氏集团的情况非常不好。但是到底怎样不好，外人却也不得而知，只能根据细枝末节的种种现象，根据不同的消息来源，进行多角度、多层面的揣测和分析。

可是，无论消息来源的方式和角度层面怎样不同，股民们却能得出大致相同的结论，那就是曹氏集团有意秘不发丧，其目的就是想让广大的股民来替他们支撑盘面，以达到他们金蝉脱壳、逃之夭夭的目的。而曹氏股价前两个交易日的跌停，已经充分说明了这一点。那些得知了内幕消息的财团或机构已经闻风而动，开始抛售曹氏的股票回笼资金。只有他们这样的中小散户，才被人当成傻子一样地愚弄，被人当成韭菜，割了一茬又一茬。

一石激起千层浪。曹总离世的消息一经报道，便被各大媒体与网站跟风报道和疯狂转载。有些媒体更是将人们心中的质疑和揣测，以更加细腻、更加丰富的语言描述了出来。这样一来，仿佛更证明了股民们的揣测和质疑，曹氏集团的心怀叵测和鬼蜮伎俩仿佛已昭然若揭。

随后的两天，曹氏集团的操盘手将曹氏所有能筹集来的钱全部砸入大盘，虽然大盘显示集团股票的换手率极高，但股价却还是相当低迷。多空双方都在以破釜沉舟的态势浴血奋战、殊死争夺着。

众多的中小散户和社会游资一时间都有点看不出门道，不知这庄家到底想做多还是做空，也不明白这到底是庄家的洗盘吸筹，还是有两个庄家、两股力量在相互厮杀。他们屏气凝神地驻足观望着，生怕自己一不小心站错队，便会失去这个跟庄发财的机会，更害怕主力正在获利撤离，自己如果此时跟进买入，万一被深度套牢，那就更是一失足成千古恨了。他们在这一时刻还真的不知如何是好，继续跟进不是，割肉止损也不是，深刻地体会了一把什么叫进退维谷、左右为难。

曹氏集团和幕后主力焦灼地展开着拉锯战，他们势均力敌、难分高下。曹氏集团的股价在历经了因曹总住院引起的暴跌，到晚会前夕的暴涨，再到受到曹总去世消息影响而再次探底的剧烈波动之后，简直就像过山车一样，让人看得云里雾里、目眩神迷。

在这个时候，无论是广大股民还是股票专家，基本上都是两种声音。一种观点说，曹氏集团的股价如此表现，一定是庄家在反复洗牌筑底，股价后期也肯定有不俗的表现。另一种声音说，曹氏集团的股票仿佛有两股势力在较量，多空双方都不是善茬儿，中小散户还是离远点为好，免得"城门失火殃及池鱼"。

曹氏集团的董事们面对着股市的焦灼和满城风雨，一时间也找不到有效对策，只能一次又一次地正襟危坐在曹氏集团的大会议室里商议对策。这个曾经代表着他们身份与地位的所在，此时却如同太上老君的炼丹炉一般，无情地将他们这些董事炙烤着。可他们却没有孙悟空那千锤百炼的本事，更不可能炼出来一双火眼金睛，让他们看清到底是哪里的妖魔鬼怪、魑魅魍魉在施展妖术。他们只能被这样的炙烤折磨着，像热锅上的蚂蚁一般被炙烤得无路可逃。最后，他们将会变成一抹灰烬，失去生命的动力。

董事们不敢再想下去，也无法面对那不可控制的局势。他们必须阻止这样的态势，以避免发展到不可收拾的地步。

董事们纷纷将怀疑、质疑、猜测的目光投向曹昊天，想从他的脸上得到这诸多疑问的答案。他们本来都已经和曹夫人以及曹昊天沟通好，要将曹总去世的消息进行保密处理，可是曹总去世的消息为什么还是泄露了出去，又是谁泄露出去的？媒体为什么反应如此激烈，又为什么对这样的消息大肆渲染？曹夫人和曹昊天为什么没有发现整件事情的异动？这幕后的推手到底是谁？这一切的一切，到底是为了什么？又想达到什么样的目的？

但是，曹昊天显然也跟他们一样，那一脸懵懂的神态已完全表明，他也不知事情是如何演变到这种地步的，更不知整件事情背后的阴谋与真相。

董事们决定让曹昊天作为曹氏集团的代理董事长，向社会各界积极回应曹总去世的消息，又把曹总去世的时间人为地确定为晚会的第二天。这样多少还可以对社会、对股民，伪装出曹氏集团一切正常、一切良好的假象。同时，也间接澄清了社会上那些对于曹氏不利的传言，不过是一些别有用心之人的阴谋手段。

曹氏集团向社会发出公告后，在股市大盘中，曹氏集团和空方处于焦灼的状态中，股价经历了胶着的持久战和疯狂的过山车般的行情后，暂时维持着横盘的状态。股民们看着曹氏股票的K线图，一时之间也不知该如何解读它的当下走势和日后的发展。大家都以一种旁观的态度观察着曹氏集团这支妖股，看它还能闹出什么幺蛾子来。

就在这个多空双方都看似进入了鸣金收兵、偃旗息鼓的状态时，另一则重磅消息在各大媒体间炸开。不知什么人到曹总就医的医院调查出曹总去世的确切时间，就是在曹氏集团主题晚会的当晚，更确切地说，就是在晚会开始的三个小时之前。这样一来，社会舆论和媒体再一次将曹氏隐瞒曹总去世时间的行为做出了诸多的分析，更是将他们愚弄大众的行为口诛笔伐得体无完肤。不仅如此，就在曹总去世的准确时间被披露的第二天，曹氏集团的接班人曹昊天因被人举报吸毒，已被警方拘留。报道中那张曹昊天被公安机关带走的照片，淋漓尽致地显现出曹昊天的落寞与无助，仿佛预示着曹氏集团经济神殿的垮塌。

这则消息一经报道，无异于雪上加霜。曹氏集团的董事们这时才意识到，曹昊天已经好几天没在公司里露过面了。谁也不知道这位太子爷这几天都干吗去了。如今以这样的方式得知他的下落，真是让人大跌眼镜。曹氏集团所有的人以及商界都感觉到曹氏完了，这回恐怕是真的完了。

曹氏集团的经济状况其实早就因负债过高出现过预警，加之前一年代理的汽车品牌因事故频发而被召回，这一切都引发了公众对曹氏集团的信任危机。如此局面，这曹氏父子不但不知收敛，还肆无忌惮、胡作非为。如果没有当初曹总招惹张玉环把自己送进医院；如果他没有因病在晚会当天突然去世；如果没有曹昊天吸毒被警方拘留，也许，这一切还有可能挽回，曹氏集团也还有起死回生的可能。这一对扶不起来的父子，这一对浑浑噩噩的父子，不仅害了自己，也害了他们这些肱股老臣。

覆巢之下，焉有完卵？曹氏集团的这些董事及老臣，在这个时候，也不得不各显其能，以求自保。但结局如何，也只能听天由命了。

就在曹昊天因吸毒被刑事拘留的这条消息广泛流传的同时，中小股民和社会游资也终于明确了自己的方向。在接下来的几天里，曹氏集团的股价在毫无悬念的情况下，一再以高难度的跳水动作收官。中小股民们此时想出局，已经为时晚矣。他们面对如此来势汹汹的空头部队，不知该如何将自己手中那迅速贬值的股票抛售出去。那些股票如烫手的山芋一般，捧不住，也吃不下。

广大股民和众多的吃瓜群众，纷纷在网上发帖评论，声讨曹氏集团的为富不仁、道德沦丧。他们恨不得能时光倒流，回到打土豪分田地的年代，冲进曹氏集团将集团搜刮得来的民脂民膏——清算，返还给他们这些为人鱼肉的弱小股民。

第三十一章　魑魅魍魉魈魃魕

曹氏集团的董事们眼看着这场战役的结局已经不可扭转，简直是欲哭无泪、欲诉无声。此时，曹氏的股东大会简直就成了对曹总的控诉大会。即便是之前还对曹氏抱有一线希望而维护曹总的股东，此时也不得不对自己的天真而感到失望和遗憾。

在曹氏集团的股东大会上，有人建议说，国不可一日无君，家不可一日无主，现在必须要马上改选董事长，以新的董事局形象来挽回曹氏集团在社会上的声誉。也有人建议说，干脆将曹氏的股权卖了，这样大家手里的股权也可以转让给将要收购曹氏的公司，大家的损失也就会相对小一些。

可是，如此危难之际，无论是谁也不愿意当这出头鸟，没人愿意临危受命接任董事长一职。至于寻找对曹氏有兴趣的财团进行收购，也不是一时半会儿就能解决的。毕竟，又有谁愿意在这个时候当"接盘侠"，接手这样一家破败不堪、吉凶未卜的公司呢？

在股东们中间，也只有那些在此之前已经暗度陈仓、悄悄割肉止损的股东心态还相对平和一些。而那些看着自己手中的股票渐渐探底的股东，急得如热锅上的蚂蚁，到处寻找安全过渡的方法。

其实不管是已经割肉止损的股东还是被深度套牢的股东，他们都知道，曹氏集团那神殿般的摩天大厦早已是摇摇欲坠，这次因为救市更是欠下了巨额债务。他们也深切地感受到，从来都没有什么固若金汤，更没有什么铁壁铜墙。如今曹氏集团的一切，早已被曹氏父子的声色犬马、宴安鸩毒给彻底毁了。

董事们本来还想利用之前的主题晚会，再次提升曹氏的声誉和影响力，以影响媒体的报道方向，促进社会闲置资金的介入来扭转颓势。没想到他们筹谋的一切，就这样在最后一环功亏一篑。在众目睽睽之下，曹氏集团经济神殿瞬间轰然倒塌，他们甚至连幕后黑手的面都没见着，就这样被打得一败涂地，虽然不知道此人到底是何方神圣，但又不得不佩服此人的智慧和胆略。此人利用曹总的生病来打压股价，砸盘吸筹；又利用曹氏集团的主题晚会，来掩盖他吸筹而拉升的股价，达到掩人耳目的目的；高位获利后，他再次抛出曹氏股票并利用媒体散布曹总去世且曹氏集团心怀叵测秘不发丧的消息；在曹氏注入大量资金接盘后，他不仅顺利清仓，还散布曹昊天因吸毒被拘留的消息。他就这样一而再，再而三，步步紧逼，将曹氏集团打入谷底，难以翻身。

这个人杀伐果断、运筹帷幄，缜密地操控着一切。曹总和曹昊天以及曹氏集团都如木偶一般，被他步步为营、攻城略地。此人最可怕的是，自始至终都不曾露面，就已经让对手死无葬身之地。

不知曹总如今是否能含笑九泉，不知曹昊天事到如今是否能坦然接受？不过这一切都已经不再重要了，有道是："斯人已逝，墓地芳华，归去来兮，无物相之。"可是，让股东们心有不甘的是，曹总倒是"归去来兮，无物相之"。

第三十二章　在套路中沦陷

　　李玉璞和张玉环以及熊廷厚也时刻关注着曹氏集团的一切动向，尤其是看到曹氏股票的起伏和曹昊天被拘留的新闻，多少让他们感觉到些许的不安。这份不安倒不仅是因为担心曹氏的命运，他们的担心是尾款会因此而打了水漂。

　　李玉璞和熊廷厚拿出晚会合同，再一次急急忙忙赶往曹氏集团。这一次到来后，他们在曹氏集团那原本井井有条、一片繁荣的气象中，明显感觉到了那种树倒猢狲散的低迷气息。漂亮的前台小姐已经不再如以前那样敬业地坚守岗位，而是和几个同事在聊天；工位上也有座位是空着的，再也不是当初欣欣向荣和蒸蒸日上的工作氛围。李玉璞他们走到正在聊天的前台小姐那里喊了两声，前台小姐才暂时结束聊天，过来招呼他们。

　　虽然李玉璞看到曹氏集团员工的精神状态，就已经在心里产生了不好的预感，可是他没想到事情比他想象的更加严峻。

　　李玉璞和熊廷厚从前台小姐那里了解到，现在曹氏集团已经无人主事，而原来曹总的助理王雨也已经好几天都没来过公司了。所以，他们只能经常来看一看，只有公司恢复正常了，才能解决集团的财务问题。

　　李玉璞和熊廷厚垂头丧气地回到公司，把在曹氏集团里看到、听到的一切，向张玉环转述了一遍。三个人面面相觑，谁也没有更好的办法解决这次的债务问题。即使是他们拿起法律武器来捍卫自己的利益，也要有起诉的对象才行啊。现在的局面是，曹总本人已经去世，他们总不能去起诉一个死人吧。起诉曹氏集团？看曹氏集团如今的境遇，恐怕他们还没等到开庭审判，就已经不复存在了。起诉经办人王雨吗？别说现在王雨失踪了，根本就找不到他，即使找到了，王雨也可以将责任推得一干二净，毕竟他只是一个公司职员，并没有替公司承担债务的责任。

　　怎么办？他们到底该怎么办呢？这笔尾款对他们来讲可是一笔数目非常可观的巨款，他们总不能就这样糊里糊涂地背上巨额债务，等着倾家荡产的结局吧。尤其是李玉璞，因为整台晚会的运作都是他在操作，所有还没有结账的相关合作单位，也都是他凭着自己多年的关系和信誉才答应在晚会后结账的。如果这一次曹氏集团的钱真的结不回来，那就意味着，他李玉璞将债台高筑，一夜回到解放前。

　　果不其然，李玉璞相继接到了合作单位的催款电话。有人直来直去，直接向李玉璞催款；也有人含蓄而婉转地说自己公司最近经济紧张，希望李总赶紧将欠款给他们结了；还有人更加隐晦地打听曹氏集团的实际状况，然后再将话题转移到欠款上，说大家都不容易，希望李总尽快能给他们结账。李玉璞每天应付着这些催款电话，但是他除了跟客户说再等等以外，自己也不知道事到如今他还能怎么办，还有什么更好的办法可以渡过他眼前的危机。

几天以后，一则并不被人特别关注的新闻却引起了李玉璞的注意。确切地说，吸引李玉璞眼球的并不是这条新闻的标题，而是新闻里面附加的一张照片。照片上的人让李玉璞有一种似曾相识的感觉，可是一时想不起在哪里见过。当李玉璞将自己的注意力从这条新闻转移到他目前的经济危机时，却在恍惚之间又突然想了起来新闻里那照片中的人物到底是何许人也。他就是自己第一次和曹总见面时在那家私人会所见到的那位戴眼镜的神秘人士。当时熊廷厚还说，那人是专门给各大公司包装操作上市的。可是李玉璞眼前的新闻里却说，此人因为操纵股价而被证监会带走调查了。李玉璞心里琢磨着，这个人所操纵的股票，是不是曹氏集团的股票呢？曹氏集团的股价大涨是不是和他有关？那么后来曹氏股价的暴跌又和他有没有关系？现在曹氏的这个局面，这个人又起了什么作用？李玉璞渐渐感觉到，曹氏集团的这趟浑水，还真不是他这样的人可以涉足的，自己这么个无名小卒，怎么就误打误撞地搅和进来了呢？这一场腥风血雨，什么时候才能结束呢？他李玉璞在这一场腥风血雨里，命运的波澜又会如何起伏呢？面对眼前的这一则消息，李玉璞本就慌乱不安的心，更加心烦意乱、坐卧难安。

李玉璞在房间里来回转了几圈，再一次拿起手机看刚才的新闻。李玉璞从新闻里了解到，此人姓郑，从事金融工作多年。郑某正是利用自己的工作便利，与某家上市公司利用资金优势串通，通过一系列手段操纵股价达到他不正当获利的目的，例如挖空心思，炮制题材；内幕交易，暗箱操作；多开账户，逃避监管；空穴来风，虚假造势；控盘造作，虚拟价格等等。证监会已依法对郑某操纵股价案做出行政处罚。证监会决定，没收郑某的全部非法所得，并处以相应的罚款；相关人员和单位，也将会陆续接受证监会的问责调查。

李玉璞在看到这则消息的时候大脑已经混沌一片，他从未感到过自己的生存环境和大脑思维像今天这样的混乱。他不由得想起了在晚会结束当晚他做的那个匪夷所思的梦，那个看似绿草茵茵、花开荼蘼却让他感觉危险重重、身临绝境的梦。

李玉璞似乎明白了，今天面临的这一切，上天在很早以前就给过他暗示，自己无论如何命中都是有此一劫的。现如今，曹氏集团欠他们公司的尾款，看来是彻底泡汤了。而这笔尾款，在这一刻似乎也已经不重要了，更重要的是，自己和熊廷厚还有张玉环他们三个人，很可能还会被眼前的这起操纵股票价格、扰乱证券市场的经济案件所牵连。上述新闻中说，郑某和上市公司以串通联手、炮制题材、虚假造势为手段，达到哄抬股价的目的。那他们为曹氏集团所做的那台晚会，会不会被认定就是他们与曹氏集团串通，联手炮制出来的题材，目的是为曹氏集团虚假造势呢？会不会被认为他们也从中渔利，也是这场炮制题材、虚假造势的主谋，或者是这场操纵股价案的执行者呢？

如果是那样，他李玉璞可是跳进黄河也洗不清了。到时候，自己赔得倾家荡产不说，万一再惹上官司，那可就麻烦了。就算自己幸运，不会被惹上官司，那笔巨额尾款又该怎么解决呢？他可是没有偿还如此巨额债务的能力啊！这两条，不管哪一条摊到他头上，对他而言，那都是晴天霹雳、没顶之灾啊！

李玉璞拿起手机，拨通了熊廷厚的电话，可是手机里却传出"您拨叫的用户无法接通"的提示音。李玉璞反复拨打着熊廷厚的手机号码，但无论怎么拨打，得到的都是相同的提示音。

李玉璞有些慌了，面对这一意外情况，他不知该如何是好。为什么偏偏在这个时候，熊廷厚的手机就打不通了呢？他是有意在躲避什么，还是临时有事出境联系不上了呢？又或者是他已经被证监会或是什么其他司法部门带走，调查问责去了？那么，接下来会不会就该轮到自己了呢？李玉璞想到这里，更像热锅上的蚂蚁一般忐忑不安。

李玉璞实在无法安抚自己的心情，他拿起手机拨通了张玉环的电话。可是让李玉璞没想到的是，任凭手机里传出那已经接通的长鸣声怎样无可奈何地响着，却依然没人接听电话。李玉璞心里真的慌了，他想，真的坏了，也许张玉环也被带走调查了，那么接下来肯定就轮到他了。会不会这个时候，司法部门的车已经向他家的方向驶来？或许马上就要进入小区了，也说不准呢。李玉璞下意识地走到窗前，朝楼下望了望。还好，他没看到有任何司法部门的车辆在楼下，这让李玉璞的心稍微平静了一些。

李玉璞站在窗边，忐忑地向着楼下和小区大门的方向望去。就在这时，他的手机铃声忽然响起，这突如其来的铃声居然把李玉璞吓了一跳。当他看到来电显示上写着"张玉环"三个字时，李玉璞的心突突地狂跳着。他迅速点击手机屏幕接通了电话，在李玉璞听到张玉环那清冷的声音后，他那慌乱的心似乎找到了一个可以支撑的地方，瞬间放松了一些。

"李总，你刚才打我手机了吗？手机刚才放在隔壁房里间充电，没有听到。你有什么事吗？"张玉环清冷的声音回荡在李玉璞耳边。是的，自从张玉环因曹总住院而被打，还有在幼儿园和同学家长发生冲突被打以后，她在外人眼前一直都是这样清冷的状态。

"张总，你好！我刚才一直打熊总的手机，但是一直都打不通。你知不知道他在不在国内？有没有什么特别的事情发生？"李玉璞不知道该怎样把熊廷厚手机无法接通的事实和郑某因操纵股价被证监会处理，以及自己对事情的怀疑和揣测，有顺序、有逻辑地向张玉环依次讲出来。现在的他，只能是想到哪里就说到哪里。

"熊总的手机打不通吗？会不会是因为他手机暂时没电了，或者在什么信号不好的地方？他有什么事情发生吗？我一点儿也不知道啊。"张玉环显然没明白李玉璞的言外之意。

"张总，你听我说。我在网上看到一条消息，说郑某因操纵股价被证监会处理，并提起刑事诉讼。那个郑某就是咱们第一次和曹总见面时，在那个私人会所里见到的那个戴眼镜的人。据我推测，他操纵的股票也应该就是曹氏集团的股票。现在司法部门不仅在查他，也在查曹氏集团，而且还要查与曹氏集团相关的个人和团体。我刚才给熊廷厚打了好几个电话，但是一直都打不通。我不知道熊廷厚会不会也被调查了。如果他真的被调查了，那接下来也许就轮到你和我了。如果熊廷厚没被调查，也许他看形势不好，躲到国外去了。不管是哪种情况，对咱们来讲都非常不利。曹氏集团欠咱们的尾款看样子也肯定是泡汤了。熊廷厚也许怕承担责任，故意把手机停了，找个什么地方躲起来了。"李玉璞把心里的所有疑问都说了出来，说完以后，他深深地出了口气，就好像总算找到了倾诉的人一样，即使不能解决什么问题，但说出来总是比憋在心里要舒服一些。

"什么操纵股价案？那个郑某真的是咱们见过的吗？他操纵的股票真的是曹氏集团的股票吗？熊廷厚和这件事又有什么关系？咱们和这件事又有什么关系？你发给我那条新闻，我看看到底怎么回事。"张玉环被这一系列的事情弄得有点头晕。她不明白自己和李玉璞怎么会陷入如此混乱的局面，她希望这一切都只是李玉璞的胡思乱想、杞人忧天而已。

"好的，我马上把这条新闻发给你。我一会儿加你微信，你通过一下。"李玉璞挂了电话，马上添加张玉环的微信，张玉环也很快就通过了他的申请。

李玉璞把那条让他忐忑不安的新闻链接发给了张玉环，就开始在自己房间里来回踱步，他相信张玉环一定会和他的想法不谋而合。他们在不知不觉中，陷入了一场非常混乱而难以自拔的局面当中。

过了一会儿，李玉璞接到了张玉环的回电。张玉环在电话里首先确认，新闻里所说的那个郑某，的确就是他们在那家私人会所里见过的那个人，但是郑某操纵的股票，是不是曹氏集团的股票现在还不能确定。

另外，熊廷厚的手机也的确是打不通，她刚才也试过几次。张玉环和李玉璞商量，他们现在能做的，就是把他们当初和曹氏集团所签署的合同原件都保留好，万一司法部门调查，他们也能够证明，他们只是承接了曹氏集团的这个活动，并无其他的牵扯。这样也许能证明自己的清白。

第二天一到公司，李玉璞和张玉环又把昨天在电话里讨论的问题重新讨论了一遍。他们俩已经很久没有这样讨论过问题了，也很久没在一起说这么多话了。面对未知的未来和消失的熊廷厚，他们此时好像已经放下了之前的隔阂，可以平心静气地思考目前所面临的一切问题了。

李玉璞和张玉环又多次尝试着拨打熊廷厚的手机，但是情况和昨天一样，还是无法接通。他们决定，不管能不能找到熊廷厚，他们还是要把可以证明自己清白的资料都一一准备好，以备不时之需。

　　在统一了思想之后，李玉璞和张玉环便开始整理他们与曹氏集团所签署的合同。他们公司和曹氏集团只有两次合作，所签署的两份合同及来往账目也很简单，但是李玉璞和张玉环的面部表情却一点也不轻松。他们不敢简单对待这次的事情，虽然他们和眼前的事件没有关系，甚至是这次事件的受害方，但他们仍然害怕自己有口难辩，被无辜牵连。他们将整理好的材料装在文件袋里放好，就像等待宣判一样，等着有人来验证他们的清白。

　　李玉璞和张玉环刚把和曹氏集团有关的材料整理好，彼此沉默着坐在沙发上默默地喝着茶，舒缓着内心的矛盾与混乱的时候，有两个身穿检察官制服的人走进了他们的视野。李玉璞看着由远而近的一男一女两个人，大脑瞬间有些呆滞，在此之前所有的设想一下子涌进了他的脑海：郑某的操纵股价案，真的与曹氏集团有关；曹氏集团之前的股价飙涨真是人为操纵的结果；那么，曹氏集团的广泛宣传和主题晚会的宣传，果真是在炮制题材、虚假造势；还有，那郑某和曹氏集团联手制造出的曹氏那一飞冲天的妖股，不过就是为了创造出更大的经济利益而已。

　　李玉璞想象不到郑某在这次操作中获利多少，也不知道曹氏集团在这次释放出的烟雾弹中圈钱的数额又是多少；而他们这样的小公司、小人物，在这样的游戏中，不仅被当作炮灰，也许还要赔上身家性命。

　　李玉璞不禁仰天长叹，如此卑微的他，何其无辜，何其悲惨，又是何其冤枉？这所有的一切，到底是命运的捉弄，还是他李玉璞遇人不淑呢？

第三十三章　屡教不改"二进宫"

　　检察院的人对李玉璞和张玉环分别做了详细的询问和记录，也对不在现场的熊廷厚做了相关的调查。在结束了询问和笔录以后，他们拿着需要的所有材料，离开了公司。

　　李玉璞和张玉环虽然扪心自问自己没做亏心事，但这样的调查和询问，还是让他们感到了些许的压抑和沮丧。

　　即使一切书面材料都可以证明，李玉璞和张玉环的公司和曹氏集团仅仅是合作关系，而且曹氏集团还欠着李玉璞和张玉环他们公司的项目款未能结清，可是那又怎么样呢？最后法庭到底能不能还他们清白，他们自己还真的没有把握。哪怕最后法庭还了他们清白，那又怎么样？李玉璞公司现在已经欠下了巨额债务，这笔足以让他们倾家荡产的债务如果不能解决，他们面对的将依然是官司，接踵而来的，就是他们将会被索债人起诉。那么，以后的事情将会怎样发展，他们会不会面临牢狱之灾呢？

　　李玉璞使劲地晃了晃脑袋，他不敢想了，尤其是所有的合同都是他出面签的，他无论如何都摆脱不了这次的债务问题。现在公司的三个股东，张玉环还在，那个熊廷厚已经人间蒸发了。他现在该怎么办？那笔巨额债务他该怎样偿还？李玉璞一筹莫展，陷入了深深的沉默之中。

　　张玉环看到李玉璞沉默不语，轻轻地安慰他说："你放心，这次的事情因我而起，一切后果由我来承担。"

　　李玉璞抬起头来注视着张玉环，虽然他没说什么，却对张玉环此时的表现由衷地感激。即使他没想过让张玉环承担一切后果，但此时此刻，张玉环的如此态度，还是给了他很大的安慰。

　　李玉璞和张玉环彼此沉默着，不知眼前这一切问题该怎么解决。虽然张玉环向李玉璞表示，一切后果由她来承担，她会对这件事负责，但李玉璞哪能真的狠下心，眼睁睁地看着让张玉环"赴汤蹈火"？何况，张玉环还带着孩子，他怎么忍心让一个带着孩子的单身女人来承担一切责任呢？不说别的，就凭他是个男人，在这种时候他就不可能临阵脱逃、袖手旁观，让女人承担责任。况且张玉环已经被这件事牵连，也够倒霉的了，如果她再有什么意外，那她的孩子又该怎么办呢？

　　沉默良久，一阵急促的电话铃声，打破了周围的死寂。

李玉璞被铃声吓了一跳，他慢慢站起身来，以一种大义凛然的心情走到电话前，深呼吸了一口气，接起了电话。李玉璞觉得如今的局面已经坏得不能再坏了，事已至此，他已经没有什么不能面对和不敢面对的了。

李玉璞接通了电话以后，其中的内容还是让他大感意外。电话是北京市公安局朝阳分局打来的。分局警察首先向李玉璞落实，他们公司是不是有一个名叫熊廷厚的人，然后又说熊廷厚因嫖娼被抓，现在是警察替熊廷厚打这个电话，请李玉璞他们去人代交罚金，而熊廷厚本人则还要接受拘留15日的处罚。

熊廷厚在消失多日后以这样的一种方式意外出现，让李玉璞的内心有了些许难以名状的感觉。原来熊廷厚不是故意失踪，只是因为嫖娼被警察抓了。这一消息虽然不是什么好消息，但对于李玉璞来说，总比熊廷厚不告而别，人间蒸发，将公司所有的责任和债务，全都甩给他和张玉环更让他愿意接受。

李玉璞向张玉环交代了一下情况，便驱车来到了朝阳分局。到了分局才知道，原来这几天熊廷厚手机一直打不通，是因为他被拘留了。也因为熊廷厚有过一次被处罚的记录，属于屡教不改，所以对他的这次违法行为进行严惩。

其实李玉璞真心不想管熊廷厚的烂事儿，他现在这焦头烂额的局面完全都是拜熊廷厚所赐，如果不是他拉来曹氏集团这单生意，这所有的一切都不会发生。但李玉璞又不能不管熊廷厚，在他心里对熊廷厚还怀有一线希望，他希望这个老家伙能尽快出来和他一起解决公司的债务问题。不是说猫有猫道、鼠有鼠道吗？只要有办法解决公司当前的债务问题，他李玉璞才不管熊廷厚是猫还是鼠，或者是什么其他的飞禽走兽呢。

李玉璞来到朝阳分局，分局警察对他说，他要替熊廷厚交五千元罚款。可是，李玉璞身上根本就一毛钱也没有。没办法，李玉璞来到分局旁边的一个小卖部刷了信用卡，交了手续费以后，才拿出现金来替熊廷厚交了罚款。

熊廷厚面对来解救他的李玉璞千恩万谢，说现在公司的局面他很清楚，这一切也都只是暂时的。等过了这两天，他马上再去和曹氏集团的现任主管沟通这件事，一定不会让李玉璞独自面对如此困境的。况且，实在不行他还可以联系海外的家人，转一笔钱来，把公司的欠款先解决了。

李玉璞听着熊廷厚信誓旦旦的保证，不管他相不相信熊廷厚的话，不管熊廷厚的话是真是假，事到如今，他也只能是死马当成活马医，走一步看一步了。李玉璞看着眼前的熊廷厚，虽然略显疲惫，但并没见他那油光满面的脸蛋儿消瘦多少。李玉璞心里还真佩服熊廷厚这与生俱来的超强的抗打击能力。上一次被拘留他不仅没有吸取一点教训，这次又来了一个"二进宫"，如此强大的内心还真是不多见。

从公安局出来，李玉璞拨通了张玉环的手机，把熊廷厚的大致情况向张玉环转述了一下。虽然他也知道，张玉环对熊廷厚的这些恶习很是厌恶，其实自己也一样，很反感熊廷厚的这些坏毛病，但是现在的他们也只能暂时忍耐。这不仅因为熊廷厚是他们的合作伙伴，还牵扯到他们公司所欠下的那笔巨额债务。如果不是有这些因素，李玉璞才懒得来替熊廷厚交罚款呢。熊廷厚又不是朴正浩，他既没有这个义务，也没有这个责任来帮这老家伙。如果将来熊廷厚真的能将曹氏集团的欠款要回来，或者找一笔钱来解决公司的债务，那也不枉他到公安局跑这一趟。至于和熊廷厚以后的合作，也只能等着一切结束再做打算了。

好事不出门，坏事传千里。接下来的这段时间，是李玉璞有生以来过得最为忐忑不安的日子。因为这次晚会与他合作的公司都从不同的渠道了解到了一些曹氏集团现在的经营状况，也都知道李玉璞当初是为曹氏集团操作的那台晚会，被曹氏集团的事件牵扯在其中。如今这曹氏集团已是危如累卵，不管李玉璞最后结局如何，他们这些供应商的钱是无论如何也不能损失的。

所以，之前还羞羞答答向李玉璞要钱的公司和个人，现在已经明确表示，不管曹氏集团是否欠李玉璞公司的尾款，那都与他们没有关系，希望李玉璞尽快筹集钱款把欠他们的钱还清。

李玉璞也知道，那些人管他要钱本是理所应该，人家养家糊口也不容易。但是他们当初为了能跟自己合作，李总长、李总短的，点头哈腰说尽好话，可如今见形势不妙，就马上换了一副面孔，这些人翻脸真是比翻书还快。

李玉璞暗想，世上诸人，无不唯利是图、趋利避害。当你荣耀之时，锦上添花者数不胜数；可一旦你陷入危机，那些锦上添花者不仅不会雪中送炭，还落井下石。怪不得古人说："君子之交淡若水，小人之交甘若醴。君子淡以亲，小人甘以绝。彼无故以合者，则无故以离。"

李玉璞每天都不厌其烦地回复着无数的催款电话和微信，跟人家百般承诺，一定还钱。李玉璞觉得，他从来没有这样低声下气、委曲求全过。但事到如今他也只得放下自尊，卑躬屈膝地请人家宽限数日。

李玉璞一厢情愿地认为，也许等熊廷厚出来以后，他真的能有办法把曹氏集团的钱要回来呢。实在不行，熊廷厚还可以先把这笔钱还上，只要渡过眼前的危机，以后总会有转机的。猫有猫道，鼠有鼠道，说不定自己做不到的事情，熊廷厚也许就真的能做到。

李玉璞就这样安慰着自己，他不知道除了这样安慰自己外，还能有什么办法。李玉璞自己也知道，熊廷厚也许只是他想象中的一根救命稻草，可是即使是一根稻草，也总比没有的好。

数日后，李玉璞掐指一算，他的"救命稻草"应该重获自由，被释放出狱了。李玉璞拿起手机，想试试看能不能联系上他的这根救命稻草，但熊廷厚的手机却保持着他被拘留时一样的状态，依然是无法打通。

又过了一日，李玉璞又一次尝试着拨打熊廷厚的手机，却依然是无法打通。

李玉璞这时候的沮丧、慌张以及失落,一下子卷土重来且愈演愈烈。此时,李玉璞才深刻地意识到,那熊胖子不仅不是他的救命稻草,而且还是压倒他这只骆驼的最后一根稻草。

李玉璞赶紧将这一情况向张玉环说明。张玉环在诧异之余,情绪也不免有些紧张和失落。她拿起手机,试着拨打熊廷厚的手机,结果跟李玉璞说的一样,无法接通,真的是无法接通。

这一下李玉璞真的彻底绝望了,他那可怜的、最后的一线希望也在这一刻烟消云散了。他不知道该怎么办才好,他该怎样解决这眼前的困难?

李玉璞开车来到公司,空落落的公司里,只有张玉环一个人在等他。张玉环知道李玉璞最近一直忙于应付那些讨债的供应商,所以她和李明以及小许一直在公司坚守着。这样起码可以避免给外界造成他们所有人为了躲债,已全部人间蒸发、人去楼空的假象。

李玉璞和张玉环面对面,默默地坐着。他们彼此之间都已经预感到这次事情的严重性,这是他们从业以来,空前绝后的一场危机。李玉璞沉默良久,才缓缓地抬起头,注视着张玉环说:"张总,无论怎样,我都会把公司欠供应商的钱还清,你不必为这件事担心。只是公司现在这种情况,我建议还是暂时关闭算了。如果你还想继续经营,还是以你自己原来公司的名义经营好了。咱们和熊廷厚共同注册的这家公司,现在不仅被曹氏集团牵连,而且熊廷厚也是股东之一,这次的事情充分证明熊廷厚这个人并不可靠,也绝不能再跟他继续合作下去了。为了公司,也为了你和孩子,必须和熊廷厚终止一切合作关系。以后的事,我也没有什么打算,只能先把欠供应商的钱还了再说。只是李明跟了我这么长时间,他人也不错,如果可以,你就把他继续留用吧。"

张玉环听着李玉璞这近似"托孤"的话,不免心中泛起种种感伤。她点了点头,算是答应了李玉璞的建议。她没想到李玉璞在这个时候还在为了她和天天着想。这个平时看起来吊儿郎当的"没谱儿",却在她最脆弱的时候,给她最大的安慰。

张玉环注视着李玉璞说:"李总,公司的事情我就按你说的办。至于之前的债务,我不能让你一个人承担。当初是我介绍你认识熊廷厚的,也是因为我,你才会和熊廷厚合作;更是因为我,才让你面临如此局面。这一切的事情都与我有关,现在出了事,我不能置之不理。"

张玉环眼中闪烁着些许的泪花,她越说越激动:"这次的事情都是因我而起,包括曹总的病逝也和我有关,但是我和他真的没有任何关系,是他一直都对我纠缠不清。那天我只是推了他一把,谁知道他就那样晕倒了。"张玉环抽泣着,眼中的泪水像是永远都不会枯竭一般,一串接着一串地滑落。

张玉环压抑已久的情绪,在这一时刻终于被释放了出来。自从曹总因病住院开始,她就承受着世人对她的嘲讽、蔑视,甚至是屈辱,她无处可诉,也无人可诉。今天，她终于冲破了那紧紧包裹着她的让她几近窒息的枷锁，而释放出自己压抑已久的情绪。

就在这时，从公司大门的方向进来了一男一女两个人。张玉环看到来了外人，赶紧拭去了脸上的泪水。那一男一女进来以后分别和张玉环和李玉璞点头示意，然后向张玉环说明来意。原来他们是贷款公司的客服代表，问张玉环想要抵押的房子在什么位置、想抵押多少钱。张玉环回答他们说自己的房子在望京，是一套不到一百平方米的两居室，想抵押三百万元。

李玉璞听到这些，一下子愣在了那里。原来张玉环是想抵押自己的房子来还债，这怎么能行？抵押了房子她和孩子住哪儿？虽然这整件事都和张玉环脱不了干系，但是作为一个男人，他无论如何也不能眼看着一个女人带着孩子流离失所。

就在张玉环从自己的包里拿出房产证递给贷款公司工作人员的时候，李玉璞上前一把将张玉环的房产证抢了过去。他把张玉环的房产证重新塞到张玉环手里，诚恳地对她说："你把房子抵押了，万一将来还不上贷款，那人家可是要拍卖你房子的。到时候，你怎么办？天天怎么办？"

"整件事从头到尾都是因我而起，你现在也被我拖下了水，我必须承担后果。"张玉环看着李玉璞，眼中有难以掩饰的激动，她极力克制着自己的情绪说道。

"这件事不是你的错，你也不要自责。事到如今，我不能看着你和孩子身陷险境。即使要抵押房子，也该抵押我的。"李玉璞的手按在张玉环的双肩上，真诚地看着她说。然后，他又转过身去面对着那两个贷款公司的人，毅然决然地说："不能抵押她的房子，你们跟我走，我把房子押给你们。"

第三十四章　锦上添花与落井下石

　　李玉璞带着贷款公司的人回到自己的家里，将自己的房产证交到了贷款公司工作人员的手里，又和他们签了房产抵押协议。李玉璞和他们约好，第二天上午一起去公证处做房产抵押公证，这样他就可以得到相应的贷款了。

　　第二天一早，天阴沉沉的，厚重的云层将整个天空笼罩，给人一种寂静苍茫而又阴森恐怖的感觉。

　　李玉璞以前从来都不知道，原来公证处的业务是那样的繁忙。公证处的每一个工作人员都忙得不亦乐乎，他们面前堆积着厚厚的文件，前来办理公证的人排着队，一个接一个地办理着需要资金周转而抵押房产的手续。那些为了周转资金抵押房产的人，大部分都是像他这样被某一家贷款公司的人带过来的。李玉璞心想，现在这年月，看似大家的生活水准都在稳步提升，怎么还有这么多人抵押房产呢？房子！房子！有些人忙碌一生可能也买不起一套房子。可是，也许就在转瞬之间，失去自己赖以生活的房子。那些不得已抵押房产的人，现在心里是什么感觉呢？在这里，办理公证手续将要抵押房子的人，又有多少人能将自己的房子赎回来呢？

　　面对公证处人头攒动的火热场面，李玉璞意识到，在这个世界里，缺钱的人不止他一个，倒霉的人也不止他一个。需要以全部身家来换得暂时经济支持的人，更不止他一个。也许那些人比他还要倒霉，比他还要不幸呢。这样一想，李玉璞的心里似乎觉得不那么难受了。这就好像是大家一起倒霉，总比就他一个人倒霉更能让他接受。在这样的想法中，李玉璞似乎寻求到了些许的心理安慰，内心深处也仿佛得到了些许的释然。

　　就在李玉璞排队等候办理公证手续，大脑思维却在太虚神游的时候，一阵嘈杂声打扰了他毫无头绪的思想漫游。他回过神来，朝着那嘈杂声望去，只见不远处有一对男女好像在争执着什么。

　　"你别唠叨了！我也不愿意抵押房子，但是已经到了现在的这个地步，你说我该怎么办？"在李玉璞的不远处，站着一个四十几岁的男人，他一脸无奈地和身旁的女人不耐烦地说着。

　　那女人也是四十来岁的样子，满脸疲惫与愤怒地朝着那个男人大声说："谁让你把事情做到今天这一步，如果不是你一意孤行，我们不会有今天的下场。房子抵押了，我和孩子住哪里去？"

"房子抵押了我们还是可以住在里面的，抵押到期之前，只要我把贷款还上，房子照样还是我们的。"那男人向他身边的女人解释道。

"你能还上贷款吗？几百万元呢，如果你真有那个本事，也不会走到今天这一步。"那女人的脸上写满了焦虑与绝望。

"怎么就还不上了？这不过是暂时周转一下嘛，很快就会有办法了。"那男人固执地说道。

"你怎么还？你贷的这笔钱，每个月的利息就好几万元，你到哪里找钱还去？如果你有办法，就不会到处借钱了！如果你有办法，就不会抵押房子了！"那个女人越说越激动，眼中的泪水也不由自主地流淌了下来。

"我不是为了这个家好吗？我在外面辛辛苦苦地挣钱是为了什么？你以为我愿意这样？但是，既然已经这样了，我们也只能面对了。"那个男人虽然脸上有着些许的歉疚，但嘴上依然在狡辩着。

"你们为什么将我家的房子做公证，抵押给'小贷'公司了？我父母都七十多岁了，被那些小贷公司骗着来公证，你们连问都不问就给办手续。你们是不是串通一气的？"公证大厅的另一边，一个中年男人愤怒地说道。随之，很多人都把目光投向那个方向。

李玉璞也将目光转向那儿，只见公证处的工作人员在对那个刚刚怒喝的男人解释着什么。不外乎是说，那中年男人的父母是自愿来公证的，他们工作人员也是照章办事。他们没有权利，也没有义务，对前来公证的人做过多的询问。那位怒吼哥不肯罢休，依然在那里继续怒斥着说："骗子！全都是骗子！"

李玉璞看了看之前的那对夫妻，又看了看那位怒吼的哥们儿，不自觉地将他们的处境跟自己做了个比较，颇有一种同病相怜的感觉。除了自己还没有结婚以外，恐怕其他处境与那对夫妻都是比较相似的。在这一刻，他自己也不知道是不是该庆幸自己还没有结婚，还没有孩子。如果自己也有了老婆和孩子，他岂不是更加无法面对今天的局面？自己一个人无论怎么样吃苦受罪都无所谓，但是如果连老婆孩子连累得要一起流离失所，他恐怕要更加内疚和自责了。难道这才是他面对婚姻的围城，迟迟不肯下决心迈入的原因吗？他害怕连累别人，或者说他害怕承担责任。在他李玉璞那玩世不恭、我行我素的心里，根本就是极度缺乏安全感，缺乏信任与自信的。他缺乏对危机的掌控能力，也缺乏对他人甚至是对自己的信任，还缺乏那种面对命运的重重挑战和突发危机时应对自如的能力。

这一发现把李玉璞吓坏了，他发现了自己这么多年，游走于事业、感情与婚姻的边缘，却迟迟不肯心甘情愿地被事业、感情和婚姻束缚的症结所在了。人人都说他吊儿郎当，都说他没谱儿，谁知道在他内心深处是那样的脆弱与恐惧。看似吊儿郎当、没谱儿的他，其实是惧怕失败，以此来隐藏自己面对责任不敢担当，随时准备着撤退逃跑的真实心态。甚至，他也一直将自己的这一劣根性深深埋葬，不敢正视，也不敢想起。

当李玉璞在抵押协议的公证书上签上了自己的名字，并且交出房产证的那一瞬间，心里一下子变得空落落的。这房子是他在北京奋斗十几年才得到的，虽然还有贷款，但却是他全部的身家。这房子不仅仅是一个可以为他挡风遮雨的所在，更是他落寞时抚慰自己内心的所在；这房子不仅是他在北京安身立命的根本，也是他向家中父母证明自己起码可以满足自己温饱的事实要件，也是他向其他同仁、同学、朋友、合作伙伴证明自己的价值所在。事到如今，这房子不知道还能不能保住，从此以后，他李玉璞的未来，又该在命运的汪洋中何去何从呢？

虽然李玉璞不知道自己将何去何从，但是他眼下必须要做的，就是要把与他合作的那些供应商的欠款尽快偿还。所以，他今天无论是背水一战也好，丧权辱国也罢，房子必须抵押给贷款公司，他才能获得必要的周转资金。

李玉璞等了两天，贷款公司的钱才打到他的账户上。李玉璞看着自己账户里钱款的数额，心里却在盘算着，在今后的几个月里，他除了要在每月的规定日期内，还上贷款公司超出银行高得多的贷款利息外，还要在规定时间内筹集到足够的钱，赎回自己的房子；否则，贷款公司将会拍卖掉自己的房子，到那时候他就真的倾家荡产了。

李玉璞在拿到抵押款以后，第一时间就按照账单把公司所欠各个公司及个人的欠款，通过网上银行一一打到对方的账户上。然后李玉璞建了一个微信群，将那些他欠钱的公司负责人都拉到了这个微信群里。

李玉璞在微信群里说，自己欠大家的钱拖得时间久了一点，实在对不起大家。他向大家表示过歉意后又通知大家，已经将所欠款项都一一打到了相应的账户上，请大家注意查收。

这时候，所有收到欠款的供应商迅速去核对了一下自己的账目。看到李玉璞果然将他们心心念念的项目款偿还了，他们的心里都在暗自庆幸。此时，他们已经不再是之前那副催款时的面孔了。他们中有人亲亲热热地对李玉璞说，本来也不用着急的，没想到李总这么快就给结账了；也有人说，李总真是言而有信、言出必行，还希望以后能有机会和李总多多合作；还有人说，感谢李总这些年来的关照，并祝福李玉璞财运亨通、事事如意。

就在这时候，也不知道是谁，还首先给李玉璞发了一个红包，红包上还写着"大吉大利、财源广进"。没想到的是，有了这第一个红包，其他人也跟着接二连三地给李玉璞发起了红包。

一时间，这个之前还如"杨白劳"与"黄世仁"般水火难容的他们，瞬间却变得你侬我侬、一团和气了。而且众多的"黄世仁"还接二连三地给"杨白劳"发起了红包，这种场面还真是难得一见呢。

李玉璞一个红包也没有要,他觉得此时的场面对他来讲简直就是莫大的讽刺。以前都是他在微信群里给别人发红包,而且每次发完红包,当别人对他五体投地地叩拜感谢时,那种君临天下、唯我独尊的感受让他特别满足、特别享受。李玉璞虽然知道那种满足和享受的感觉是虚幻的、短暂的,但那种感觉却让李玉璞的心里非常舒服。如今这番场景,李玉璞很不习惯,他觉得别人给他的不是红包,而是施舍和怜悯。而且还是在他给别人结了账以后,别人给予他的施舍和怜悯。如果是他真的没钱给那些人结账,那些人又该是什么态度、什么嘴脸呢?

李玉璞再三感谢大家的好意。他意味深长地跟大家说:"天高地远,大家来日方长。"然后李玉璞就关上了手机。他觉得累了,也不愿意再看群里那些人自以为完美的表演了。

李玉璞知道,其实那些人也没有什么错,如果他真的不能偿还欠他们的钱,他们依然还是那副"黄世仁"的嘴脸。但是他们看李玉璞将所有的欠款全部还清,就又想和他缓和关系,希望以后彼此间还能有机会继续合作。毕竟像他这样从不拖欠供应商钱的客户,在行业内算是相当不错的了。何况自己又从不会过分压榨供应商的利润,所以那些人也并不愿意得罪他。所谓"天下熙熙皆为利来,天下攘攘皆为利往",趋利避害,这才是人生不变的真理。

当李玉璞看到自己账户里那高达七位数的巨额资金,被自己转瞬之间就挥霍一空时,心中像是打翻了五味瓶一般,酸、甜、苦、辣、咸,一下子全都搅和在了一起。此时的他,真的说不清自己心里是什么滋味。

第三十五章　往昔的早晚安　今日的黑名单

　　李玉璞心里真的是懊恼极了，也失落极了，他不知道自己为什么会落到如此地步，为什么一切倒霉事都被他赶上了。他李玉璞年过而立，家未成、业未立，打拼多年的积淀也被他就这样，在转瞬之间败落得荡然无存。如今的他一败涂地，将来又该怎样回家见自己的乡亲父老呢？

　　李玉璞在心中数落着自己，他心想，难道自己就真的是大家口中所讲的没谱儿吗？当初他为什么挺身而出，替张玉环解围，而抵押了自己的房子呢？他为什么不可以像熊廷厚那无耻小人一样，选择人间蒸发，一走了之呢？本来这一切也不是他的错呀，如果没有张玉环介绍，他就不会认识熊廷厚；如果没认识熊廷厚或者说不是因为张玉环的原因，他可能也不会和熊廷厚合作，那么他就不会接曹氏集团这单生意；不接曹氏集团这单生意，就不会发生后面这一系列倒霉透顶的连锁反应。

　　李玉璞已经很多年没有这样郁闷过了。本来那个够吃够喝、小富即安的李玉璞，那个一个人吃饱了全家不饿的李玉璞，很是无忧无虑、逍遥自在的。没想到，转瞬之间，就从逍遥自在的自我满足中沦落到如今这个可悲的下场。

　　李玉璞不禁仰天长叹，谁说三十年河东、三十年河西。他李玉璞不过在半年之间，就已经是河东河西，饱尝盛衰无常、枯荣莫测了。

　　李玉璞驱车返回自己那个暂时的家，在小区旁边的餐厅里打包了几个菜，又拿出家中的藏酒，开始自斟自饮、借酒浇愁了起来。他想将自己灌一个酩酊大醉，那样他就不会再为眼前的这些俗事烦恼了。可没想到的是，一瓶酒下肚，他不但没有丝毫的醉意，反而头脑越发清晰起来。李玉璞心中暗想，自己简直倒霉到家了，就连求醉这点小小的奢望，老天爷都不能满足他，非要他无比清醒、无比痛心地接受这一败涂地的现实不可。

　　李玉璞一夜未眠，他无比清醒地面对着如今自己这惨不忍睹的下场。他不知道，对他来说，明天意味着什么？未来又意味着什么？

　　一夜未眠的李玉璞，虽然饱尝着失败和失眠的双重打击，但他却想明白一件事。那就是，如今这所有的一切结果，也许都是他命该如此，根本就与张玉环无关。即使他当初不认识什么熊廷厚，也许还会认识什么熊真厚、熊假厚、熊特厚、熊肥厚，那样的话，如今的结局还是照样会上演。当初自己也感觉熊廷厚此人并不可靠，但还是选择了与他合作。这一切的一切，也许不是自己受了张玉环的影响，而是自己的选择影响了张玉环，也未可知。

李玉璞认为今天的一切结果都与外界无关，都怪他自己没有约束好自己那颗追逐欲望的心，才导致了"悲剧"的发生，是自己那"两害相权取其轻，两利相权取其重"的心理在作祟。但是，谁又不贪图利益、贪图成就呢？利益、成就，不就是个人在这个社会上被认可的主要因素吗？一个穷困潦倒的人终将被社会抛弃、遗忘。他李玉璞贪图成就和利益又有什么错呢？只不过，成功和失败就像一对孪生兄弟，在很多时候没有人可以分辨得清出现在自己眼前的到底是哪一个罢了。是自己倒霉，没能分清成功与失败这一对孪生兄弟，或者说是成功和失败这一对孪生兄弟，跟自己开了一个让人鄙夷的玩笑而已。

这次的事情，反而是张玉环的表现让李玉璞刮目相看。他没想到张玉环一声不响，就约了贷款公司要抵押自己的房子，来偿还公司的债务。所有和供应商签合同的人都是他李玉璞，公司的法人也是他李玉璞，张玉环完全可以装聋作哑、置身事外的。可她不仅没有置身事外，反而说这一切都是由她引起的，还要主动承担责任。这跟以前那个精打细算、钻营算计的张玉环简直判若两人，这也是他李玉璞完全没想到的。

有道是："以利相交，利尽则散；以势相交，势败则倾；以权相交，权失则弃；以情相交，情断则伤；唯以心相交，方能成其久远。"这个道理，直到今天他自己才有了深切的感悟。

想到此，李玉璞的心里似乎舒坦了一些。他不再为了自己之前还自认为愚蠢的行为而懊恼了，反而觉得自己如果没有挺身而出承担所有责任，反倒有悖于天理，有悖于他一个男子汉大丈夫的名誉与责任了。不然，他还会一直被自己的懦弱和不敢担当的劣根性所把持控制。这一次，李玉璞似乎是在钱财散尽之时，却得到了他人生中最醍醐灌顶的了然。也许他从此不用再伪装自己了，也不用再逃避了，无论好坏，他都可以坦然接受了。

在接下来的一段时间里，李玉璞每天睡觉前和第二天早上醒来的第一时间所思考的第一个问题就是，这个月向贷款公司所付的利息要怎样偿还。抵押房子借来的钱，他已经全部还给供应商了，可是这笔贷款每个月光是利息就要好几万元钱，以他现在的这个情况，每个月又该到哪里去找这几万元钱呢？他又该拿什么去偿还贷款公司那高额的利息呢？

李玉璞每次看着贷款公司发来的催缴利息的短信，都恨不得把手机给砸了。虽然他一再告诉自己要坦然面对如今的局面，但还是被那催讨还款的短信所激怒，一股无名之火，还是不由自主地在他心中燃烧。

李玉璞觉得，这些贷款公司简直就像吸血的寄生虫一样，乘人之危、趁火打劫。可悲的是，他却自觉自愿地将自己的心血作为食物，奉献给贷款公司。他刚刚逃离了一队"黄世仁"的逼迫，又落入了另一个更厉害的"黄世仁"的魔掌。还有现在的这些贷款公司，这些 21 世纪的"黄世仁"的手段丝毫不比旧社会的"黄世仁"差，反而是有过之而无不及。其不仅手段更加多样化，也更加合法化，一切的操作都让你"哑巴吃黄连，有苦说不出"。就拿这贷款利率来说，贷款公司的利率，要比银行的贷款利率高出两三倍。国家规定民间借贷的利率上限是月息 2%，超出这个范围也就超出了法律的保护范围。可是就拿这月息 2% 的利率来算，李玉璞贷款三百万元，贷款公司就合理合法地每个月在他这里拿走六万元的利息。如果不能按时付息，那么所欠部分利息还会累计，这真的是让借款人打掉牙往肚子里咽。而且，贷款公司还是在法律保护的范畴内行事，这让那些急于用钱又得不到银行贷款的人，根本就无从选择，心甘情愿地走上了一条不堪重负的不归路。什么叫"愿者上钩"？李玉璞就是。

李玉璞回想着自己那天在转瞬之间就"挥霍"掉几百万元的场景，回想着那些收到钱的人在微信里对他谢恩叩拜的场景，如今再一次地回味那感觉，怎么都觉得有点像"最后的疯狂"。

李玉璞面对每个月需要支付的利息，不知该何去何从。一筹莫展的他，本来也想继续接一些以前经常承接的简单业务，例如那些喷绘的活儿或户外广告什么的活儿，又简单，回钱又快。可是不知什么原因，之前与他合作过的公司都犹抱琵琶半遮面地说，这些业务都已经签了新的合作伙伴，所以暂时没有什么可以和李总合作的项目。

李玉璞也想，是否可以向这些年一直合作的商业伙伴筹措一些资金，即使是拆东墙补西墙，他现在也不得不试一试了。可让他没想到的是，那些人的手机永远是无法接通的。李玉璞一看手机打不通，就想发微信先沟通一下，看看能不能有什么办法借点钱回来，先把贷款公司的利息还了。可让李玉璞没想到的是，那些以前还和他谈笑风生的家伙，居然在微信里把他给拉黑了。这还真是"昔日的早晚安，今朝的黑名单。昨日的座上客，如今的阶下囚"。

李玉璞在心里把那些势利眼的家伙狠狠地骂了个痛快，骂这些奸商的唯利是图和见风使舵。这些人就在前不久还与他称兄道弟，可是刚刚看到他李玉璞倒霉，就躲得踪迹全无，连一点点虚伪的怜悯都懒得再继续伪装了，他们还真是势利得够爽快、够彻底、够坦荡。

还有几次，李玉璞闲得无聊，随便翻看着那些他已经很长时间都不曾露过面的微信群。没想到这一无意之举，却让他看到了一个更恐怖的场景，那个唯恐天下不乱的钱多多，和另外几个人正在肆无忌惮地议论着他的花边新闻。

李玉璞看到钱多多发出的微信说："那个李玉璞一直以来不仅是我行我素、自以为是，还朝三暮四、拈花惹草。这么多年，他跟那个张玉环不清不楚的，如今也算是因果轮回，遭报应了。"

另一个微信名为"桃色"的人，发言说："张玉环和曹氏集团的那个曹总的关系是众所周知的，他李玉璞这回也算是赔了夫人又折兵了。"

钱多多又接着说："李玉璞如今也已经倾家荡产了，据说他已经把房子都抵押了，还欠了一屁股债。而且，有关部门已经在调查他和张玉环，说他们和一起经济案件有关。也许不久之后，他们便会有牢狱之灾呢。"

微信群里面的其他人看着这二人的聊天记录，不禁都争先恐后地问道："是吗？是真的吗？李玉璞和张玉环真的有那种关系吗？那张玉环和曹总又是怎么回事？不会是张玉环脚踏两只船吧？他们不会真的惹上什么官司了吧？会不会真的坐牢呀？"

钱多多接着说道："那个张玉环，不仅是害得曹总一命呜呼，也害得李玉璞人财两空，还真是红颜祸水。"

更有人猜测着问道："张玉环的那个儿子，是不是她和李玉璞生的？那孩子要不是李玉璞的，这么多年来，李玉璞为什么要明里暗里地那么照顾张玉环？这不是明摆着在替张玉环养儿子吗！前段时间，还有人看到李玉璞去幼儿园接张玉环的儿子呢，看来他们的关系非同一般。"

钱多多回答说："那谁知道呢？男人嘛，无利不起早。我就不相信，他李玉璞和张玉环一点关系都没有。没看见他俩到哪里都是出双入对的吗？只是李玉璞没想到，张玉环嫌贫爱富，认识曹总以后，就把他抛到脑后了。也怪张玉环没那个命，曹总和她在一起没几天，就一命呜呼了。"

有人附和着说："也是，看来呀，这张玉环也好、李玉璞也罢，都不是省油的灯。离这种人还是远点好，别招自己一身晦气。"

钱多多接着说："没错，还是那句话，'出来混早晚要还的'。"

李玉璞看着手机，面对着微信群里这诸多的无中生有、飞短流长，简直快被气炸了。可是事到如今，他连申辩的心情和吵架的力气都没有了。他真想在微信里把这个无事生非、兴风作浪的钱多多臭骂一顿，但是那又能怎么样呢？他能堵得住众人的悠悠之口吗？不但堵不住，别人还会说他是被别人说中要害，所以才是这副恼羞成怒的样子。而那些不知真相的人，更会认为他是做贼心虚，才会跟女人一般见识。

李玉璞把手机狠狠地摔在沙发上，愤怒地吼道："混蛋！全是混蛋！"

第三十六章　苦恼人的笑

　　李玉璞百般郁闷和颓丧。从此，他关掉了微信，不再出现在"朋友圈"里，不再出现在那混乱不堪的微信江湖之中，也不在那微信江湖中留下任何蛛丝马迹。

　　李玉璞在极度的无聊与失落中到超市去购买了一些生活必需品，可在结账的时候他才发现，自己的钱包里早已空空如也。他拿出信用卡支付了账单，回到家里以后，经过简单的处理就把饭菜都端上了桌，又把刚刚买回的二锅头打开，准备一醉解千愁。

　　李玉璞在往酒杯里倒酒的同时，突然想到他已经很久没有见到朴正浩了。上一次他去找朴正浩时，正好遇到钱多多从朴正浩家里出来，所以他当时根本就没进朴正浩的家门，就转身打道回府了。这段时间又经历了这一系列的巨变，让他根本就无暇顾及和朴正浩谈天说地。可是朴正浩这小子居然也没来找他，这还真让李玉璞觉得挺奇怪的。

　　李玉璞顺着楼梯来到了朴正浩的家门口，抬手敲了几下朴正浩家的房门。就在朴正浩打开房门的一瞬间，李玉璞感觉到朴正浩的状态与往常很不一样。

　　"你这是怎么了？是不是病了？要不要我陪你去医院看看？"李玉璞看着面前那个头发蓬乱、一脸颓丧的朴正浩问道。他随着沉默不语的朴正浩一起走进房间，看到朴正浩的家里凌乱不堪。

　　"你这是怎么了？有什么事，你和我说说。"李玉璞再一次关切地问道。

　　"没事，我挺好的，我现在终于又跟你一样，'胜利光复'了。我和唐琪离婚了。"朴正浩顺手将沙发上放着的衣物拿开，给李玉璞腾出一个坐的地方。他努力地在情绪低迷、萎靡不振的脸上挤出来一丝尴尬的笑容，尽量在李玉璞面前装出一副无所谓的样子，但他脸上那黯然的神情却怎么也隐藏不住。

　　"为什么？你们为什么离婚了？唐琪提出来的，还是你提出来的？"李玉璞无比好奇地看着朴正浩。

　　"唐琪提出来的，她上次回北京正好撞见我和别的女人在一起，所以，就这样了。"朴正浩把手里的衣服扔到一旁，一脸默然，无奈地耸了一下肩说。

　　"我家里准备了酒和菜，你到我家去，咱们慢慢聊。"李玉璞说着，一手拉着朴正浩，一手拿起朴正浩放在茶几上的房门钥匙，并在出门时帮朴正浩关好房门，回到了自己的家里。

第三十六章 苦恼人的笑

　　李玉璞和朴正浩两个人面对面坐着，朴正浩举起酒杯向李玉璞示意了一下，两个人什么也没说，默契地共同举起酒杯一饮而尽。李玉璞再一次将朴正浩和自己的酒杯斟满，接着就是第二杯，然后又是第三杯。他们就这样沉默着，一杯接一杯地一饮而尽。当朴正浩连干了几杯，再一次把酒杯注满，正要举起酒杯一饮而尽的时候，李玉璞伸手拦下了他。

　　"正浩、正浩！你先别喝了，到底出什么事了，你跟我说说。"李玉璞很是纳闷，朴正浩这到底是为了什么？朴正浩无论是有多糟心、多倒霉，还能比他更糟心、更倒霉吗？像他这样承受着无妄之灾、飞来横祸的，也没有把"倒霉"两个字刻在脸上，朴正浩还能遇到比他的遭遇更让人难以接受的事吗？

　　"'没谱儿'，我跟你说，我和唐琪离婚了。不仅是离婚了，而且唐琪在上星期又结婚了。你说这么多年我算什么？这么多年来，我可能早就被戴上绿帽子了。可是我却一直被蒙在鼓里，你说可笑不可笑？"朴正浩喃喃地说着，一抬手，又把手中的酒杯送到嘴边，一抬头喝了下去。

　　李玉璞看着朴正浩，已经握着酒杯的手臂停在了半空中。他不明白，外表看上去温婉贤惠的唐琪，怎么会就这样突然和朴正浩离婚了呢？虽然朴正浩和唐琪分居两地，但是他们的感情一直还不错呀。连他们这样的感情都能说离就离，他李玉璞就更不敢跨入"围城"的大门了。而且，唐琪这婚不仅是离得迅速，她还再一次迅速结婚，这闪离又闪婚的速度，还真让李玉璞刮目相看。

　　沉默片刻，李玉璞似乎不敢相信朴正浩之前说的话一般，再一次问道："怎么会？你和唐琪离婚的事是怎么发生的？是不是你和钱多多或者郝姗姗的事被唐琪发现了？还有，唐琪怎么会这么快就又结婚了？这速度也太快、太夸张了吧？"李玉璞一口气把自己所有的疑问都问了出来，他静静地看着朴正浩，等待着朴正浩的回答。

　　"你怎么知道我和钱多多的事儿？谁和你说的，是唐琪，还是钱多多？"朴正浩疑惑地看着李玉璞问。

　　"前段时间我去找过你，正好看到钱多多从你家出来，我在楼梯间看到她的，她没看到我。后来我就又回家来了，没去找你。本来，我想找个合适的机会和你好好聊一聊，钱多多那样的女人不是省油的灯，你还是离她远点为好。没想到我最近倒霉事儿一件接着一件，直到今天才腾出工夫来。你跟我说说，你到底是怎么回事？"李玉璞说完，吃了一口菜，两只眼睛瞪着朴正浩。

　　朴正浩听李玉璞说完，沉默良久，长吁一口气，才将他这段时间发生的事情，缓缓向李玉璞说出来。

　　原来，就在一个月前，唐琪在返回北京的时候，发现了朴正浩和钱多多的微信聊天记录，其中既有文字，也有语音，还有照片。用不着多问，其内容就完全可以证明朴正浩和钱多多的关系。唐琪也没有对朴正浩有过多指责，只要求离婚了事。不管朴正浩怎么道歉认错，唐琪就是说什么也不肯原谅，坚持要离婚。就这样，他们很快就办好了离婚手续。没想到他们刚刚离婚两个星期，唐琪就在上海又结婚了。

朴正浩是无意间看到唐琪公司的一个女同事发到朋友圈里的消息，才得知了唐琪要结婚的事情。唐琪的那个女同事因为要给唐琪做伴娘，所以提前发了她和唐琪试装的照片。朴正浩在朋友圈里看到唐琪即将再婚的那则消息后，怎么也不敢相信眼前的这一切都是真的。他在婚礼的当天买了飞上海的机票飞了趟上海，按照唐琪那女同事微信上的地址，赶到了婚礼现场。可是摆在朴正浩面前的，却是真真切切的一场隆重的婚礼。唐琪正穿着美丽的婚纱，一脸幸福地看着她的新郎，一个身材臃肿、满面油光的油腻男人。婚礼的司仪是一位中年男人，他幽默风趣，又慷慨激昂地念着主持词。

上海市光棍儿协会文件
关于《开除吴欢同志会员资格决定》的通告

各光协分会及直属特派员办事处：

现将开除吴欢会员的决定发给你处，请迅速组织全体会员全面贯彻学习。

吴欢，男，籍贯上海，汉族，上海市光棍儿协会原会员，并任职××公司副总经理。吴欢在我会期间生活节俭，任劳任怨，作风严谨，守身如玉。自吴欢先生与唐琪小姐相识、相知、相恋以后，两人心心相印，情投意合，至今已三年有余。致使吴欢先生中断了作为一名"光协"会员的日常生活、工作和学习，远离了朝夕相处的亲密会友。协会领导多次规劝但效果甚微，吴欢先生反而与唐琪的恋爱愈演愈热，毫无悔改之意。

今得知吴欢先生和唐琪小姐喜结良缘，经协会第四次常委会议研究决定，即日起取消吴欢同志光棍儿资格，并撤销其会内一切职务，永不录用！

望你部所属会员认真学习，提高自身综合素质，达到尽快"脱光"的目标。在此，我们再次重申，协会的原则是，以"光协"的会员越来越少为荣，以赖在本会长期不走为耻。本协会号召所有会员以吴欢为榜样，在今天速度至上的大好形势下，尽快"脱光"，以达到由单至双、历恋至婚的目的，并尽快到"光协"办理相关退会手续。

在此，我们衷心地祝福吴欢先生、唐琪小姐，从此，无爱不欢！

我们特别重申："光棍儿"，我们是认真的！"脱光"，我们也是认真的！

看着眼前热闹非凡的场面，朴正浩呆呆地愣在了原地，到这个时候他才相信，眼前的一切都是真的。原来，唐琪在上海也早就有了情人，唐琪也早就在寻找机会和他分道扬镳。说不定,唐琪上一次回北京就是要和他摊牌的,结果自己却善解人意地给了唐琪一个绝好的机会。

朴正浩默默地离开了婚礼现场,在这个时候,他没有上前质问唐琪的勇气,更没有质问唐琪的底气。他来到黄浦江边,面对着滔滔江水,像个疯子一样放声大笑。他笑自己,自认为自由洒脱,却不过是自食其果;自认为一切尽在掌握,却不过是自欺欺人。

回到北京,朴正浩就把自己的房子挂到中介公司出售。他当初和唐琪离婚的时候,离婚协议上写着他们共同居住的房屋,由二人共同所有。所以,卖房所得的钱款由朴正浩和唐琪二人平均分配。他们的房子本身就有贷款,所以最后也剩不下多少钱,唐琪拿走一半以后,就剩不下多少了,他这也是一夜回到解放前了。

听着朴正浩讲完这段时间的经历,李玉璞沉默良久,不由得摇了摇头,叹了一口气说:"不是我不明白,这世界变化快。"

然后,李玉璞也向朴正浩缓缓地讲述了自己这段时间发生的事情。

他们二人相互交流着生活对自己的历练和考验,同时也在质问老天爷,这是"天将降大任于斯人",还是他们为自己的放浪形骸所付出的代价?

但李玉璞和朴正浩都认为,不管怎样,他们二人这也算是有福同享、有难同当了。他们是一对命运相同且彼此影响的难兄难弟,在近乎相同的时间内,面临近乎相同的经济危机;在近乎相同的时间内,同时面对倾家荡产的窘境。如此相似的遭遇,还真是无巧不成书。

就在这时,李玉璞的手机响了起来,他拿起手机一看,是张玉环打来的。他不知道张玉环这个时候给他打电话会有什么事情。他迟疑了一下就接通了张玉环的电话。

"玉璞,我怎么到处都找不到咱们的营业执照和公章。公司和家里我都找遍了,就是没有,你说该怎么办呀?"张玉环在电话那头急切地说着。

李玉璞听到张玉环向他汇报的这一情况也是诧异不已,营业执照和公章一直都由张玉环保管着,怎么会找不到了呢?他再三让张玉环确认,会不会是她把营业执照和公章放到了其他地方给忘了。张玉环一再说她到处都找过了,但就是找不到。

李玉璞在电话里告诉张玉环,如果实在找不到营业执照和公章,就到相关部门先挂失,然后再注销掉这家公司。因为公司法人写的是李玉璞,如果需要他做什么,可以随时通知他过去办理相关手续。

李玉璞放下电话,耳边还环绕着刚才张玉环叫的那一声"玉璞"。在李玉璞的记忆里,张玉环好像从来都没有这样称呼过他,不知道今天这是为了什么,张玉环居然这样亲切而自然地称呼他"玉璞"。李玉璞那久违的笑意在脸上绽放开来,自己摇了摇头,重新端起酒杯,轻抿了一口。

朴正浩看到李玉璞一个人傻乐，不由也露出一丝苦笑问道："'没谱儿'，谁给你打来的电话？是那'杨玉环'吗？看你那高兴样儿，你肯定是喜欢那'杨玉环'的。这要是换作别人，早就把她金屋藏娇、收入囊中了，只有你这个呆子，迟迟不肯下手。"

"你胡说什么呢？我俩之间的关系是非常纯洁的，你不要胡说八道。你以为我跟你一样'嫖正好'啊！"李玉璞故意气哼哼地说。

"对，你们纯洁，你们是最纯洁的男女关系，行了吧？就我是花花大少、采花大盗好吗？你喜欢人家就喜欢呗，干吗不敢承认？又不是少男少女了，难道还害怕被人家拒绝，你是害怕失恋吗？要真是失恋了也没关系，人家'失恋33天'都能拍一部电影，你也拍一部，没准还能一举成名天下知，拿个奥斯卡奖什么的呢。到时候，你也像那些明星似的，在红毯上亮个相，回国后马上就人气飙升，出场费暴涨。到时候，你也不用开什么公司了，做个直播，分分钟就能搞定你借的那点高利贷。你可抓紧时间啊，咱们可眼看着就四十不惑了，你再这样缩手缩脚的，这辈子可就这样过去了。"朴正浩看着李玉璞，脸上写满了"圈套"，又举起酒杯喝了一大口酒。

"你这家伙，还能不能正经点？人家年轻人失恋了拍一部电影，我这年近不惑的失恋，怎么也得拍一部超长篇幅的电视连续剧才能容纳得下。你少为我操心吧，你自己的事还不够烦吗？"李玉璞觉得这个朴正浩都如此落魄了，还一点正形都没有，这没心没肺的程度还真不是一般人能比的。

朴正浩听李玉璞说他自己的失恋故事可以拍一部电视连续剧了，刚喝到嘴里的酒"噗"的一口喷了出来，那样大手笔的漫天飞花，无论是他们面前的酒菜还是李玉璞本人，都没能幸免。朴正浩乐得前仰后合、哈哈大笑。他觉得，"没谱儿"就是"没谱儿"，也只有"没谱儿"才与他的胸怀和思维，能如此地棋逢对手、将遇良才。

他们就那样肆无忌惮地笑着，笑自己的渺小，笑自己的脆弱，笑自己的懵懂，笑自己的清高，也笑自己的倒霉。李玉璞和朴正浩，从来都是以我行我素、玩世不恭来隐藏自己的努力和挣扎；以嬉皮笑脸、嬉笑怒骂来掩盖生活的艰难和痛楚。在这一刻，他们也只有用无奈的狂笑，才能掩饰他们心中无比的失意和落寞。

李玉璞和朴正浩虽然满心的落寞和失意，却依然不改他们"今朝有酒今朝醉，明日愁来明日愁"的一贯作风，哪怕他们明天面对的将是一无所有的现实。

李玉璞和朴正浩这对难兄难弟彼此感慨着生活的艰难，感慨着事业的颓丧，感慨着情感的失落和人情世故的冷暖。事到如今，他们已经不在乎什么叫萎靡不振、意志消沉了，又有谁遇到这样的坎坷，还能无忧无虑、心情舒畅呢？虽然他们看过太多的那些所谓的心灵鸡汤，也知道这个世界上有很多人七老八十还在为了事业奋斗，也有一部分人在自己的生命接近尾声时才获得了成功。但是，那些人不过是凤毛麟角、寥寥无几。更多的则是一直在生活和工作中竭尽全力地奋斗，却在不经意间被生活、被命运捉弄而抱憾终生。他们不是什么幸运儿，也不敢奢望命运的垂青，处境在转眼之间残酷地坠落，就已经是最好的明证了。

他们盼望已久的一场宿醉如约而至，虽然这一场宿醉不能让他们明天的日子更好过些，却可以让他们今晚因失意而引发的失眠烟消云散。是的，此刻的他们需要的不是清醒，恰恰是这样一场宿醉，哪怕是为此付出失神、失容、失态的代价。但是那又怕什么呢？这个时候已经没人记得起他们，也没人能看得到他们了。

他们此刻也没有什么可怕的了。

第三十七章　胖子的逆袭

又是一个艳阳高照的日子，在这初夏的季节，置身于火辣辣的阳光之下，会让人在片刻间就变得疲惫无力。

在曹氏集团的大会议室里，被空调压制的热浪已经丧失了嚣张的气焰，股东们也一个个西装革履、正襟危坐。虽然曹氏的前途祸福未知、生死未卜，但他们还是掩饰着自己内心的焦虑，以貌似平静的状态来参加这一次的会议。

股东们在这一段时间内，都在为自己的前途和手里的股权做着各种自认为对自己最有利的努力。他们意外地以难得一见的完整阵容列席了今天的会议。这些股东们已经有很长时间没有以这么整齐的阵容一起参加股东大会了。至于来参会的目的，却是大致相同的，那就是他们要看看，今天这位闪亮登场的神秘人到底是谁。他到底有什么能耐来接手曹氏，又有什么能耐将曹氏带出低谷。如果感觉此人能力超群、值得期待，他们便会继续坚守曹氏；如果感觉此人是虚张声势、华而不实，那他们也好尽早做出反应，以求自保。

股东们都是在前一天接到的通知，今天将有曹氏集团的新持股人，也是最大的持股人代表参加会议。股东们都很纳闷儿，这位新来的股东到底是何方神圣？他会不会就是那位在股市打压曹氏股票的神秘吸筹者？他这次介入曹氏集团，到底是为了什么，是生意场上的竞争，还是个人的恩怨？又或者，还有什么不为人知的更大的秘密呢？不管是什么原因，也不管是什么人接盘，曹氏这个烫手的山芋，只要是有人接手就总比无人问津要好。只要有人接盘，股东们那些已经探底的股权，就还有价值，就还有起死回生、转危为安的可能，这就是不幸中的万幸。

会议室的大门开启，让众人没想到的是，已经在众人视线中消失已久的、曾经身为曹总助理的王雨再一次出现在众人的视线中。在王雨身后，跟着一男一女两个人。股东们不认识面前的这两个人，但他们看这两个人身上那气派就知道，不管他们认不认识，面前这两个人的来头绝对不可小觑。

刚刚走进曹氏集团大会议室的一男一女不是别人，正是李玉璞和朴正浩的大学同学庞子瑞和林青，他们这次是代表曹氏集团最大的持股者前来列席会议的。

王雨首先向在座的股东们介绍了庞子瑞和林青两个人，又为庞子瑞和林青介绍了在座的每一位股东的姓名和职位。然后，他又向股东们表明庞子瑞先生和林青小姐就是现在曹氏集团最大的持股者的代表。今后，他们将代表曹氏集团最大的持股者，打理曹氏的一切事宜。曹氏集团也将在最短的时间内重组整改，今后曹氏集团无论是在业务的发展方向上还是在战略布局上都将有重大调整。

众位股东们面面相觑，不知道眼前的一切到底是什么情况。那个昔日里对曹总忠心耿耿的王雨，今天玩的又是什么把戏，是无间道吗？他是什么时候被人收买的？或者是当初王雨进入曹氏集团，这个局就已经布好了。这背后高手到底下了一场怎样的棋呢？王雨也好，他们在座的每一位也好，甚至是已经去世的曹总，在这场棋局中又占据着怎样的位置呢？股东们心中暗想，不管自己占据怎样的位置，都要确保自己，一定不要像曹总那样被人当作炮灰才好。想到此，众位股东相互用眼神交流了一下，他们眼中都凝聚着诸多的疑问。那就是，曹总的意外去世，到底是因心脏病发作，还是什么人为的"意外"？还有曹昊天的被捕，到底是曹昊天自己的放纵，还是被人设计才走进圈套的呢？如果这两条都是有人故意为之，那么今日的曹氏，已然是板上之鱼，剔骨削肉，任人宰割。

虽然股东们在彼此的眼中都没有找到自己想要的答案，也不知今天空降的这二位，将对曹氏集团的未来起到什么样的决定性作用，但良禽择木而栖，他们也只得见机行事了。

庞子瑞也在会上作了简短的讲话，讲话内容无非是交际场上的那些官话、套话，再加上些空话、大话。其实，这些话搬到任何一个会议上都一样适用，横竖是挑不出毛病来的。无论是谁，只要能将这一套会议讲话内容背熟，就可以在任何会议上身经百战、屡试不爽。如果再在讲演词中适当地穿插几个相关的专业名词，那就更是锦上添花、完美无瑕了。但是，有一句话，是股东们最爱听也最想听到的，那就是，庞总明确表示，近期将有大笔资金注入曹氏，曹氏眼前的困境将在最短的时间内得到扭转。

庞子瑞这个时候的神情气质，与之前和李玉璞、朴正浩他们同学聚会时已经截然不同，更与当初大学里那个胖子同学有着天壤之别。这时候的庞子瑞先生少了一份真实，少了一份憨厚，少了一份可爱，更少了一份随和。他的身份已经转换成一位接手上市集团公司的老总，那种凛然的傲气，将他此时的身份渲染得更加神秘莫测。

股东们有人曾听说过这位庞子瑞先生的盛名，外界纷纷传言，说庞子瑞先生是一位事业有成的海外华侨，本来就在国内的房地产行业呼风唤雨的庞先生，在海外也有诸多的资产。这次他更是在短短的时间内，就以几乎是最低的价格将曹氏收购，入主曹氏。那杀伐果断的气势和手段，绝对是一个驰骋商界的老手，一点也看不出他居然还不到四十岁。也只有这样一位商界精英入主曹氏，才可能力挽狂澜，将曹氏的颓势全力扭转；否则，曹氏的未来不仅是令人担忧的，更是让人望而生畏、避之不及的。

一个又一个光环将庞子瑞笼罩着，虽然他自己知道这一切并不真正属于他，但却一点都不影响他甘之如饴、神情自若地统统笑纳。

庞子瑞没想到他还能有今天，他还能如此荣耀归来。无论是上一次的同学聚会还是这一次的惊艳亮相，他都完美地在所有人面前，一而再、再而三地演绎了一场无与伦比的华丽逆袭。

曹氏集团全体上下虽然对这位新来的庞总有着诸多的猜测，但无论如何，庞总的到来还是被各位股东和员工们，寄予了无比的期许和厚望。

庞子瑞结束了在曹氏集团的完美亮相以后，就携同林青一起回到了他在北京的府邸。这里是位于北京郊区的一个私人别墅群，在一家私人别墅宽敞的客厅里，正高朋满座、济济一堂。这里，不仅是庞子瑞在北京居住的地方，还是他重要的社交场所。今天，这里照常有庞子瑞需要应酬和交往的重量级嘉宾到场，也有对于他来说关系非常重要的人物到场。

在这个别墅群内居住的业主不是明星大腕就是商界名流，一个个非富即贵，都绝非等闲之辈。进出这个别墅区的座驾，也几乎集中了全北京的顶级豪车。小区的保安们每天目睹着这些豪车和豪车的主人们往返穿梭，内心的虚荣感和自卑感也不约而同地油然而生。虚荣的是，自己能在这样的别墅区做保安，那就像生活在这北京城的老百姓一样，所谓"皇城脚下四品官"，无论如何都觉得自己和其他普通小区的保安是不一样的。至于自卑感那就不用说了，先不说这别墅区里那一栋栋上千平方米至几千平方米的别墅，就是每天眼看着人家驾驶着以七位数计算的豪车代步出行，自己的心里就已经是打翻了五味瓶，五味杂陈、百感交集。看看自己也不缺胳膊不缺腿，这人和人之间的差距怎么就这么大呢？

在这别墅区里，最近又住进一位姓庞的业主，这位业主的驾临不仅让所有的保安都心生敬畏，更是使得居住在此地的其他业主也对他刮目相看。自从这位姓庞的业主住进来以后，他的家就成了这一片别墅群业主的交际场。很多以前不经常来往的业主们，好像已经不由自主地增加了相互交往的频率和密度。

而在这段时间内，大家也不约而同地把庞总的别墅当成了聚会的场所。这不仅是因为庞总家的别墅是这个别墅区里占地面积最大的，还因为庞总家里那训练有素、彬彬有礼的菲佣，让人不由自主地就会产生一种高高在上、唯我独尊的感觉。庞总家里的这些菲佣全都不懂中文，只用英语交流。这样不仅让他们这些光临庞府的人都有一种至尊无上的满足感，还有一种由内而外的安全感。他们可以在交际应酬的时候，不必防范菲佣将他们的商业秘密和个人隐私听个满耳而四处传播，也不用在酒意正浓、兴致正酣的时候，刻意收敛行为，回避菲佣在场的尴尬。

不仅如此，这整个别墅区的业主都无人不知、无人不晓，庞府的厨师也是这一片别墅区中手艺最好的。据说，这厨师是特意从香港一家五星级酒店高薪聘请来的，做得一手正宗的粤菜。那厨师最拿手的，也是那位庞总最喜欢吃的，就是烤乳猪，那味道，只要是亲口尝过的人，就自然难以忘怀。

第三十七章　胖子的逆袭

住在这个别墅区的人，虽然不差钱，更不是到大酒店消费不起，而是在这些人中，都是些有头有脸的社会精英，他们最不愿意的，就是大庭广众之下抛头露脸、引人注目。况且，大家都知道，在庞总这里，经常会有一些意想不到的惊喜。那就是，一些平时难得一见的明星大腕和商界精英，也经常是庞总的座上宾。有时候，来自香港的一线大咖来北京，也会在庞总这里稍作停留。

所以，现在的庞子瑞俨然成了某种标志性的人物，他居住的别墅也成了某种标志性的所在。无论是在生意场上游走的还是在演艺界闯荡的，都把能成为庞府的座上宾，作为他们身份和生活阶层的象征。

庞子瑞的座驾一直抵达自己府邸的车库，待司机停好车，他便和林青一起走进了别墅。训练有素的菲佣看到他回来，向他礼貌地问好。庞子瑞朝着菲佣点了一下头，用英语问道："老爷子已经接回来了吗？"

菲佣也用英语回答说："已经接回来了，正在房间里休息呢。"

庞子瑞穿过客厅，向已经在客厅里闲聊着的来宾们纷纷打着招呼，并不时地停下脚步寒暄几句，然后就向别墅二楼的一个房间走去。来到二楼一个房间的门口，庞子瑞轻轻地敲了三下房门，片刻，就看见林青从房间里出来，向他看了一眼说："老爷子叫你进去。"然后她便转身下了楼梯，朝门外走去。

庞子瑞定了一下心神，恭恭敬敬地推门走了进去，一个高大的身影背对着他正看向窗外。

庞子瑞上前一步，虽然已经进入房间内，但他依然站在门口的位置。他向那身影微微一鞠躬，问道："老爷子，您来了，一路上辛苦了吧？有没有休息一下？要不您先睡一会儿？晚上的事都已经安排好了，您放心吧！"

"我已经休息了一会儿。曹氏那边的事都处理好了吗？叶总和李行长那边都已经沟通好了吗？千万不要出什么纰漏啊！"那被称为"老爷子"的人声音有些沙哑，有着跟他这称呼非常相称的沧桑感。

"您放心吧！叶总和李行长那边都已经沟通过了，他们表示会尽全力支持。他们已经在路上了，马上就到。"

"好的，外面的客人你招呼好就行了。叶总和李行长来了，直接请他们到二楼的会客室来。"那个被称为"老爷子"的人一直背对着庞子瑞，始终没转过身来。虽然庞子瑞对这个背影并不陌生，但每每面对这个背影的时候，却总是感觉有一种不寒而栗的肃杀气息弥漫在他心头。

"好，那我出去了。"庞子瑞说完，恭恭敬敬地退出了那个房间。这时的他，少了一份在曹氏集团讲话时的底气与豪气，像个孩子般乖巧听话。

第三十八章 "黑"你没商量

朴正浩和唐琪原来共同拥有的那套房子已经顺利出售了,除了还银行的贷款以外,朴正浩把卖房所得房款的二分之一房款打到了唐琪的账户上。他看着自己账户里那剩下的为数不多的钱,摇了摇头,心里想,自己又要像大学刚毕业时那样,从头再来了。可是,如今的自己,已经无法和当初的自己相比了。现在的朴正浩,在面对一切的挑战时也不得不患得患失、瞻前顾后。他再也没有了朝气蓬勃、勇于进取、不怕失败的勇气了。与之相反的是,如今的房价早已到达了他可望而不可即的高位,即使今年因调控政策的影响有所下降,也依然不是他能力范围内可以触及的。

星沉海底,雨过河源。朴正浩与曾经的那个自己以及所有的前尘往事,终究成了一场过眼云烟。世事难料,虽然昨日的一切如在眼前,却无论如何也回不到从前了。

朴正浩从剩下的那部分钱里拿出一部分来,在他们原来居住的小区里又租了一套房子,暂时安顿了下来。

夜幕降临,李玉璞和朴正浩两个人一直都在整理着朴正浩这个刚刚租来的房子,还有朴正浩从原来的房子里搬过来的东西。晚饭时间已过,李玉璞知道朴正浩现在心情不好,想叫上他一起到外面的餐厅喝两杯,舒缓一下两个人最近的郁闷情绪。可是朴正浩今天实在没心情,他向李玉璞道过谢以后,说下一次再请李玉璞喝酒,两个人就分开了。

送走李玉璞以后,朴正浩望着房内的凌乱,内心的失落和虚弱一次次地如潮水般向他袭来。朴正浩坐在沙发里,将头深深地埋在双臂之间,双手插入自己的头发中,久久地呆坐着。空气中的孤独与沉寂,仿佛一种无形的压力,让朴正浩觉得心里憋得慌。良久,朴正浩再也无法抵御自己内心凄凉的气息,无声地抽泣起来。

朴正浩已经很多年没有哭过了,那个没心没肺的朴正浩,那个玩世不恭的朴正浩,那个我行我素的朴正浩,那个吊儿郎当的朴正浩,在这一刻再也无法伪装,亦无须隐藏,痛快淋漓地哭了一场。

李玉璞走出了朴正浩的家,天空中飘着蒙蒙细雨。李玉璞站在雨中,任由雨水将他的头发和身上的衣服浇透。他仰面望向天空,黑漆漆的天空让人感觉不到一丝光亮，只能感受到细细的雨丝在他的脸上汇集流淌。这一场雨不仅淋湿了李玉璞的衣裳和头发，更淋湿了他的内心。他没想到那个玩世不恭的朴正浩、那个插科打诨的朴正浩、那个我行我素的朴正浩，会在转瞬之间变得人财两空、一无所有。

李玉璞没想到朴正浩会有如此一劫，更没想到本来已经成家立业的朴正浩，会再一次成了孤家寡人。

李玉璞虽然经常拿朴正浩打趣，说他到处留情，结果却是处处无情。但朴正浩真的沦落到孤家寡人、流离失所的地步，他心里却是无比郁闷也无比失落。李玉璞在朴正浩身上，仿佛看到了自己即将面对的后果。他甚至感觉到，自己将面对的后果，会比朴正浩更加悲壮与惨烈。

李玉璞回到家，先洗了个热水澡，然后把头发吹干了。面对镜子里的自己，李玉璞的心里突然冒出"尘满面，鬓如霜"这句词。他走进厨房，给自己煮了一盘速冻饺子，又打开了一瓶二锅头，然后来到餐桌前，一个人自斟自饮起来。北京人说"饺子就酒，越喝越有"，但愿此话当真，不管如何，他李玉璞也只得"今朝有酒今朝醉，他日愁来他日愁"。

第二天早上，李玉璞在床上慵懒地眯缝着眼睛，看了一眼挂在墙上的挂钟后，再一次把眼睛闭上，准备再睡个回笼觉。他再也不用一大早起来加入堵车的大军里去了。虽然不知道自己明天的生活应该如何继续，但他现在就想好好地睡个懒觉。

但是老天爷好像有意和李玉璞作对似的，就这么点奢望，还让他得不到满足。李玉璞的手机在他的睡意正意兴阑珊之时，不解风情地响了起来。李玉璞本来不想接电话，但是那手机仿佛知道他的心思一般，大有死缠烂打、纠缠不休的架势，在那里没完没了、一厢情愿地咆哮着。

李玉璞揉了揉睡眼蒙眬的眼睛，看了一眼来电显示，上面显示着张玉环的名字。他停顿片刻，让自己的意识恢复了少许的清醒后，才接通了电话。

"玉璞，你起床了吗？不知什么人以咱们公司的名义在外面承接了户外广告的工程，因安全绳滑落，有一个在现场施工的工人没有站稳，从吊篮里摔了出去。现在伤者已经被送进医院了，还好没有生命危险。但是那个工人的家属和承接这个项目的负责人，现在都在咱们公司里，吵着要我们负责这个工人的全部医药费、误工费和其他相关的一切费用。不仅如此，他们还说要去做法医鉴定，根据鉴定结果，他们还会提出相应的赔偿要求。"

李玉璞听着张玉环的话，一时间懵在了那里。他不知道张玉环所说的一切是怎么回事，更不知道怎么会有这样的事情发生。他已经很长时间没接过户外广告的活儿了，在曹氏集团的那场晚会之前就没再接过户外广告了，这起码也有半年以上的时间了。怎么会有他公司的施工人员意外坠楼的事情发生呢？这实在是太让人匪夷所思了。

"玉璞，玉璞，你听见了没有？"张玉环在电话那一头急切地问着。

"我没弄明白，你说的是你和我一起注册的那家公司吗？那家公司我一直没有接过户外广告的活儿啊。我自己以前那家公司也是在半年以前接过户外广告的活儿，后来就没有以那家公司的名义承接过任何项目。怎么会突然冒出来一个户外广告的项目，还伤了人，这是怎么回事？"李玉璞不解地说出了自己心中的疑问。

"我刚才看过合同，是咱俩和熊廷厚注册的这家公司与这家户外安装公司签的合同。我也觉得很奇怪，从没听你说起过这个项目，也没见你在公司和这家安装公司签过合同，怎么会凭空多出来这样一个项目呢？"张玉环一边和李玉璞通电话，一边又拿起旁边的合同看着，然后她接着说："玉璞，我刚才看了，合同是一个月前刚刚签的，而且上面的确是你的名字。但是……"张玉环迟疑了一下，又仔细地看了看合同上的签名。她继续说道："这签名虽然是你的名字，可是这笔迹却不像你的，应该是别人代签的。"张玉环看着那合同上的签名，说出了自己的猜想。

"是吗？你能看出来那不是我的签名？我在此期间绝对没有签署过任何与户外安装有关的合同，这肯定是有人冒用我们公司的名义做的这件事。现在出了事，又躲起来想嫁祸于咱们。你在公司等我，我马上过去看看到底是怎么回事。"李玉璞挂了电话，匆匆洗漱了一下，就开车向公司的方向驶去。

当李玉璞来到他和张玉环原来那间公司的大门口，远远地就看见一群人在围着张玉环吵闹。只见一个四十几岁的中年男人用并不标准的普通话说："这合同上明明盖着你们公司的章，也签着'李玉璞'的大名，怎么会不是你们公司签署的合同？不要以为你们抵赖就能逃避责任，现在人受伤了，医药费你们必须出。"

旁边还有人附和着说："不光是医药费，还有误工费、营养费、看护费。万一落下伤残，你们还得按伤残等级进行赔偿。"

刚才那个中年男人看着张玉环继续说道："你们那个李玉璞去哪儿了？他是不是躲起来了？出了事儿，他就想藏起来不露面了，他还是不是男人？"

站在一旁的另外几个人也七嘴八舌地跟着说："就是，他还是不是男人？我们的人都差点没命了，李玉璞倒好，躲起来不露面，他还是不是人？这受伤的人要是他的家人，他还能这样吗？"

李玉璞在旁边听了一会儿那些人的话，他从未见过这些人，也不知道他们口中所说的合同到底是怎么回事。平白无故就这样被人劈头盖脸地臭骂一顿，他除了觉得冤枉以外，也着实纳闷儿。这到底是谁在嫁祸于他，这人跟他又有什么深仇大恨呢？

李玉璞以一种从来没有过的威严态度，一步步向着张玉环和那群人所在的方向走去。

第三十八章 "黑"你没商量

张玉环看到李玉璞来了，脸上期盼的神情瞬间绽放出来。她一步上前，无比欣慰也无比激动地喊出李玉璞的名字："玉璞，你可来了。他们非说这合同是你和他们签的，一定要找你讨个说法。"张玉环的神情明显有些激动，她本来还想说什么，却在一时间没能说出口。这个时候，只要李玉璞来了，就能把问题弄清楚，也能证明李玉璞并没有逃避责任。更重要的是，在这最关键的时候李玉璞没有对她置之不理，让她一个人面对所有的责难。是的，只要李玉璞来了就好，这才是最重要的。

那群人听到张玉环喊出李玉璞的名字，不约而同地将头转向李玉璞所在的方向。其中一个二十来岁的小伙子，上来一把抓住了李玉璞的衣领说："我父亲的腿被摔断了，你知不知道？我们全家只有我父亲一个人打工挣钱，他现在这个样子，你让我们家怎么办？你们这些奸商，挣这些缺德的钱，不怕遭报应吗？"

李玉璞虽然被人抓着衣领，却依然冷静地面对着那群人，郑重地说："我是李玉璞，你们，是找我吗？我委托过你们承接什么项目吗？"

这群人中有一个中年男人，好像是他们的负责人。他看着李玉璞，脸上有着一种难以言喻的表情。

"你是李玉璞？不对，你不是李玉璞，我见过李玉璞，他是个胖子。"刚才那个中年男人仿佛不可置信一般，磕磕巴巴地说着。

"我就是李玉璞，这家公司的法人。"李玉璞说着，从钱包里拿出了自己的身份证，在他们面前展示了一圈，然后又继续说道，"我们公司的营业执照和公章上个月不慎丢失，已经在公安局备案了。跟你们签合同的人如果不是我，那就是那个私自挪用我们公司的营业执照和公章的人跟你们签的合同。这件事我们要向公安部门报案，你们谁跟我去一趟公安局？如果真有这样一个人，我们将会追究他的法律责任；如果没有这样一个人，我就要追究你们的法律责任。"李玉璞看着那些人，一字一句地讲出了自己的观点和诉求。

那一群人也的确被李玉璞这一大段慷慨陈词给吓蒙了，瞬间便没有了刚才那咄咄逼人的气焰。他们本来是想来替工友讨回公道的，没想到这合同根本就不是人家法人本人签署的。不仅如此，他们还有可能背上敲诈或者别的什么罪名，这不仅得不偿失，还有惹祸上身的危险。

"呃……那个……李总，你们的营业执照是真的丢了吗？你看，我们真的是和你们公司签的合同。即使现在能证明你们公司的营业执照和公章都丢失了，也只能说明你们是受害者，我们也同样是受害者。你说对不对？再说，不管这个冒充你的人跟你们是什么关系，但是我们的人也是为了完成你们公司的项目受的伤，你们总不能看着不管吧？"刚才那个施工方的负责人，这个时候的语气也已经缓和了很多。

"张总，您手机上有熊廷厚的照片吗？"李玉璞转身向张玉环问道。

"有，稍等。"张玉环拿出手机，打开自己的微信，在相册里翻找着以前曾经在活动中跟熊廷厚的合影，然后递给了李玉璞。

李玉璞伸手接过张玉环的手机，看了熊廷厚的照片一眼，然后举到那个中年男人面前，问道："那个自称是'李玉璞'，跟你们签合同的人，是他吗？"

"是他！跟我们签合同的就是他！难道他不叫'李玉璞'？"那个中年人看着手机里那满面油光的熊廷厚，一脸惊讶地问。

第三十九章　吾日三省吾身

　　在李玉璞的心里，虽然早就料想到了这件事情的症结所在，但是当那个负责施工的人向他确认，照片中的熊廷厚就是那个冒充他在外承揽项目并私自挪用公章签署合同的人时，他的心还是像被人狠狠地重击了一拳。李玉璞做了一个深呼吸，看着那个施工人员再一次问道："你看清楚了，肯定是他，没错吗？"

　　"就是他，没错！是他和我们签的合同，他说他叫'李玉璞'，还说这家公司也是他的，而且他还欠着我们一部分尾款没结呢。出事以后，再打他的电话，就怎么也打不通了。这个骗子，你们认识他吗？是不是应该报警？"那个负责的中年人，这时候已经把当初对李玉璞的愤怒，转而发泄到手机里的熊廷厚身上。

　　"当然要报警，一会儿还要请你们帮我做个证明，证明是这个人冒充我，以我的名义和你们签了合同。出了事以后，他不仅不配合解决，还躲着不肯露面也不接电话。"李玉璞在刚才那个人说"李玉璞"是个胖子的时候，就猜到这个陷害他的人是熊廷厚了，因为只有熊廷厚有机会拿走他们的营业执照和公章。另外，熊廷厚一直以来的表现也让李玉璞认为，也只有熊廷厚这样唯利是图、无耻到没有底线的人，才能做出这种事情来。

　　"那我爸怎么办？不管是不是你签的合同，那合同上的公章总是你们公司的。不管怎么说，我都要向你们公司追究责任。"刚才揪着李玉璞衣领的小伙子，虽然早已将自己的手从李玉璞的身上拿开，却依然不依不饶地说着。

　　"那你就试试看，问问法院到底该不该我们公司负责。假如你的身份证被人偷了，而偷你身份证的这个人，又正好是一个畏罪潜逃的杀人犯，那警察是不是要抓你回去定罪呢？"李玉璞心里虽然也同情那个年轻人和他的父亲，但是这样被逼着承认本不是自己所犯的错误，而且还被逼着对其承担责任，他心里实在不爽。

　　"那你说怎么办？"那年轻人急得眼泪在眼圈里直打转。

　　"李总，我们帮你去公安局作证，但是你能不能也帮我们一把，医院那边等着交住院费呢，但凡我们有办法也不会麻烦你的。等警察抓到了那个坏蛋，你再向他要赔偿行不行？"那位负责的中年人，向李玉璞恳求道。

　　李玉璞看着眼前这些生活在社会底层的人，一时之间也不知该怎样抉择了。他听到那些人说话时都是河南口音，而且感觉离他的老家应该也不远，就问他们："你们是河南人？"

"是，我们这几个都是河南淮阳的。"那个带头的负责人回答道。

"我也是河南人，我家离淮阳不远，在鹿邑。"李玉璞看着这些老乡，莫名地就有一种亲切感。

"哎呀！你是鹿邑的呀！太好了！太好了！这不是大水冲了龙王庙，一家人不认识一家人了。咱们两个县离着不远，我刚才就觉得你说话有我们家乡的味道。"那个负责人颇有些激动地说，另外那些人也好像感觉到精神上轻松了不少，周围的气氛也不再像之前那样紧张和压抑了。

"这样吧，我先和你们去医院看一下情况；然后，你们再跟我去派出所报案。你们看这样行吗？"李玉璞心想，这件事必须报案，也需要这些人给自己作证。不然的话，熊廷厚那个老家伙，以后还不知会捅出什么娄子来，要他李玉璞来背黑锅呢。更何况，这些人都来自他的老家，淮阳那地方他小时候去过，经济条件不是很好，当地的大部分人以种地和做小生意为生。他的这些老乡离家在外碰到这样的事情，他李玉璞还真狠不下心来，见死不救。

李玉璞向张玉环交代了一下，就准备带着那些人一起先去医院看望伤者。就在李玉璞刚要转身离开的时候，张玉环再一次叫住了他。

"玉璞，你等一下。"张玉环手里拿着钱包，快速走上前来，把钱包里厚厚一沓人民币塞到李玉璞的手里，说，"拿去吧，这些钱算我的一点心意。"

李玉璞刚想把这些钱塞回到张玉环的手里，却被张玉环再一次按下说："拿着吧，我知道这点钱肯定不够，我再想办法。"

李玉璞看着张玉环，点了点头，没再多说什么，跟着那些人一起走出了公司的大门。

李玉璞跟着那些人来到医院，看到了那个从吊篮里摔出来的男人。虽然人没有生命危险，但腿已经摔断了，即使是接好了，将来也不能再像普通人那样工作了。在北京，像他们这样的打工者何止千万，这些人大多是家庭条件不好，才不得不出来打工的。刚才跟李玉璞发生争执的那个小伙子，正是这个摔断腿的中年男人的儿子。他好不容易考上大学，父亲也为了能让他受到更好的教育才来北京打工。这样，他既可以打工挣钱，父子俩也相互能有个照应。小伙子的母亲则在老家照顾年迈的爷爷奶奶，现在出了这种事，他们都没敢和家里人说。将来，他们全家的生活和小伙子的学业，还不知道该怎么办呢！

李玉璞虽然被债务压得喘不过气来，却依然不忍心对这一筹莫展的父子俩置之不理。他劝那个受了伤的中年人好好养伤，也劝那个小伙子不要耽误学业，并把刚才张玉环塞给他的钱，全部放到那个受伤的中年人手里。然后，李玉璞又来到住院处，拿出自己所有的信用卡，替那对父子交了住院押金。

随后，小伙子和那个签合同的负责人，一起跟随李玉璞来到派出所报了案。李玉璞把熊廷厚私自拿走营业执照和公章，又冒充他并以公司名义在外面承揽业务，造成人员伤害后又拒不出面也不接电话的事实向警察一一作了陈述，那个小伙子和那位负责人作了证，然后他们在相关材料上签了字就离开了派出所。临别之前，李玉璞向那个小伙子和他们的负责人承诺，如果有困难可以再联系他，他也还会来医院看望伤者的。

李玉璞回到家一夜没睡，生活的繁杂和事业的失败让他最近经常失眠。李玉璞每每来到镜子前，都会觉得他自己在这段时间内，一下子苍老了很多，也消瘦了很多。

第二天一早，李玉璞随便吃了一口早点，就开着车来到离他家最近的一家二手车市场，把自己的奔驰车给卖了。虽然是奔驰，但是他当初买的时候就已经是二手车了，自己又用了几年，这次更是卖不出什么好价钱来。虽然如此，李玉璞也不得不卖了这辆车，照他现在的处境，已经养不起车了。

李玉璞拿着卖车的钱，先还了这个月要付给贷款公司的利息，然后又还了为那位受伤人员付住院押金时刷的信用卡账单。最后，李玉璞给自己手里留了些生活费，就再次来到医院，把剩下的钱全部给了那个受伤的人。

也许在别人的眼里，李玉璞又干了一件没谱儿的事，为了一个素不相识的人和本不应该承担的责任，把自己手里唯一的一点钱都给了出去。要知道，他自己现在都是"泥菩萨过河自身难保"，怎么还有闲心管别人的闲事呢？

李玉璞却在这个时候觉得自己已经无所谓了，虽然他现在手里只有刚刚卖车的这点钱，但他就是不能看着病床上那个差点连生命都失去的人不管；就是不能看着一个学生因为经济问题，即将失去自己的学业不管。那样他会于心不忍，会在很长时间内都内疚自责的。

况且，那些人还是他的老乡。李玉璞知道，在他的老家，有很多家庭都是以在外打工来维持生计的，也有很多家庭都是一个顶梁柱养活一家人的。他现在虽然自身难保，但他起码手脚健全，一个人吃饱全家不饿，怎么也比那些人好过一些。

那个小伙子和他的父亲都无比感激地向他道谢，在场其他人更是说他们父子俩遇到好人了。那个小伙子更向李玉璞承诺说，自己将来有了钱，一定会还给李玉璞的。

在李玉璞心里，从没想过要让他们还这笔钱，他不为别的，只要能让自己心安，这就够了。

回到家，李玉璞躺在床上想，起码这个月不会再有人逼着他还钱了。他还可以在自己的房子里住一个月的时间，下个月就到他跟贷款公司签订的还款日期了，到时候大不了就让贷款公司把他的房子卖了。他李玉璞赤条条来去无牵挂，生死有命，富贵在天，他现在也懒得再为以后做什么打算了。所谓人算不如天算，明天和意外，你永远都不知道哪一个先来。但凡人生可以自己掌握，他李玉璞也绝不会落得如此地步。

这样想着，李玉璞似乎真的了然了。没有钱怎样？没有房子又怎样？总比没有良心要好过得多。他李玉璞就像朴正浩说的那样，他呀，就是坏得还不够彻底，所以才凡事纠结。他李玉璞也终究无法做个坏人，既然如此，他还是做个所谓的好人吧。尽管现在已经有很多人把"好人"一词当成了一种贬义，那也无所谓了，贬义就贬义吧，心安理得地做坏人，那得要多么强大的心理素质才行呀！他李玉璞做不到，下辈子也做不到。

从此，李玉璞像鸵鸟一样躲在自己的窝里，过着得过且过的日子。他给自己留下的钱够他这一个月的生活费，而且贷款公司这个月的利息也已经付过了。他现在什么都不用操心了，不用交际，不用应酬，更不用工作。现在的李玉璞可以每天睡到自然醒，这是他以前一直都奢望的呀，没想到现在却以这种方式实现了他的愿望。命运啊，还真是让人难以琢磨。

李玉璞心想，曾子曰："吾日三省吾身——为人谋而不忠乎？与朋友交而不信乎？传不习乎？"这"三省"说了两个方面，一是修己，一是对人。对人要诚信，诚信是人格光明的表现，不欺人也不欺己；替人谋事要尽心，尽心才能不苟且、不敷衍，这是为人的基本德行。

而现在的李玉璞，不需要面对他人，只需要面对自己。他现在需要做的就是，饿了吃，困了睡，刷牙洗脸也只是为了对得起自己。如今的他，亦是"吾日三省吾身"，看脸、看秤、看余额。

就在李玉璞这样安详地享受着他颓败的生活时，朴正浩急匆匆地按响了他家的门铃。

"'没谱儿'，你最近有没有见过钱多多？"朴正浩一进门，就没头没脑地问李玉璞。

"钱多多？我很长时间没有见过她了，上一次在你家门口撞上她，那是最后一次见她了。怎么啦？你还和她有来往？我不是跟你说过吗？那个女人不是省油的灯，你最好还是离她远一点。"李玉璞一头雾水，不明白朴正浩这么急火火地找钱多多那个女人干吗？钱多多，他躲还躲不及呢，才不会和这个女人有什么交集呢。

朴正浩一听李玉璞一直没见过钱多多，似乎心里唯一的一线希望也破灭了，他一下子跌坐在沙发上，双肘放在膝盖上，双手深深地插入头发中，低着头一语不发。

"正浩、正浩！到底发生什么事情了？你和我说说，咱们一起想办法。"李玉璞焦急地向朴正浩询问道。

"'没谱儿'，我挪用了公司的公款，现在已经被公司发现了，公司给我下了最后通牒，要我在下周一之前还上被挪用的公款；否则，否则，我可能会被起诉。我不知道，我的后半生会不会在牢狱之中度过，也不知道我现在该怎么办。"朴正浩一脸苦涩，艰难地诉说着自己的尴尬境遇。

第四十章　有钱任性　没钱认命

"什么？"李玉璞瞪大了惊愕的眼睛看着朴正浩，"你怎么会挪用公款？你怎么这么糊涂呀！你为什么要挪用公款？赶快拿回来给公司还回去呀！"李玉璞一时间难以梳理清楚这一切到底是怎么回事，他满脸困惑地看着朴正浩。

"还不回去了，我现在一分钱也没有了，钱多多把所有的钱都拿走了。我现在根本就找不到她，她不接手机，也不回微信。我到处都找过了，可就是找不到她。"朴正浩满脸痛苦，喃喃地说着。

李玉璞听着朴正浩的讲述，一时间僵在了那里。他知道钱多多那个女人绝非善类，却怎么也没想到，朴正浩竟然真的着了她的道。

原来，在朴正浩和唐琪离婚以后，钱多多就一直和朴正浩住在一起。虽说李玉璞警告过朴正浩，钱多多那个女人绝非善类，但朴正浩却总觉得李玉璞有点草木皆兵、小题大做。钱多多在他最潦倒、最落魄的时候不但没有离开他，反而是一直陪伴着他，这一点让朴正浩对钱多多产生了一份感激之情，也在心里渐渐放松了警惕。

就在前段时间，钱多多说要跟朋友一起合伙开公司，软磨硬泡地要朴正浩想办法帮她筹些钱。朴正浩就把自己手里仅剩的十几万元给了钱多多。但是没过多久，钱多多又说钱不够，让朴正浩再帮她想想办法。钱多多还说，她和朋友共同经营的公司发展势头很好，干脆就算朴正浩入股算了。钱多多还安慰朴正浩说，她的另一个朋友也准备入股，如果朴正浩不愿意入股，就等那个朋友的钱到账以后，把朴正浩的钱退还给他。朴正浩那时候跟钱多多正是如胶似漆，又看钱多多对他不离不弃，就暂时把他部门负责的一个客户的预付款，全都拿出来给钱多多暂时周转。

没想到，钱多多那个要入股的朋友，资金一直没有到账。朴正浩公司上个月底查账时，发现朴正浩负责的部门收到的预付款并没有上交给公司，这才问责到朴正浩的头上。朴正浩只能应付公司，说当时那个客户是周末交的预付款，他怕放在办公室不安全，就把钱带回家了，自己会尽快把钱拿回来交给公司。

可事到如今，朴正浩根本就拿不出那么一大笔钱来，如果下周一朴正浩还不上公司的钱，他面临的不仅是将会被公司开除，还面临着被公司起诉的危险。

李玉璞这时候也有些慌了，他知道这一次朴正浩恐怕真的是在劫难逃，但他还是希望朴正浩能有起死回生的可能。他看着朴正浩问道:"你到底挪用了公司多少钱?"

"四十万元。"朴正浩低着头,沉重地说出这个沉甸甸的数字。

"四十万元?四十万元?你怎么这么糊涂!下周一之前如果真的还不上会怎么样?"李玉璞急得一边念叨着这个数字,一边在房间里直转圈。

"如果能还上,公司可以网开一面,不起诉我;如果还不上,可能面临着十年以上的有期徒刑。"朴正浩的头更低了,声音也更小了。

"十年!"李玉璞被这个数字惊呆了,他一下子坐在沙发上,喃喃地念着这个数字,"十年,十年。"他没想到,在这短短的时间内,他和朴正浩两个人面临的,不仅是一无所有,更有可能陷入牢狱之灾的严峻处境。

沉默片刻,李玉璞的脑海中仿佛有一丝光亮一闪而过。他努力地去捕捉这一丝光亮,突然他知道这一丝光亮是什么了。他抬起头郑重地对朴正浩说:"也许还有办法,只要能还上被挪用的公款,不管怎样都要试一试。"

"什么办法?你说。"朴正浩看着李玉璞,就像看到了救命稻草一样。他知道李玉璞最近的情况并不比自己好多少,但他说有办法,那说不定就真的有办法呢。

"明天咱们先去二手车市场,把你的车先卖了。你那辆车怎么也能卖十几万元吧?然后咱们再去找胖子试试,看看能不能在他那借出点钱来。只要能在下周一还上你挪用的公款,不管什么办法,咱们都得试一试。即使不能全部还上,起码也能还上一部分。这样的话,公司也许会看在你平时的表现上,延长你的还款时间呢。"李玉璞认真地给朴正浩讲述着他的见解和分析。

"对、对、对!我怎么没想到,我还有辆车,即使我只还上一部分也好,公司就是看在我诚恳的态度上,多少会对我网开一面的。你说是不是?"朴正浩那挤在一起的眉心,多少舒展开了一些。

朴正浩就知道,不管到什么时候,对于他的事,"没谱儿"都不会置若罔闻的。从上大学的时候开始,他的口头禅就是"有困难,找'没谱儿'"。虽然同学们都笑这一对奇葩,说:"有困难,找'没谱儿'。能顶什么事儿?"全校都知道李玉璞是出了名的没谱儿,除了朴正浩外,还真没人敢指望这个"没谱儿"。但是,不管同学们心里怎么想,他朴正浩最信任的人,除了"没谱儿"外,还真没有第二个。

朴正浩这次在钱多多这儿翻了船,不过是因为他和唐琪的事影响了他的心智,搅得他心神不宁,才会落得如此下场。不然的话,别说一个钱多多,就是十个钱多多也未必是他朴正浩的对手。朴正浩从来都没有想到,大风大浪他都闯过来了,如今却在小河沟里翻了船,这也算是老天爷对他的惩罚吧。

"好,那明天一早我们就去二手车市场。"李玉璞这时候已经把朴正浩的事放在了第一位,反而把自己的烦恼抛到脑后了。

第四十章　有钱任性　没钱认命

第二天一早，李玉璞和朴正浩开着车，来到上一次李玉璞卖车的那个二手车交易市场。这个二手车交易市场，在北京也算是很有口碑的。上一次接待李玉璞的工作人员见李玉璞又来了，上前热情地跟他打招呼。李玉璞问明了来意。工作人员先检查了朴正浩当初的所有购车证件和发票，又让李玉璞和朴正浩在休息区稍等，自己就去和其他相关工作人员给朴正浩的车做检测。大概过了四十分钟，工作人员来通知朴正浩检测报告已经出来了，他的车评估价是十四万元。

对于这个价格，朴正浩虽然不是很满意，但也只得勉强接受了。没办法，谁让他急需用钱呢。再说，人家这二手车公司也要赚钱的嘛，不压榨他的利润空间，人家的利润又从哪里来呢？让朴正浩满意的是，这家公司很快就把钱打到了他的银行账户上。朴正浩看着银行的提示短信，压在心上的大石头，也稍稍有些松动的感觉。

卖了车，李玉璞和朴正浩顺着马路朝着公交车站的方向走着。从此以后，他们要开始适应公共交通和这"11路"的出行方式了。

已经是盛夏季节了，火辣辣的太阳在李玉璞和朴正浩的头顶上照耀着。以前他们两人很少会在这样的露天暴晒，早就躲进车里或者空调房里享受去了。李玉璞抬头眯缝着眼睛看了一眼那火辣辣的太阳，心里不禁长叹一声，此一时彼一时也。人呀，只有享不了的福，没有受不了的罪。

正走着，朴正浩的肚子不争气地"咕噜咕噜"叫了起来。在他们前方不远处，正好有一个路边摊，有一个招牌幌子上写着"河南烩面"。朴正浩看着这几个字，不禁朝李玉璞笑了笑说："咱俩吃点东西再回家吧。"

其实李玉璞也有些饿了，他们一早出来，都没顾上吃早饭。

"好吧，先吃点东西。"李玉璞点了点头，就和朴正浩一起来到了那个路边摊。

"老板，来两碗汤面。"李玉璞一边说着，一边拉开一把椅子坐在了桌子旁边。

"好嘞！"那面摊的老板答应着，转身去拿那已经擀好的面片。

朴正浩坐在李玉璞对面，看着面摊老板往锅里下着的面片，对老板说："老板，一会儿给我们多放点儿香菜啊。"

"行，没问题。"那面摊老板朝他们憨厚地一笑，回答着。

"'没谱儿'，你好久没吃你的家乡风味了吧？你这盛山珍海味的肚子，这回该好好地改造改造了。"朴正浩时刻都忘不了他插科打诨的本色。

"我家乡风味怎么啦？告诉你吧，这河南烩面可是中国十大面条之一。你别小看了它，一会儿呀，香掉你的牙。"李玉璞在朴正浩面前，也永远是一副顽抗到底的架势。

一会儿的工夫，两大碗河南烩面端上了桌。那香味还真是把朴正浩的馋虫勾引得上蹿下跳，难以自持。朴正浩狼吞虎咽地把一大碗烩面吃完了，嘴里还喊着："老板，再来一碗。"

当面摊老板把朴正浩的第二碗烩面端上桌后，朴正浩从桌子上装着香菜末的碗里抓了一大把香菜撒在他的烩面上，一边吃还一边跟老板说："老板，再来两头糖蒜。"

李玉璞看着朴正浩这个乐呀，朴正浩这小子平时装优雅、装绅士、装精英、装大咖，谁能想到他这样的人，今天吃个河南烩面能吃得这么尽兴、这么畅快。

"正浩，你回家以后，先跟胖子联系一下，看他明天有没有时间。如果行，咱们明天去找胖子，二三十万元，对他来说应该不是什么大事。只要能还上公司的钱，不被提起诉讼，那其他的一切就都好办了。你说是不是？到时候你可以给胖子写一张借据，按银行的利率给他利息，只要过了眼前这关就好。留得青山在，不怕没柴烧。你说对吧？"李玉璞一边吃着烩面，一边跟朴正浩说着，就好像此时庞子瑞已经答应借给朴正浩钱了一样，他脸上的表情也轻松了起来。

"对、对、对！你说我当初怎么把胖子给忘了，你明天跟我一起去找他啊！不管怎样，看在老同学的份上，他还真的能见死不救吗？"说着话，朴正浩的第二碗河南烩面已经吃完了。

李玉璞主动去和面摊老板结了账。当李玉璞结完账一转身，朴正浩端着那个装着糖蒜的碗走了过来，跟面摊老板说："老板，你家的烩面真不错，这糖蒜也不错，给我找个塑料袋，把这两头糖蒜装上。"

面摊老板看了一眼朴正浩，默默无语地递给了朴正浩一个塑料袋。

李玉璞看着朴正浩，无奈地笑了笑。朴正浩呀朴正浩，他这"贼不走空"的优良传统还真是根深蒂固，深植于骨髓中了，对欲望如此，对女人如此，如今啊，对这两头糖蒜依然如此。

难道，这就是朴正浩一直以来倡导的人生哲学吗？

第四十一章　一场风花雪月的痛

第二天一早，当李玉璞睡眼迷离正在床上赖着，尽量拖延着起床时间的时候，朴正浩来电话告诉李玉璞说，胖子今天有其他的事情要处理，要他们明天再去公司找他。

挂了电话，李玉璞重新闭上眼睛，准备再次开启自己的"回笼觉"模式。正当他迷迷糊糊准备再一次进入梦乡之时，他的手机不识趣地再一次响起。李玉璞心里有些不悦，他拿起手机放在耳边，嘴里嘟囔着说："正浩，你这小子有事儿能不能一次说完，我刚要睡着你就又打来电话干吗？"

"玉璞，是我，我是张玉环。不好意思打扰你了，但是我非常害怕，也不知道该怎么办，所以只好给你打电话。"张玉环在电话的另一头紧张地说着。

这种紧张与害怕，通过无线电波瞬间传染到了李玉璞的身上。李玉璞的意识立刻就清醒了过来，他一下子坐了起来，大脑里反映着张玉环言语中的内容。

"你别急，你跟我说是怎么回事，你为什么害怕，需不需要报警。你别着急，慢慢跟我说。"李玉璞虽然安慰着张玉环，可是他自己都没有发现，他急切的态度好像比张玉环还要更盛几分。李玉璞没有察觉到，这个时候，他的头上已经渗出了涔涔的汗珠。

"玉璞，我感觉有人一直在跟踪我，而且这种情况，已经持续一段时间了。在我家门口，在我去公司的路上，还有天天幼儿园的门口，总是有一辆黑色的奔驰车偷偷地跟踪我，可是我又看不到里面的人。那辆车每次发现我发觉了他，就会马上离开。刚刚我送天天到幼儿园，那辆车不知道什么时候又跟在我的车后面。等我把天天送进幼儿园出来，那辆车就马上离开了。我怀疑是不是有什么人要对天天不利，或者是为了报复我要对天天下手。"张玉环的语气中，透着忐忑不安的紧张情绪。

"天天没有事吧？还有你，也没什么事吧？你别急，我现在过去找你。你在哪里？我们见面再说。"李玉璞感觉到这件事情的严重性，很可能超出了他能够想象的范畴，但还是故作镇静地安慰着张玉环。

"我还在我最早的那间办公室，咱们原来的那一间我已经退掉了。这间正好还没租出去，我就又搬回来了。你还没起床吧？不用着急，你先吃点东西再来，我等着你。"张玉环听到李玉璞要来，好像紧张情绪缓解了很多，语气也比刚才有了很大的缓和。

挂了电话,李玉璞就跳下床,开始刷牙洗脸,然后又给自己煮了包方便面,等吃完了方便面,才出门去找张玉环。

李玉璞徒步来到离家最近的地铁站,在地铁站附近的一个公交卡充值点给自己的公交卡充了值,然后才随着人流走进了地铁站里。看着熙熙攘攘的人群,李玉璞心里想,自己以后就会这样重新投入公共交通的行列中,每天要冒着被挤成相片的危险出行了。

当李玉璞从北京的城南历经了地铁和公交的洗礼来到城东的时候,已经时近中午。当他满头汗水地走进张玉环原来的那间公司,仿佛有一种恍如隔世的感觉。不到一年的时间,他再次走进这间公司,心情和境遇与之前却是截然不同。

"李总,您来啦!张总说您要来,正让我煮咖啡呢。"张玉环的助理小许看到李玉璞走进来,一如既往地上前和他打着招呼。

"是,你们都好吧?李明呢?"李玉璞嘴里跟小许客套着,眼睛四处打量着寻找李明的踪迹。

"李明去监督一个户外广告的施工,不在公司。我带您去张总的办公室吧,她正等您呢。"小许一边说着,一边带李玉璞来到了张玉环的办公室。

推开张玉环办公室的门,首先映入眼帘的是张玉环那消瘦的背影。她正站在窗前,不知在想着些什么,丝毫没有发觉李玉璞和小许走进她的办公室。

"张总,张总,李总来了。"小许开口叫道。

张玉环转过身来,当她的眼神跟李玉璞交会时,一种激动的神情在眼眸中瞬间划过。

"李总,您好!麻烦您跑一趟,辛苦了!请坐。"张玉环保持着应有的镇静和礼貌。

小许转身走出张玉环的办公室,一会儿又端着两杯咖啡进来,分别放在李玉璞和张玉环的面前,再次转身离开。

"你瘦了。"李玉璞注视着张玉环说道。

"你也瘦了。"张玉环的目光在李玉璞的脸上一闪而过,亦如是说。

"我还好,你在电话里说的,有人跟踪你,是怎么回事?"李玉璞努力平复着自己的心情说道。

"从上星期开始,我就发现有一辆奔驰车一直尾随着我的车,除了那个开车的司机以外,我没见过车里的其他人。但是,那个司机也是始终戴着一副大墨镜,我根本看不清他的长相。他就那样不远不近地跟着我,每当我发现被跟踪,想看看车里面到底坐的是什么人时,那辆车就会迅速离开。"张玉环把在电话里说过的话,又跟李玉璞说了一遍。

李玉璞紧锁眉头,他也觉得这件事非常蹊跷,一时间弄不清此事的原因所在。

他甚至想，会不会是张玉环神经过敏，把正常交错的车辆当成了尾随。但是，看张玉环那副认真和急切的样子，又不像只是误会那么简单，这该如何是好呢？

"这样吧，今天下午，我跟你一起去接天天放学，也看看到底是什么人在跟踪你。"李玉璞看着张玉环，说出了他的计划。

"好的，那就麻烦你了。"张玉环感激地看着李玉璞说。

李玉璞和张玉环一起吃了午饭，然后在办公室里边喝茶，边聊着他们和熊廷厚共有的那家公司注销的事情。张玉环说注销公司的事情她在办，一切都在进行当中，如果有什么事，她会跟李玉璞及时联系的。

时间很快到了下午，他们准备去幼儿园接天天。在他们下楼之前，张玉环又来到窗口，往楼下停车场的位置看了看。当他们走下楼来，一起来到张玉环的车旁时，张玉环再一次环视着四周，就像是要找出什么应该出现却没有出现的人一样，然后才若有所思地上了车。

张玉环发动汽车，缓缓地驶向天天所在的幼儿园的方向。

"你怎么了？"李玉璞看着张玉环脸上的表情，又看了看四周，询问道。

"你上午来的时候，我在楼上的窗口好像看到那辆曾经跟踪我的车，就停在停车场里，后来一转眼就不见了。"

李玉璞这时候明白他上午刚到张玉环公司的时候，她那种若有所思的表情是为什么了。

"玉璞，你看，就是后面那辆车，这些天它一直跟踪我的车。"张玉环突然从汽车的反光镜里看到了那辆让她紧张和害怕的奔驰车。

"哪一辆？"李玉璞转身向身后看去。

"就是在咱们左侧车道，相隔五辆车的那辆限量款奔驰。他今天好像有所警惕，离我的车比较远，以前会离我更近一些。"张玉环从汽车的反光镜里向后看着，脸上不由自主地紧张了起来。

李玉璞转身向左后侧看去，跟他们隔着几辆车，的确有一辆黑色的限量款奔驰车与他们保持着不远不近的距离，缓缓前行着。这辆黑色的奔驰车，车膜颜色很重，从外面根本看不到任何车里面的情况。无论张玉环和李玉璞的车，车速是快是慢，那辆奔驰车始终保持着跟他们若即若离的状态。

就这样，当张玉环和李玉璞他们来到了天天的幼儿园，他们停好车再寻找那辆奔驰车时，那辆车却已经踪迹全无。李玉璞这时候比张玉环还觉得诧异，他无法想象这辆车的主人到底想干什么，是想绑架张玉环和天天吗？可是为什么迟迟不动手呢？总不至于是绑架他吧？也不可能，要是想绑架他，干吗跟踪张玉环呢？再说他现在穷光蛋一个，谁那么不开眼会绑架他呢？完全没这个必要。

幼儿园的大门开启，张玉环径自去往天天所在的班级接孩子。不一会儿，就看见张玉环拉着天天的小手走出了幼儿园。李玉璞跟天天打过招呼，又接过张玉环的汽车钥匙，让张玉环陪着天天一起坐在车后座上，由他开车送张玉环和天天回家。

就在这时，奇怪的事情发生了，那辆幽灵般的奔驰车又一次现身了，一路上还是和他们的车保持着不远不近、若即若离的距离。

就这样，他们被一路尾随着回到张玉环家的楼下。李玉璞和张玉环不想让天天知道此事，只用眼神相互交流着。当他们把车停好，若无其事地一起坐电梯上楼回到家以后，再从张玉环家的窗口向下望去，刚才那辆奔驰车所在的位置已经空空如也。

张玉环和李玉璞两人面面相觑，谁也不知道这到底是什么情况。

李玉璞本来想把张玉环母子送到家就告辞回家的，可是张玉环一定要他吃了晚饭再回去，李玉璞也没有多推辞就留下吃晚饭了。

吃过晚饭，天天早早地就去睡了。张玉环和李玉璞坐在沙发上闲聊着这段时间彼此的境遇。直到这个时候，张玉环才知道李玉璞为了偿还贷款公司的利息和那个受伤工人的医药费，已经把车卖给了二手车市场。张玉环无比内疚，她总觉得李玉璞如今的一切都是她连累的，她对不起李玉璞，如果没有她，李玉璞也不会落得如此地步。

夜幕降临，就在李玉璞准备起身告辞之时，张玉环却上前一步，伸出双臂将李玉璞紧紧地抱住。

张玉环深情地望着李玉璞，眼角泛起晶莹的泪花。她说："玉璞，是我对不起你，是我连累了你。"然后，张玉环把头深深地埋在李玉璞的胸前，久久地依偎着他。

张玉环内心那长久以来被压抑的情绪，在这个时候被李玉璞为她的默默付出而感动。她很久以来都没有过这样的感动了，更没有过这样的拥抱了，那长久以来的不安全感，在她将李玉璞紧紧拥抱时，被渐渐驱逐。这是她主动拥抱的第二个男人，也是她从心里愿意去接受的第二个男人。虽然不知前路如何，她愿意在这一刻将这个男人紧紧地拥抱。即使结局亦如她曾经的第一次拥抱那样，最后是伤痕累累、体无完肤，她依然不后悔在这一刻做出的选择。即使她再一次经历那彻骨的疼痛，她也要向命运再一次挑战，为自己以后的生活主动做一次选择。

李玉璞有些木讷地伸出双臂，将张玉环紧紧抱住。张玉环的这个主动拥抱，将他的落寞驱逐，在心底渐渐泛起一丝丝暖意。

"玉璞，如果你愿意，今天就留在这里吧。"张玉环在下定决心对李玉璞敞开心扉、主动拥抱的同时，也在内心深深地祈祷着。

张玉环在内心祈祷上天的垂怜，让她跳出命运的怪圈；祈祷这一次不要再重蹈覆辙，不要让她再伤痕累累；祈祷不要让她再一次经历，风花雪月的痛彻心扉。

第四十二章　河东与河西

　　第二天一早，李玉璞吃过了张玉环亲手准备的早餐，便开着张玉环的车来到了曹氏集团大楼外的停车场。他看了一眼手表，离他和朴正浩约定的时间还有半个小时。他打开车里的 CD，又将座椅的靠背向后调整了一下，闭上眼睛感受着那环绕在耳畔的美妙音乐。

　　李玉璞用心灵感受着那让他身心愉悦的乐曲，不知是被这美妙音乐感染，还是这长久以来的压抑在昨晚得到了淋漓尽致的释放，李玉璞的心情好似这夏日里盛开的花朵一般，美丽妖娆，尽情绽放。

　　李玉璞伸了一个懒腰，脑海中又一次浮现出昨晚的情景。他李玉璞也算是枪林弹雨闯过来的，可是这样的张玉环，在他眼里依然具有那种魅惑众生的杀伤力。李玉璞奇怪，自己为什么从前就没发现张玉环有这样的魅力呢？张玉环一直都在小心翼翼地保护着自己，也许亦如歌词中所唱的那样"不愿别的男人见识你的妩媚"。而且，张玉环明明早就对自己有意，自己却一次又一次地熟视无睹，也许在自己的忽视下，张玉环才一直跟自己保持着那种若即若离的状态。其实，自己早就该抱得美人归了，早就该良辰美景奈何天了，何必忍受之前那样凄凉孤苦的境遇。

　　李玉璞正在车里自我陶醉着，有人"砰砰砰"地敲响了他的车窗玻璃。李玉璞赶紧睁开眼睛一看，原来是朴正浩站在他车旁，正在敲着他的车窗玻璃。李玉璞关上 CD，正准备下车，没想到，朴正浩从他的车头绕过，拉开另一边的车门，坐到了副驾驶的座位上。

　　朴正浩一脸狐疑地看着李玉璞，诡异地说："老实交代，昨晚你跟谁鬼混去了？看你一大早这萎靡不振的样子，是不是昨晚纵欲过度啊？"

　　"我跟谁鬼混了？你小子别胡说行不行？我都混成这模样了，除了你以外，谁还愿意跟我鬼混？还什么纵欲过度？哪有的事儿？"李玉璞一副宁死不屈、打死也不承认的样子。

　　"你还敢嘴硬，这车是谁的，你以为我不知道吗？再说，今天早上我去你家敲你的房门，你根本就不在家。"朴正浩说着，凑上前用鼻子使劲地在李玉璞身上嗅了嗅，又接着说，"还有，你看你今天这满面桃花的样子，你身上这味道，你以为能骗过我这驰骋情场几十年的老司机吗？"

李玉璞这下有点不淡定了，他下意识地低头在自己身上闻了闻，并没有察觉到自己身上有"作案"后的茶蘼气息。这时候，他察觉自己上了朴正浩的当了，这不是变相承认自己昨晚……

"你这小子能不能有点正经的，我身上怎么啦？你是狗鼻子啊，上来就闻，我身上除了汗味什么味都没有，你少在这儿咋呼。"李玉璞虽然还是铁嘴钢牙、拒不招供，可还是不由自主地有些紧张，说出的话也越来越没有底气了。

"算啦！算啦！你承认了又怎么样？真是！其实我真的觉得你跟那'杨玉环'挺好的。咱们什么关系，没必要瞒着我。她这个时候能接受你，更说明她对你是真心的，你们这也叫'患难见真情'是不是？"朴正浩虽然是一脸坏笑，但是他真心为李玉璞高兴，同时也对自己如今的境遇有些黯然神伤。

"我不是要瞒你，只是我自己都说不好我跟张玉环能不能走下去，何况我如今这样子，更不想连累她们母子。"李玉璞说的是心里话，他是真的不知道自己能和张玉环走多远，也真心不想连累张玉环和天天母子俩。

"什么叫连累？难道你就真的认为，自己就没有东山再起的那一天？再说，有一个女人在这种时候，不顾一切地跟你在一起，你又何必妄自菲薄？别想那么多，活在当下比什么都强。如果都像你这样，前怕狼后怕虎，船头怕鬼船尾怕贼，那人还活不活了。"朴正浩总觉得"没谱儿"哪都好，就是遇事磨叽。他的座右铭，永远都是及时行乐、快意人生，他觉得只有那样，才对得起自己来这人世一回。

李玉璞知道朴正浩也是"江山易改，本性难移"。他不想跟朴正浩争，也没必要争，人嘛，只要对得起自己，又不伤害别人，这就够了。他看了一下手表说："还差五分钟？咱们是给胖子打个电话，还是直接上去找他？"

"直接上去吧！不用打电话了。"朴正浩也看了一眼手表，嘴里继续嘟囔着说："哎！三十年河东，三十年河西。没想到啊，我朴正浩今天居然来找胖子同学救命来了。他当初可是全班同学的帮扶对象啊，而且还整天跟着别人屁股后面蹭饭吃，不管谁剩了饭，他恨不得都吃上几口，尤其是他看到别的同学买肉吃的时候，那种饿虎扑食的样子，真让人记忆犹新啊。谁能想到，胖子现在成了咱们同学当中混得最好的，你说这到哪说理去？'没谱儿'，你还记得吗？我们在大学的时候，胖子作的那首诗——锄禾日当午，读书好辛苦。无奈来讲堂，一睡一上午。"朴正浩想到当年庞子瑞的样子，不仅忍俊不禁，一边笑着，一边下了车。

"喂！你别胡说了，让曹氏的人听见了不好。"李玉璞也被朴正浩的话逗得心情越发轻松。

"什么曹氏？我看该改朝换代叫'庞氏'了吧！"朴正浩一边说着，一边和李玉璞一起朝着那栋大楼的大门走去。

再一次来到曹氏集团所在的楼层，漂亮的前台小姐告知他们，庞总还没有到公司，并带他们来到小会议室里等候庞总的到来。

坐在李玉璞曾经过的小会议室里，李玉璞的心情难以名状。如果没有曹氏，他不会落得如此地步；如果没有曹氏，张玉环也不会受那么多的委屈；如果没有曹氏，他和张玉环现在的关系和处境又应该是如何呢？李玉璞不知道，真的不知道，世上没有如果，只有结果。而现在的结果，不管他愿不愿意接受，他都不得不接受。

时间一分一秒地滑过，眼看就要到中午了。在李玉璞和朴正浩的心里，失落与颓丧的情绪也随着窗外骄阳散发的热浪一起，慢慢地升腾起来。他们不知道这胖子同学到底演的是哪一出戏，约了他们来又不肯露面，就这样给他们晾在了这里，到底什么意思？要是不想见他们干吗又约他们来？直接拒绝就行了。干吗像现在这样，是要给他们展示一下他庞总现在的威风和威严吗？算了，干脆就这样不告而别算了，也许这样才是最体面的做法。庞子瑞呀，庞子瑞！他再也不是当初的胖子同学了，他现在是不可一世的庞总。

就在李玉璞和朴正浩心中怒意正盛，正要拂袖而去的时候，那位不可一世的庞总带着满面的春风走进了他们所在的小会议室。

"哎呀！实在抱歉！抱歉！我今天上午跟银行的李行长见面谈贷款的事，没想到他有点事被耽误了，我回来的时候又堵车。实在不好意思，让你们久等了。"庞子瑞一边往里走着，一边抬起双手在胸前做了一个拱手的姿势。

"没事，知道您庞总日理万机，能抽出时间见我们，已经是洪恩浩荡了，等这么一会儿，不算什么。"朴正浩夹枪带棒地说着。

"哪里的话？什么日理万机？没时间见别人还能没时间见老同学吗？我真的是被李行长那边给拖住了，实在不好意思。一会儿我赔罪好吧？你们还不知道我吗？我是真的人在江湖，身不由己啊！"庞子瑞一脸无辜的样子。

李玉璞和朴正浩二人，跟随庞子瑞一起来到了庞子瑞那间宽大明亮的办公室。这里曾经是曹总的办公室，里面的陈设跟以前一样，几乎没什么变化。

坐在庞总办公室里的真皮沙发上，喝着庞总的秘书送进来的咖啡，朴正浩和李玉璞此时才感觉到，这才是老同学见面应有的礼节。

朴正浩端起那精美的咖啡杯喝了一口里面的咖啡，在他放下咖啡杯的同时，向庞子瑞说："庞总，我今天来呢，是急需一笔钱，想向您周转一下。也不多，三十万元，如果庞总方便更好，如果不方便也不勉强。"朴正浩说完便默默等着庞子瑞的答复，他不愿意自己一副低声下气的样子。即使是借钱，他依然不愿意放弃自己那毫无用处的自尊心。

庞子瑞沉吟了一下，缓缓地说："老同学，我不是不借给你，只是我手上真没有这么多现金。你们也知道，我刚刚回国不久，国外的固定资产我暂时无法变现，在国内我也只是曹氏的股东之一，所有有关经济上的事情都要董事会决定才行，我不能一个人说了算。这样，容我跟公司商量一下，看能不能先以我个人的名义借出一部分钱来给你周转。你们放心，我会尽快答复你，也一定会尽量争取的。你们看这样行吗？"庞子瑞看着朴正浩和李玉璞，那种真诚的态度，还真是让人难以揣摩他到底是真心还是假意。

"好吧！我们也不能为难老同学不是？我的事呢，你也别为难，行就行，不行就拉倒。还有一件事跟你商量一下，玉璞之前做过曹氏的一个项目，可是因为曹总的去世，押着玉璞他们公司的尾款一直没有结账。现在你坐镇曹氏集团，能不能把欠玉璞的那笔钱给结了。总不能说曹总死了，欠人家的债就跟着一起进坟墓吧？曹氏集团家大业大，总不能欠债不还是吧？这到时候传出去，可是好说不好听啊！"朴正浩看着胖子跟他左一套外交辞令、右一套规章制度的，简直想揍庞子瑞这小子一顿。

朴正浩心里骂着这个死胖子："你装什么大尾巴狼呀？别人不知道我们还不知道你什么样子吗？什么国外固定资产不能变现？什么集团的财务制度？二三十万元对你来说不就是毛毛雨吗？不借就不借，跟我打什么官腔呀？胖子这简直就是，厕所里跳高——'过粪'（过分）！"

虽然朴正浩心里对胖子一顿吐槽，但是碍于庞子瑞如今的身份，又不好真的跟他撕破脸，而且也没有这个必要。到时候没准儿还让人说，人家不肯借给他钱，他就跟人家反目成仇了呢。可是朴正浩也不是省油的灯，虽然在来曹氏之前计划中并没有替李玉璞的公司讨债这一项内容，但他还是临时起意把这番话给说了出来，并且话里话外还夹枪带棒、含沙射影，把庞子瑞好好地敲打了一番。

第四十三章　冲动是魔鬼

　　李玉璞和朴正浩在这一次跟庞子瑞的外交活动中，虽然不能说是宾主尽欢，但也不至于不欢而散。在庞子瑞的坚持下，朴正浩和李玉璞跟随庞子瑞一起，来到曹氏附近的一家高档酒楼内，共进了午餐。

　　餐桌上所有的菜品中，还依然保留着庞子瑞上学时最喜欢吃的那道红烧肉。这道菜可能是庞子瑞对于美食最美好的回忆，同时也是庞子瑞最尴尬的回忆。

　　曾经的庞子瑞，在学校里只能吃最便宜的饭菜，有时甚至吃别人的剩饭，这几乎是所有同学及李玉璞和朴正浩都知道的事情。而且庞子瑞尤其喜欢吃肉，不管是肥肉还是瘦肉，他都来者不拒。一些女同学更是把自己不喜欢吃的肥肉，都挑出来给庞子瑞吃。当时的李玉璞和朴正浩，虽然手头也不是很宽裕，但总比庞子瑞的情况要好很多。他们看到庞子瑞那副馋嘴的样子，有时候也会慷慨解囊，打一份红烧肉和胖子同学一起吃。所以说，胖子同学在大学里和同学们建立起来的友情，那都是靠着一碗碗的红烧肉打下的坚实基础。

　　有一次，庞子瑞跟着李玉璞和朴正浩一起蹭饭吃，已经吃完饭的他，正准备跟着李玉璞和朴正浩离开餐厅，有一个同学突然叫住他说："庞子瑞，今天的红烧肉太肥了，我根本就没吃，你要不要？"

　　庞子瑞虽然已经吃饱了，但是看到他最喜欢的红烧肉，还是不肯放过，居然找了一个塑料袋，把那份红烧肉全都倒了进去，还说自己可以留着晚上吃。

　　今日李玉璞和朴正浩看着眼前的红烧肉，不约而同地想到了在学校里的庞子瑞。虽然两个庞子瑞已经不可同日而语，但总觉得眼前的庞总和昔日的胖子同学的形象重合时，有一种让他们熟悉的亲切感，也有一种让他们琢磨不透的陌生感。

　　在餐桌上，庞子瑞真心诚意地向李玉璞和朴正浩表示，朴正浩的事情，他一定会尽全力去解决。至于李玉璞之前和曹氏合作的那个项目所欠的那部分尾款，就真的不太好办了。因为在他接手曹氏的时候，就已经做了明确的划分，以明确的日期为分割线，之前的一切债权债务都和现在的曹氏不再有任何牵连，他只负责他接手曹氏之日起的相关事宜。但是庞子瑞也没有将李玉璞他们的希望彻底毁灭，他说可以在股东大会上提议此事，也会尽可能地为李玉璞争取相关利益，但是最后的结果，那就要尽人事听天命了。

　　事到如今，其实李玉璞已经不再对曹氏的那笔尾款抱有什么幻想了。他虽有不甘，但也不得不接受了这样的现实。只是听着庞子瑞说什么"尽人事听天命"，李玉璞还是觉得这个死胖子不过是对他敷衍了事而已。

曾经是无比熟悉的老同学，一顿饭却吃的是各怀心事。席中，朴正浩貌似很随意地问庞子瑞，林青今天怎么没跟他在一起。庞子瑞说林青在办理曹氏的一些财务问题，今天上午在另一家银行谈贷款事宜，所以没有回公司。

朴正浩听了庞子瑞的回答并没有再多问什么，李玉璞也没多说什么，毕竟如今的他们和林青以及庞子瑞相比，已经是天渊之别。为了避免他们自卑，也为了避免彼此的尴尬，他们与林青还是不要多见面的好。

吃完饭，李玉璞、朴正浩、庞子瑞三人分别去向各自的目的地：庞子瑞回曹氏；朴正浩回了南五环外自己的家；李玉璞因为开着张玉环的车，所以径直去了张玉环公司的所在地。

临分手前，朴正浩还打趣李玉璞说，祝他从此掉进温柔乡，醉生梦死，永不醒来。

李玉璞驱车向张玉环公司的所在方向驶去，对于朴正浩的打趣，他没往心里去，或者说他对自己和张玉环现在的关系，没往心里去。他和张玉环都不是少男少女了，肌肤之亲对他们来讲也算不上什么。他们如此的现状，更像是两个落难者彼此间的相互慰藉，不过是在寒风凛冽的冬夜里抱团取暖罢了。但在李玉璞心里，却也暗暗下定决心，他不会做伤害张玉环的事儿，只要张玉环愿意维持这样的关系，他就会跟张玉环这样厮守下去。如果哪天张玉环要他离开，他也会彻底消失，绝不会死缠烂打、纠缠不清。

李玉璞觉得，这才是成年人之间的感情，给予对方最想要的、没有附加条件的、最纯粹的感情。什么海誓山盟，那不过是骗人的把戏罢了。往往越是经常将誓言挂在嘴边的人，就越是背叛誓言最彻底的人。可是女人这种动物，往往就是喜欢听这些谰言、谎言，却从不喜欢听良言、真言。

就在李玉璞在大脑里认真地研究着男人和女人之间最深刻的课题时，前方车流的行驶速度开始慢了下来，道路也渐渐开始拥堵了起来。李玉璞伸着脖子往前看了看，视线之内也看不到前方到底发生了什么事情。他心想，也许是哪辆车不小心发生了什么剐蹭，所以才造成拥堵现象。李玉璞无意地看了一眼车的后视镜，这一眼却让他吃惊不小。李玉璞发现，就在离他的车相距三辆车的左后方的位置，停着一辆他既陌生又熟悉的奔驰车。虽然大街上奔驰车也不少见，但李玉璞一眼就能认出来，那款限量版的奔驰，无论是车型还是颜色，都和那辆曾经跟踪尾随他和张玉环的奔驰车一模一样。而且，不仅仅是一样，李玉璞的第六感告诉他，这辆奔驰车就是那一辆跟踪并尾随过他的车。

李玉璞从后视镜里看到，这辆奔驰车一如既往地紧闭着车窗。那个开车的司机也一如既往地戴着黑墨镜，车里后视镜的下方还垂着一个红色的平安符。

李玉璞的心似乎被这辆跟踪他的奔驰车的气场压着，不由自主地加快了跳动的速度。他死死地盯着那个开车的司机，想看看他到底要干什么。那个开奔驰车的司机似乎也发现了这一情况，居然嘴角微微上扬，露出一个肆无忌惮的挑衅的微笑。

就在这时，李玉璞听到了他身后车辆催促的车鸣声。李玉璞回过神来，看到前方的车辆都已经缓缓前行，他赶快加大油门向前驶去。

行至不远处，他看到的确是有两辆车发生了剐蹭，好在问题不大，那两辆车的司机也处理完事故，正要驾车离开事故地段。李玉璞将车开离事故地段后，再次在后视镜里寻觅那辆刚才尾随他的奔驰车，可是那辆奔驰车早已不见了踪影，再也找不到了。李玉璞分别在左右后视镜里搜寻着那辆奔驰车，可是无论他怎样搜寻，就是找不到。留在李玉璞脑海里的，只有开奔驰车的司机刚才那难以言喻又挑衅意味十足的、肆无忌惮的微笑。

李玉璞若有所思地来到了张玉环的公司，在楼下给张玉环发了条微信，就在车里等着她，他们要一起去幼儿园接天天放学。

张玉环在楼上给李玉璞回了微信让他稍等，然后又对小许还有李明嘱咐了一声，就走出了公司。

张玉环来到楼下，跟李玉璞打过招呼后就来到车的右侧，坐在了副驾驶的位置上。张玉环看着默默无言、一筹莫展的李玉璞，感觉心里有一种莫名的伤感。她不知道在早上跟她分开时还含情脉脉的李玉璞，出去了半天怎么就变了模样？她喜欢那个温柔又体贴的李玉璞，喜欢那个多情又奔放的李玉璞，喜欢昨夜那个和她一起痴缠、极尽索取之能事、气喘吁吁地说爱她的李玉璞。

张玉环不明白，在短短的时间内，李玉璞怎么就变了？是自己的主动让李玉璞觉得自己过于随便而后悔了，还是他觉得自己是他的拖累，可是又不好说出口，所以才沉默不语？

张玉环被自己的想法折磨着，她很想告诉李玉璞，她不会勉强李玉璞的感情，更不会勉强李玉璞留在她身边。只要李玉璞想离开，她绝不会勉强他留下，更不会对他横加指责。但是她无法接受一个为了其他什么因素，郁郁寡欢而勉强留在自己身边的男人。

张玉环自己都不知道，什么时候自己变得如此患得患失。她强压心中的猜疑和委屈，定了定心神，试探着问道："你怎么啦？有什么事，愿意和我说说吗？"

李玉璞把脸转向张玉环，他本来不想说在路上遇到的事，也不想给张玉环增加心理负担，可是当他看到张玉环脸上那难以掩饰的委屈时，意识到自己的沉默可能伤害到了张玉环。

李玉璞伸出手覆在张玉环那一双交握在一起的手上，想以此来让张玉环感受到自己的温度和自己的爱意。他正要张嘴说什么，来让张玉环宽心，可是没想到，从他们车身的左侧,那辆如幽灵一般曾经尾随过他们的奔驰车,猛地向他们的车身贴过来。就在两辆车即将电光火石般相撞的时候,那辆车却一个闪躲,急速驶过。李玉璞和张玉环都在这一时刻给吓蒙了,就在刚刚那辆奔驰车与他们的车擦肩而过的刹那,他们两辆车的车身几乎贴在了一起。

李玉璞和张玉环被这惊险的一刻吓得呼吸简直都要停滞了。李玉璞的心里更是不知被什么无名怒火瞬间点燃,他不明白这辆车为什么一直像幽灵一般地跟随着他们,又为什么做出刚刚那种极具挑衅的危险动作。李玉璞顾不得内心的狂乱,将油门狠狠地踩下,眼睛紧盯着那辆车的车尾,疾驰而去。就在他的车与那辆奔驰车一车之距的时候,李玉璞一打方向盘,向那辆车贴了过去。但是,那辆车好像并不想跟李玉璞较劲,轻轻一闪,就躲过了李玉璞的牵绊,继续向前方快速飞奔。李玉璞也并不罢休,继续追赶着那辆奔驰车。就在李玉璞将自己所驾驶的车再一次以危险的角度和距离向那辆奔驰贴近的时候,那辆奔驰车也再一次如箭一般向前飞去。就这样,李玉璞和那一辆奔驰车在光天化日之下,上演了一场另一种意味的生死时速。

而那辆奔驰车也好像有意在戏弄李玉璞一般,无论李玉璞驾驶的车辆怎样开足马力将油门踩到底,总是与那辆奔驰车有着一个车身的距离。正在李玉璞驾驶着张玉环的车与那辆奔驰纠缠不清的时候,那辆奔驰车从不曾打开的后车窗缓缓降了下来。一张让张玉环感觉既熟悉又陌生的面孔,在车窗里回过头来向张玉环看了一眼。然后,那辆车的车窗便又缓缓升起,阻挡住了张玉环那惊愕的目光。

虽然只是片刻之间的事情,虽然那张面孔被一副巨大的墨镜掩盖了眼眸中的难以名状的情绪,可是当张玉环看到这张面孔的那一刹那间,还是被那张面孔散发出的某种感觉,在瞬间穿透了心。张玉环在这时候,感觉自己的心似乎停跳了一拍。她不敢看,也不敢想,更不敢去确认那张对她而言曾经无比熟悉的面孔的真实性。

张玉环不敢相信眼前的这一切都是真实的,她"啊"地大叫一声,张大着嘴巴,惊恐万分地瞪着那已经紧闭的车窗。

李玉璞回过头来,看到张玉环脸色发白、嘴唇发紫,一双眼睛直直地看着前方,一句话也说不出来。

"怎么啦?玉环,你怎么啦?是不是碰到你了?"李玉璞急切地问着。

还没等张玉环对李玉璞的询问有所反应,就听见"咣"的一声剧烈的撞击声,响彻李玉璞的耳畔。张玉环再一次发出"啊"的一声大叫,用双手下意识地蒙住了自己的眼睛。但是,一条殷红的血流,却从她的额头开始,在张玉环的指缝中顺着面颊缓缓地流了下来。此时,张玉环眼前的一切,都已经被这殷红的颜色晕染,无论天地,都在瞬间变成了血红色。

第四十四章　剪不断　理还乱

　　李玉璞万万没想到，就在他心慌意乱的转瞬之间，在他转头看向张玉环的时候，他驾驶的车辆与马路中间的水泥隔离墩狠狠相撞。虽然车内的安全气囊减轻了他们受到的重创，但依然造成了李玉璞和张玉环身体的多处擦伤，更是造成了张玉环额头一道大概两厘米左右的伤，流血不止。警察已经来勘查现场了，李玉璞和张玉环也已经被送往医院，并进行相应的治疗。

　　在医院里，李玉璞看着已经被医生包扎过伤口的张玉环，满心愧疚。他后悔自己不该一时冲动，不该跟那辆来历不明的车较劲，更不该在张玉环和他在一起的时候，因自己的不谨慎给张玉环造成如此严重的伤害。他曾经在心里许诺过要好好保护张玉环，可是现在，他不仅让张玉环受了伤，就连张玉环的车也被他撞坏了。李玉璞不知该如何面对今天所发生的事情，也不知该如何面对张玉环。他不知道自己今天为什么一反常态，表现得如此莽撞；更不知道从今以后他该怎样面对张玉环，他们彼此之间又该如何相处。李玉璞非常后悔，他不是一个容易冲动的人，但他自己都不明白为什么自己行事会如此鲁莽。也许是这段时间的身处逆境，让自己无法再做到云淡风轻，无法再做到退一步海阔天空，无法再对一些无法接受的人和事置若罔闻。但无论如何，造成现在这样的结局都是他的错，他李玉璞真是不折不扣、如假包换的"没谱儿"！

　　李玉璞看向张玉环，他想对张玉环说些什么，但是鼓足了勇气也只是艰难地挤出来三个字："对不起。"

　　张玉环好像并没有听到李玉璞的话，没有任何表情的她，除了眼角的泪水在缓缓流下外，再没有任何反应。

　　张玉环的车已经被拖去修车厂维修了。李玉璞叫了一辆出租车，先去小许家接了天天，然后又把张玉环和天天送回了家，才坐着出租车回了南五环外自己的家。

　　回到家，李玉璞没心情洗漱，他径直来到自己的卧室，一头便倒在床上，他希望自己能用睡眠来暂时远离白天所发生的一切。他觉得自己这一天的遭遇简直就像做梦一般，他真的希望这就是一场梦，在梦醒时分，这一切就烟消云散，从此与他再无干系。

　　可是让李玉璞拼命想躲避的这一切，不仅没有因为睡眠而消失，反而更逼真、更鲜活地出现在他的梦境里。

李玉璞在梦里又看到了那个戴着墨镜，回头朝着他和张玉环露出挑衅微笑的男人；也看到了张玉环在见到那张面孔时，那惊恐万分的神情；还看到了自己几近疯狂地驾驶着汽车，撞向马路中间的水泥隔离墩时，那巨大冲击造成安全气囊弹射而出的画面；还听到了那伴随着巨大的撞击而产生的巨响。

李玉璞从梦中惊醒，他气喘吁吁、大汗淋漓。梦中的一切，让他的神经再一次经历了残忍的碾压。这一切真实的感受都让他真切地知道，白天所发生的一切都是真实存在的，并不是梦境。李玉璞用手摸了摸自己额头上的擦伤，闭上眼睛使劲地晃了晃头，希望就此能将脑海中那恐怖的场景驱逐出去。

李玉璞不敢再进入睡眠，也无法再进入睡眠，白天发生的一切都历历在目，他无法对发生的这一切视若无睹。李玉璞低着头，把双手插入自己的头发，在心里一遍又一遍地责备自己，是他造成了这一切，是他害得张玉环受伤，就连张玉环的车都被他撞坏了。他觉得，自己这样的"没谱儿"，如果再与张玉环交往下去，其结果只会对张玉环造成更大的伤害。他不愿意，真的不愿意。

李玉璞就这样一直埋首在自己的双臂之间，像一尊雕塑一般久久地坐在床上，一直等到黎明的到来。

也许就是在同一时间，张玉环也在梦中惊醒。刚才的梦境让张玉环感觉似真似幻、忐忑不安。在梦中，那个男人温柔地看着张玉环，一遍又一遍地在她耳边呼唤着她的名字："玉环，玉环！"那张曾经让张玉环感到无比幸福的面孔，久久地在她的脑海中萦绕。他微笑着轻声地在张玉环耳边说："玉环，跟我走好吗？我会给你我的一切，我要让你成为世界上最幸福的女人，我要和你带着我们的孩子一起环游世界。玉环，你不用怕，一切有我。玉环，不用怕，一切都有我！"

张玉环看着那张微笑的脸，满腹委屈地说："高翔，你去哪里啦？为什么这么多年你都不来找我？你知道这些年我是怎么过来的吗？我一个人带着天天，有多难，你知道吗？"

"知道，我知道，我全都知道。玉环，我也很想念你，我真的很想你，只是我没有勇气出现在你的面前。其实我一直在关注着你，我不知道你还能不能接受如今的我？也不知道我的出现会给你带来什么？所以，我一直在寻找合适的机会。我真的不知道，我到底该不该出现？"高翔的声音和高翔的脸庞，始终在张玉环的前方隐约可见。

张玉环径直朝着那发出声音的方向走去，在不知不觉中，她发现自己和高翔已经身处迷雾重重的旷野。高翔的身影被四周逐渐升腾起来的雾气所淹没，在浓雾之中，若隐若现。

"高翔，你为什么现在才出现？你既然一直关注着我，却又为什么一直不出现？你是不是已经变心了？你是不是已经和别人结婚了？如果是那样，你为什么现在又要出现在我面前？"张玉环泪流满面，面对曾经的爱人，她无法控制自己的情绪。平日里在别人眼中那个倔强、隐忍、算计而又狡猾的张玉环，在这一刻似乎已支离破碎。

高翔的身体开始不由自主地向后飘去，他渐渐与张玉环拉开距离，慢慢地越飘越远。

但是高翔那温柔的声音却依然在张玉环的耳边萦绕着，他说："玉环，不用怕，一切有我！玉环，玉环……"张玉环向着那身影追去，她伸出手使劲地想要抓住高翔的手，可是无论她怎么追赶，她与高翔的手，却总是有着难以逾越的距离。

张玉环哭喊着："高翔，你不要走，你走了，我和孩子怎么办？"

"孩子，孩子……"高翔那向后飘移的身影顿时停了下来，他在不远处就那样仔细端详着张玉环。高翔踌躇着，心里似乎在挣扎着，他缓缓地说："玉环，那孩子是我的吗？他叫什么名字？"

"当然是你的，不然呢？你以为是谁的？"张玉环愤怒了，高翔为什么会这样问？他心里到底在想些什么？天天是在香港出生的，就在她和高翔被人追杀的那天夜里，因为天天的早产，她和天天都差一点失去生命。事到如今，高翔怎么能怀疑她呢？

"玉环，对不起！真的对不起！我没有别的意思，我只是太高兴了，想确认一下。我不该这样问，对不起！他是我儿子对吗？他叫什么名字？"高翔的声音里，有一种难以掩饰的幸福感和沧桑感。

"我不要你和我说对不起，你告诉我这一切到底是为了什么。为什么你当初不回来找我？为什么这么多年你一直不肯来见我？你告诉我！告诉我！"张玉环的泪水似断了线的珍珠，大颗大颗地滴落下来。

高翔依然隐没在前方的那一团浓雾之中，只有那张让张玉环感觉既熟悉又陌生的面庞，在迷雾中时隐时现。他眉头微蹙，好像在思索着什么。高翔似乎有许多话要和张玉环说，却又不知该如何说起。时隔多年，他依然不敢面对和张玉环分离的那一天，依然不敢面对他自己，也不敢面对如今的张玉环和这些年对张玉环的愧疚。他想说，却说不出口。他在心中踌躇着，对于张玉环的提问，他不知该如何回答。

张玉环面对着沉默不语的高翔，不由得怒气冲天。她站在原地，歇斯底里地向高翔怒吼着："高翔，我恨你！是你把我带到香港，把我一个人扔在大街上，从此杳无音信。是你害得我和天天差一点就命丧黄泉。是你这么多年一直不肯来找我，让我一个人饱受世俗的争议，我甚至都不敢和我家人相见。天天从一出生就没有得到过父爱，还被别人说成是一个没有父亲的孩子。现在你出现在我们的生活中，却又不肯和我们相认，这到底是为什么？为什么？"张玉环大声地嘶吼着、宣泄着，她把这些年自己遭遇到的所有尴尬、鄙视、误解、委屈，一股脑儿地统统发泄了出来。

"对不起！玉环，对不起！你刚才说'天天'，我儿子叫'天天'是吗？我有儿子啦！我真的有儿子啦！"高翔似乎很激动，他有些手足无措，在原地喃喃地说着，"我有儿子啦！我真的有儿子啦！"

就在这时，有一阵风吹过来，高翔的身体不由自主地再一次向后飘去。那弥漫的浓雾也再一次将他吞噬，他那张温柔的笑脸也在浓浓的雾气中时隐时现。

而这个时候，出现在张玉环眼前的则是高翔不同时期、不同表情、不同神态的面孔，有温柔又多情的高翔，有孤僻又倔强的高翔，有脆弱又骄傲的高翔，有冷漠又忧郁的高翔，有陌生又严肃的高翔，还有冷峻又神秘的高翔。这每一张面孔都在张玉环面前循环交替着出现，每一张面孔也都让张玉环的内心为之震撼。高翔，高翔，你到底是怎样的人，到底有什么难言之隐，才让你如此神秘，如此令人难以捉摸？

张玉环"啊"的一声从刚才的梦境中惊醒，她坐在床上大口地喘着气。她想见到高翔，又怕见到高翔。可是今天坐在奔驰车里的那个人，虽然和高翔长着一样的面孔，但那种难以言喻的陌生感却让张玉环的心里忐忑不安。她不知道高翔为什么一直不肯和她相认？又为什么一直跟踪她？还有他欲言又止的神态，到底是为了什么？

张玉环头痛欲裂，心中一个又一个的疑团困扰着她，让她无法再次进入梦乡。她想知道高翔这些年到底是怎么过来的；他是不是已经有了家室；他这次来到她身边却又迟迟不肯露面，到底是为了什么。她不知道自己和天天今后的道路该通向何处。为什么所有的事情总是这样鬼使神差又阴差阳错？当初她和高翔在即将走进幸福殿堂的时候却天各一方；现在她刚刚和李玉璞有了实质性的进展，高翔却又意外地出现。张玉环弄不明白，这到底是造化弄人，还是她张玉环命该如此？

第四十五章　这样的时代

李玉璞自从上次出了车祸以后，就再没有见过张玉环。他日复一日地过着浑浑噩噩的日子，机械性地吃饭睡觉，偶尔也会在夜幕降临的时候到小区的公园里去坐一会儿。

李玉璞觉得自己在这段时间里苍老了很多，也沧桑了很多。他不想见人，也不敢见人，更不敢去见张玉环。上次因为他驾驶不当而引发车祸，不仅把张玉环的车给撞坏了，还让张玉环受了伤，这一直都让李玉璞心存愧疚。他本来想找个合适的机会跟张玉环好好解释一下，当时他无缘无故被人跟踪、被人挑衅，所以才在一时之间气急败坏，造成了严重的后果。可是，李玉璞又不知该从何说起，又该如何解释。或许，解释不好还会让张玉环误会他是在逃避责任，那反而是弄巧成拙了。李玉璞除了对张玉环说那一句"对不起"以外，不知道自己还能说些什么。而且，李玉璞感觉张玉环好像对他也很失望，自从车祸以后，张玉环不仅没有一句安慰他的话，甚至都没有主动联系过他，这也让李玉璞的情绪沮丧到了极点。

李玉璞觉得自己正在被这个社会淘汰，被社会抛弃。那个凡事都无所谓的李玉璞，那个对一切都能够游刃有余、我行我素的李玉璞，已经一去不复返了。现在的这个李玉璞，是一个灰心到了极点、沮丧到了极点、倒霉到了极点的复合体。他觉得自己的身体、自己的心态、自己的人生，就像一个老态龙钟的耄耋老人，岌岌可危、摇摇欲坠。

在这段灰暗而漫长的时间里，也只有朴正浩来看过他一次。朴正浩已经被公司解雇了，虽然庞子瑞还算义气，借钱给朴正浩偿还了他在公司挪用的公款，让他免于受到公司的起诉，却没能保住朴正浩的饭碗。

朴正浩这段时间里一直都在四处奔波寻找新的工作，也一直在四处打听钱多多的下落。朴正浩曾信誓旦旦地对李玉璞说，他绝饶不了那个钱多多，但是那又能怎么样呢？朴正浩婚也离了，房子也卖了，工作也丢了，即使找到钱多多，这一切也都不会有什么改变了。他们这一对难兄难弟，都仿佛陷入了一个身不由己又无可奈何的怪圈，不仅难以自拔，而且还越陷越深。

就在这一潭死寂的生活中，李玉璞那多日不曾响起的手机，突然将他沉寂的生活打破。

公安局打来电话，通知李玉璞，法院已经找到了熊廷厚，不日将要对熊廷厚的案件开庭审理。

李玉璞觉得很奇怪，他并没有把熊廷厚起诉到法院，这次法院将要审理的案件应该也和他没有什么关系。那么，熊廷厚除了拿着他们的营业执照私自承揽业务，造成施工人员受伤以后又不配合解决的这件事情以外，一定还有什么其他的违法行为，才会被其他人起诉到法院。不管这熊廷厚到底还有什么违法行为，他们到法院去旁听一下，自然就清楚明白了。

李玉璞打电话通知了他的那几个做户外安装的老乡，他们彼此约好，按照公安局提供的开庭时间和地址来到法院。他们找到相应的审判庭，对熊廷厚的案件进行了旁听。结果不听不知道，一听吓一跳。直到这个时候，李玉璞他们才知道，熊廷厚此人的所作所为还真不是一般人能想象出来的，这次涉及的案件和人员也远远超出了他们任何人的预料。

这一次的旁听，让李玉璞对熊廷厚这根老油条，还真是不得不"刮目相看"。

原来，熊廷厚根本就不叫"熊廷厚"，而是叫"熊焕廷"。并且，他还用熊焕廷、熊廷厚、熊廷锴、熊廷焕、凯文·熊、皮特·熊等名称向在场的11位债主借贷，数额更是高达几百万元。

不仅如此，熊廷厚根本就不是什么归国华侨和商业巨头，他的老家在东北农村，他根本连国门都没有出过。更是因为在场那11位债主的起诉，熊廷厚本人早就被限制出境了。李玉璞第一次见到熊廷厚时的第一感觉非常准确，"脑袋大脖子粗，不是大款就是伙夫"，这位所谓的商业巨头、爱国商人，原本不过是一个餐厅的伙夫而已。他曾经在广东的多家高级酒楼打工，后来也跟人合伙做过生意，炒过股票，但最后却落得生意失败、股票亏损的下场。从此，他到处借贷，拆东墙补西墙，实在还不上钱了就换一个城市，换一个名字。熊廷厚其实在很久以前就被人告上法庭了，就因为他使用了不同的名字，而且所有债主也不在一个城市或地区，所以公安机关一直都没能把他绳之以法。直到不久前被人发现行踪以后，才向公安部门报案并向法院起诉。而公安机关也发现了熊廷厚利用不同名称所产生的经济案件，并将所有的相关案件进行了并案处理，这才有了今天的集体控诉。

李玉璞面对着这滑稽的现实，真不知该如何是好。他想哭，也想笑。如此滑稽、如此荒诞、如此离奇、如此不可思议的一切怎么会都让他遇到了？是造化弄人，命该如此，还是老天爷对他这个"没谱儿"的人生所做出的最彻底的诠释和警告？

李玉璞此时已经不知道该如何是好，他是否也应该提起诉讼，起诉熊廷厚偷走营业执照和公章，私自承揽业务？可是这还有什么用。看熊廷厚的境况，他现在显然是负不起任何责任的。包括李玉璞的那些河南老乡，这时也不知该怎么办了。

第四十五章 这样的时代

就在李玉璞心里琢磨着该怎么解决和熊廷厚共同拥有的那家公司的时候，一个身影已经迅速地从旁听席里冲出来，走到熊廷厚的面前。在场人员都还没有搞清这是什么情况，就听见"啪"的一声，一记响亮的耳光打在熊廷厚那油腻的脸上，也映入了在场所有人的眼帘。一个打扮入时的年轻女子，满脸愤怒地站在熊廷厚的面前，她吼道："凯文·熊！你骗得我好惨！你还我钱！你还我钱！"虽然在场的所有人都被这突然出现的女子弄得丈二和尚摸不着头脑，但只看那女子和熊廷厚的表情也不难猜出，这女子肯定也是受害人之一。

李玉璞目瞪口呆地看着眼前的一幕，让他吃惊的不只是熊廷厚那老骗子的行骗手段和行骗对象，人群范围之广，数额之大；更让他感到意外的是，眼前这年轻女子，居然是朴正浩怎么也找不到的钱多多。

这个发现使李玉璞的大脑迅速地运转着，钱多多和朴正浩所说的一起做生意的朋友应该就是熊廷厚。那么，钱多多在朴正浩那里拿走的钱，也应该是全都被熊廷厚给骗走了。照这样看来，钱多多肯定也是被熊廷厚骗了以后又找不到这个熊胖子，所以才不敢见朴正浩的。今天，她不知是从什么渠道得知法院对熊廷厚的案子开庭，所以才有了眼前的这一出戏。

李玉璞迅速给朴正浩发了微信，将刚刚发生的一切告诉了朴正浩，并把法院的地址和第几审判庭也发给了他，让他速来。

法警已经将钱多多劝回了旁听席，让所有债主和熊廷厚协商还钱的办法。此时，李玉璞的老乡们也向法庭提出，要求熊廷厚赔偿上次因施工伤人产生的赔偿金额；李玉璞也提出要注销与熊廷厚共同拥有公司的诉求。

法院将李玉璞那几位河南老乡对熊廷厚提出的赔偿要求、钱多多对熊廷厚提出的赔偿要求，一一向熊廷厚确认并取证，将这两起赔偿诉讼与之前的那11位的赔偿要求作并案处理，然后又让熊廷厚给出解决的方法。熊廷厚面对所有债主，本来还想用他的三寸不烂之舌施展拖拉战术，可是所有的债主都已经对他的这一套把戏嗤之以鼻。最后，熊廷厚承诺，他在北京还有一套房子，他会先把这套房子卖了，还大家的钱。如果不够，他再回老家，把自家的老房子也卖了来还债。熊廷厚也知道今天难逃此劫，那些债主为了找到他，也肯定是费尽了精力和财力。他今天不表示出一点诚意来，是无论如何也过不了这一关的。为了让法院和债主看到他还钱的诚意，他还特意将房产证让人带到了法庭。熊廷厚让大家放心，他一定会把欠大家的钱尽快还清。对于李玉璞的诉求，也答应会积极配合，约好时间一起去工商管理部门注销公司。

熊廷厚说，其实他并不是故意躲着在场各位不肯还钱。他为了还债也是想尽了办法，甚至透支信用卡并向高利贷借钱还债。只是他拆东墙补西墙的方法不仅没能帮他减轻债务，反而使债务越来越多。他也是实在没办法了，才不得不一次又一次更名改姓，一次又一次地上演人间蒸发的戏码。

面对如此狼狈不堪的熊廷厚，李玉璞还真是佩服他的心理素质。11位债主呀，再加上他的河南老乡和钱多多，就是13位，这已经超出了一支足球队的规模了。熊廷厚那老家伙就这样到处坑蒙拐骗，还心安理得地吃得饱睡得着。这还真不是一般的皮糙肉厚、百折不挠啊！

就当李玉璞和他的河南老乡及其他债权人走出法院的时候，正好与迎面而来的朴正浩相遇。

钱多多看到朴正浩，先是一怔，紧接着就好像视死如归一般，深呼一口气，迎着朴正浩走了过去。

黄昏时分，李玉璞和朴正浩面对面坐在酒桌前，企图用酒精麻醉自己，来一个一醉解千愁。朴正浩所讲的一切，与李玉璞的猜想几乎一模一样。钱多多拿了朴正浩的钱，就是被熊廷厚骗去投资了。因为当初熊廷厚和李玉璞还有张玉环在一起合作时，钱多多就见过他，所以并没有对熊廷厚的身份有过什么怀疑。而钱多多和李玉璞及张玉环相处得也并不融洽，更是因为当初曹总对张玉环的青睐而冷落了钱多多，所以，钱多多对张玉环和李玉璞更是有着诸多的敌意，从没想过要向李玉璞和张玉环求证熊廷厚的人品如何。也许在钱多多的心里，李玉璞和张玉环的人品才更值得怀疑，更值得求证呢。

让钱多多没想到的是，熊廷厚拿了她的钱以后，没多久就消失不见了。钱多多到处寻找熊廷厚的踪迹，也是直到最近她才得到消息，熊廷厚已经被人告上法庭并在今日开庭的事实，她这才到法院来找熊廷厚这个骗子算账。

钱多多说自己并不是想故意骗朴正浩的钱，只是事情发展到最后，她也没办法和朴正浩解释这一切才躲了起来。钱多多也害怕朴正浩根本就不会相信她的解释，她觉得自己也是自作自受，不仅被熊廷厚骗财骗色，现在还欠下了巨额债务。

钱多多现在不仅欠朴正浩的钱，还欠着其他朋友和同行的钱。如今的钱多多，不仅没人再愿意请她做模特，同行们对她更是避之不及。她现在为了生计，为了偿还朴正浩及其他债主的钱，不得已在做网络直播。钱多多觉得凭着自己的年轻美貌，做直播肯定会来钱很快，没想到因为被举报有不良内容，被公安局处以行政拘留10天的处罚，刚刚才从拘留所出来。

李玉璞听着朴正浩的讲述，不知该对那个拜金的钱多多作何评价。他和朴正浩双双举起酒杯，彼此示意了一下，便送到嘴边一饮而尽。就在此时，一道闪电从天空中劈了下来，在李玉璞和朴正浩的脸上留下片刻的痕迹后，又即刻消失。

李玉璞和朴正浩，彼此都看到对方的脸被刚才那一道闪电映照得惨白无比，从而也知道自己的脸上自然也是惨白无比。他们一杯接一杯地喝着索然无味的酒，并在心里问自己：为什么自己会在不知不觉中走到今天这一步？他们为自己今天的境遇伤怀，更为自己糊里糊涂地走到这一步而感到伤怀。

"现在的人都怎么啦？你说咱俩，怎么就一不留神混到了今天这个地步？不光是咱俩，包括钱多多，她自认为凭借着自己年轻漂亮，就能混吃混喝、衣食无忧。她却怎么也没想到，她输就输在了自己的年轻漂亮又胸大无脑上了。"朴正浩一口饮尽杯中酒，布满醉意的脸上，眼神已经有些呆滞。

"这钱多多也真是个奇葩！真不知道这是善恶有报、天地轮回，还是她钱多多命该如此。"李玉璞面对着朴正浩，也有些口齿不清地发表着他的意见。

李玉璞看着朴正浩，不知该说些什么。他转头看向窗外，空洞地望着窗外的一片黑暗，只觉得自己心里一片茫然。

此时，在李玉璞的脑海中，出现了狄更斯在《双城记》中的一段话："这是最好的时代，这是最坏的时代；这是智慧的时代，这是愚蠢的时代；这是信仰的时期，这是怀疑的时期；这是光明的季节，这是黑暗的季节；这是希望之春，这是失望之冬；人们面前有着各样事物，人们面前一无所有；人们正在直登天堂，人们正在直下地狱。"

第四十六章　一言不合"呼死你"

　　第二天．李玉璞强自按下他那颗极为忐忑的心，给张玉环打了通电话。他通知了张玉环，说自己已经找到了熊廷厚，并且已经和熊廷厚约好了去工商管理部门注销他们共同拥有的那一家公司的时间。李玉璞这类似于投石问路的举动，却没能让他得到些许心理上的安慰和情绪上的欢愉。

　　张玉环的声音，在通过无线电波传入李玉璞耳畔的时候，依然是没有任何热度。别说热度了，就连丝毫的情绪波动李玉璞都没有感觉出来。张玉环也再一次恢复到以前那种清冷的状态，似乎她和李玉璞之间，从没发生过任何超越于普通同事的关系。李玉璞放下电话以后，感觉自己心脏的温度，也随着张玉环那清冷的语气一起骤降，心跳的速度也比正常状态下慢了许多。

　　按照约定好的时间，李玉璞和张玉环以及熊廷厚一起，来到工商管理部门注销原有的公司。三人见面的场景颇为尴尬，谁也没多说什么，各自心中所想，也一定是大相径庭。

　　李玉璞心里觉得是自己连累了张玉环，不仅撞坏了张玉环的车，还害得张玉环受伤，虽然伤势并不严重，但他仍然是难辞其咎。所以，他不知道该怎样去面对张玉环，也不知道该说些什么。此时李玉璞脸上的表情也是红一阵、白一阵，极其不自然。

　　其实，张玉环心里也觉得是自己连累了李玉璞，这熊廷厚是她介绍给李玉璞认识的，之后的合作也是因为她在中间起了撮合的作用，李玉璞才会和熊廷厚一同共事，到最后却害得李玉璞倾家荡产、一无所有。面对自己给李玉璞造成的损失，张玉环无论如何也不能置若罔闻。而最近发生的一切，张玉环也隐隐觉得都是由她引起的。如今，在一切情况都还未明朗之前，她也不知道该怎么面对李玉璞，更不知该如何解释这一切。

　　至于熊廷厚嘛，他一直觉得自己是一个极懂得混江湖的人，虽然还没有混得腰缠万贯，但行走江湖的本事是绝对不逊色于任何人的。可是，像他这样能够将移山填海、空手套白狼的技能运用得炉火纯青的老江湖，却被众多的债主抓了个正着，这简直就是老天爷不开眼。熊廷厚从小没上过几天学，他从东北农村混到城里做了一名厨师能养家糊口，在他老家那些人的眼里已经是祖宗积德、老天庇佑了。可是熊廷厚对这样的人生境遇并不满意，凭什么别人吃饭他做饭？凭什么别人消费他伺候？凭什么他辛辛苦苦一个月的工资，对别人来讲不过就是一顿饭钱而已？不公平，实在是不公平！他熊廷厚要出人头地，要成为人上人，也要让别人伺候他。在熊廷厚的眼里，这个世界，没有他不敢干的，也没有他不能干的。鲁迅先生不是说过："世上本没有路，走的人多了，便有了路。"

熊廷厚凭着自己的敢想敢干，在他去广东打工以及刚来北京的那几年里，还真的挣了些钱。而且，他在北京没有实行限购政策之前，房价也不那么恐怖的时候还买了套房子。熊廷厚曾经在他北京的家里感慨着，什么是"爱拼才会赢"。如果安分于在老家的那一份职业和那一点微薄的收入，他不可能去广东闯荡，也不可能来北京"北漂"，更不可能在北京拥有一个自己的家。

至于他后来生意失败、四处举债，还有这次被公安机关控制，被众多的债主逮个正着，那不过是小河沟里翻船，都算不上什么。对于他的那些债主，他也觉得那些人就是活该，他们当初还不是想通过他来牟利，才会把钱交给他。既然把钱交给他了，那就输赢由天定了。

熊廷厚的原则向来就是"死贫道，不如死道友"。人性本就是自私的，谁要是看不开，那就是傻瓜笨蛋。人生在世，本就是"万事有风险，活着需谨慎"。他们那些人就要为自己的粗心大意、为自己的轻信于人、为自己的贪财逐利负责，这才是处世之道。

虽然熊廷厚心里对李玉璞和张玉环没有一点内疚的感觉，可是面对着张玉环和李玉璞以及那些债主的愤怒，他还是有点心虚的。他的心虚不是为了别的，就是怕李玉璞及那些债主一时气盛揍他一顿。"好汉不吃眼前亏"，这才是熊廷厚人生在世的唯一真理。

熊廷厚面对如此尴尬的气氛，还是在脸上强挤出笑容，面对着李玉璞和张玉环说："李总、张总，你们看咱们能不能注销这家公司，将法人转给我，以后我来经营这家公司。你们放心，我以后绝对不会给你们添任何麻烦，一切经营行为，我一个人承担。"熊廷厚并不想注销这家公司，他还想用这家公司来挣钱。他现在的处境，不仅没有钱注册一家新公司，就连和他一起合作的股东，他一时都找不到。

"还是算了吧！如果你以后还想开公司做生意，你可以自己重新注册一家公司。这家公司，我和张总都不想再继续经营了，注销了我们才放心。"李玉璞代替张玉环做出决定。

"呃……"熊廷厚还想说些什么，但迟疑了一下还是咽了回去。

办完一切手续以后，熊廷厚一个人先行消失在李玉璞和张玉环的视野之外。张玉环和李玉璞彼此试探性地、默默地注视着对方，他们都想说些什么，却又都欲言又止，最后还是李玉璞先对张玉环说道："保重！"

"保重！"张玉环也回复了李玉璞一声，然后他们慢慢转身，朝着不同的方向走去。

　　李玉璞在经过公交、地铁和"11路"的舟车劳顿之后，才来到自己的家门口。没想到，之前那家贷款公司的人，已经在他家门口等着他了。他们这次来是通知李玉璞，他们公司借给李玉璞的那笔抵押贷款过两天就要到期了，他们今天来是要李玉璞做个决定，是还他们公司的欠款，还是让他们公司拍卖李玉璞的房子。

　　李玉璞已经在心里无数次地预演过这个结局了，他没有办法一下子筹集三百万元人民币来还贷款公司的钱。别说三百万元，就是三万元，他现在也拿不出来。

　　李玉璞强装镇定地点点头说："卖房子吧，我同意卖房子。"然后他便在贷款公司带来的相关文件上签了字，做好了无家可归的心理准备。

　　李玉璞当天就开始在他们小区内找房子，看了几套，都没有太满意的。

　　李玉璞想要租的房子，要跟他自己以前住的那套面积差不多才行，不然的话，他的那些家具就没有地方放。房子太脏了也不行，虽然李玉璞是个大男人，也没有洁癖，但是太脏的房子他可住不下去。

　　李玉璞看了好几套房子，都没有看到让他满意的。不是朝向不好，就是房子太脏该重新装修了。本来也是，谁家新装修的房子愿意出租呢？还有就是与人合租的，李玉璞更是不愿意考虑。他自己一个人住习惯了，总感觉无法再跟陌生人在同一屋檐下一起生活。

　　再过一天，曾经属于李玉璞的那套房子就要拍卖了。李玉璞心里盘算着，拍卖的价格应该和朴正浩当初卖的那套房子价格差不多。那样的话，他除了还银行和贷款公司的债务外，自己手里还可以剩下一部分钱。到时候，他无论是租房还是生活上，暂时都不会太紧张。人家外国人很多都是租房子住的，还不是过一辈子？可是中国人就非得把买房子当成人生的首要目标，更拿房子当作人生价值，真不知道中国人是喜欢和自己较劲，还是自身太缺乏安全感。更有人说"宁愿在豪宅里孤独终老，也不愿在出租屋里享受平凡的幸福"，好像只有住在属于自己的房子里才会有安全感。这是否只能说明，中国人的安全感很是匮乏，需要靠外界的力量的支持才得以勉强支撑？

　　第二天一早，还没等李玉璞睁开他那困意未消的双眼，他的手机便急促地响了起来。李玉璞拿起手机一看，呼叫他的号码来自云南的某个地区，可是他却在自己的记忆中，找不到任何一个来自这个地区的熟人。正在李玉璞准备接通手机一问究竟的时候，这个号码却停止了对他手机的呼叫。紧接着，另一个陌生的手机号码再一次闯进了李玉璞的手机屏幕，继续声嘶力竭地嘶吼起来。从此刻开始，一个接一个从全国各地打来的匿名电话，接连不断地闯入李玉璞的手机。那声嘶力竭的手机铃声，肆无忌惮地震撼着李玉璞的耳膜，也震撼着李玉璞的心脏。

　　李玉璞被如此奇怪的情况弄得丈二和尚摸不着头脑，他感觉简直就像是有什么魔鬼在捉弄他。他大概算了一下，在一个小时之内，有七八十个从全国各地打来的电话，不厌其烦地闯入他的手机。而且，这样的情况还在持续着。面对着那不曾消停的铃声，李玉璞只得把手机关机了。他心存侥幸地希望这样匪夷所思的事情能尽快结束，也在相隔半小时和一小时后尝试重新开机，以求手机可以恢复正常，可是事实却让他大失所望。每次在李玉璞打开手机的第一时间，之前发生的状况便再一次隆重上演，那让人毛骨悚然的铃声不给他片刻的喘息时间，就那样声嘶力竭地吼叫着。这样不可思议的事情着实让李玉璞真真切切地感受到了现实世界的匪夷所思。

李玉璞不得不在最短的时间内，迅速地再次将手机关掉，就连他想打一个报警电话的意图，都在手机那无情的嘶吼声中湮灭。

李玉璞被他那精神失常的手机折腾了一个上午。他看了一眼墙上的挂钟，原来都已经十二点多了，怪不得他的肚子一个劲儿地咕噜噜叫，他从早晨起床一直到现在都还没有吃过东西呢。

饥肠辘辘的李玉璞想去小区外的餐厅里随便吃点什么。刚一下楼，他就听见有人在身后叫他：" '没谱儿'！你去哪了？我去你家按了半天门铃，怎么没人开门？"

李玉璞回头一看，原来是朴正浩正从他身后疾步走来。"我哪也没去，一上午在家被我的手机折腾得连饭都没顾上吃。刚才可能是我刚上了电梯下楼，你就上去敲我家门了，所以咱俩没碰上。"李玉璞看着朴正浩，拿出手机在朴正浩眼前晃悠了一下。

"你的手机怎么啦？上午李明给我打电话，说你的手机打不通，永远占线。我也试着打了好几个，还真是打不通，你有什么业务，忙成那样？李明说，你的房子已经被卖掉了，据说价格很低。那个贷款公司的人要你尽快腾房，新的房主要马上入住，可是他们怎么也打不通你的电话。所以，他们找到了张玉环，张玉环又让李明找你，李明也找不到你，就只好给我打电话。一会儿你给他们回个电话，他们都挺担心你的。"朴正浩很纳闷地看着李玉璞，仿佛在怀疑李玉璞有什么想不开的事在隐瞒他似的。他们一边说着，一边已经走进了小区旁的一家小餐馆，找了一个靠墙角的位置坐了下来。朴正浩接着说道："你小子没什么事吧？手机为什么一直打不通？我们还以为你想不开，做什么傻事了呢！"

餐馆的服务员走过来招呼他们，顺手递上菜单，朴正浩也没客气，替李玉璞行使了点菜的权利。然后他又再一次问道："'没谱儿'，你跟我说说，今天上午到底怎么回事？怎么谁都找不到你？你不会真的自杀未遂吧？"朴正浩说得轻松，其实他很担心李玉璞，只不过他从来就不会正正经经地说话。或者说，什么话从他嘴里说出来，都显得那么不正经。

"哎……"李玉璞长叹一声，他真的不想提最近发生的一切。倒霉到他这个地步，也真的是让人难以置信。也许，别人还会以为是他演绎出来的，是文学创作中人物的悲惨命运呢。"这人倒霉呀，喝凉水都塞牙。"李玉璞安抚了一下自己内心的波动，接着说道，"我手机从早上六点开始，就一直响个不停，全中国各省份区号的电话全都挨个儿问候了我的手机一遍。而且每一个打进的电话，不等我接通，对方马上就挂断。我大概计算了一下，一个小时内，打进我手机的电话号码有七八十个。我的手机就好像被诅咒了似的，就那样被莫名其妙的来电呼爆，完全处于瘫痪状态。我既无法拨出，也无法接听，没办法，我只能把手机关掉了。"李玉璞说着，把手机拿出来放在朴正浩面前，好像要让朴正浩检验一番他所述事实的真实性似的。

"不会吧？有这么邪门儿？"朴正浩感觉有点难以置信。他拿起李玉璞的手机，按下开关键，当李玉璞的手机显示开启的同时，那像幽灵一般的来电铃声立刻响了起来。也许是刚才李玉璞的话在朴正浩的心里产生了某种暗示，朴正浩吓得手一抖，将李玉璞的手机掉在了桌子上。

第四十七章　身陷套路　谁主沉浮

朴正浩重新从桌子上拿起手机，看了一眼手机屏幕上显示的来电号码，是来自河北省的省会石家庄的。这个打进来的手机号码在无聊地响了几声以后就自动挂断；紧接着又一个所在地为广州的手机号码打了进来，这一次和上一次打进来的电话一样，也是在响了几声以后再一次被挂断。紧接着，一个个显示着不同地区区号的电话，一次又一次地控制着李玉璞的手机。朴正浩瞪着眼睛，看着李玉璞手机屏幕上所显示的那些诡异的手机号码和所代表的地区。那手机铃声似乎是要显示自己的存在感一般，在那里歇斯底里嘶吼着。而且在这一个又一个的挂断与打进之间，时间点几乎没有一点间隙。李玉璞的手机也一次又一次地不知疲倦地响起。

朴正浩抓起李玉璞的手机，赶紧按下了关机键。他惊恐地望着李玉璞，似乎想在李玉璞的脸上找到答案。他不明白怎么会有如此不可思议的事情，这感觉还真像大白天撞鬼了。但是他也知道，李玉璞自己也是丈二和尚摸不着头脑，他不仅是无法解释，更是无法解决此事，也只得听天由命，让时间来解决了。

如朴正浩所预想的一样，李玉璞耸了耸肩，做出了一个无可奈何的表情。他在经过了从最初的吃惊与恐惧以后，反而此时已经将这阴魂不散的幽灵电话不放在心上了。李玉璞此时不知是破罐破摔还是大彻大悟，他觉得自己已经被这段时间的倒霉事儿打到了人生的谷底，他就不信，自己还能再倒霉点儿不成？再说了，该来的总会来的，就像那句话所说的："任他风吹雨打，我自岿然不动。"破罐破摔也好，以静制动也罢，随便！

"'没谱儿'，你这是得罪谁了？你这手机以后就一直这样下去吗？"朴正浩面对着那仿佛被幽灵附体了一般的手机，依然心有余悸地问着李玉璞。

"我都混成现在这模样了，还能得罪谁？如果说得罪，顶多也就是熊廷厚那老家伙，还有已经去了另一个世界的曹总。再说，我根本也算不上得罪他们呀，最多也就是在某些方面妨碍了他们而已。你说会不会是那个曹总的幽灵，附在了我的手机上呢？"李玉璞看着朴正浩说道。

"你别吓我，我可胆儿小。再说，曹总把你害得还不够惨吗？他还好意思来吓唬你？"朴正浩为李玉璞据理力争地说道。

"就是，你这话算是说对了。我现在落魄至此，都是那个曹总害的，这应该不是他的手笔。如果不是曹总，那就是熊廷厚。你知道吗？熊廷厚的真实姓名其实叫熊焕廷，我也是上次在法庭上才知道的。他本来不想注销公司，要我把法人转让给他，我没有同意。除了这件事外，我想不出还有谁会跟我过不去。毕竟贷款公司那边我已经和他们签署了强制执行协议，即使我不同意卖房，他们照样可以强制执行。所以，不应该是他们在故意整我。"李玉璞对朴正浩说着自己的分析。

"熊廷厚那老家伙也真是缺德。那你的这个号码以后就不能用了吗？要不要我一会儿陪你去买一个新的手机卡？"朴正浩虽然和熊廷厚没有什么接触，但通过钱多多和李玉璞身上发生的事，本能地就对那个老东西厌恶至极。

"我上午用电脑在网上查过，造成我手机不停被呼进的这个软件，俗称'呼死你'。本来研发这个软件，是用来对付那些乱发'小广告'的人的，没想到，现在居然有人利用这个软件来报复我。你看，无论多好的事儿、多好的初衷，放在别有用心的人的身上，都会事与愿违。不过，好像用这个软件也要花钱的，我明天再看看，如果明天没人再骚扰我就算了，实在不行我就再去买一个新的手机号码。"李玉璞伸手端起桌上的啤酒杯，喝了一大口啤酒。

"这能不能报警呀？"朴正浩愤愤地说。

"报警？我也想过要报警，可是，报谁呀？我都不知道是谁在背地里害我，我怎么跟警察说？难道我说，有全国各地的广大同胞在不停地打电话慰问我吗？那些手机里显示出来的电话号码，根本就都是虚拟的，你让警察怎么查？算啦！我还是给警察叔叔省点事儿吧！"李玉璞脸上那自暴自弃、破罐破摔的情绪在持续泛滥着，他又喝了一大口啤酒，虽然一上午都没吃过任何东西，但他一点都不饿，就是想喝酒。

"对了，我只顾跟你聊了，还没告诉李明一声，你挺好的，没有寻短见，也好让人家'杨玉环'放心。"说着，朴正浩拿出自己的手机，给李明拨通了电话。朴正浩把李玉璞的情况和他手机的问题都告诉了李明，还让李明转告张玉环，如果有什么急事找不到李玉璞，就直接打他的手机。他保证自己24小时开机，随叫随到。

李玉璞看朴正浩那家伙的贫样儿，恨不得给这小子两拳。但是他也知道，朴正浩也好、自己也罢，不过是用这样没心没肺的状态来隐藏自己的颓废和落寞罢了。跟生活较真儿，没这个必要，更没这个勇气和底气。

李玉璞的手机也在那一天疯狂发作24小时后，恢复了正常的状态。恢复正常状态的手机，就像一个精神失常后又恢复正常的漂亮姑娘，让李玉璞有一种爱不释手的感觉。怪不得有人说，手机是男人的"小三"，这话一点也不假。但是，一个精神失常的姑娘，或者说一部不受控制的手机，却都是男人无法承受，也无法应付的。

李玉璞看着已经恢复了正常的手机，才想起来给那家贷款公司的人打电话，想问问自己的房子到底是卖了多少钱,房子的新主人什么时候入住。那房子的新主人什么时候入住,就意味着他什么时候卷铺盖滚蛋。

结果,真的是没有最坏,只有更坏。让李玉璞没想到的是,当贷款公司的人向他通报完他房屋的售价以后,李玉璞的心彻底凉透了。他简直后悔打了这个电话,如果不打这个电话,他还可以假装不去想这些事。可是如今,他觉得自己现在连和贷款公司据理力争的力气都没有了。

李玉璞的房子本来按照市场价可以卖到五百万元左右,可是因为今年政府调控房价,房子的走势略有下降。但是,参照朴正浩当时卖房的价格,李玉璞的房子最起码也可以卖到四百六十万元。如果按照这个价格,李玉璞除了还银行一百万元贷款,再还上贷款公司三百万元借款外,他起码还能剩下几十万元。这样的话,他在短时间内就不用为了生计而发愁,暂时维持他的生活还是没问题的。

让李玉璞万万没想到的是,他的房子昨天的拍卖价格只有四百万元。这就意味着,他还了银行和贷款公司的欠款以后,自己将一无所有,一分钱也剩不下了。

李玉璞郁闷了,这可怎么办?别说以后的生活,就是眼前的生活他都无法维持了。这时,在他心里渐渐升腾起层层迷雾,他昨天手机的失常和低价被拍卖的房子之间,会不会有什么因果关系呢?这一切,不会只是巧合这么简单吧?

虽然李玉璞有着诸多猜想,但是他没有一丝一毫的线索可以证明,他那低于市场价的房子和昨天"呼死你"的手机之间有什么必然的联系。李玉璞决定不再想这些没用的了,眼下最要紧的就是赶紧寻觅到一个栖身之处。不然,他就该露宿街头了。

李玉璞又开始四处寻找房子,这一次找房子和上一次相比,虽然只隔了两天时间,但李玉璞的心境却与两天前天差地别。

上一次他还有着自己的要求和标准,还想着即使是租房,房子的大小和装修也不能太差,总要和原来的房子差不多才行。而这一次,李玉璞主要看的是那些与人合租的房子,就连一居室他都不敢奢望了。

最后,李玉璞租到了一间大概只有十平方米左右的合租房,也只把一些简单的生活用品搬了过去。他的那些家具和其他用品,实在是无处安放,也只得忍痛舍弃了。

这是一套两居室,其中一间大一点的已经被一对情侣租下了。正好空着这一间小一点的,价格相对也便宜一些,李玉璞就暂时安顿了下来。

李玉璞只有在大学刚毕业时与别人一起合租过房子,没想到时隔十几年以后,他再一次品尝到了合租的滋味。不过好在现在的他不用早起上班,也不用早上起来以后和别人抢洗手间用,更不用因没有充足的时间,而不得已在没有"方便"的情况下,就"负重"挤地铁或公交车。那时候,李玉璞经常是到达单位以后,就十万火急地冲进卫生间,在得到充分的释放以后,才心情舒畅地走出来开始一天的工作。

　　李玉璞无奈地摇了摇头笑了。虽然他现在不用上班，暂时没有了和别人抢厕所或者负重挤地铁公交的那些烦恼，但是和一对小情侣合租，有时候还是让他很无奈。

　　自从李玉璞搬进了合租房，就很少和外界联系了，就连微信，他都已经关闭了。如今的李玉璞就像凭空消失了一般，没有人知道他现在是什么情况、在干什么。除了朴正浩偶尔和他凑在一起喝喝酒以外，他就那样得过且过、无所事事地混着日子。

　　朴正浩在第一次来李玉璞这里看到他的"临时避难所"时，心里也泛起一种莫名的伤感。"你这小子，干吗跟人合租，也不搬我那去住？我那虽然是一居室，但是咱俩也无所谓呀，你住卧室，我住客厅不就行了嘛，总比你跟别人合租要好。"朴正浩以尽可能轻松的语气，嗔怪着李玉璞。

　　"没事儿，这儿挺好的，你那儿也就那么大点地儿，你自己的东西都没地方放呢。等过段时间想好怎么办，我再做打算。"李玉璞回答着朴正浩。其实他也不是没想过去和朴正浩一起住，只是朴正浩刚租的房子也是一居室，地方小不说，万一哪天朴正浩那小子没管住自己的欲望，带个女人回来，那他多尴尬呀。

　　"哎……"朴正浩长叹一口气，默默地说道，"还做什么打算呀？咱们这样的外地人，以后想在北京买房子，门槛是越来越高了。像以前那样的价格和购房条件，可能再也不会有啦。这大北京于咱们，也许永远都是异乡与异客的关系。有时候我真的想回老家算啦，'北京套路深，我想回农村'。"朴正浩无论怎样感慨万千，也忘不了他的"嘻哈"风格。

　　"农村路也滑，人心很复杂。"李玉璞不只是在诠释朴正浩的境遇，也是在阐述自己的经历，适时地补上了这句话。在李玉璞的心里，哪有既简单又纯净的地方呢？有人说"活着就是一场修行"，如今看来，也的确如此。

　　从此，朴正浩只要没事儿，就来李玉璞现在住的地方慰问他一下。其实，李玉璞并不想让朴正浩到他这儿来的，但是没办法，朴正浩总是突然袭击，不请自来地参观他如今的"避难所"，美其名曰要替李玉璞将来飞黄腾达的时候保留一点艰苦岁月的记忆。其实，他不过是想亲眼看看，李玉璞是否还安然无恙地存在这个地球上。虽说李玉璞还不至于为了这点事就想不开，但他还是要经常确认一下李玉璞现在的生存状态。

　　其实，朴正浩现在的生存状态也并不比李玉璞好到哪里去，只不过他最近重新找了一份工作，才得以勉强维持生活而已。而李玉璞也不是找不到工作，只是他现在的状态并不想找什么工作，也没心情找工作。

　　朴正浩每次来到李玉璞住的地方，目睹李玉璞那小鸽子窝似的斗室，都不免在心中为李玉璞感伤一番。好在那一对情侣白天都去上班，只有李玉璞一个人在家，这样也就避免了很多不必要的尴尬和麻烦。

　　朴正浩也经常在周末休息的时候叫李玉璞去他那里，在朴正浩租住的房子里就那样宅着。他们或是在客厅的沙发上喝茶聊天，或是看着无聊的电视节目。至于午餐和晚餐两个人也会主动下厨，尽可能地为自己操持一顿相对可口的饭菜。一直到夜幕降临、繁星点点，李玉璞才会回自己住的地方，偶尔也会在朴正浩家客厅的沙发上将就一宿。

　　就这样，李玉璞开始了他寄居蟹一般的日子，每日躲在他借来的壳里，回避着他不喜欢也不适应的一切人和事。

　　李玉璞本以为他会就这样被世界渐渐遗忘，除了朴正浩以外，不会再有什么人还记得他，也不会有什么人还关注他。

　　可是，让李玉璞意外的是，就在他日复一日地过着那寄居蟹一般生活的时候，张玉环的助理小许，再一次拨通了他的手机。

　　"李总，天天失踪了，张总的情况现在也不太好，您说怎么办？怎么办呀？！"电话中小许那慌乱与无助的声音回荡在李玉璞的耳边。

　　"怎么回事？天天怎么会失踪呢？"李玉璞被这突如其来的信息瞬间震慑，不知道该如何理解，又该如何反应。

　　可是，还没等小许给李玉璞做出任何解释，电话里又传来了张玉环歇斯底里般的喊叫："让我去！我要去找天天！让我去！我必须去找天天！"

第四十八章　离奇的绑架案

"天天失踪了！"

这几个字在李玉璞的脑海里炸开，一时间他简直不敢相信自己的耳朵，更不敢相信自己所听到的这一切都是真的。他觉得自己拿着手机的手有些颤抖，而且颤抖的频率越来越密集，幅度也越来越大，越来越难以控制。

李玉璞虽然极力克制着自己的情绪，但他颤抖的声音却是显而易见的。他对着手机说："小许，你照顾好你们张总，有什么事等我来了再说。你们现在是在张总家吗？我马上就过来。"

李玉璞挂了电话，像风一样地冲出了自己的出租屋。他站在路边焦急地拦截着过往的出租车，可是此时正是下班的高峰时间，他站在那里等了好一会儿，都没有等到空驶的出租车经过。

风骤起，空气中夹杂着些许的落叶和尘土以及雨的气息，一起将阴郁的天空渲染得更加阴暗迷离。那灰蒙蒙的天空，仿佛一个庞大的罩子笼罩着大地，不仅让人压抑，更让人有一种窒息的恐惧。

"'没谱儿'，这时候了，你去哪儿呀？马上就要下雨了，你有什么急事，非得现在出去？"不知什么时候，朴正浩已经走到了李玉璞的面前。

"张玉环的儿子失踪了，我得去看看。"李玉璞难以抑制情绪的波动，急切地向朴正浩解释着。

"什么？'杨玉环'的儿子失踪了？怎么会失踪呢？会不会被什么熟人接走了，也许一会儿就会被人送回去呢。再说，这时候你在这儿怎么能打到车呀，我给你叫一辆'快车'，你告诉我地址。"朴正浩一边和李玉璞说着话，一边在手机上操作着。

"张玉环在北京没有任何亲戚，所以，天天不可能被人无缘无故地接走，这里面肯定有蹊跷。"李玉璞将张玉环家里的地址和自己的推测全都告诉了朴正浩，神情中有着难以掩饰的焦虑。

朴正浩替李玉璞约的"快车"还真是很快就赶到了他们所在的位置。李玉璞跟朴正浩挥了挥手就上了车，他感觉到自己的心难以抑制地狂跳不已，他甚至不知道自己为什么会对张玉环和天天的事有如此强烈的反应。李玉璞虽然曾经和张玉环有过一夜的缠绵，但是他不敢确定自己到底对张玉环的感情有多深。可是当他听说天天失踪了，又发觉自己今天如此不安、如此慌乱，他才意识到，自己对张玉环的爱，可能已经深到无法自拔的程度了。

李玉璞在车上再一次给小许拨通了电话，他问小许现在有没有天天的消息，还嘱咐小许看好张玉环，他已经在赶往张玉环家的路上了。李玉璞一路上想着今天发生的一切到底是何原因，可是他无论怎样也理不出任何头绪。

当李玉璞从北京南边的大兴赶到北京东边的望京时，天色已经完全黑了下来。狂风夹杂着雨点也在这一时刻倾泻而下，并伴随着一道道闪电从天际劈来，让人有一种莫名的恐惧与胆寒。

李玉璞从瓢泼大雨中冲进了张玉环家的楼内，虽然只不过是百米之遥，他就已经被洗礼得如同落汤鸡一般，落魄而惨烈。李玉璞在楼道里急促地甩了甩身上的水，就按下了张玉环家的门铃。

"怎么样？现在有没有天天的消息？你们有没有报警？你们张总呢，她没事吧？"给李玉璞开门的是小许，虽然小许脸上那焦急的神情让李玉璞一览无余，但是他还是忍不住将自己的疑问和担心一股脑儿地说了出来。

"李总，您来了就好！张总在天天的卧室里，她现在只知道哭，还说是她对不起天天。我劝了半天也不管用，您快去看看她吧！"小许看到李玉璞来了，脸上的神情有着些许的激动。

李玉璞在张玉环家客厅的门口换了双拖鞋，径直朝着天天的卧室走去。

李玉璞推开天天卧室的房门，看到张玉环一个人站在卧室的窗口向外望着。窗外豆大的雨点噼里啪啦地朝着玻璃窗上砸着，然后又顺着玻璃窗往下急速流淌。张玉环看着窗外的风雨交加和玻璃窗上流淌的雨水，像一尊雕塑一样，久久地站在那里一动不动。

"玉环！"李玉璞轻轻地推开了房门，站在门口叫了一声。可是张玉环好像根本就没听见李玉璞的呼唤一样，依然就那样如雕塑一般，一动不动。

"玉环，你还好吗？"李玉璞从门口的位置轻轻向着张玉环的身后走去。张玉环依然没有回答他，但是李玉璞看到了张玉环的肩膀在轻轻地颤动。李玉璞知道，张玉环在极力克制着自己的情绪，她不想让自己看到她的悲伤和脆弱。

李玉璞来到张玉环身后，伸出双手从张玉环腰身的两侧环过，将她抱在胸前。张玉环的身体轻轻一怔，然后便渐渐向他身上靠去，将她自己的身体紧紧地依偎在李玉璞的身体上。她的身体起伏着，抽泣的声音渐渐传到李玉璞的耳边，而这声音和身体的起伏也越来越大。张玉环压抑已久的情绪这时再也无法抑制，那轻声的抽泣也在瞬间演变成了号啕大哭。

"为什么？为什么是天天？命运为什么这么不公平？"张玉环那压抑已久的情绪如此时窗外的风雨一般，狂虐肆意，一发而不可收。

"玉环，你想哭就哭吧！我向你保证，我就是拼了命，也一定把天天给你找回来。以后，我一定会尽我的全力来保护你和天天，再也不让你和天天受到任何伤害。以后，我再也不会离开你了。好吗？"李玉璞难掩心中的愧疚与爱怜，自然而然又真心诚意地对张玉环说着安慰的话。

张玉环突然转过身来，紧紧地将李玉璞抱住，尽情地宣泄着自己的情绪。李玉璞也紧紧地抱着张玉环，他想给张玉环依靠，想让她尽情地宣泄自己压抑已久的情绪。可是，李玉璞却发现张玉环的身体却在不由自主地向下坠去，他赶紧抱住张玉环的身体，口中呼喊着张玉环的名字，并把她抱起来轻轻地放到了床上。

听到李玉璞的呼喊，小许也赶紧跑了进来。李玉璞正想要把张玉环领口的衣扣解开，让张玉环呼吸得更加顺畅，见小许跑了进来，便下意识地往一旁闪了一下，让小许来帮张玉环把领口的衣扣解开。李玉璞自己走到窗边，把紧闭着的窗户打开了一条缝，让室内的空气可以循环流通。

过了一会儿，张玉环才慢慢睁开眼睛，当她看到站在她身边的李玉璞和小许时，她什么话也没有说，眼角的泪水却不由自主地流了下来。李玉璞看着醒来的张玉环，让小许去给她倒了一杯水进来，然后又扶着张玉环坐好，让她喝点水，平复一下心情。

原来，张玉环今天下班以后，就像往常一样去幼儿园接天天，可让她没想到的是，幼儿园老师却说，天天已经被张玉环委托的人接走了。张玉环一听天天被别人接走了，心里当时就慌了。她质问幼儿园老师，没有她的授权，幼儿园为什么会把天天交给外人带走。可是让张玉环更加意外的是，幼儿园老师说，吃午饭的时候，接到张玉环发来的微信，说自己今天有事，所以在中午午睡前，她会请她的朋友来提前把天天接走。结果，没过一会儿，就有一个自称是张玉环朋友的男人到幼儿园来接天天了。因为幼儿园老师之前收到了张玉环的微信通知，所以并没有怀疑什么，就把天天交给那个人带走了。

张玉环听着幼儿园老师的解释，看着幼儿园老师在她眼前打开的微信聊天记录，脑子里一片混乱，不知该怎样理解这件让人匪夷所思的咄咄怪事。她拿出自己的手机，想打开微信看看到底是怎么回事，可是直到这个时候，她才发现自己的微信已经无法登录了。这下，张玉环更加慌张了，她意识到自己的微信已经被别人盗用了。张玉环本来在这段时间里，一直都感觉有一种莫名的危险正在悄悄地靠近她和天天，但是她又说不清楚这危险到底出自何处。她联想到最近发生在她身上这一系列的事情，觉得今天的事肯定是有预谋的，事情的复杂性也远远超出了她的想象。不仅如此，张玉环还隐隐觉得，此事绝不像表面所看到的这样简单。她感觉到早有一张无形的大网已经把她牢牢地网在其中，并正在慢慢收拢。

张玉环茫然地愣在了那里，曾经发生的一切在这一时刻向她的脑海一起袭来。所有的这一切都已经表明，她无缘无故地被跟踪，那个酷似高翔的人突然出现，还有自己发生的车祸以及微信被盗用，再加上天天的失踪，其间必然有着联系。

不仅如此,幕后操纵这些事的人应该还有着什么更大的阴谋。她不知道这阴谋为什么和她有着千丝万缕的联系,但她敢肯定,这阴谋正在向她一步步逼近。

张玉环不敢再想了,她想知道这一切的背后真相到底是什么,可是又害怕这些事情背后的真相是她无法承受的。张玉环觉得自己头痛欲裂,虽然她无法弄明白这一切到底是怎么回事,但是她知道,她生命中唯一不可失去的就是天天。她必须找到天天,不管付出多大代价,她也在所不惜。

张玉环虽然不知道是什么人带走了天天,也不知道幕后的指使者到底是谁,又有着什么样的目的,但她还是第一时间将自己微信被盗和孩子被人带走的事情向派出所报了案。警察非常重视这起儿童失踪案件,当即便立了案,还安慰她说,一有情况就会马上和她联系,让她回家等消息。

时间一点一点地滑过,夜色深浓,张玉环吃了两片安眠药已经睡着了。小许也已经回家休息了,只有李玉璞心潮起伏,久久难以入睡。他一遍又一遍地回忆着张玉环讲述的情况,一头雾水的他对于所发生的一切也是理不出丝毫头绪。他不知该如何安慰张玉环,除了告诉张玉环天天不会有事以外,李玉璞不知道自己还能说些什么,还能做些什么。

一直到第二天凌晨,李玉璞才迷迷糊糊地进入了梦乡。他似睡非睡,好像做了什么很奇怪的梦,自己好像在梦中去了一个很陌生的地方,就在他正不知所措的时候,从天边传来声声的钟鸣。而且,那钟鸣声离他越来越近,声音也越来越大,似乎要将他的心敲碎一般,让他心神恍惚,难以平静。

李玉璞从梦中惊醒,睁开眼睛,看到张玉环依偎在自己怀里还睡着,门铃却一声接一声地响着。

李玉璞悄悄地起身下床,来到门前,打开门一看,原来是小许拎着早餐站在门口。小许向李玉璞询问张玉环的情况是否还好,自己是在这里帮忙还是去公司里盯着工作。李玉璞告诉小许,这里有他在就行了,要她去公司盯着,有什么事情可以随时打电话和他联系。小许把自己给李玉璞和张玉环买的早餐放在餐桌上就走了。李玉璞走进卫生间正准备洗漱,就听见张玉环的手机又响了起来。

李玉璞快步走进天天的卧室,他本想替张玉环接电话,这样就可以让张玉环再多睡一会儿。可当他急匆匆走进卧室时,看到张玉环已经坐在床边在接电话了。

李玉璞看到张玉环脸上有着难以掩饰的激动神情,并且声音颤抖着说:"好,好,我们马上就来。"

李玉璞的心突突地跳着,他不知道这电话是哪里打来的,也不知道张玉环得到了怎样的消息,他只有在心中祈祷:"老天保佑!天天千万不要有什么意外!千万不要有什么意外!"

第四十九章　钱乃一剂"良药"

张玉环挂了电话，眼中含着泪水对李玉璞说："天天找到了！天天找到了！"听到张玉环说"天天找到了"，李玉璞悬着的一颗心，才终于如一块石头落地，瞬间安稳了许多。

张玉环只是简单地洗漱了一下，就和李玉璞一起匆匆下楼，拦了一辆出租车，急速赶往警察刚刚在电话里告知她的派出所地址。

张玉环将双手紧紧地交叠在一起，一路上一言不发，却将目光投向了车窗外那些从身侧快速掠过的车辆和建筑物上。李玉璞的目光注视着张玉环，看到焦急与欣喜相互交替出现在她的脸上。李玉璞伸出一只手，轻轻地放在张玉环的双手上面，希望这样可以缓解张玉环的紧张。

其实，张玉环的车已经修好了，就停在她家楼下的停车场里，但是自从上次发生那次车祸以后，她就不愿意再开那辆车了。张玉环心里总是觉得那辆车仿佛被恶魔施了魔咒一般，只要坐在那辆车上，就会有一种不安的气息萦绕着她。张玉环自己也知道，那种感觉很可能是自己的潜意识在作祟，但她还是不由自主地想远离自己的那辆车。所以，她现在宁愿选择坐出租车或是公交出行，也不愿意开自己的车。张玉环已经想好了，找个合适的时间就把那辆车卖了，那样的话，也许自己就会离那种不安的情绪远一点，再远一点。

也许是心有灵犀，也许是善解人意，也许是心照不宣，也许是不谋而合，总之，李玉璞在看到那辆车以后，也没有提议开车前往派出所。在他的心里，与张玉环有着同样的感觉，觉得那辆车有着某种说不出来的不祥气息。之前的事实证明，无论是他还是张玉环，只要开着那辆车出去，总会发生点什么出乎意料的事情。

当出租车来到派出所的大门外，张玉环顾不上等车停稳，就急匆匆地下了车跑进了派出所。李玉璞也赶紧把打车钱塞到出租车司机的手里，然后紧跟在张玉环的身后，疾步走进了派出所。

张玉环冲进派出所，在看到天天完好无损地站在那里的时候，她本已急切的脚步更像离弦的箭一样，一下子就飞奔了过去。张玉环把天天紧紧地抱在怀里，两行热泪早已不由自主地掉了下来。张玉环不停地在天天的额头上亲吻着，像是害怕再一次失去天天，一次又一次地打量着怀里的天天。然后，她又继续亲吻着，亲吻完了又再一次将怀里的天天打量一番。张玉环就这样反反复复地重复着这样

第四十九章 钱乃一剂"良药"

的亲吻和打量，就好像要确认，天天的的确确是在她的怀抱里、的的确确真实存在的一样。她嘴里还喃喃地说着："天天，天天，你没事，太好了！这太好了！"张玉环心里害怕，她害怕这一切都是梦幻，害怕此时自己怀抱天天的情景，只不过是因为她思念过度、担心过度所产生的一个梦境而已。在张玉环接到警察的电话之前，她一直都在设想着天天的处境。她甚至想到了最坏的结果，可是她又不敢面对也无法面对那样的结果。即使是警察打电话通知她天天已经找到了，她都不敢问天天是否安然无事、是否还活着。她怕自己得到的答案是否定的，如果真的是那样，她将无法原谅自己，也无法再继续活下去。

天天也是直到这时才如梦方醒一般，他"哇"的一声哭了出来。天天将脸埋在张玉环的胸前，一双小手紧紧地搂着张玉环的脖子，好像害怕自己再一次被别人带走一般，就那样紧紧地抓着张玉环的衣领不肯放手。他口中还喃喃地说："妈妈，你上哪去了？为什么不来接我？我好害怕！好害怕！"

"对不起！对不起！是妈妈不好，妈妈以后再也不会离开你了。"张玉环也紧紧地抱着天天，眼泪依然不由自主地滑落着。

李玉璞站在一旁，看着眼前的张玉环和天天，他心里的激动和安慰也是油然而生。自得知天天失踪的那一刻开始，他的担心和焦虑一点也不比张玉环少。他不仅担心天天的安全，也焦虑张玉环的精神状态。尤其是，万一天天有个三长两短，他不知道张玉环是否可以承受这样的打击。即使天天没有遭遇不测，就单单只是杳无音信，那对张玉环而言，也是她无法承受的。

现在看到天天安全地回到了张玉环的怀抱，李玉璞长出一口气，好像心里压着的一块大石头瞬间被移走，让他浑身感到一阵轻松。

警察站在一旁安慰着张玉环说，孩子一切都好，只是可能受了些惊吓，在他们来之前什么话都不肯讲。如果回家以后感觉孩子跟以前一样没有什么大的变化，只要多花时间陪陪孩子，慢慢就会好了。万一感觉孩子的心理压力很大，或者行为举止与之前相比有很大的反差，也可以带孩子去看看心理医生，进行心理疏导。

李玉璞这时才想起来问警察，他们是怎么找到天天的。可是警察的回答不仅没有让李玉璞和张玉环完全了解此事的真相，反而给他们增加了新的疑问。

警察说，自从张玉环报警以后，警察不仅在侦查张玉环微信被盗的事情，还去天天所在的幼儿园找到当时当班的老师了解情况。在他们掌握了基本信息以后，便对当时幼儿园的监控录像和嫌疑人展开了调查。本来警察已经锁定了嫌疑人，只是还没有发现嫌疑人的行动轨迹。可是让警察出乎意料的是，今天早上派出所接到了一个匿名的举报电话，电话中不仅对绑架天天的嫌疑人的地址一清二楚，还说明了绑架天天的那个人的身份和姓名。

警察根据举报人提供的地址，果然顺利地找到了天天，并且也顺利地抓捕了那个绑架天天的人。

李玉璞和张玉环听到这里，相互交换了一下眼色，急切地向警察询问，到底是谁绑架了天天。警察没有直接回答李玉璞和张玉环的问题，反而向他们提出了疑问，问他们是不是认识一个名叫熊焕廷的人。李玉璞和张玉环一听到这个名字，不禁心里一沉，赶紧点头说他们认识此人。警察接着说，现在已经查明，正是这个熊焕廷盗用了张玉环的微信，并且还到幼儿园接走了天天。至于他为什么绑架了天天，熊焕廷只向警察交代说他自己最近很缺钱，想跟张玉环借点钱又怕张玉环不肯借给他，所以他就带走了天天。熊焕廷还为自己辩解说，虽然他也觉得这么做不太合适，但是他真的没有伤害过天天，也从来没有想过要伤害天天。

　　熊焕廷也知道张玉环肯定是会报警的，只是没想到警察会这么快就找到了他。所以当警察找到他的暂住地时，熊焕廷很配合警察的行动，没有任何反抗的举动。

　　警察觉得熊焕廷应该还有其他事情没有交代清楚，但到底是什么原因使他绑架天天，还要等审讯过后才能有具体的答复，事情的进展他们也会和张玉环及时沟通。现在天天找回来了，也没有受到什么伤害，张玉环可以先带天天回家。他们会把这件事完全查清楚，并且会和张玉环保持沟通和联系。

　　张玉环和李玉璞听到是熊焕廷将天天带走，两人不禁都满脸惊愕。他们交换了一下眼神，简直不敢想象这一切居然都是那个曾经用熊廷厚的假身份骗取他们信任的人所为。熊焕廷也好，熊廷厚也罢，李玉璞和张玉环都想象不出，他为什么会做出这样的事情来。难道他带走天天真的只是为了钱吗？难道为了钱，他就能如此明目张胆、无法无天地对一个孩子下手吗？而且，他应该也知道，张玉环并没有什么钱。可是如果说不是为了钱，那又是为了什么呢？难道是因为上一次他不想注销公司，而李玉璞和张玉环没有答应他的要求，所以他才心存怨气，产生了报复心理吗？想到这里，李玉璞和张玉环都不由得心有余悸，还好那熊焕廷被警察及时抓获，不然的话，万一他心理失控，那天天岂不是凶多吉少吗？

　　想到这里，李玉璞和张玉环都为天天能好好地回来感到庆幸，同时也为熊廷厚的所作所为感到愤慨。这个让人鄙夷、没有道德底线的老骗子，简直就像瘟疫一样，与他有接触的人就没有一个能逃过他的侵害。张玉环如此，李玉璞如此，甚至连一个孩子他也没有放过。

　　可是，那个匿名举报的人又是谁呢？他为什么会知道这一切都是熊廷厚做的？他为什么又知道熊廷厚的行踪和住址？背后这个人到底是谁？他到底是敌是友？又有什么目的呢？

　　从派出所出来，李玉璞和张玉环带着天天，一起回到了张玉环的家里。张玉环一路上都紧紧地抱着天天，就好像只有这样紧紧地抱着天天，才能让她感觉到天天的真实存在似的。可是在李玉璞的心里，却一直被那些疑点缠绕着，久久不能释怀。他不想把自己心中的疑问说出来影响张玉环，那样会让张玉环刚刚放松的神经再一次紧绷起来。他也知道，张玉环不能再受到任何刺激了，现在只要天天回来了，对于张玉环来讲就是最好的结果。至于他心中的那些谜团，还是由他自己去慢慢地解开吧。在这些谜团完全解开之前，他要更加尽心尽力地去守护张玉环和天天，绝不能让类似的事情再次发生。如果再有一次，他真不知道还会不会像这次这样幸运了。

　　李玉璞他们一起回到张玉环家里的时候，已经是中午时分了。李玉璞让张玉环和天天坐下休息，他下楼到小区旁边的餐厅里打包些饭菜回来，三人一起吃了顿简单的午餐。

　　吃完午餐以后，张玉环就去给天天洗澡并准备换洗的衣服。也直到这时，天天才像以前一样缠着张玉环，要妈妈给他讲故事，陪他睡午觉。张玉环也在与天天的短暂分别后，不愿和天天分开一秒钟，便把天天抱到了床上，躺在床上给他讲故事。

　　李玉璞见张玉环和天天两个人那重获幸福的样子，自己心里也似被融化了一般，柔软而甜蜜。他主动承担了收拾餐桌的任务。收拾完了，他来到天天的卧室，看到张玉环已经搂着天天睡着了。李玉璞轻手轻脚地拿了张玉环放在客厅里的钥匙就走出了房门，他准备到张玉环家附近的一个超市去购买一些食物和蔬菜，晚上好好地给张玉环和天天做一顿晚饭。虽然他知道自己做饭的手艺一定不会比张玉环好，但他就是想为张玉环和天天做点什么。以他现在的能力和处境，亲手做一顿饭菜，也许是最好的，也是最合适的。

　　李玉璞来到超市，买了牛奶、鸡蛋、牛肉、猪肉、水果和蔬菜，在路过酒水饮料区的时候，还特意买了一瓶法国红酒。李玉璞已经很久没有这样采购过了，这让他产生了一种温暖的感觉。李玉璞在心里想，如果张玉环就是他的爱人、天天就是他的亲生骨肉，那该有多好。

　　这种突如其来的感觉，让李玉璞心头一热，他自己这么多年来，从没对婚姻有过什么憧憬，但不知道今天为什么会如此渴望一个属于他的家庭。李玉璞相信，这种感觉绝不是自己一时的心血来潮、一时的冲动，也不是因为自己最近接二连三的倒霉和失意，才让自己的心态变得急于想要一个安稳的家庭，更不是因为自己没了公司又没了房子，才想寄人篱下来依靠一个女人。他李玉璞即使再穷、再倒霉，也不会寄人篱下、委曲求全。他想要的女人，一定是可以和他产生共鸣的灵魂伴侣。他想要的家庭，也绝不仅仅是一套房子，而是一个属于他和她的灵魂的港湾。"夫妻本是同林鸟，大难临头各自飞"那样的夫妻、那样的感情，就如同是隔靴搔痒。有和没有，又有什么区别呢？

第五十章 一半是海水 一半是火焰

　　李玉璞拎着大购物袋从商场的地下超市走出来。在路过商场一层卖首饰的专柜时，他不由自主地停下了脚步，鬼使神差地一步一步走近卖戒指的柜台，似乎要在里面搜寻出什么答案一般，寻觅着能够触动他神经的东西。

　　终于，李玉璞看到了一枚镶嵌成雪花形状的钻石戒指，虽然那戒指上的钻石很小，但是戒指上那晶莹剔透又美丽纯洁如雪花一样的钻石，却让他怦然心动。李玉璞感觉那枚戒指就像真的雪花一样，不仅美丽而且圣洁。李玉璞按照自己心中的认知，为张玉环挑选了他认为合适的指环尺码，然后刷卡付了钱，小心翼翼地将戒指连同盒子一起，放进了自己的裤兜里。他像是完成了一项非常重要的任务一般，迈着轻松而又忐忑的步伐，回了张玉环的家里。

　　李玉璞蹑手蹑脚地把买回来的东西放到了厨房，然后又来到天天的卧室，推开房门看了一眼，只见张玉环和天天十分安详地熟睡着。李玉璞知道天天也好、张玉环也罢，昨晚肯定是他们有生以来最难以入眠的夜晚，所以这会儿肯定是极度困倦。他不想打扰张玉环和天天，于是轻轻地带上天天卧室的房门，回到厨房，开始忙碌了起来。

　　李玉璞把从超市买回来的东西，分门别类地放到冰箱里。然后又把晚上准备吃的牛肉洗好，切成大小适中的块状，放到一个容器里用作料腌好，准备晚上给张玉环和天天做一道黑椒牛排。腌好牛肉，李玉璞又开始把买回来的蔬菜择好、洗净，切好以后摆放到盘子里。李玉璞看着厨房操作台上自己准备的一切，心里却想象着晚上他把戒指拿出来，送到张玉环面前时的种种画面。想到这儿，李玉璞的心里反而不安了起来，他什么荒唐的事儿都干过，就是没干过向女人求婚的事儿。在他过去的 36 年的生涯里，都是被一个又一个的女人逼婚的，现在轮到他要向女人求婚，这种事情，实在不符合他这"没谱儿"的性格，也让他这个没心没肺的"没谱儿"觉得十分紧张。

　　该说些什么呢？这个问题让李玉璞心里犯了难，他在心里酝酿着晚上求婚时的台词，并在厨房里来回转圈预演着。像影视剧里那些肉麻的话，他李玉璞是说不出口的，也从来没想过要说那样的话。他总觉得，真正的誓言是要靠行动去证明的而不是靠说的。可是，这个世界上的女人往往都只喜欢听那些所谓的浪漫的誓言，却没有真正思考过这种誓言中的真实成分到底有多少。其实，李玉璞对求婚这种事儿是嗤之以鼻的，但是在那种场景下，总得说点什么才行。即使自己和张玉环都不在意那些不着边际的誓言，也总不能就把戒指连同盒子往张玉环手里一塞就得了，那样肯定是不行的。

李玉璞在厨房里挖空心思准备晚上求婚台词的时候，张玉环不知什么时候已经醒了。张玉环透过厨房的玻璃门，看着正在碎碎念而且来回转圈的李玉璞有些纳闷儿。她推开了厨房的玻璃门问道："玉璞，你干吗呢？"

李玉璞只顾着背自己的台词了，根本就没发现张玉环什么时候醒了。他被突然闯进来的张玉环给吓了一跳，强装镇静地说："没干吗，随便走走。"

张玉环走进厨房，看到了操作台上已经洗好、切好就等着下锅的食材，又接着说："你准备了这么多菜呀，谢谢你！真是辛苦你啦！其实，何必这么麻烦呢，咱们晚上出去吃不就行了。"

李玉璞对自己刚才的回答十分不满意，还好张玉环善解人意，并没有在他"随便走走"的话语上深究。他有些尴尬地答道："外面哪有在家里吃得舒服，我都准备好了，今天晚上给你和天天做点好吃的。"

"辛苦你了！谢谢！天天会喜欢的！"张玉环脸上露出久违的笑容。

"有什么好谢的，都是自己人。"李玉璞被张玉环脸上的笑容感染，不由得心神一荡。虽然强装镇定，但他还是在不知不觉中乱了心神，一句"都是自己人"脱口而出后，李玉璞才觉得自己的心事，已经在无意之间统统败露在张玉环的面前。此时，在李玉璞那尴尬的面容上，分明写着一个大大的"囧"字。

不过，张玉环好像并没有在意李玉璞的窘态。过去几天经历的一切，虽然说是有惊无险，但还是让张玉环心有余悸。好在天天现在已经完好如初地回到了张玉环的身边，那种重获幸福的感觉，让她感到欣慰和满足。再加上看到李玉璞能在她最无助的时候守候在她的身边，张玉环的心里也自然而然地对李玉璞充满了感激之情。张玉环那天刚刚得知天天失踪的消息时，感觉自己都要疯了。

一桌丰盛的晚餐，按照李玉璞心中设想的样子摆上了餐桌。天天在经历了最初的害怕，到和张玉环团聚后，下午好好地睡了一觉，这时的情绪已经基本恢复了原来的状态。他一边吃着李玉璞做的牛排，一边开心地跟张玉环说着话，还说牛排很好吃。天天的夸奖不仅让李玉璞心情大悦，更给他增加了今后与天天相处的信心。他知道自己要想和张玉环有所发展，那么天天的态度也是至关重要的。如果天天能接受自己，那么这件事就等于是成功了一半。

天天很快就吃饱了，自己一个人回房间里拼他的"乐高"了。李玉璞看着天天那小小的身影，对这个小家伙给他创造的表白时机，不由得心生感激。

"玉环，我敬你一杯。"李玉璞看着张玉环，慢慢地说道。

"别，应该是我敬你才对。感谢你今天费心做了这么多菜，也感谢你在我最无助的时候能陪在我身边，更感谢你这么多年来对我和天天的照顾。"张玉环说着，不由得有些动容，眼底有晶莹的泪光在闪烁。她举起酒杯，与李玉璞的酒杯轻轻碰了一下。

李玉璞此时已经有点微醺的感觉，他酝酿了一下情绪，仔细地在脑海中搜罗着他下午准备的台词。可是，那些台词此时早就不知道逃到哪根神经的后面安歇去了，他居然一句也想不起来了。他只好一只手探进裤兜里，把早就准备好的戒指连同盒子一起攥在手里，一时间不知该怎么样把它拿出来献给张玉环。

"玉环，这是我下午出去时买的，如果你不嫌弃就收下吧。"李玉璞涨红了脸，把戒指连同盒子一起举到张玉环面前。

张玉环有些惊讶地看着李玉璞，她意识到盒子里的东西是什么了，却没想到李玉璞会在这个时候向她表白。

"不是很贵，我以后再给你买更好的。"李玉璞看着张玉环惊讶的表情，自己也觉得无比尴尬。可是既然已经到了这个地步，就没有再退缩的道理，不管张玉环接不接受，总要给他答复才行。

"虽然我现在一无所有，但是我愿意把自己的后半生，全都奉献给你和天天。"李玉璞继续说着，一副视死如归的表情，他感觉时间都已经停滞了，可是张玉环一直这样不说话，他简直有种窒息的感觉。

张玉环接过装着戒指的盒子，她打开戒指盒，看到里面那枚晶莹剔透的戒指，心中的情绪也是难以控制地起伏着。看到了张玉环脸上那溢于言表的神态，李玉璞知道张玉环心里是愿意的。这时，他只要把那枚戒指从盒子里拿出来给张玉环戴在手指上，这件事就算大功告成了。

可是，就在李玉璞眼看着事情的发展方向，正一步一步按照他预想的那样行进，就差他铆足了劲儿临门一脚，即将大获成功的时候，张玉环家的门铃不解风情地响了起来。

李玉璞有些郁闷，他不知道谁会在这个时候来张玉环家。不管是谁，这人都实在是让人讨厌。他好不容易鼓足了勇气才决定的影响他下半生的大事，就在唾手可得的时候，却生生被人拦了下来，这实在让人懊恼。

李玉璞不情愿地走到门前，突然，一种莫名的不祥之感在他的心中弥漫。李玉璞没有直接打开门，而是将眼睛贴在大门的"猫眼"上向外看去。一个穿黑色T恤、戴着墨镜的男人出现在"猫眼"里。

李玉璞迟疑着打开了房门，这时他才发现门外不只是一个人，而是三个穿着同款黑色T恤、黑色长裤，并且戴着同款墨镜的男人站在他的面前。

"你们找谁？是不是走错门了？"李玉璞心里盼望着这些人赶紧离开，顺口问道。

张玉环在客厅里听到李玉璞的问话，她站起身来，朝门口这个方向望过来，顺口问了一句："玉璞，怎么啦？是谁来啦？"

那三个人根本就没理会李玉璞，其中的两个人已经迈步走进了张玉环家里，并且面无表情地分别在两个角落站着。直到这个时候李玉璞才看到，在他们身后，另一个同样装束的人推着一辆轮椅，轮椅上坐着一个年龄跟他相仿的男人。这个男人那张面无表情的脸，让李玉璞有一种似曾相识的感觉，可是他又想不起来在什么地方见过这张脸。

"你们是干什么的？怎么随便就闯进别人家里来呢？请你们出去，再不出去我就要报警了！"李玉璞有些愤怒了，他觉得自己真是"点儿背"，他精心设计的好事情，就这样被这几个人给搅和了。可是他们还一副盛气凌人、不可一世的样子，这实在让人难以忍受。李玉璞不明白最近是怎么了，尽遇上这么不可理喻、稀奇古怪的事情。

而那几个人根本就没理会他的愤怒，他们就那样站在那里，李玉璞在他们眼里仿佛是空气。那个推轮椅的男人，也在这个时候推着轮椅，进了张玉环的家里。轮椅上的人也戴着同样的墨镜，虽然看着年纪应该不大，但是那一脸的冰霜让人有一种毛骨悚然的凛冽之感。

张玉环本来想到门口来看看到底发生了什么事，可是刚才最先进入客厅里的两个男人，让她一时之间感觉有些愕然。当她看到随后进入房间里的那个坐在轮椅上的男人时，脸上的神情不由一怔。她手中拿着的那个戒指盒掉在了地上，盒子里的戒指顺势滚到了轮椅下面。

李玉璞看着惊慌失措的张玉环，走到她身边说："玉环，你不用怕，有我呢。"然后他转过头看着面前的几个人，对他们说："你们擅闯民宅到底想干什么？再不说话，我就马上报警了。"

那个坐在轮椅上的男人也把李玉璞视作空气，他看都没看李玉璞一眼，而是将目光久久地停留在张玉环的脸上。沉默片刻后，他用低沉的声音对张玉环说："玉环，让他离开。"

李玉璞本来还因为天天安全归来、张玉环心情转好而感到了些许的轻松。可是就在他们刚刚享受着来之不易的甜蜜之时，面前这几个神秘人的出现，让他刚刚放松的心情立刻又恢复到了紧张的状态。尤其是这个坐在轮椅上的男人，居然张口对张玉环说让他离开，这更是让李玉璞满腔的怒气立刻升腾而起。

李玉璞面对着那个坐轮椅的男人，抬手指着门口的方向说："请你离开！"

那个坐轮椅的男人依然是连看都没看李玉璞一眼，脸上那种冷漠的表情颇具挑衅与蔑视，他淡淡地对张玉环又重复了一遍刚才的话："玉环，让他离开。"

李玉璞真的愤怒了，他不知道这个坐轮椅的男人到底是从哪里冒出来的。这个人不仅平白无故地带人闯到张玉环家里，而且还敢命令自己离开，这简直是岂有此理。

"请你离开！"李玉璞走到那个男人面前，再一次地抬起手指向门口的方向，并大声地说道。

那个坐轮椅的男人,脸上依然没有任何表情,但是站在他身后的那个推轮椅的男人走上前来,二话不说,一把将李玉璞推了一个趔趄。李玉璞对这突如其来的袭击没有一点防备,被那个男人推得后退了好几步,心中的怒火不由得更猛烈了几分。

李玉璞很少发怒,更没有在张玉环面前发过怒,可是他也没在张玉环面前这样丢过脸。他掩饰不住满脸的愤怒,朝着刚才那个推了他一把的男人走去,那架势分明就是要跟对方来个一决雌雄,甚至是你死我活。

"玉璞!"就在李玉璞走到那个男人面前,想抡起拳头砸向对方的时候,张玉环那惊恐的声音将他及时制止。"你先回去,我以后再向你解释。"张玉环好像将全部的力气都用在了前面对他的呼喊中,而这后面的话显然已经没有了之前的气力,更像是她在用生命的最后一丝气力将这几个字抛出。而且,此时的张玉环已经不由自主地跌坐在了客厅的椅子上,那恍惚的神情就好像大病初愈,又好像如梦方醒一般。

张玉环用空洞的眼神看着李玉璞,再一次轻声说道:"李总,谢谢您的帮忙,今天就先这样吧,有什么话,我们以后再说。"

第五十一章　铩羽暴鳞　高翔折翼

李玉璞走了，在张玉环家的客厅里，就只剩下了张玉环和那个坐轮椅的男人以及他的三个手下。

"你们先出去，我不叫你们，谁也不许进来。"那个坐轮椅的男人向他的手下吩咐道。

那三个男人听到吩咐以后，默默地走出了张玉环的家，并顺手把房门关上，分别在楼道里站定。

客厅内，那个坐轮椅的男人缓缓地将脸上的墨镜摘了下来，一双极力压抑着激动的情绪、眼底微微泛着泪光的眸子，与张玉环那诧异而又惊慌的目光碰撞在一起。

张玉环明明在心里已经感觉到了眼前这个人的真实存在，却还是不敢相信眼前的这一幕。然而，这一切就这样在她毫无准备的情况下突然出现了。张玉环甚至怀疑自己的眼睛，怀疑自己的神志，怀疑这一切，是不是都只是一场匪夷所思的梦。张玉环感觉自己已经濒临崩溃的边缘，她不知道自己为什么会遭遇那么多不可想象的事情？为什么别人一辈子也遇不到的磨难，会接二连三地降临在她的身上？为什么她想安安稳稳、平平静静地生活，就那么困难？

"玉环，是我，你不用害怕，我来了。从此以后，没有人再敢伤害你，也没有人再能伤害你，你从今以后都不会再受苦了。如果谁再敢做伤害你的事情，我一定会让他付出血的代价。"那个坐轮椅的男人，用一双渴望的眼睛看着张玉环，但是他的轮椅却依然保持在原来的位置，丝毫都没有移动。

"高翔，你是高翔？"张玉环用诧异的眼神看着坐在轮椅上的男人，艰难地喊出那个让她不敢提起又无法忘记的名字，语气中充满了肯定与疑惑。

"是我，我是高翔，我是死过一次又重新活过来的高翔。"那个男人艰难地说着每一个字，似乎他说出的每一个字，都会让他想起某些痛苦不堪的经历。而这每一个字对他而言，都是一种难以忍受的折磨。

"你怎么会是现在的样子？你为什么会坐在轮椅上？你的腿是怎么回事？还有，你为什么会出现在我家里？这些年你去了哪里？我们分开以后，又到底发生了些什么事情？"张玉环觉得自己的思维有些混乱，她有太多的疑问想问高翔，可又不知从何处问起。

"我为什么会是现在的样子？我为什么会坐轮椅？你说，还能为了什么？我的两条腿废了，我再也站不起来了。"高翔低沉的声音在张玉环耳畔响起，而他说出的每一个字都让张玉环震惊无比。

"什么？你的腿？"张玉环愕然地看着高翔，大脑里一片混乱。

"就是在我和你分开的那天，我遭遇了一场车祸。本来我以为自己再也见不到你了，可是老天爷不让我死，却让我生不如死。他把我生生地抛回到这个充满了狡诈和欺骗的人的世界。我的两条腿，就是在那次车祸中废掉的。我已经完全丧失了行走的能力，永远也不可能再站起来了。但是我必须要活着，只有活着，我才能亲眼看到那些罪有应得之人的下场。"高翔用低沉的声音讲述着一切，这时他的一双眼睛如一潭死水般，看不出丝毫的情绪波动。

"前一段时间，是你在跟踪我吗？你为什么跟踪我？这么多年来，你为什么一直不肯来找我？"张玉环的大脑在嗡嗡作响，眼角的泪水也不由自主地倾泻而下。此时的张玉环已经再也控制不住自己的情绪，将自己长久以来的疑问，一个字、一个字地用力说出。

"那些人是我吩咐来保护你的，不是跟踪。因为有人知道你和我当初的关系，还知道你和你儿子的存在，我怕他们会对你不利，所以我才让人来保护你。"高翔依然面沉似水，他似乎不愿意再面对某些事情，但又不得不向张玉环做出解释。

"保护我？为什么要保护我？是谁想要对我不利？那些人为什么要对我不利？"张玉环诧异地看着高翔，她简直不敢相信自己听到的这一切都是真的。

"想要对你不利的人，就是当初在香港派人追杀我们的人，也是制造车祸把我撞成重伤的人。他们当初的目标不仅是我还有你，或者说是你肚子里的孩子。其实我一直想来找你，却又怕那样做会把你暴露了，给你带来危险。但是，我一直都在默默地关注着你，看着你依然这么美丽、这么美好，我心里既安慰又胆怯。"高翔难以掩饰脸上痛苦的表情，说到"那些人"时，眼睛里仇恨的怒火就像是要喷射而出似的。

"什么？我？孩子？为什么？"张玉环惊恐万分，她无法理解当时的她能够活下来，天天能够活下来，是多么幸运。张玉环停顿了一下，好像想起来什么似的，将目光死死地锁定在眼前这个男人的脸上，接着说道："你说你一直在关注着我？你是不是派人到我重庆的父母家里监视过我的父母？还有，我手机微信里的那个'好望角'是不是你？你为什么不能光明正大地出现在我面前？为什么要以这样的方式出现在我的生活中？"

"是的，那些人不希望跟我有血缘关系的人活在这个世界上，你明白吗？所以他们不仅向我下手，也同时向你下了手。"高翔慢慢地将目光从张玉环的脸上移开，望向窗外那漆黑的夜色，继续说道，"是我派人到重庆你的父母家，向周围的人打探你的消息。后来我通过微信观察你，也只是想看到你日常生活的点滴片段，这样才能让我感受到，我的心脏还会跳动，我的血液还会流淌，我还活在这个世界上，这个世界上还有让我留恋的亲人。可是，我只能躲在角落里默默地关注着你，不敢出现在你的面前。因为我不知道当你看到如今的高翔时，会是怎样的感受？对你而言，如今的高翔会不会是一种负担、一个笑话、一个只会喘气的废物、一个从地狱里爬出来的魔鬼？"高翔的目光依然看着窗外漆黑的夜色，他一个字、一个字地将自己压抑已久的心事说了出来。他甚至不敢将头转过来看张玉环的脸，不敢看张玉环脸上的表情。哪怕张玉环脸上有一点点失望或鄙夷，那都将是对他最大的伤害。

张玉环有些惊慌失措地坐在旁边的椅子上，目光有些茫然地看着高翔。她缓缓问道："那你现在为什么又突然出现了？你在半年以前就通过微信在监视我了，那个'好望角'就是你对不对？你为什么不直接现身？这半年多来，发生在我身上所有的事情，你也已经都知道了对不对？你怎么能就这样看着我跟孩子面对所有的欺凌和非议而冷眼旁观？你于心何忍！这段时间里所发生的事情，都和你有关，对不对？天天这次被人绑架又是怎么回事？那些人也是和你有瓜葛的吗？"张玉环的大脑一片混乱，她不知道该怎样理解这半年多来发生在她身上的这些匪夷所思的事情。她甚至怀疑这一切都和高翔有着紧密的联系，也许这所有的一切都是在高翔的眼皮子底下发生的，可是他却置张玉环和天天的安危于不顾。张玉环被自己的怀疑吓坏了，可是她不敢相信自己的猜测都是对的。她更不敢相信，高翔会眼睁睁地看着她身赴万劫不复之地，而又袖手旁观、不闻不问。

"是的，那个'好望角'就是我。我从没想过要监视你，我只是想了解你的情况。我心里也有过一丝丝的奢望，奢望你还没有忘记我，奢望你还能记得我。我们在旺角的街头生死离别、天各一方，我不愿意再让你想起那个叫旺角的地方，可是我又想让你在看到这个名字的时候能够联想到我。所以，我把微信取名为'好望角'，是希望你既可以联想到我，又可以不必去回忆那痛苦的以往。这大半年来，发生在你身上的事情我都知道，但是你不知道当我看到你的那些流言蜚语时，我的心里有多难受。可是我当时不能以真实面目出现，因为那样会让那些正在筹划阴谋的人有所警觉。我只得派人跟着你，保护你。或许我又一次做错了，或许我应该不顾一切地站出来保护你，但我不知道你是否还能接受如今的我这样一个废人。当时的我，只想让那些将苦难强加给我们的人，受到应有的惩罚。我要他们为自己所做的一切付出代价，无论是新账还是旧账，我都要他们连本带息地一起还回来。"高翔阴郁的声音中有着些许的颤抖，也有些许的愤慨。

"高翔、高翔、高翔……"张玉环此时已经泣不成声，她有太多的话想和高翔说，但又不知该怎样说出口。更何况，如今的这个高翔和多年前相比，无论是神态还是表情，都恍如陌生人一般，让她有一种莫名的生疏与恐惧。

张玉环呆呆地望着高翔，她简直不敢相信当初那个忧郁而又温柔的高翔，那个高大而又帅气的高翔，会变成如今这样一个浑身充满肃杀之气的冷酷男人。她也不敢想象是什么样的遭遇，才会把一个人活生生地从内到外、从肉体到灵魂，都改造得面目全非。虽然张玉环没有亲眼看见在高翔身上所发生的一切，但她多少也能够想象得到，高翔这些年一定是忍受着巨大的痛苦和折磨才活下来的。

张玉环不由自主地一步一步地慢慢朝着高翔走去，直到现在，她才如梦初醒般地意识到，即使眼前的这个高翔让她有一点点生疏、有一点点恐惧，可是在她的心里，一直都有一个属于高翔的位置。其实她一直都没有把高翔彻底放下过，或者说，她从没有把那个曾经的高翔放下过。就像刚才她同时面对李玉璞和高翔两个人时，她对李玉璞脱口而出，喊出那句"李总"的时候，张玉环就已经意识到了，高翔在她的心里就像一座高山，无论是谁也难以逾越，甚至连她自己都不能轻易跨越这命定的屏障。也许，这就是她今生的宿命，无论是在她的生活中还是在她的生命中，永远都有一个地方是属于高翔的。她不忍心看着那个曾经的高翔被生活折磨，她想去安慰高翔，想去抚慰高翔心灵深处那不可触碰的伤痛。

高翔面对着一步一步走近他的张玉环，眼底泛起一丝惊喜。虽然高翔也知道，他和张玉环毕竟分开了这么多年，无论是情感还是环境、内心还是外在，他们彼此之间早已经是沧海桑田。即使张玉环不再接受他也在情理之中，是再正常不过的事情。事已至此，他将他们彼此命运的选择权交给张玉环，无论她怎样选择，他都无怨无悔。

高翔就那样坐在轮椅上，无论是他的身体还是他的轮椅，都没有丝毫的移动。但是面对着张玉环迈出的每一步，都在高翔的心里，产生着一种强大的渴望。这种强大的渴望，如狂风巨浪一般，一浪强似一浪；而这种感觉，也只有高翔自己才能感受到。

高翔知道自己今天能够做出这样的决定，能与张玉环这样面面相对，让她看到自己身体的残缺和累累的伤痕，对他而言需要巨大的勇气。他已经放下了骄傲，放下了自尊，披荆斩棘、伤痕累累地出现在了张玉环的面前。张玉环是否能接受他，就要看她是否肯迈出这最后的几步了。

第五十二章　再回首已百年身

漆黑的夜色，将白日里所有的喧嚣吞没。就像一场艳阳下的盛大宴会，在人群离场之后，留下来的却只有一片狼藉。当夜色笼罩天空，将大地吞噬，却连那满目的狼藉也一并吞没，任何的蛛丝马迹都在夜色的洗礼中隐没、消失。

"哎……"一声意味深长的叹息，划破寂静的夜色，穿透沉闷而又死寂的空气，回荡在张玉环的耳边。这一声微不足道的叹息，仿佛是潮汐在涨潮之前一次微乎其微的涌动。但是在这样涌动的后面，也许很快就会有滔天的巨浪接踵而来。

高翔长叹一口气，他仿佛被一种巨大的力量拖拽着，即使是百般挣扎，他依然不得不面对自己那痛苦的回忆。他那低沉而又沙哑的声音再一次响起，开始向张玉环讲述着自己那不堪回首的经历。

当年，在旺角街头追杀他和张玉环的人，是一帮被人收买了的马仔。他们就是分别出现在高翔和张玉环租住的出租屋附近，疯狂追杀他们和开大卡车制造车祸的人。他们受人指使，目的就是无论如何都要将高翔和张玉环置于死地。

高翔与张玉环在慌乱的逃亡过程中失散。当高翔发觉自己已经和张玉环跑散时，他的第一个念头就是要马上找到张玉环。虽然他知道自己这个时候回去找张玉环是非常危险的，但是他更知道，离开了他的张玉环会更加危险、更加无助。高翔观察了一下自己周围的环境，当他觉得在自己目力范围之内没有那帮马仔出现时，他才小心翼翼地走出了自己藏身的那条狭窄的小巷。

可是就在高翔刚刚走出那条小巷，甚至还没来得及看清楚视野之内的一切事物时，一辆大卡车突然向他迎面撞来，高翔当时来不及做出任何反应就被撞飞了出去，一直到他失去意识之前，口中始终都念叨着张玉环的名字，但他最终也没能再见到张玉环。

就在高翔丧失意识之前，他看到一个并不认识的中年人紧紧地盯着他看，眼眸中闪烁着满是得意的神情。那人就那样站在一旁看着他，高翔抬起手臂想去抓那个人的裤腿，可是就在他使出全身的力气，刚要触碰到那个人的时候，他却仿佛被一个巨大的黑洞吞噬，无论是身体，还是精神，全部在这一刻消失。高翔那只抬起的手臂，也在这一刻像失去了支撑一般，重重地跌回到地面上。

高翔在死亡的边缘徘徊了很长的时间，医院也曾经几度给他下了病危通知书。也许是上天的垂怜，高翔在昏迷了6个月以后，慢慢地恢复了意识。当他睁开眼睛，发现自己的母亲，那个虽然已是知天命之年却优雅知性、风韵犹存的女人，在短短的几个月内，好像苍老了几十岁，一下子变成了一个白发苍苍，连背都有些驼的老妇人。

不仅如此，让高翔感到意外和难以接受的还有，他发现自己的腿没有了任何知觉。高翔不敢相信这一切都是真的，他怀疑这一切都只是自己的错觉而已。高翔使尽全身的力气用拳头去砸自己的腿，用牙齿去咬自己的手臂，想证明自己的腿还有知觉。可是让他害怕的是，他的上半身依然还会有痛感，可是他的两条腿却什么感觉都没有了。高翔像发了疯一般，把自己身上插着的输液针头全都拔了下来，把身边能够触碰到的东西狠狠地砸在了地上。

这时，高翔的母亲才告诉他，医生说高翔腿部的神经已经完全坏死，可能永远都不能再站起来了；而且以后不仅要在轮椅上度过自己的余生，甚至连正常的生理反应都不能控制，只能靠人为的方法来解决他的失禁问题；这辈子也不可能再有属于他自己的孩子了，他除了还有思维意识，还能保持生命体以外，什么都做不了。

高翔被残酷的现实打击得如身堕地狱一般，他一度觉得自己活着就是一个天大的错误、一个极大的讽刺。他从小就没有父亲，以后他也不可能成为一个父亲。他不知道自己犯了什么错误？不知道上天为什么要如此惩罚他？不知道命运为什么对他如此不公？

高翔想过要了结自己的生命，他曾经将自己的头撞向任何坚硬的地方，可是当他每每被母亲拦下，被医生抢救过来，看到他那一夜之间白了头的母亲时，他又感到无比的懊恼。高翔觉得自己对不起母亲，可是他又无法接受现在的自己，就在这样的懊恼与纠结、痛苦与折磨中，高翔坚持活了下来。

高翔在母亲和医护人员的照料下在慢慢恢复，他渐渐地强迫自己，接受现实中的这另一个陌生的自己。高翔在心里渐渐形成了一种意识，那就是只有他活着，才能让那些想置他于死地的人寝食难安；只有他活着，才能有机会将自己受到的折磨一并讨回来。

重生后的高翔，不仅仅是为了自己活着，更是为了母亲而活着。还有就是，高翔希望有一天可以再见到张玉环，虽然这时候的他还不知道张玉环是否还活在这个世界上，她腹中的孩子又怎么样了，但是他依然希望自己可以再见到张玉环，也希望自己可以保护张玉环。哪怕他不能再拥有一个正常人的生活，哪怕他以后不能再和自己心爱的人生活在一起，哪怕他对于心爱之人只能默默地关注和保护，他也心满意足了。

高翔的母亲看到自己的儿子已经渐渐敢于面对命运的无情，开始接受正常治疗和康复训练，才长长地舒了一口气，将那颗长久以来忐忑不安的心放了下来。她，一位终生未嫁、独居多年的中年女人，自从得知高翔出车祸住进医院以后，就一直在医院里守候着她在这个世界上唯一的亲人。高翔入院的第一个夜晚,她一直守候在手术室的门外。当第二天的凌晨,医生和护士把做完手术的高翔推出手术室的时候,才发现昨天那位端庄、优雅、风韵犹存的美妇,一夜之间变成了一个白发苍苍的老妇人。也许是老天慈悲,可怜这位独自将儿子抚养长大的单身母亲,高翔在她日日夜夜的精心照料下,在昏迷了6个月以后,居然恢复了些许的意识。后来,又经过各种漫长的康复治疗,高翔的身体功能才慢慢恢复。但是,他却始终没能再站起来。

只有高翔自己知道,支撑着他活下来的除了母亲以外,另一个重要的原因就是张玉环。他经常会想起张玉环,想起张玉环肚子里的孩子。可是他不敢和任何人提起张玉环,不敢提起张玉环肚子里的孩子。他觉得张玉环和孩子的事情知道的人越少越好,虽然他不知道张玉环当初和他分开以后去了哪里,是否还活在这个世界上,孩子是否已经安全出生。除了母亲以外,只有想到张玉环和她肚子里的孩子时,高翔才对生活有了一丝丝希望。

高翔有时候会设想他的孩子的模样,虽然他不知道他的孩子是男孩还是女孩,可是他就是愿意在自己的脑海中勾勒孩子的模样。

高翔有时候也会感到恐惧,他害怕张玉环和自己的孩子已经被人杀害了。高翔被自己的这个念头给吓坏了,每每想到这里,他的头都会像被无数根钢针扎着一样痛苦。高翔经常会在半夜里被噩梦惊醒,他不知道有多少次午夜梦回时,一个人坐在床上,大口地喘着粗气,大颗大颗的汗珠和眼泪一起滴落在他的胸前。在梦里,他看见张玉环挺着大肚子哭喊着他的名字。他在心里一遍又一遍地安慰着自己,玉环一定还活着,孩子也一定还活着。

为了打消疑虑,高翔曾经让他的母亲找来他出事当天和第二天的各种报纸。让他欣慰的是,在任何报纸上都没有发现有人在街上遭遇不测的消息。高翔在内心里安慰着自己,"没消息就是好消息",这样想着,他那颗忐忑不安的心才得到些许的安慰。

高翔那时还不知道,就在他与命运做着殊死搏斗的时候,他的儿子天天已经来到了这个世界。就在高翔被大货车撞飞的同时,张玉环也正在经历着她的生死较量。

被紧紧追赶的张玉环,因运动量太大体力不支而造成了婴儿的早产。当她晕倒在旺角的街头时,她不知道有一双眼睛也正在紧紧地盯着她。张玉环被好心的路人送到了医院,在医护人员的全力救助下,她和天天才从生死线上捡回一条命。

也许是因为当时好心人的及时相助;也许是从张玉环身体里流出来的鲜血,给人一种她和孩子都即将生命不保的假象;也许是对她下手的人在众目睽睽之下,无法采取进一步的行动,张玉环才得以活了下来。

后来,高翔在母亲的口中知道了自己的身份。他终于明白了自己为什么一直没有父亲,母亲为什么一直独居这么多年。他小的时候每次向母亲问及为什么没有父亲时,母亲脸上为什么总是那种黯然神伤的表情。

原来,高翔的父亲是香港一个大家族的公子。高翔的父亲和母亲,既是大学同学,又是总经理与秘书,还是男女朋友的关系。但他们之间的关系,并不被高翔父亲的家族认可。在家族利益的安排下,高翔的父亲娶了另一位世家女子为妻。可是让高氏家族没有想到的是,那位世家女子却多年没有生育。而在这个时候,高翔的父亲却意外得知,当初那个被他抛弃的初恋女友,就在他们分手的几个月后,生下了一个男孩。

而那位高夫人不知是从哪里也得知了高翔和他母亲存在的消息,便将自己哥哥的儿子过继来给自己当了儿子。美其名曰,亲上加亲、家族有后,高氏也有了继承人。可是高翔的父亲却认为,这不过是夫人的娘家对高氏家族长久以来的觊觎而实行的进一步动作罢了。也许,他在当初迫于家族的压力而娶了现在的这位夫人时,就已经走进了人家早已向他、向高氏家族张开的网中。高翔的父亲感觉自己不能坐以待毙,他不仅要把握好高氏的全局,还必须要找到自己的亲生骨肉,这样才能让已经处于不利一方的自己慢慢走出困境。

高翔的父亲经过多方打听,才找到高翔和他的母亲。高翔的父亲面对自己的初恋情人和亲生骨肉,内心充满了愧疚与自责。他知道自己一时的软弱,造成了高翔和他母亲所受到的各种歧视和伤害,而这是他怎样都弥补不了的。

高翔父亲在内疚与自责之余,本来想尽力补偿高翔和他的母亲,也想让高翔光明正大地认祖归宗。可是面对家族内和夫人娘家的势力以及其他各方面的社会舆论,再加上当时高氏企业面临着经济上的困境,种种因素加在一起,让高翔的父亲都不敢贸然行动,只好选择等待时机,让高翔慢慢浮出水面。可是让高翔父亲没想到的是,一场突如其来的大病,让所有的事态急转直下,也给高翔和他的母亲造成了更大的伤害。

这一场突如其来的大病,不仅让高翔父亲一病不起,也让高翔认祖归宗、回归家族的事情暂时搁置了下来。可是让高翔父亲没想到的是,他的夫人和娘家人看到他卧病在床,便觉得这就是吞并高氏和除掉高翔的最好时机。而被他们视为眼中钉、肉中刺的高翔,居然成了他们第一个下手的目标,这便有了之前高翔被追杀的事情发生。

高翔在车祸中侥幸活了下来,高氏企业也在高翔父亲身体恢复后力挽狂澜而趋于稳定。而且,高翔的父亲在家族企业趋于稳定的情况下,已经对外宣布,高翔就是他亲生骨肉,高翔也名正言顺地回归了家族。可是这一切的演变,在高翔看来,简直就像一场匪夷所思的梦魇。

大梦初醒的高翔真真切切地感受到世事变迁、沧海桑田。他的人生,他的未来,他的憧憬,他的幸福,一切的一切早已支离破碎、面目全非。

第五十三章　只是当时已惘然

"高翔，你先回去吧，我想一个人静一静。"张玉环的眼神空洞而虚无地看着前方，她仿佛虚脱了一般，无力地说道。

"玉环，我这次回来只想尽我所能地给予你我所能给予的一切。我无意勉强你什么，无论你做出怎样的选择，我都无条件地尊重你的选择。毕竟，我并不是一个合格的爱人，也不是一个合格的父亲。虽然我很希望带给你更安全、更舒适、更幸福的生活，但是我知道，我早已失去了这样的能力，也失去了这样的资格。"高翔满面愁苦与内疚地说道。

"你先回去，让我好好想一想。我和天天都需要有一个适应的过程，我现在脑子里很乱，我们彼此都冷静一段时间好吗？"张玉环将目光慢慢地移到高翔身上，可是她却不知该如何面对眼前的高翔，不知该如何安放自己的那颗心，也不知自己该何去何从。

"这个你拿着，这是妈妈在临终前给我的，她一直贴身戴着。自从她去世以后，我也一直贴身戴着，现在我希望你能继续把它保存好。等我解决完那些必须解决的事，再来找你。"高翔从自己的脖子上取下一条项链，项链上坠着一个心形的吊坠。

"你妈妈去世了？"张玉环听到高翔母亲去世的消息，脸上一片诧异的表情。她没有伸手去接高翔手中的那条项链，却用疑问的眼神看着高翔。

"是的，就在那位所谓的高夫人和她的娘家人得知父亲病重而暗自窃喜的时候；就在我面对死亡和残疾，濒临崩溃的时候；就在我与自己的生命做着殊死搏斗的时候；就在我父亲利用那些人的心怀鬼胎、假装抱病在身，以在对方思想麻痹之时，力挽狂澜将高氏集团的掌控权牢牢握在手中的时候。"高翔脸上的表情极其痛苦，沉吟片刻，他继续说道，"就在父亲要弥补我和母亲，要我认祖归宗的时候，我的母亲却在一次从医院返回家里的途中，遭遇了和我之前一样的事情。弥补？多么可悲的两个字。能弥补吗？有太多太多的事情，都只有唯一的一次机会，只要错过了，就再也没有重新得到的可能了。我的父母是这样，我又何尝不是这样？可是我不想，不想我的孩子重蹈覆辙。我是一个从小在夹缝中生存的私生子，我的孩子不能再成为一个私生子。他要光明正大地生活，受到最好的教育，享受最好的生活，有人关爱。可是我不知道，这最为平常的一切，对我而言是不是一种奢望？"高翔刚刚还低着的头抬了起来，他用一种恳求的目光看着张玉环，再一次将手中的项链递到张玉环面前。

"我派人到天天的幼儿园查过他的出生日期和出生地，他的出生日期就是我们分开的那一天，出生地是香港。他就是我的儿子，没错吧？"此时的高翔，用一种极为肯定的眼神看向张玉环说道。

张玉环什么也没说，重重地点了点头，并下意识地伸手接过高翔手中的那条项链。

很普通的一条金项链，只是上面那个吊坠的造型很别致。虽然只是一个简单的心形吊坠，但吊坠的正面却镶嵌着一朵由碎钻拼成的玫瑰花，烘托着玫瑰花的枝杈上有一片有着些许卷曲的叶子，叶子的边缘，正好将那心形吊坠的另一半紧紧咬合。张玉环轻轻地用手指触碰着那朵玫瑰花，手指在那卷曲的叶子边缘稍稍一用力，心形的吊坠便被打开了。张玉环惊异地发现，吊坠里面居然镶嵌着一张一对母子的合影。张玉环不用问也知道，那一定是少年时期的高翔和他母亲的合影。照片上的高翔只有十一二岁的样子，虽然还只是一个少年，但在他的眼眸中，却有着些许的忧郁。其实，连高翔自己也不知道，这个吊坠里最早放的照片是高翔父母恋爱时的一张合影。高翔的母亲始终都没能成为高夫人，陪伴在她身边的就只有一张照片和无数的回忆而已。多年以后，高翔的母亲才把吊坠里的照片换成了她和高翔的合影。

高翔走了，张玉环的手里紧紧地攥着高翔留下来的那条项链和李玉璞留下来的戒指。虽然李玉璞还没有来得及将求婚的仪式完成，可在张玉环第一眼看到那枚戒指的时候，就已经明白了李玉璞想要表达的心意。张玉环不知道，自己为什么总是会面临这样左右为难、进退维艰的两难境地。李玉璞对她的情意，她是真真切切地感受到的，本来她也做出决定，想和李玉璞一起共同度过余下的后半生。可是，高翔却偏偏在这个时候从天而降，再一次闯入了她的生活。张玉环不知该如何是好，不知该何去何从，无论怎样她也无法做到两全，无论怎样她都必将辜负一人。

已然冷却下来的房间里，只剩下了张玉环孤单清瘦的身影。她把家里的灯全部熄灭，一个人默默地走到卧室，就像雕塑一般，久久地、久久地坐在那里。此时，张玉环的大脑已经一片混乱，她感觉自己已经没有了思维的能力，只觉得现在的一切，都仿佛是大梦一场。

时光的步伐以它固有的速度前行着。在黑暗中，仿佛已经沉睡了百年的张玉环，被"哎……"的一声长长的叹息声唤醒。那一声长长的叹息声，在孤寂中破空而来，回荡在张玉环的耳边。张玉环顺着叹息之声望过去，她看到在黑暗之中显现的，是李玉璞那一张落寞的面孔。

张玉环看着对面一脸凄楚的李玉璞，不知该如何解释自己的以往。张玉环不

第五十三章 只是当时已惘然

是想有意隐瞒她和高翔的事，她只是不愿想起那些让她伤心痛苦的以往。而且在此之前，张玉环根本就不知道高翔是否还活在人世。自从那次他们生死别离之后，高翔就消失在她的生命中，从此再无消息。甚至前段时间他们被跟踪，张玉环发现跟踪她的那辆奔驰车里坐着的男人和高翔长得一模一样时，她都不敢肯定那人真的就是高翔。当时的高翔脸上戴着墨镜，身上散发出的肃杀与冷漠的气息，让张玉环感到不寒而栗。从前高翔的身上虽然有着些许的神秘和淡淡的忧伤，却从来都不会有这种让人恐惧的杀气。而且，在张玉环心里，一直都觉得如果那人是高翔，他肯定会来和她相见而不会这样跟踪她。高翔知道她胆子小，不会让她产生这样莫名其妙的惊慌与恐惧。

"玉璞，对不起，你不要生我的气。都是我不好，都是我不对，你不要生气了好吗？"张玉环看着眼前的李玉璞，满心愧疚地说着。

李玉璞紧紧地盯着张玉环，什么话都没有说，只是一步一步向后退着，脸上却充满了失望的神情。

"玉璞，对不起，真的对不起。你不要不说话，你说句话好不好？哪怕你骂我几句也好。"张玉环泪流满面，面对着充满了冷漠与绝望的李玉璞，她除了说"对不起"以外，不知还能说些什么。

李玉璞依然一脸冷漠、一脸绝望地看着张玉环。他一步一步向后退着，身体被黑暗包裹着，身形也在黑暗中时隐时现。他除了紧盯着张玉环以外，依然是一句话也不肯说。

"玉璞，你别这样，你听我慢慢解释。高翔，他是天天的爸爸，我们没有举行过结婚仪式，也没有注册登记过，他让我和他一起去香港把孩子生下来，可是没想到我们却被香港的黑帮追杀。当时，高翔被一辆大卡车撞飞，不仅是昏迷了半年才醒过来，更是丧失了行动的能力。我当时因为动了胎气，也差一点和天天一起命丧街头，天天也因此而早产。这一切的一切，我也是刚刚才知道的，不是我要故意隐瞒你的。"张玉环伤心地回忆着以往，此时的她早已泣不成声。

李玉璞停下了后退的脚步，他看着伤心欲绝的张玉环，好像不忍她再继续讲述下去似的。他伸出手，想去抚摸张玉环的头发，可就在这个时候，却一脚踏空，身子突然就向下坠去。他刚刚抬起的那只手依然还保持着原有的状态，似乎是在向张玉环挥别，又好像是在空中乱抓着什么，好以此来阻止他的下坠。可是李玉璞什么也没有抓到，他摊开手掌，看到自己空空如也的掌心，突然又将摊在眼前的手掌轻轻放下。此刻，在他看向张玉环的眼神里似乎没有了失望，没有了绝望，有的只是一片默然。他就那样空洞地看着张玉环，他不再挥舞自己的手臂，也不再打算抓住些什么以阻止自己的下坠。

"哎……"李玉璞长叹一口气，他轻轻地闭上了眼睛，只留下一声长长的叹息回荡在张玉环的耳边。

张玉环被耳边突然响起的叹息之声惊醒,她忽地一下子坐起身来,面对着黑漆漆的夜空,双手捂着自己的脸呜呜地哭出了声。她被自己刚才做的梦吓坏了,李玉璞那绝望的眼神,那冷漠的眼神,深深地刺痛着张玉环的心。

"玉璞、玉璞、玉璞……"泪流满面的张玉环,在口中喃喃地呼唤着李玉璞的名字。

与此同时,李玉璞也被耳边的那一声"玉璞",从梦中惊醒。他忽地一下子从床上坐起身来,狂跳不已的心脏和梦中张玉环的呼唤,让他的心慌乱起来,也让他的思维越发迷茫。李玉璞默默地下了床,走到饮水机旁,接了一杯水一口气全都灌进嘴里。喝完水,李玉璞来到窗边,空洞地望着窗外漆黑的一片和天上那寥寥可数的星星,一个人不禁黯然神伤。

李玉璞觉得自己的命运如一叶浮萍一般,不能自我掌握;也似宇宙中的一粒尘埃,渺小而微弱。他抬头望了望那深邃的天空和寥寥星辰,感觉自己连那颗最小的、光亮最微弱的星星都不如。哪怕是最小的那颗星星,也有浩瀚的天空作为家园。而如此卑微的自己,如同这大时代里最底层的一捧衰草、一叶浮萍,无所依傍、随波逐流。无论是他这具肉身还是心灵,都显得那么无依无靠,亦无处安放。

昨晚,当那个坐轮椅的男人突兀地出现在张玉环家里的时候,李玉璞就隐约觉得,那个男人应该和张玉环有着什么不同寻常的关系。而那个男人能理直气壮地让他离开,张玉环也将自己的称呼从"玉璞"再一次改成"李总",李玉璞已经感觉到结局已定,他已无力回天。

李玉璞从张玉环家里失魂落魄地走出来时,真真切切地感觉到,命运再一次跟他开了一个玩笑。他知道,自己和张玉环之间完了,不仅是完了,他李玉璞还居然在一个陌生的男人面前,出了这么大一个洋相。可是,为什么?为什么就在他下决心要向张玉环表明心迹,向张玉环敞开心扉求婚的时候,就在求婚现场,他的自尊心便被人毫不留情地践踏。而且,张玉环为什么以前从未提起天天还有一个父亲?她为什么接受自己的爱意,甚至还给予他回馈?如果张玉环早一些说明天天还有一个父亲,或者一直拒绝自己,他也许不会让自己陷得如此之深。命运,为何要如此安排?他这样一而再再而三地被命运捉弄,他的人生还真是没谱儿得彻底。难道,这就是他的宿命?他和张玉环之间难道永远都只能保持这种难以逾越的关系?难道他们之间也只能永远都维持这样一种尴尬的距离?难道这所有的一切,就只能是一场惘然?

李玉璞就那样久久地望着窗外,此时的他,作为一个孤独的"北漂",多年以来都不曾有过的孤单、寂寞、自卑、沮丧和无助,全都在这一时刻涌了上来。

第五十四章　折沉沙

　　李玉璞下定决心，与张玉环从此一刀两断，再无干系。
　　李玉璞男人的自尊让他无法接受另一个男人在张玉环的家里，对他指手画脚、颐指气使，甚至是给他下逐客令。而且，张玉环不但不维护他的尊严和立场，反而当那个男人的面，让自己离开她的家。虽然她当时的语气极为客气，貌似很照顾李玉璞的面子与情绪，但结果是一样的。这样的结果已经不需要任何解释。任何解释在这样的结果面前也都显得苍白无力。这已经充分说明了，那个男人在张玉环心中的位置，远比他重要得多。
　　"折戟沉沙铁未销，自将磨洗认前朝。东风不与周郎便，铜雀春深锁二乔。"
　　李玉璞如今面对的尴尬局面，仿佛他自己就是那个折戟沉沙、落荒而逃的无名小卒，而不是那个叱咤风云、得东风眷顾的周郎。虽说他自知自己既无周瑜之才，也无曹操之谋，更无孔明之智，他只是一个社会底层最普通、最卑微的草民，一个别人口中的"没谱儿"。所以，他也自然就得不到佳人的青睐。张玉环选择的是她前朝，而不是自己这个一无所有、屡战屡败的"没谱儿"。
　　李玉璞不知道该怎样面对如此落魄、如此失败的自己。什么"天生我材必有用"，什么"千金散尽还复来"，那些不过是无聊之人的自我安慰罢了。什么冷静，什么理智，那也不过是不同程度的"事不关己高高挂起"。
　　李玉璞在黑暗中借着窗外的月光来到桌子旁边，从桌子上拿起了一瓶只剩了一半的二锅头。一仰头，他将那半瓶二锅头一下子全都灌进了嘴里。
　　李玉璞自己都不知道，自己是什么时候再一次进入睡眠的。他只知道，自己这一夜不仅是噩梦连连，头上更像是被无数根钢针扎着，让他头痛欲裂。
　　第二天，李玉璞一直赖在床上不肯起床，直到日上三竿他才被自己的手机铃声从迷糊不清的状态中唤回了三魂七魄。李玉璞点开接听键，还没来得及说一声"喂"，朴正浩那满带着歪风邪气的声音便扑面而来，立刻回荡在李玉璞的耳边。
　　"'没谱儿'，你是不是还没起床呢？这都几点了，你还不肯起床？你不要幸福得过了头啊，让我们这些鳏寡孤独羡慕嫉妒恨。你现在在哪儿呢？是在你自己那儿，还是在'杨玉环'那儿？我有事找你。"朴正浩不等李玉璞答话，就对着手机一通调侃。
　　"我能在哪儿？当然在我自己这儿。你今天不用上班吗？怎么想起来找我啦?"李玉璞还未完全清醒,迷迷糊糊地回答着朴正浩。

"上什么班呀?今天是星期六,你是小老板当惯了,总想着压迫我们小老百姓是不是?哎,你昨晚干吗去了?到现在还不起床,累着了吧?赶紧起床,我马上过来找你。"朴正浩那吊儿郎当的声音和嬉皮笑脸的模样已经呼之欲出,出现在李玉璞的脑海里了。

李玉璞又在床上赖了一会儿,才缓缓下床走出自己的卧室。他来到客厅,看到另一个房间的房门紧闭着,也不知道那对情侣是出去了还是和自己一样,赖在床上不肯起来。他来到卫生间开始洗漱,就在他还没刷完牙、满嘴含着牙膏沫的时候,门铃声就已经迫不及待地响了起来。李玉璞迅速地漱了漱口,胡乱地擦了擦嘴,就去给朴正浩开门。

"我说'没谱儿',你小子够清闲的,怎么没在'杨玉环'那儿闭门酣歌、骄奢淫逸,回你这小鸽子窝来干什么?真是有福不会享。"朴正浩一步三摇,晃荡着走进了李玉璞的小屋。

李玉璞没有接朴正浩的话茬,径自走进卫生间继续着他的面子工程。他对自己这位多年的死党加损友,总是有一种难以理解的情愫。朴正浩这小子本是延边的农民家庭出身,也不知道他在哪儿熏陶出一身浪荡公子的派头。就他那副"今朝有酒今朝醉,他日愁来他日愁"的做派,还真不是什么人都能做到的。当李玉璞在卫生间的镜子里看到自己那副沧桑与落寞的神情时,赶紧对着镜子做面部肌肉运动,想把那恼人的颓废和落寞一并驱逐出境。李玉璞洗漱完毕,从卫生间出来的时候,一转身差点与正在一脸狐疑地盯着他看的朴正浩撞个满怀。

"你小子怎么啦?看你这魂不守舍的样子,跟'杨玉环'闹别扭了吗?你俩不是已经同甘苦、共患难,现在不正应该是如胶似漆、合二为一的阶段吗?不会这么快就审美疲劳了吧?"朴正浩继续保持着他一脸狐疑的神态,盯着李玉璞看。

"谁跟你说我们如胶似漆、合二为一啦?我跟张玉环一直都是一清二楚、泾渭分明的,你以后别胡说。"李玉璞显然没有从之前失落的状态中抽离出来,他难以掩饰心中的落寞,郁郁寡欢而又外强中干地说道。

"怎么啦?你们真的闹别扭啦?前两天你不是还火急火燎地帮她找儿子吗?对了,她儿子怎么样,没事吧?"朴正浩从李玉璞说话的语气中已经感觉到他好像猜对了什么,李玉璞和张玉环之间肯定是出什么事儿了。但朴正浩又转念一想继续说道"没事儿,女人嘛,都那样。你让她冷静两天,再过去哄哄她,肯定就冰释前嫌、重修旧好了。"

"她儿子没事,第二天就找回来了。只是我和张玉环这次……"李玉璞停顿了一下,又继续说道,"我和张玉环这次真的要画上句号了,她儿子的亲爹回来找他们了。"

"啊?她儿子还有个亲爹?也就是说,张玉环她有丈夫?这你以前不知道吗？那她丈夫为什么这么多年都不来找他们？张玉环也从来没在你面前提起过吗？这个张玉环还真是不简单，这消息也太让人意外了。"朴正浩瞪着眼睛，一副难以理解的样子。

"我要是知道还能跟她……"李玉璞停顿了一下，将已经到了嘴边的话又咽了回去，接着对朴正浩说道，"哎，算了，不说她了。你今天这是来找我干吗？你好不容易休息了，也不睡个懒觉？什么时候变得这么积极向上了？"

朴正浩这才恍然大悟，他拍了拍自己的脑门说："你看，我只顾着关注你和'杨玉环'的风流韵事了，把正事都给忘一边儿去了。胖子来电话说，咱们好久不见了，他一会儿过来找咱俩一起聚聚。"

"胖子？他一个春风得意的商界大佬，找咱俩这无家可归的落魄草民干什么？对了，肯定是来找你要钱的，你要不要躲躲？我给你打掩护，把胖子打发走算了。"李玉璞知道朴正浩现在没有偿还庞子瑞欠款的能力，故意戏弄他说。

"他知道我现在还不上他钱，肯定不是为了钱来的。再说，他要想要钱，在电话里直接说就行了，何必还大老远地跑来请咱俩吃饭？"朴正浩看着李玉璞那不怀好意的样子，虽然也知道他在戏弄自己，但也只得忍受了，谁让自己刚才故意挖苦李玉璞来着。他知道，自己这个损友，在口舌之争上是从来不肯吃亏的。只是他没想到，现世报来得这么快，"没谱儿"这小子，反击起他来，还依然是铿锵有力、掷地有声。这就足以说明，这小子并没有因为"杨玉环"的事情而萎靡不振、痛不欲生。

就在李玉璞和朴正浩两人斗嘴的时候，朴正浩的手机铃声打断了他们之间的口舌之战。朴正浩拿出手机一看，屏幕上显示的是庞子瑞的名字。他接通了电话，在电话里先是和庞子瑞寒暄了几句，后来又说他会把他们见面的地址用微信发给庞子瑞，他和李玉璞一会儿就在那等着庞子瑞，大家见面再聊。

李玉璞随朴正浩一起下楼，来到小区对面的一家餐厅里。因为此时离饭点儿还有一段时间，餐厅里也没有什么客人。朴正浩向服务员要了一个单间，并让服务员先给他们沏了一壶茶，他俩一边喝茶，一边等着庞子瑞。

大约过了四十分钟，庞子瑞被服务员带着来到了李玉璞他们所在的包间。庞子瑞刚一走进包间的门就对他俩说，早就想过来看看李玉璞和朴正浩，只是工作太忙身不由己，所以才拖到现在。然后，他又叫来服务员，让服务员安排了几个餐厅里最有特色的菜。

李玉璞和朴正浩及庞子瑞三人在那儿喝着茶、叙着旧，庞子瑞突然话锋一转，向李玉璞问道："玉璞，你是不是认识一个叫熊焕廷的人？"

李玉璞一听熊焕廷的名字先是一愣，然后将目光看向庞子瑞，满脸疑惑地点了点头说："是呀，我认识他。怎么，你也认识他？"

"哦，有点小事麻烦你。前两天这个叫熊焕廷的不是把张玉环的儿子带走了一晚嘛，张玉环还报警了，熊焕廷当时也被警察抓了起来。其实，他只是一时糊涂，并没想对张玉环的孩子怎么样。你能不能劝劝张玉环到公安局去把案子给撤了。还有，他冒用你名字接的那个项目，不是有人受伤了吗？据说受伤的人是你老乡，当时他们也向公安局报案了，你也劝他们一起去把案子撤了好吗？当然，该承担的责任，他还是会承担的。"庞子瑞向李玉璞说出了自己此行的目的。

"那个熊廷厚，也就是你说的熊焕廷，当时盗用张玉环的微信，还利用张玉环的微信给幼儿园老师发消息，然后去幼儿园把天天接走。他说只是想跟张玉环借点钱，并不是想对孩子怎么样，你觉得这样的借口能让人信服吗？这里面应该还有文章。子瑞，你还是别管这事了，这老家伙不是什么好人。你看我现在的下场，全都是拜这个老家伙所赐，包括正浩，也被他间接连累了。真的，那老家伙就像瘟疫一样，他别再把你也一起连累了。而且，你怎么认识那个熊焕廷的？他当初跟我们一起合作，连名字都是假的，你还是离他远点好。还有，他跟你什么关系？干吗你要替他说情？"李玉璞心中满是疑惑，他不明白庞子瑞怎么会跟熊焕廷有瓜葛，而且熊焕廷还能让庞子瑞来给他说情，这个人还真是无所不能。

"哎，我并不认识这个叫什么熊焕廷的，只是一个朋友认识他，他知道咱们是老同学，让我来找你说说。而且他敢保证，这个熊焕廷肯定不会再出现在你和张玉环的视线里，希望你们能得饶人处且饶人。"庞子瑞依然用恳切的口吻对李玉璞说着。

"子瑞，真的不是我不帮忙。我跟张玉环以前就只是同事关系，现在连同事都算不上了，她的儿子更是跟我一点关系都没有。不是我不帮忙，我是真的帮不上忙。最多我可以去找找我的那些老乡，看看他们能不能去公安局撤案，只是熊焕廷那个老家伙得赔偿人家的医疗费和伤残补偿费。"李玉璞一想到那个老家伙就一肚子气，但又不好一口回绝了庞子瑞，只得答应一件在他看来比较好办的事情。

"行，张玉环那边如果你不方便，就麻烦你一定让你的老乡这边撤案，这样我多少也对人家有个交代。"庞子瑞看张玉环的事情被李玉璞一口拒绝，也只得退而求其次了。这样，起码要比一件事都没办要好得多。

"子瑞，张玉环的事，玉璞真不是不帮忙，他现在是真的说不上话。张玉环儿子的爸爸不知从哪冒出来了，在这种时候，玉璞还真的不太方便替你出面说情，更不适合在孩子的问题上提出什么意见。你也别勉强他了，来，咱们吃菜。"朴正浩看李玉璞一脸的不痛快，赶紧出来打圆场。虽然他对庞子瑞为那个熊胖子来说情人也颇感不快，但是因为上次向庞子瑞借钱的事欠了这胖子的人情，也只得赔着笑脸出来缓和局面。

"我这也是受人之托、忠人之事，不得已而为之。张玉环的儿子怎么还有个父亲？他以前到哪里去了？什么时候回来的？"庞子瑞也是一脸无奈加疑惑的表情。他一直都听说张玉环和李玉璞是情人关系，没想到"没谱儿"如今还遇到了情敌，这还真是让他大感意外。

"谁知道他以前在哪儿？就跟石头缝里蹦出来的一样，就差七十二变啦！"李玉璞想起那个戴墨镜、坐轮椅的家伙，也是一肚子的闷气，他阴阳怪气地说着。

其实，李玉璞不知道，在那个戴墨镜、坐轮椅的家伙眼里，李玉璞才是那个石头缝里蹦出来横插一杠子的人。当时要不是有张玉环在现场，他真想把这个自不量力、螳臂当车的"没谱儿"，狠狠地修理一顿。

第五十五章　人生长恨水长东

庞子瑞走了，让李玉璞有些疑惑不解的是，庞子瑞在临走时脸庞上那一闪而过的带着些许无奈和落寞的神情。尤其是在他离开之前说的那句："兄弟们，保重！"语气之中好像带着一丝隐约的怅然，似乎有什么难言之隐，又或者是那种即将别离的伤感。

李玉璞也不知道是自己在这段时间事业和感情双重受挫的影响下，自己变得敏感而多疑，还是庞子瑞真的有什么不好向他们言明的难言之隐。总之，这一次他和朴正浩以及庞子瑞的聚首，少了些同窗相见的随意和自然，却多了些难以名状的颓唐和尴尬，还有些许的试探、些许的疏离。

李玉璞感觉自己现在的状态简直糟透了，他怀疑是自己的这个状态影响了朴正浩和庞子瑞，使得本来非常难得的聚会变成了沉闷压抑的局面。虽说朴正浩和庞子瑞都没多说什么，想必他们也能理解自己现在的处境。可是李玉璞却觉得，都是因为自己的原因，才弄得大家多少有些不愉快，这让他懊恼不已。

看着庞子瑞的车渐渐远去，李玉璞和朴正浩也像鸟儿一样各自归巢，返回了自己的住处。李玉璞也好，朴正浩也罢，他们也只有在独自一人的时候，才敢面对那个真正的自己，才能将自己内心的繁杂与凌乱摆在自己面前，或轻轻梳理，或暗自神伤。

时光不会因为某个人的黯然而黯然，也不会因某个生命的停顿而停顿。恍然间荼蘼之夏已经偃旗息鼓，一丝丝清冷的秋意慢慢爬上万物的细枝末节，将它们笼罩、晕染。

这世间的秋已然降临，而李玉璞的秋天仿佛早已来临。也许是李玉璞的心中装满了这无边无际的秋、这清冷凋零的秋，所以他眼中的秋，便成了这漫无边际、丝丝缕缕、剪不断理还乱的愁。

就在李玉璞认为自己好像已经慢慢被光阴淹没、被生活遗忘、被这个世界遗弃的时候，他的手机再一次嘶吼着提醒着他，他还活在这个世界上，还有人知道他的存在。

而这一次，让李玉璞感到惊讶的是，这个在所有人都几乎要把他忘记的时候，突然出现在他生活中的人不是朴正浩，不是张玉环，不是庞子瑞，不是李明，更不是以前他的那些什么商业伙伴，也不是曾经围绕着他想在广告上露脸的小模特，而是他心目中曾经的女神林青。虽然说他和林青一直都知道彼此的存在，但彼此也都好像是心领神会、心照不宣似的，在尽量避免着彼此的见面。他们在有意无意之间，彼此默契地保持着一种疏离而缄默的状态。

　　李玉璞把林青约在了离他所居住小区不远处的一家咖啡厅见面。李玉璞总觉得和林青见面，多少还是要讲究点情调的。再说，林青说她会在下午三点前到李玉璞这里，这样前后都不挨着时间，既不能去餐厅见面，也不能请林青到自己那小鸽子窝见面，也只得约在咖啡厅了。迷恋也好，暗恋也罢，李玉璞男人的自尊不允许他让曾经的女神，看到自己如今的潦倒落魄。

　　李玉璞早早地就来到了这家名叫"中世纪风"咖啡厅。他自己先点了一杯咖啡，又把咖啡厅地址的定位发给了林青，然后就慢慢地品味着那咖啡的香浓。李玉璞之所以提前到咖啡厅来等林青，不仅是怕林青先到显得他失礼，也是想让自己有充分的时间进入一个相对良好的状态，甩掉自己近日来那满身的颓废气息。李玉璞一面品味着香浓的咖啡，一面故作悠闲地环顾着咖啡厅里面的装修。这家咖啡厅的装修风格和主要色彩，还真的是以欧洲中世纪的文化底蕴为基调，风格简单古朴又不失庄重与舒适。只是，在李玉璞的印象中，中世纪的欧洲，因没有一个强有力的政权来统治，所以这个时期的欧洲，传统上被认为是欧洲文明史上发展比较缓慢的时期。当时的欧洲，封建割据带来频繁的战争，因天主教对人民思想的禁锢，造成科技和生产力发展停滞，人民生活在毫无希望的痛苦之中。所以，中世纪或者中世纪早期的欧洲，普遍被后人称为"黑暗时代"。

　　李玉璞也是第一次来这家咖啡厅，他一直觉得自己不是个浪漫的人，也不喜欢繁文缛节。可是，偏偏男人认为麻烦琐碎的事，都被女人看作最浪漫的事。这难道真的是男女两性因性别的不同而产生的鸿沟吗？在李玉璞的认知中，女人心中的浪漫相当于男人心中的浪费。浪费时间、浪费金钱、浪费思想、浪费情感，还要努力地把那些本属于浪费的东西，情绪饱满地完美演绎一遍，甚至是数遍。最后，不过是在博得红颜一笑之后，再将那些无用的糟粕，或束之高阁，或丢之弃之，这难道不是浪费吗？

　　还有这家咖啡厅，叫什么名字不好，非叫什么"中世纪风"。以那样被后人称为"黑暗时代"的中世纪作为咖啡厅的名称，是预示着没事来泡咖啡厅的人都陷入了停滞不前的"黑暗时代"吗？那自己今天的到来，是表示着自己已经身处"黑暗时代"，还是正在迈入"黑暗时代"呢？

　　就在李玉璞胡思乱想的时候，一道亮丽的身影已然出现在了他的眼前。

　　"玉璞！"林青站在李玉璞的面前，正在亲切地和他打着招呼。

　　"林青，你来啦！坐。"李玉璞看着眼前的林青，她今天穿了一件卡其色的风衣，下身配了一条白色的裤子，既清爽大方，又干练洒脱。只是从视觉上看，林青相比几个月以前，好像清瘦了不少。李玉璞感觉自己的心跳有些加快，脸上也泛起一丝莫名其妙的羞涩神情。他不知道为什么自己在和林青单独见面的时候，心神会难以控制。他赶紧将视线收回，并叫来服务员，还体贴地问林青喜欢喝什么口味的咖啡。

林青大方地落座，向服务员要了一杯"蓝山"。待服务员转身离开以后，林青将目光注视着李玉璞说："你好像瘦了？还好吗？"

"我瘦了吗？没有吧？这段时间也不用上班，吃了睡，睡了吃，应该胖了才对呀。你怎么喜欢喝'蓝山'，不嫌苦吗？"李玉璞伸出右手摸了摸自己的脸，故作轻松地说着。

林青微微一笑，没有继续这个话题。她稍稍停顿了一下，话锋一转："玉璞，我这次来找你，只想对以前的事情和你说一声对不起。我可能很快就会离开北京了，以后的生活是个什么样子，我自己也不知道。只是，我觉得自己欠你一个道歉，怕以后再也没有机会和你说了，所以我必须来跟你说这一句，对不起！"

李玉璞什么也没说，他只想静静地听着林青的解释，虽然这解释迟到了十几年，但他依然想听。当初在大学里，林青就那样不告而别，虽然他可以不去计较，但是说林青欠他一个道歉，却也一点都不为过。

"当时，我真的不是要利用你来填补我的空档期，也不是拿你当'备胎'，再或者什么待价而沽。我当时真心想和你做朋友，至于我们的发展方向，我只想一切随缘，并没有过多的设想。更何况我当时刚刚和男朋友分手，也没有心情想这些，这是实话。"林青诚恳地看着李玉璞，她的指尖轻轻地沿着咖啡杯的轮廓滑动着，眼神也渐渐放空，好像是在努力地将往事从尘封的记忆中打捞起来，又好像是要和往昔的自己及那段岁月保持距离一般，虽然身影相随，然而又敬而远之。"可是后来，我发现自己怀孕了。"林青继续说道，"我不得已才不告而别，和我男朋友去了香港。其实，我也是后来到了香港才知道，他家在香港也是大家族。他的本名叫章晨光，后来因为他的姑母不能生育，才被他的父亲过继给他姑母，随了姑父的姓氏，改名高晨光。他也是因为过继改姓的原因，不想面对以前的同学和朋友，所以才离开香港来北京上大学。"

林青端起咖啡杯，轻轻抿了一口。她继续说道："本来，晨光的姑母想让他大学毕业以后就回香港继承家业，也在香港给他物色好了合适的结婚对象，所以当初在我得知这一切以后，才会和他大吵一架而分手。后来，我跟你和朴正浩走得很近，甚至故意让外人误会我和你在谈恋爱，最初的目的也只是为了气气他而已。没想到后来我发现自己怀孕了，不得已也只得去找他商量办法。就这样，我匆匆忙忙地办了退学手续，对学校和其他人说我去国外留学，其实是和高晨光一起去了香港。后来，他的姑母和姑父因家族内部的争端闹得势不两立、剑拔弩张。晨光也因为违抗了他姑母的安排，不仅和姑母之间产生了隔阂，和自己的亲生父母的关系也闹得很僵。尤其是他的父亲，把他过继给姑母和为他物色结婚对象这两件事情，都在家族企业的发展中有着重要的意义。只是因为我的出现和晨光的一意孤行，将所有的计划都打乱了。所以，无论是家族内的其他人还是他的亲生父亲，都不能原谅我们。福无双至、祸不单行，更让我始料不及和不能接受的是他的意外去世，只留下我和孩子，没名没分的，靠着晨光母亲的接济度日。后来，晨光的母亲也因为儿子的早逝伤心过度而撒手人寰。她在弥留之际，恳求晨光的父亲，让我和孩子回归家族。晨光的父亲，也因晨光的去世和生意上的纠葛，与自己的妹夫，也就是晨光的姑父反目成仇。他觉得自己为了延续高家的香火，将晨光过继给高氏家族，不但没得到晨光姑父和高氏家族的感恩，反而得到对方的恩将仇报。高氏家族不仅对晨光不予认可，更是对晨光的姑母有所猜忌和菲薄。后来晨光的父亲和姑母才知道，晨光的姑父在外面早就有了一个私生子，所以才一直不肯承认晨光在高氏家族的身份和地位。这样一来，晨光的父亲更是对高氏怀恨在心，他将晨光改回了章姓，更是下决心要将高氏家族彻底摧垮。"

　　林青说到这里，深呼吸了一口气，双眼重新聚焦在李玉璞身上。她继续说道："没想到，高家的那个私生子果然是野性难驯、心狠手辣。他不仅联手他的亲生父亲，让他的父亲假装重病在身，麻痹晨光的姑母和章家所有人，就在章家认为一切都尽在掌握、唾手可得的时候却功亏一篑、功败垂成。高家更是先在各大媒体抹黑章家，又利用媒体造假、联手打压、逼空洗盘、掐断资金流等手段，一点点将章氏家族上市公司的股票控制，并将章家的生意一点点蚕食。晨光的父亲只好将生意转回大陆。我为了帮晨光承担他在家族内应该承担的责任，才跟着一起回了北京。没想到的是，高家的那个私生子居然也追到了北京，就在我们根基未稳时，又给我们来了个措手不及。现在，晨光的父亲也病倒了，我很快就会送他回香港。这样以家破人亡为代价的家族战争，无论谁胜谁负都没了任何意义。"

　　"你知道高家那个私生子是谁吗？他就是张玉环孩子的亲生父亲——高翔。"林青紧紧地盯着李玉璞，自问自答道。

　　林青将自己的身体向后靠去，如释重负一般，长叹了一口气。她沉默良久，又继续说道："你刚才不是问我为什么喜欢'蓝山'吗？因为这许多年来，我早已经适应了这样苦涩的味道。'家财万贯，不如诸事遂心'，越是这样简单的道理，就越是容易被人们忽略。"

　　李玉璞一直静静地听着林青的讲述，但是，他越听就越觉得不可思议。林青离开学校以后的生活，是他无论如何也想象不到的。更让李玉璞难以置信的是，林青和张玉环这两个本不相识的无任何交集的女人，冥冥之中却有着千丝万缕的交集，甚至是有着许多相像之处。而且，这样的两个女人，又在不同时期和李玉璞有着同样的、让人难以置信的甚至是相同的情感瓜葛。

　　李玉璞不禁仰天长叹，无论是福缘还是孽缘，这一切都早在许多年以前就已注定。造化弄人也好，命中注定也好，他都无处躲藏，也只得无奈地面对。

第五十六章　张机设阱　请君入瓮

　　李玉璞一脸愕然，对于林青所讲述的一切还来不及消化和反应，林青已强压着自己内心情绪的波澜，转身向着咖啡厅的大门走去，她那压抑已久的泪水，也在即将走出"中世纪风"咖啡厅大门的时候，夺眶而出。林青机械地开着车，眼中的泪水如决堤的洪流一般，早已迷蒙了她的视线，在脸上肆意流淌。

　　林青本来一直都在刻意避免和李玉璞单独相处，也一直都控制着不让自己去想那些曾经的往事。但是，她今天却好像是被一种巨大的力量推着，来向李玉璞道出自己那已经尘封多年的记忆，并对他真心诚意地说一句"对不起"。

　　其实在很大程度上，林青并不只是为了向李玉璞表达歉意才来的，而是为了自己以后可以不再背负那一份内疚，才来和李玉璞说这一句"对不起"。虽说这一切都已经不再重要，说与不说也没有什么实际意义。岁月也早已让她懂得，越是在乎你的人，往往也就是被你伤得最重的人。

　　在将所有的纠结和矛盾全部倾泻给李玉璞的那一刻，林青就好像如释重负一般，内心感到了长久以来都不曾感受到的释然。这些年来，她从没有向任何人袒露过自己的心声，也从没有释放过自己的情感。可是，她也是人，也是一个会被喜怒哀乐左右情绪的人，她也需要一个情绪宣泄的缺口，尤其是在那个她曾经亏欠与信赖的人面前。

　　林青开车径直回了曹氏集团的办公大厦，她停好车，又在车里静静地坐了几分钟，平复了一下自己的情绪，才乘电梯来到她所在的办公楼层。她看到员工们都各自在自己所在的位置上忙碌着，也有些员工在她经过的时候，主动站起来和她打招呼。林青看着眼前这些员工，心里却不由自主地在想："他们还不知道，也许不久以后，就要另谋生路了。"

　　林青径直来到庞子瑞的办公室，轻轻地敲了敲门，在得到庞子瑞的肯定答复后便走了进去。

　　庞子瑞坐在老板椅上，闭着眼睛，头向后靠着椅背，右手高高地抬起，拇指和中指分别按住太阳穴的两侧，轻轻地揉着。庞子瑞脸上那份凝重的神情已经告诉林青，他们面对的困境仍然还没能有效地解决。

　　林青慢慢走到庞子瑞的办公桌前，看着庞子瑞脸上那有些颓唐的表情，说道："子瑞，没有希望是吗？"她在身旁的椅子上缓缓坐下，继续说道："别责怪自己，这也许都是天意,你已经尽力了。"

"天意?这不是天灾,这是人祸!在这个以经济利益为中心的世界,恃强凌弱、弱肉强食,实在是再正常不过的事情了。锦上添花容易,雪中送炭难得。一旦我们出现危机,无论是银行还是那些金融机构,都恨不得赶紧把我们所有的资产冻结以求自保。落井下石,这就是资本的本来面目。更何况,还有外力的碾压以及舆论的非议,就更没有人愿意伸出援手帮我们渡过难关了。"庞子瑞无奈地说道。

"是呀,我们的股票连续下跌,那些原来像苍蝇一样盯着我们,求我们贷款,好从中分得一杯羹的机构,这时候对我们都避之不及。趋利避害、世态炎凉,也是见得多了,比这更坏的事情也不是没有遇到过,没什么大不了的。"林青缓缓说道。

就在这个时候,庞子瑞桌上的电话响了起来。庞子瑞拿起电话,是秘书通知他,××集团的袁总给他回电话了,问他要不要接。庞子瑞一听是袁总的来电,赶紧示意秘书把电话接进来。

庞子瑞马上利用这短暂的时间,将自己的心态略作调整,尽量装出一副云淡风轻的样子,在电话里和袁总商谈着贷款的事情,脸上的表情也是一会儿轻松、一会儿凝重。

过了一会儿,庞子瑞放下电话对林青说:"林总,袁总来电话说,他愿意帮我们解决眼前这暂时的困境。只不过……"庞子瑞停顿了一下接着说道:"这只老狐狸,知道我们现在的情况,他就趁火打劫,狮子大开口。他提出,曹氏集团以前所欠他的款项,从原来的年利率15%,提升到20%。然后他再给我们打过来两个亿,帮咱们先渡过难关,但是他要求我们要将相当于本金和利息总额的两倍价值的股权质押给他。这老狐狸还找借口说,这些资金是他从别的地方筹措来的,所以不仅之前咱们一直没能偿还的欠款利息要涨,更需要咱们给他一个保障才行。"庞子瑞面对林青如实讲述着他们面临的严峻形势。此时,他之前那落寞的神情,多少都得到了些许的缓解。

"提高五个点,还要把相当于本金和利息总额的双倍股权质押给他,这个袁总还真是胃口不小。"林青虽然觉得条件有些苛刻,但是她和庞子瑞都觉得,只要能渡过眼前的难关,情况应该很快就会有所好转。林青长叹了一口气继续说道:"事已至此,也没有什么其他的办法了。他什么时候能放款?"

"袁总说他和公司的财务人员还有律师马上就可以来签合同,签完合同,24小时内就可以放款。"庞子瑞虽然对袁总"敲竹杠"的做法很是不满,但是他也明白,袁总之所以敢这样干,就是知道他们公司在一时间找不到周转资金,所以才敢狮子大开口。其实这才是正常的,不然庞子瑞和林青还真会怀疑,袁总为什么会大发慈悲地帮助他们。所谓"无事献殷勤,非奸即盗"。他们和袁总之间又没有什么交情，那位袁总如果不提出利益诉求，他们才不敢接受。

"庞总、林总，股东们早已到齐，问会议什么时候可以开始。"庞子瑞的秘书在轻轻地敲了三下门以后，走进来问道。

"好吧，我和林总马上就去会议室。你去楼下等着袁总他们，他们到了以后马上带到会议室来。"庞子瑞向秘书吩咐道。

"咱们去吧，但愿吉人自有天相。要不，我还真觉得对不起你和晨光，也对不起公司。如果我真的什么忙都帮不上你，帮不上章家，那我就真是太惭愧了。"庞子瑞如释重负地长出一口气，缓缓地说着。

"但愿，天遂人愿。"林青也松了一口气，慢慢说道。

在曹氏集团的大会议室里，所有股东一如既往地正襟危坐、神情肃穆。在这些股东的心里，如今的滋味就像打翻了五味瓶一般，五味杂陈。除了这些溢于言表的情绪以外，还有一种难以名状的情愫也同时在他们的心里泛滥着。那就是他们不明白，曹氏集团这到底是怎么啦？是流年不利吗？可是这也太恐怖啦！曹氏集团近一年来的经济状况，简直就是冰火两重天。事到如今，他们这些曹氏的老臣也不得不尽人事听天命了。

曹氏集团从一年前就开始频频亮起经济的红灯，本来想借助主题晚会来造势提高股价，赢回人心，却没想到事与愿违。曹总的离世和曹昊天的被捕，更是让危如累卵的曹氏集团面临着崩溃的险境。还好后来有庞子瑞这个"接盘侠"的加入，才使得曹氏勉强维持了下来。虽说如今的曹氏早已是江山易主，但是这并不重要，对于他们这些股东来说，曹氏姓什么都无所谓，重要的是他们手中的股权还能套现，这才是货真价实的。

只是，他们没想到好景不长，这位从天而降的庞总，为了偿还曹氏之前的各方面债务已经是捉襟见肘，最近的股价也鬼使神差地一跌再跌。最近更是有消息称，庞子瑞早前在香港任职的公司本就是资不抵债，以破产而告终的。这次他转战内地，更是想空手套白狼，以借贷来的资金入主曹氏，其目的也不过就是想上演借壳上市、圈钱谋利，去股市里割韭菜的老把戏。不知是老天爷不帮这位庞总，还是这位庞总误判了市场的不确定性，结果被别人割了韭菜不说，现在更是连资金链都快断了。如今，就看这位当初还能力挽狂澜、呼风唤雨的庞总，是否还可以挽救曹氏的颓势。

其实在他们这些股东的心里，对这些事情也都是一清二楚、心照不宣的。资本市场的这些操作手段也并没有什么高深之处，只要操作得当，借壳上市也是件买卖双方双赢的事情。只要这位庞总神通广大，控制住那已经连续跌停的股市，这场危机也还是可以安全度过的。

只是眼前，如果庞总不能力挽狂澜，再任由曹氏股价屡屡遭遇断崖式的跳水，那他们的心脏也会一次又一次地经受着如蹦极一般那难以承受的落差律动。他们

第五十六章　张机设阱　请君入瓮

现在只能在心里祈求，脚腕上那命悬一线的绳索，千万不要是什么粗制滥造的假冒伪劣产品，否则，他们就真的一命呜呼、寿终正寝了。

虽说天有不测风云，人有旦夕祸福，但他们这些股东，依然在心底里祈求着上天，希望庞总面对如此局面，还能有拯救曹氏、拯救他们这些股东命运的神通。

此时，命运的大门已经在他们面前敞开，庞子瑞和林青先后走进会议室，坐在他们相应的位置上。

"庞总，对于近日来股市的连跌，集团有什么应对之策呀？"

"就是，再这样跌下去，我们恐怕连棺材本都要赔进去了。"

"还有，我们不能这样坐以待毙，我们要找媒体抨击那些造谣生事的人。有必要的话，就到法院起诉他们。"

"那些都是后话，现在首先要解决的，是先要稳定住股价。再这样跌下去，就无法挽救了。"

"是呀，是呀，现在的主要问题是要先稳定住股价。只要股价能有效拉升，那些谣言就不攻自破了。"

在座的股东们你一言我一语地表达着自己的意见。

"各位，之前的情况对我们是不太有利，我们也会分轻重缓急地逐一解决这些问题。大家说得都对，现在的首要问题是要投入资金来救市。只要股价止跌回稳，然后再逐步拉升，广大股民自然就不会相信那些无中生有的谣言。事实胜于雄辩，我们就是要用事实告诉所有人，什么是实力。"庞子瑞一副临危不惧的凛然态度。

"怎么样才能止跌回稳，逐步拉升？庞总有什么办法，资金流解决了吗？"

"是呀，是呀，庞总一定是有了解决的办法吧！我就说嘛，庞总肯定会有办法的。"

股东们看到庞子瑞脸上那信心满满的神情，不由得将悬着的一颗心放了下来。

"大家放心吧，我已经找到了周转资金，××集团的袁总已经到楼下了，一会儿就上楼和我签合同。签完合同以后，24小时内就可以放款。我会再尽力跟他协调，一定让他在明早8点以前放款，那样我们就可以在第一时间把钱砸进股市，争取以涨停的方式开盘。到那时候，不用我们多说，涨停板就会为我们说明一切。"庞子瑞好像已经看到了涨停一般，意气风发地说道。

就在这个时候，曹氏集团会议室的大门再一次被推开。庞子瑞的秘书带着袁总和他的秘书、财务以及律师，一起走了进来。

"袁总，你好！非常感谢贵公司对我们的支持，希望我们以后能够多多合作！"庞子瑞站起身来，迎上前去热情地和袁总握手，并热情地说着场面上的套话。

"不用客气！我们这也是互惠互利！也希望以后能跟着贵公司一起多多受益才是。"袁总明明知道庞子瑞对他的做法有诸多的不满，但面子上也一样客气，说着同样的空话、套话。

这时候，在座的股东们已经有人认出了眼前这位袁总。他就是曾经在去年曹氏集团的年会上露过面的，也在主题晚会的现场现过身的金融界大亨。没想到，他却成了拯救曹氏的最后一根稻草。这还真不知道是曹总的在天之灵在冥冥中庇佑着曹氏，还是眼前这位袁总心存良善，没有忘怀与曹氏的渊源。

双方分宾主落座，各方的财务人员和律师分别看过借款合同后，示意可以继续流程。庞子瑞和袁总分别在合同上签字，并将自己手中的合同交换以后再一次签上名字。

就在庞子瑞和曹氏的股东们纷纷站起身来，准备见证这一光荣时刻的时候，曹氏集团会议室的大门再一次被推开，几个身穿黑西装、戴着墨镜的人走了进来。在他们的中间，还有一个坐着轮椅、同样戴着墨镜的人，被身后的人推着，进入大会议室的里面。

"高总，您来得正好。合同已经签署完毕，现在曹氏集团的大部分股票都已经归到您名下的公司，您现在已经是曹氏最大的股东。"袁总面对来人娓娓道来。

"高——翔！"

"高——翔！"

林青和庞子瑞看着眼前坐在轮椅上的人，不约而同地喊出这个让他们心生忌惮的名字。此时，他们心里好像已经明白了什么，最让他们恐惧和担心的事情，没想到就这样降临了。他们早已被一张巨大的网缚住，无论怎样挣扎，也再无逃出生天的可能。

第五十七章　微信有风险　入群需谨慎

　　李玉璞自从上次和林青见过面以后，就再一次回归到自己那寄居蟹一般的生活状态。他感觉，自己这一年来简直就像做了一场梦，一场匪夷所思的梦。
　　一年前，李玉璞还是一个有房、有车、逍遥洒脱、春风得意的公司小老板，继而在这种志得意满的状态下，大刀阔斧地开疆拓土、东突西进。可是，就在他意气风发准备大干一场的时候，他这个商界新秀的海市蜃楼却轰然倒塌、土崩瓦解。接下来，便是他资不抵债，公司倒闭。然后，他又不得不卖车、卖房，偿还所有的债务。他也在转眼之间便成了一个一败涂地、一无所有的失败者。
　　同样让李玉璞没想到的是他自己的感情经历。曾经那个被无数莺莺燕燕簇拥环绕着的"没谱儿"，那个自誉是"百花丛中过，片叶不沾身"的李总，那个"弱水三千只愿取一瓢饮"的李玉璞，那个在父母眼中尚有待雕琢的石中璞玉，如今却孑然一身、踽踽独行。
　　更让李玉璞没想到的是，他和张玉环的感情发展一波三折、历经坎坷。就在他鼓足勇气临门一脚之时，张玉环那个横空出世的初恋男友、孩子的亲生父亲，不费吹灰之力，就让他灰头土脸地败下阵来。而那个横空出世的初恋男友，简直就如世外高人一般，大有一颦一笑指点江山、举手投足便灰飞烟灭的架势，上嘴唇一碰下嘴唇，便决定了他的结局。他自己的感情，就这样被别人轻而易举地给了结了。李玉璞甚至连据理力争的能力都没有，这怎能不让他灰心丧气？
　　李玉璞无比沮丧，他觉得自己从来都没有这样失败过。甚至他都没有跟那个横空出世的初恋男友正式交手，就铩羽而归了。而且他还输得如此彻底，如此颜面扫地，如此狼狈不堪。不仅如此，更让李玉璞无比沮丧和狼狈不堪的是，在他的一生当中，难得的使他动情的两次感情经历，居然有着雷同的发展脉络和悲惨结局。这两个女人之间，还有着丝丝缕缕的、看不见摸不着的某种关系。这简直让李玉璞质疑人生的这场大戏，到底是怎样给他安排的剧情，又是怎样给他定位的角色？
　　李玉璞不愿多想了，多想也是无益。他的人生，好像早已被命运主宰，他既无招架之功，更无还手之力，也只得忍气吞声、逆来顺受。
　　可就在李玉璞忍气吞声、逆来顺受地忍受着命运的捉弄时，警察却再一次光临，这次登门造访是为了朴正浩而来。就在前不久，警察破获了一起在网络上以微信群为传播途径的涉黄案件。此案件参与人员众多,而朴正浩不知什么原因居然也涉入其中。朴正浩在最初被抓捕的时候什么也不肯说,过了好几天他才说,他进入这个微信群,并不是来看视频的,而是想确认视频里的那个女人是不是他认识的那个人,还说那个女人曾经向他借过钱,一直都没有还。他也是偶然听说她在这个群里,所以才加进来想确认一下。朴正浩对警察说,那个女人向他借钱的事情李玉璞也是知情的,并且也认识那个女人。警察来找李玉璞,正是为了调查此事,希望得到李玉璞的确认。在来找李玉璞之前,警察也向那个女人核实过此事的真实性。他们请李玉璞到警局,要在相关文件上签字,并为朴正浩作担保。

此时,李玉璞提到喉咙眼里的一颗心,才终于又放了下来。他恍然大悟,怪不得朴正浩那小子最近一直没来找他,本来他还以为是因为上次他和朴正浩、庞子瑞三人不愉快的见面影响了彼此的心情,所以才一直没来找他消解寂寞呢,没想到朴正浩居然卷到了什么涉黄案件里去了。这个朴正浩呀,跟自己还真是一对难兄难弟,就连倒霉都是和他这么步调一致。

李玉璞随同警察一起来到公安局,见到朴正浩时,他感觉朴正浩仿佛在短短的几天时间内,苍老了许多。办理了相关手续以后,李玉璞和朴正浩走出公安局,看着漫天飞舞的枯叶,他们的心中不禁都有着难以言喻的痛楚。他们打车回自己所居住的小区,在小区附近的一家桑拿洗浴中心的门口下了车。像是心有灵犀一般,他们谁也没多说什么,便相继走进了这家洗浴中心。也许他们心里都希望,可以在此洗涤他们那满身的疲惫和内心那形影相随、挥之不去的阴霾。

在水汽袅袅的汤池中,李玉璞和朴正浩并肩坐在一个角落里,各自在回顾咂摸着自己的心路历程。

他们自从大学毕业以后,一直都在为自己的理想努力着、奋斗着。可是,时过境迁,他们好像才渐渐体会到他们根本就没分清楚什么是理想、什么是欲望。

有人说,理想与欲望的不同之处就在于,理想是让人通过努力去完成的产物。在实现它的过程中,可以让人得到快乐和满足。而欲望,则是奢望得到那些让人无法掌控却又欲罢不能的产物,让追求它的人越陷越深、痛苦难耐。

李玉璞和朴正浩两人都将头仰起,靠在汤池的边缘,紧闭着双眼,一动不动地保持着他们的静默状态。李玉璞知道,朴正浩表面上给人一副吊儿郎当、放荡不羁的样子,其实他只是善于以那样的表象来掩饰自己的失意与落寞罢了。朴正浩这一年的经历,与他相比那也是不相上下,情况一点也不比他好。他不想打扰朴正浩,如果彼此的缄默能让他这个哥们儿舒服一点,他愿意保持这样的状态。

"哎……'没谱儿',你知道我是怎么进去的吗?"朴正浩在一声深沉的叹息过后,首先打破了他们之间的静默,但依然闭着眼睛,缓缓地说道。

"我听警察说了,你进了一个什么群,好像群里面有人传播色情视频。"李玉璞没有睁眼,也保持着原有的姿势,缓缓地回答着朴正浩。

第五十七章　微信有风险　入群需谨慎

"是的，基本属实。但是，你不知道的是，不仅仅是传播，而是表演。而且表演的人就是钱多多，你能想象吗？"朴正浩依然不肯睁开眼睛，就好像那样闭着眼，能逃避一些什么似的。

李玉璞此时缓缓地睁开双眼，看向朴正浩。李玉璞没有追问朴正浩什么，他只想让朴正浩倾诉自己愿意说出来的内容。

"我单位的一个男同事，在那个群里看到过钱多多的表演，他并不知道我和钱多多以前的关系，拉我进群也是无意的。在进群之前，他还让我改了微信名，也更换了头像。他说，进那种群的人，没有人用真实的身份和头像。我也是出于好奇，想看看里面到底在进行些什么样的表演，没想到群主很快就通过了验证。等我进群里一看，里面的主演居然是钱多多，这也真是让我惊讶不已。虽然我知道，钱多多一直都是拜金主义，但'盗亦有道'，再怎么样她也不至于一点底线都没有呀。可她在里面的表演，居然真的是'真空上阵'啊！这样一个女人，居然还和我有过特别的关系，现在想想，我也真的是无地自容。你知道那种感觉吗？那种感觉就像是我自己在大庭广众之下赤身露体，被当作玩物欣赏一般。在她面前，我这个'嫖正好'简直都得甘拜下风、自愧不如了。据说，钱多多以前也因为类似的事情被抓过，这次不知是又被什么人举报了，警察才一抓一个准。所有的视频证据简直一应俱全，她呀，早就被人给盯上了。我也是倒霉，就那样也被警察给缉拿归案了。这回倒好，工作又没了，我真不知道自己这招灾惹祸的体质，以后还会遇到什么样的磨难呢？真不知道，我是不是上辈子坏事儿干得太多了，所以这辈子才诸事不利。"朴正浩好像一个备受打击又看破红尘的失败者一样，在诉说着这一切的时候，情绪上居然没有任何波动。

"你说，在微信群里进行色情表演的是钱多多？怎么会这样，她为什么呀？就为了钱吗？虽然我一直都对她嗤之以鼻，但是也没想到她会这么放得开。你刚才说她早就被人盯上了？这是真的，还是你猜的？"李玉璞的神经，好像在这时捕捉到了什么不一样的东西。

"是呀，可不就是她嘛。我在里面的时候听人说，她好像欠了高利贷的钱，结果钱没还上，还越滚越多。她呀，这也是破罐子破摔，豁出去了。她肯定是早就被人盯上了，不然警察怎么会有那么多证据？要不是我对警察说钱多多欠着我的钱，我一直找不到她，所以这次听说她在这个群里我才进来的，警察也不会这么快就放了我。"朴正浩也感觉到，李玉璞说话的口气中有着什么异样的感觉。他睁开眼睛，注视着李玉璞继续说："你是不是知道些什么？"

"我并不知道什么，只是猜测而已。上次林青来找我，跟我说了一些张玉环儿子的那个亲生父亲，也就是张玉环的那个初恋情人的一些事情。那人名叫高翔，是香港一个大家族的私生子。当初林青退学，谎称自己要出国读书，其实只不过是因为她怀孕了，跟着她男朋友去了香港。而林青男朋友的家族和张玉环男朋友的家族，无论是生意上还是感情上都有着很多的纠葛。而且，那个高翔不仅把林青男朋友家在香港的企业逐一打垮，更是一直追到了北京。我总觉得，这钱多多的事也许跟那个高翔有关。不仅是钱多多，所有跟张玉环有关或者说做过对张玉环不利的事的相关责任人，都先后不同程度地有了麻烦。当初那个曹总和张玉环的绯闻，就是这个钱多多大肆渲染而宣传出去的。"李玉璞面对朴正浩，把所有他联想到的事情都说了出来。他感觉这所有的事情应该都不是巧合，他的猜测也都应该是正确的。

"真的？这个叫高翔的人真有那么厉害？他还真是个煞星。张玉环跟着这样的人能有什么好？"朴正浩虽然全身泡在热水里，但听到高翔的所作所为，还是感觉全身都起了一层鸡皮疙瘩。

"虽然我也只是猜测，但那个人的确是个煞星，别看他坐着轮椅，可浑身上下都是阴冷的气息。"李玉璞想到那天他被高翔从张玉环的家里"请"出来，就满心郁闷与愤怒。

"你见过那个高翔是不是？他没对你怎么样吧？还有，他是残疾人吗？为什么会坐轮椅？"朴正浩的好奇心一下子被撩拨了起来。

"他为什么坐轮椅我怎么会知道，我在张玉环家里只见过他一面而已。不说他了，晦气！"李玉璞的脸上一阵青一阵白的，浑身都感觉不自在。他看着朴正浩继续道："正浩，你以后真得擦亮眼睛了，离钱多多那样的女人真得远点儿，越远越好，听见没有？"李玉璞口中悠悠地说着，然后又紧闭双眼，把头靠在温泉汤池的边缘，以闭目养神的状态。

第五十八章　曲终人散　佳梦难圆

　　李玉璞和朴正浩两人洗尽纤尘，却更觉得苍凉彻骨。他们再一次回归到各自的生活状态中。李玉璞继续着他自己的寄居蟹生活，朴正浩也一次又一次地奔波在他求职生涯的道路上。

　　李玉璞和张玉环自从上次分别后，两个人就再也没有过任何联系。开始，李玉璞还以为在某个恰当的时间，张玉环会找个什么恰当的借口来主动联系他，向他解释那天的情况和那个坐轮椅的男人以及他们之间的关系。或者，张玉环还会向自己请求理解和原谅，以及向他解释她以前发生的种种，包括家庭、生活、她的初恋及她的儿子天天，还有天天的那个亲生父亲，那个横空出世的寒气逼人的男人。又或者，张玉环会选择用时间来自动化解他们之间的种种隔阂，待彼此心情平复，她再来向自己求和。可是没有，李玉璞什么也没有等到，张玉环不曾给李玉璞任何可以想象的依傍，甚至连电话或者信息都没有一个。这不仅让李玉璞的心冷到了极点，也让他对张玉环失望到了极点。

　　李玉璞认为，张玉环从来都没有向他提及她以往的经历，这其中必定大有文章。张玉环对她自己所有的情况都保持着秘而不宣的态度，无论是她的情感，还是她的生活以及她的成长经历，张玉环从来都是缄口不言、只字不提。李玉璞觉得，所有这一切都已经表明，张玉环对他从来都没有坦诚相待过。即使他们之间曾经有过那么一段暧昧不清的关系，张玉环也依然没有拿他当自己人看待。

　　李玉璞想到此处，忽然茅塞顿开。张玉环如此对待自己，其实就早已表明了她的态度。那就是，张玉环从来都没有想过要和自己有任何结果。哪怕是当初他们之间发生的肌肤之亲，也许在她看来，那也不过是成年人之间你情我愿罢了。也许，和张玉环关系暧昧的还不仅仅是他，还有其他人，就像那个已经命赴黄泉的曹总，说不定就跟张玉环有着什么说不清、道不明的亲密关系呢。

　　李玉璞认为自己的分析一定是正确的，如果张玉环真的想和自己有所发展，那她怎么会不将她的个人情况向李玉璞和盘托出呢？张玉环从来没有向他讲述过她自己的任何情况，就连天天的亲生父亲是谁，她和天天的父亲到底是怎样的关系，她自己现在是什么状态，是否单身、是否离异、是否已婚、是否分居，张玉环从来都没有向他透露过。甚至在那个坐轮椅的男人出现之前，关于天天的那位亲生父亲是生是死，为什么销声匿迹这么多年，李玉璞都一无所知。李玉璞之所以能确认那个坐轮椅的男人就是天天的亲生父亲,还是因为上次他和林青见面时,林青向他说起张玉环的初恋情人高翔已经来到了北京。他也是在林青那里得知,高翔家族和林青的爱人章晨光家族之间的恩恩怨怨。

李玉璞在心里骂自己就是傻瓜一枚,被一个女人玩弄于股掌之中,还死心塌地地帮助她、照顾她,简直就是一个十足的弱智。他扪心自问,自己对张玉环到底了解多少?答案让李玉璞自己大失所望。他对张玉环的了解,除了姓名、年龄、工作这些表面情况以外,其他更加详细的内容完全是一无所知。张玉环把自己包裹得严严实实,小心地保护着她自己的一切,可是自己还自作多情地以为她对自己有着与众不同的感情,结果不过是落得让人耻笑罢了。但凡张玉环真心想和他有什么发展,怎么会不对她之前的感情经历有一个交代?张玉环从没和李玉璞提及她以前的任何信息,除了众所周知的姓名、年龄、籍贯以外,其他的如她的家庭、她的父母,以及她曾经的生活和感情经历,张玉环完全是一种保密的态度,只字不提。

李玉璞在心里不止一次懊悔,也不止一次地怨恨自己。他懊恼自己当初还傻乎乎地买了戒指去向张玉环求婚,像自己这样的傻瓜、笨蛋,在别人眼里也许就是一个天大的笑话。自己也将这个"没谱儿"的封号,彻头彻尾地演绎到了极致。李玉璞在心里暗自发誓,绝不主动联系张玉环,即使张玉环向他求和,他也绝不原谅。

此时的李玉璞,就像鲁迅先生笔下的那个阿Q,因为没能给自己画一个完美的圆圈而耿耿于怀。而李玉璞自己,也在自己画的这个圆圈里,一圈又一圈地漫无目的地游离着。在游离的同时,他也懊恼着、沮丧着、怀疑着、悔恨着,久久地不能释怀。

坐吃山空的李玉璞,手上已经没什么钱了,就连下个季度的房租他都已经拿不出来了。但是,李玉璞就是不想去找工作。他自己也不清楚是因为这么多年来自己当小老板习惯了,从骨子里就不愿意听命于人,还是在历经了这些打击和波折以后,已经没有了去职场奋斗的心气儿了。李玉璞就这样得过且过,重复着日复一日的生活。可是经济拮据的他,又不得不面对如今这一贫如洗的生活,每一天的吃用开销已经成了摆在他眼前的头等大事。

迫于现在的这种情况,在朴正浩的一再建议下,李玉璞将自己在出租房里使用的家具,全部都留给了房东。他带着自己的随身衣物,由朴正浩帮着搬到了朴正浩租住的房子里,两个人一起过起了节衣缩食的生活。

李玉璞眼看着现在仅属于他的那几个纸箱就可以囊括的家当,心中不免有些酸楚。在一年以前,他还有着属于自己的房子、车子、公司,有着蒸蒸日上的事业。可是在短短的一年间,这简简单单的几个纸箱便承载了他的所有。李玉璞真不知道该何去何从,自己还要不要再在北京继续待下去。

第五十八章 曲终人散 佳梦难圆

朴正浩早早就已经给李玉璞腾出了给他放衣服的柜子，也把客厅里摆放的沙发床打开，并铺上了干净的床单。好在朴正浩还有这张沙发床可以用，不然他们还得有额外的支出。要知道，如今的李玉璞和朴正浩，再也不敢像以前那样大手大脚、挥霍无度了，他们要精打细算地用着手里的每一分钱，才能挺过这段经济拮据的苦难岁月。

朴正浩的求职之路也并不顺畅，一个三十好几的大男人，不仅要重新去面对各大公司的招聘，还要和无数刚毕业的大学生去争抢职位。朴正浩不仅内心是沧桑的，脸上更是沧桑的。而在时下这个刷脸的时代，那些刚毕业的"小鲜肉"，更是将他的满面沧桑映照得无比颓丧。

朴正浩这次之所以极力说服李玉璞搬来和他一起住，不仅是为了解李玉璞燃眉之急，也是觉得在这种时候，他和李玉璞抱团取暖总比他俩各自支撑要好一些。

朴正浩本来坚持要让李玉璞睡卧室，他自己睡客厅。可是李玉璞说什么也不肯，坚持要下榻在客厅里。朴正浩看李玉璞执意如此，也就不再勉强，只得答应了他。

华灯初上，李玉璞和朴正浩一起动手做了一顿晚餐，算是庆祝李玉璞的乔迁之喜；也庆祝李玉璞和朴正浩在离开大学的若干年后，再一次地生活在了同一个屋檐下。

他们刚刚做好饭，正要落座就餐的时候，朴正浩家的门铃，在这个时候突兀地响了起来。朴正浩打开门一看，不由得大吃一惊。庞子瑞拎着一个大塑料袋，正站在门外朝他诡异地笑着。

"胖子，你今天怎么想起到我这来了，也不提前打个电话？"朴正浩一脸迷茫地问道。

庞子瑞看着朴正浩那迷茫的表情，仍然一脸诡异地笑着，拎着大塑料袋就往里走。他一边走一边说道："我来找你还需要预约吗？想来就来了呗。"当庞子瑞看到餐桌上刚刚摆好的饭菜，他更是一脸坏笑地看着大眼瞪小眼的朴正浩和李玉璞，将手里的塑料袋举起来说："好呀！你们俩一起喝酒也不想着我，真没良心。来得早不如来得巧，我就说肯定能在晚饭前赶到。我还带了一些酒菜，一起摆上，咱们今天好好喝几杯。"

庞子瑞去洗手间洗了手，朴正浩又添了一副碗筷，然后三人一起动手，将庞子瑞带来的熟食和一瓶茅台酒一起摆上了桌。

李玉璞将三人面前的酒杯都逐一斟满了酒，他们分别举起酒杯，却一时之间没找到合适的祝酒词。

这时，还是朴正浩适时地开口说道："今天是我和'没谱儿'大学毕业后再一次生活在同一屋檐下，今天这顿酒，既是祝他'乔迁'，也是欢迎你光临寒舍。同时，也祝咱们三个人，都能逢凶化吉、遇难成祥！"

"'逢凶化吉、遇难成祥！'好！你这话说得好。不管怎么样，'留得青山在，不愁没柴烧'。只要兄弟们都好好的，我们早晚有东山再起的一天。"庞子瑞首先将酒杯里的酒一饮而尽。

李玉璞和朴正浩也跟着将酒杯里的酒一饮而尽。放下酒杯，朴正浩问庞子瑞道："胖子，你百忙之中到我们这陋室来，没什么事吧？"

"没什么事，临时决定的，猜你们应该都在家，就直接过来了。我明天要送林青和老爷子回香港了，还不知道什么时候再回北京。想着临走前怎么也得见你们一面再走，所以就来了。"庞子瑞说完，再一次端起了手里的酒杯一饮而尽。

"你送林青和'老爷子'回香港？'老爷子'是谁？你和林青都走了，那公司谁管呀？你们干吗要走呢？你为什么说不知道什么时候再回北京呢？你和林青不都回来了吗？还有啊，我向你借的钱，一时半会儿还不了！你今天不是来要债的吧？"朴正浩就好像十万个为什么，把自己的疑问一个接一个地抛向庞子瑞。

"借给你的钱不是我的，是林青的。她本来不让我说的，她也从来都没想过让你还。至于'老爷子'……"庞子瑞略微沉吟了一下继续说道，"他是林青的公公，虽然林青和章晨光没有举行婚礼，但章家毕竟接受了她。'老爷子'中风瘫痪了，医生说只能回家慢慢养病，至于病情的发展，也只得尽人事听天命了。"庞子瑞看着朴正浩，将他最关心的问题一一解答。

"什么？那钱是林青借给我的？她公公？他怎么会中风呢？你跟林青为什么不回北京了？那曹氏呢？曹氏怎么办？我还以为你和林青是情人关系呢。"朴正浩一脸诧异地说。

"是，那钱是林青借给你的，她不让我说，而且她说也不用你还了。林青本来还想把曹氏之前做的那场晚会的尾款，也找个合适的机会还给玉璞，只是没想到一切来得这么快，还没来得及办这些事，我们就迫不得已，只能放弃曹氏了。说放弃也不准确，其实是被迫离开。我和林青只是朋友关系，而且林青和她的爱人曾经有恩于我，我对章家和林青只有感恩之心，没有非分之想。现在的曹氏，已经再一次改朝换代、江山易主了。"庞子瑞长出一口气，脸上的神态也更加凝重。他举起手中的酒杯，再一次一饮而尽。放下酒杯，庞子瑞继续说道："高翔那小子，还真是心狠手辣。章氏家族现在不仅是一败涂地，更是家破人亡。林青将要面对的，就是一个瘫痪的老人，还有她那两个没有父亲的孩子以及巨额的债务，甚至有被债主起诉的可能。我都不敢想象，回到香港以后，林青面对的将是怎样的局面。"庞子瑞的声音中不仅充满了沧桑，更是充满了无奈。

朴正浩和李玉璞听到庞子瑞这匪夷所思的讲述，一时间都没能反应过来。朴正浩更是被自己刚刚喝进嘴里的一口酒给呛得咳嗽不止，他和李玉璞两人面面相觑，内心的震惊，更是在这一刻完全写在他们的脸上。

第五十九章　人生是一场豪赌

李玉璞和朴正浩不知该如何理解庞子瑞讲述的事情，他们甚至不敢相信他们听到的一切都是真的。就在前不久，那个还在商界呼风唤雨、叱咤风云的庞总，那个神通广大、神龙见首不见尾的庞先生，那个在股市里翻手为云、覆手为雨地将曹氏集团玩弄于股掌之中的奇才庞子瑞，怎么就被轻而易举地打得落花流水、溃不成军了呢？

李玉璞和朴正浩感觉自己的心跳都快停滞了，他们瞪大了眼睛望着庞子瑞，等待着庞子瑞继续讲述那些他们无法探知的咄咄怪事。

庞子瑞喝完一杯酒后，做了一个深呼吸，开始了他漫长的讲述。

原来，庞子瑞当初将北京所有的资产处理以后，就办了投资移民，到加拿大那个他向往已久的世外桃源，优哉游哉去了。那些年，像庞子瑞这样经济实力雄厚又向往移民生活的人是数不胜数。他们总觉得自己现实中的生活并不是真正的生活，只是苟且活着而已；只有诗和远方，才是真正的快意人生。所以，在具备了经济基础以后，很多人都前赴后继地加入移民的行列之中。

但是，移民后的庞子瑞在加拿大无所事事，也只能泡在华人的圈子里，以各种方式消解着身处异国他乡的愁苦和寂寞。庞子瑞几乎每天都和一些同为移民的华人到处闲逛，每天的活动无非也就是喝酒、钓鱼、打牌、闲聊。刚开始，他还觉得这样的生活挺惬意、挺放松。想着当初在北京的日子，实在是紧张得让人连喘息的时间都没有，自己奋斗多年，也该好好享受一下这样的慢生活了。

庞子瑞在那段时间内，每日面对着相同的娱乐项目和相同的人群及面孔，日复一日地过着重复的生活。久而久之，庞子瑞对于别人的邀约，渐渐失去了最初的兴趣。在推辞了几次以后，别人也就减少了对他的邀请。时间一长，身处异地他乡的庞子瑞，慢慢被孤独和寂寞的情绪占据，一日胜似一日。他感觉自己仿佛已经丧失了往日那种为了目标而为之奋斗的激情，也觉得自己的心境和身体在这样的慢生活中被拖拽得加速衰老。

庞子瑞在加拿大混了两年，眼看着自己手中的钱越来越少，便毅然决然再度回国，回到了那个既丰富多彩又充满生机，既紧张忙碌又难以忘怀的北京。

回国后，庞子瑞想找些合适的项目，这样既有事可做，也不至于到最后坐吃山空。可是当他再次回到北京以后才发现，虽然只过去两年的时间，无论是交际圈还是生意场,所有的情况早已和他当初离开的时候完全不一样了。一连多日,庞子端都只得待在酒店里闲晃。他也曾试图联系那些曾经合作过的生意伙伴,希望可以在当年的那些生意伙伴中寻找到适合操作的项目,可是每日的交际应酬却没能让他有任何斩获。

有一次,庞子瑞闲得无聊,就一个人去后海的酒吧玩,没想到在那儿却偶然遇到了一个早年间曾经和他一起开过修理厂的熟人唐潜。唐潜这次也同样是回北京办事,他也早已结束了北京的生意到香港另谋发展了。唐潜邀请庞子瑞一起去香港玩。

这次的相遇,庞子瑞和唐潜两人相谈甚欢。庞子瑞自己在北京本来也无所事事,就高兴地答应了唐潜的邀请,和他一起去了香港。

庞子瑞刚到香港的时候,也是待在酒店里闲着。唐潜有空的时候,就带着他一起到处闲逛。本来庞子瑞想在香港暂时待一阵子,如果没什么事,就直接回加拿大。他觉得做生意的事情嘛,也要随缘,有合适的项目和机遇再说。

就在庞子瑞准备离开香港的前两天,唐潜提议一起去澳门的赌场玩玩。就这样,庞子瑞跟着唐潜一起来到了澳门。庞子瑞和唐潜入住酒店以后,先是在房间里睡了个午觉,吃过晚饭以后,才闲庭信步地来到酒店内的赌场。他俩先在赌场里转了一圈,庞子瑞看得眼花缭乱。

庞子瑞和唐潜换了筹码以后,下场准备一试身手。他们在美式轮盘的区域内驻足坐下,准备体会一下澳门博彩业的精妙与魅力。让他们意外的是,几个回合下来,居然收获颇丰。看着手中赢来的筹码,他们心里不禁暗自高兴。但是他们觉得,玩轮盘并不能完全尽兴,就想换一种玩法。环顾四周,庞子瑞看到百家乐的赌桌前人气最旺,就来到了百家乐的赌桌前细心地观察着。

庞子瑞和唐潜观察了一会儿,发现赌性正浓的赌客们在这一时间段内运气并不太好,赌客们面前的筹码也一次又一次地被庄家收入囊中。庞子瑞和唐潜小声嘀咕了几句,就开始试探性地下注,不过他们却反其道而行之,别人压庄的时候他们压闲,别人压闲的时候他们压庄。让人意外的是,这样玩下来,他们居然连赢了数局。

庞子瑞和唐潜在小试牛刀以后,面对着自己赢来的筹码,渐渐地加大了赌注。就在他们渐渐加大赌注以后,他们却没有了刚刚进入赌场时的运气,输赢比例也几乎是各占一半。虽然如此,他们已被博彩的乐趣撩拨得心性难忍、麻痒难耐。他们就在这样的麻痒与酣畅中,一再加大了下注的筹码。直至发现自己手边的筹码全部输掉了,他们才意识到自己已经损失惨重。庞子瑞和唐潜不甘心就此收手,为了翻本,不仅将身上所有的钱都换成了筹码来赌,还把身上带着的所有的信用卡全都刷爆,才停下手来。就在庞子瑞和唐潜将筹码全部输光,准备离开赌场时,有两个身材魁梧、麦色肌肤的男人主动上来和他们搭讪,说可以先借钱给他们,

第五十九章　人生是一场豪赌

等一会儿他们翻了本再还钱。庞子瑞和唐潜看着眼前的两个人，不禁在心里盘算了一下，然后就和那两个人商量好了借钱的金额，再一次地返回到了赌桌前。

其实自从庞子瑞和唐潜进入赌场，这两个人就已经开始注意他们了。而这两个主动搭讪庞子瑞和唐潜的人，就是专门在赌场里物色合适的猎物放高利贷的人。在澳门的赌场里，这种专门向赌客提供借款放高利贷的现象很普遍，也很正常。当然，向高利贷借钱，那利息自然是高得吓人。在他们那个行业里，"九出十三归"是不成文的规矩；也就是说，无论什么人，如果向他们借一百万元的话，对方只借给你九十万元，可是你还的时候却要还一百三十万元。而且，在澳门这种高利贷是合法的，并且有政府的监管，政府还会给这些人发放牌照。

本来就输得心不甘情不愿的庞子瑞和唐潜，顺水推舟地向那两个人借了钱，又重新杀入，回到了赌桌前继续鏖战。没想到，转眼工夫，两个人就将刚刚借来的钱又一次输个精光。迫不得已，他们第二次向那两个放高利贷的人借了钱，继续搏杀。而这一次和上一次一样，他们在转瞬之间就将手中的筹码再一次输得精光。

庞子瑞和唐潜两个人是乘兴而来，败兴而归。他们二人沮丧地回到了房间里，商量着是就此收手，还是再继续借钱翻本。他们觉得就现在的情况来看，即使他们想收手也不是件容易的事，他们欠下的钱已经不是个小数目了。更何况他们两个人现在已经是身无分文，想要解决眼前的危机，恐怕只能让唐潜找香港的熟人筹措资金，才能还上这笔巨额的赌债。

庞子瑞和唐潜一夜没睡，思前想后也没能拿个准主意。第二天一早，他们起床洗漱后去餐厅吃早饭时，在无意间却发现有两个身影，在不远处监视着他们。庞子瑞和唐潜到这时才感觉到事情的严重性，这两个监视他们的人，一定是昨晚那两个放高利贷的人，或者是他们的同伙。他们肯定是为了预防庞子瑞和唐潜欠债逃跑，所以才监视他们的。也许从昨晚他们从赌场出来的那一刻开始，那些人就已经在监视他们了。

庞子瑞和唐潜猜得一点也没错，那些人就是为了防止庞子瑞和唐潜逃跑，才一直监视他们的。如果需要，即使是将他们两个人控制起来也是有可能的。因为那些放高利贷的人都很了解内地的法律，他们知道，赌博行为在内地本来就是非法的。法律是不会强迫庞子瑞和唐潜还钱给他们的，而内地的法律也不会保护他们这样放高利贷的行为和因此造成的损失。如果庞子瑞逃回加拿大，对于他们而言也是相当麻烦的事情。

庞子瑞和唐潜回到房间里，默默地站在窗前，痛苦地挣扎着。他们现在时刻都处于被监视的状态下，想逃跑肯定是不可能的。可是，他们欠下了巨额赌债，让香港的熟人筹措资金来解救他们，那也是不容易的事。

庞子瑞和唐潜左右为难，他们在酒店的房间里，看着窗外久久地沉默着。就在这时，一个阴森而狰狞的面孔在他们眼前的玻璃窗外一闪而过。然后，他们就听到了有什么东西重重地砸向地面的"轰"的一声巨响以及楼下众人发出的尖叫声。庞子瑞和唐潜刚刚被突然出现在眼前的面孔吓了一跳，此时又被地面上传来的重击声和尖叫声再一次震惊。他们不约而同地向楼下望去，只见一个人呈"大"字形趴在地上。那人的头上缓缓流淌出来的鲜血，像一朵死亡之花盛开着。

庞子瑞和唐潜被这一幕吓得魂不附体，不用多想他们也知道，这个趴在地上的人肯定是和他们一样，欠下了巨额赌债。他们不知道的是，这个刚刚结束了生命的人，他这以结束生命摆脱赌债的行为是主动的还是被动的。但无论是主动还是被动，其结果都是一样的。

庞子瑞和唐潜都在这个时候，仿佛看到了自己的结局，那么恐怖狰狞，又惨不忍睹。

庞子瑞和唐潜都明白，他们绝没有逃跑的可能，如果能逃，刚刚跳楼的那个人早就逃了，何必非要走这一步。蝼蚁尚且偷生，任何人遇到威胁也一定会反抗、会挣扎的。不到万不得已、走投无路，谁也不可能选择结束自己的生命。也许，就是因为刚才那个人有逃跑的行为，而放高利贷的人也看他实在拿不出钱，他才惨遭这样的下场。在这种情况下，庞子瑞和唐潜不得不再一次找到那两个放高利贷的人，想再借一些钱，准备最后一搏，看看能不能有奇迹发生。

这时候，庞子瑞和唐潜早已将"十赌九输"这样简单的道理忘得一干二净。除了赌场的老板以外，从来都没有谁是能靠赌博发家致富的。他们不知道，赌场里那些被人们称为"荷官"的工作人员，不仅经过了长期的专业培训，更是天生具备独特赌运命格的人。他们都是被赌场老板们万里挑一才选出来从事这一行的，单单这些人的命格就与众不同。他们都是命理非常、极具赌运的人。来赌场玩的普通赌客，根本就无法与他们的赌运相抗衡，就更不要说什么赌场那些不为人知的潜规则了。否则，一个个横空出世的赌王，他们那数十亿的身家，又是怎样积累起来的呢？

第六十章　生命之殇

"你们知道什么叫'荷官'吗？所谓的'荷官'，就是掌管你'荷包'的人。只要一进赌场，你身上的'荷包'就不再归你掌管了。"庞子瑞对着李玉璞和朴正浩，自问自答地说道。

"心存侥幸的我们，这一次照例没有得到上天的眷顾。老天爷就好像是诚心要戏弄我们似的，再一次将我和唐潜借来的钱，输得一分不剩。就这样，我们再一次败下阵来。实在是没办法了，我和唐潜也只得向那些放高利贷的人协商解决的办法。唐潜打电话给自己在香港的朋友，让朋友帮忙找律师和愿意暂时借钱给我们周转资金的人。我和唐潜在澳门等了几天以后，唐潜的朋友才带人来到澳门，替我们还了高利贷。然后，我们又分别在相关的文件上签了字，把我们在香港和加拿大的房产都分别抵押给了别人。"庞子瑞看着李玉璞和朴正浩，他端起酒杯，又一次地一饮而尽。"我们在一时之间也找不来那么一大笔资金还给替我们出资解决赌债的人，只得办理了相关手续，将自己的房产连同房子里所有的东西，一起给了别人。我们做梦也没有想到，我们的人生在转瞬之间，就这样戏剧性地发生了巨大的改变。我们当时面对如此结局，真的感觉像做梦一般，简直不可思议。只是，梦醒时分，一切的一切，却早已经无法转圜。我们多年来积攒下的家产，也在这短短的几天内，便被我们豪赌一空，我也再一次地重新回到了一无所有的状态。"此时的庞子瑞不再看李玉璞和朴正浩，而是将目光转向了窗外的那一片漆黑的夜幕，仿佛在那片夜幕之中，他才可以得到些许的放松和释然。

庞子瑞的目光仿佛陷入了一片虚无，以往的一切历历在目，可是他再也不是从前的那个庞子瑞了。"一失足成千古恨，再回首已百年身"也许就是对他最好的诠释。

就这样，庞子瑞在那一次的惨痛经历以后，沉寂了相当长的一段时间。自从处理了加拿大的房产以后，他就再也没回过加拿大。虽然庞子瑞在加拿大已经取得了永久居住权，可是如今，那里却已经没有了属于他的一切。他毕竟是一个中国人，无论加入了哪一个国家的国籍，他总是在不经意间能体会到身处异国他乡的那种孤独感。更何况，如今的他已经是身无分文、一无所有，这样的经济条件在那样的环境中，生活会是什么样子也是不难想象的。

庞子瑞就这样在香港待了下来，他在香港除了唐潜以外也不认识其他什么人，就跟着唐潜一起在唐潜朋友开的公司里帮忙。说是帮忙，其实就是跟唐潜一起跑跑腿、打打杂，做一些力所能及的事情。

唐潜的处境并不比庞子瑞好多少，他和朋友一起合作的公司，也因上次赌博而不得不将全部股权转让给了朋友。现在的他跟庞子瑞的身份相同，就相当于在朋友的公司里打工。还好那个朋友对他的态度并没有什么明显的变化，还允许他带着庞子瑞一起到公司来工作，唐潜和庞子瑞都对那个朋友充满了感激之情。

庞子瑞深知自己如今要面对的处境，他也没有向公司提出过什么要求，只要管他的吃住，他也就没什么要求了。现在的庞子瑞，只想静静地待一段时间，至于以后的一切就交给时间来解决吧。庞子瑞觉得在这个变化多端的世界上，多想都是无益的，谁也不知道未来和意外哪一个会首先出现在你的生命里。他这一次从小富即安到一无所有的巨变，就是最好的证明。如果哪一天在香港实在待不下去了，他随时都可以再回北京，或者干脆回老家去。毕竟老家还有妈妈留给他的一套老宅，虽然破旧，但那里起码还是一个可以遮风挡雨的地方，也可以让他有一个栖身的所在。更何况，那里还有着他许许多多的童年的回忆，那些回忆不仅让他温暖，更让他感到心安。

庞子瑞在香港的这段时间里特别思念他的家乡和他去世的妈妈。他从来都没有这样思念过自己的妈妈和自己的家乡，就连刚上大学的时候，他都没有过这样刻骨的思念。也许每一个人的妈妈和家乡，都藏在自己心灵最深的地方，只有在最孤独、最无助的时候，才会感到家乡和家人的重要。

想到去世的妈妈，庞子瑞心里便会泛起阵阵酸楚。可怜的妈妈还不满50岁就去世了，他懊恼自己从来都没有好好地孝敬过自己的妈妈。在他小的时候，他总对妈妈说将来要让妈妈享福，可是当他有能力孝敬妈妈的时候，妈妈却离开了人世。

不仅是妈妈，包括自己的爸爸和祖父、祖母、外公、外婆，全都离他而去了，他在这个世界上也没有任何亲人。庞子瑞从小就知道，自己的家族有一种十分可怕的遗传基因，那就是家族内所有的人都不能长寿。他的祖父、祖母、外公、外婆，包括爸爸、妈妈的年纪，都没能超过60岁就离开了这个世界。而他的父亲更是在他还年幼时就撒手人寰。庞子瑞觉得自己也不可能逃脱命运的安排，也许就在不久的将来，他就会去和自己的家人见面了。

庞子瑞在豪赌惨败的阴影和这样的情绪中，一度郁郁寡欢、一蹶不振。身在香港的他又不懂粤语，也就越来越不愿意和别人交流。曾经有一段时间，庞子瑞总是不能安稳地进入睡眠状态，即使是睡着了，他也总是会梦到自己的爸爸、妈妈和家族里已经离开人世的其他长辈。庞子瑞觉得自己可能马上就要离开这个世界了，也许他很快就要见到自己的家人和家族里的那些亲人了。甚至，他曾经在意识恍惚的状态下产生过从阳台上跳下去的冲动。

庞子瑞的精神也开始恍惚，在那段时间里，他每晚都会从梦中惊醒，然后便睁着眼睛等着天光大亮。后来，庞子瑞在很长的一段时间里都是失眠的状态，他觉得自己已经丧失了睡眠的能力，甚至是吃安眠药也无济于事。就这样，庞子瑞在那段时间里突然暴瘦下来，身高一米七二的他，当时的体重只有110斤。发现了庞子瑞身体和精神异常的唐潜，强行把他带到医院检查，可医生的检查结果是，庞子瑞患有重度抑郁症，需要住院治疗。庞子瑞也就是在住院治疗的期间，在那家医院的花园里，遇到了正在待产的林青和她的爱人章晨光。

当时的林青正怀着她的第二个孩子，她正挺着大肚子，被章晨光扶着在医院的花园里散步；而庞子瑞则是由唐潜陪着，同样也是在花园里散步。庞子瑞在看到林青的第一眼时，他的反应就是迅速地低下了头，躲避林青的目光。可是让庞子瑞没想到的是，虽然他当时的样子极其萎靡而潦倒、瘦骨嶙峋，可林青还是在短暂的愣神以后便喊出了他的名字。就这样，庞子瑞不仅遇到了林青，还认识了章晨光。在日后的相处中，他了解到当初林青还没有毕业就不得不退学，并且和众人不告而别的隐情。

林青对庞子瑞说，虽然当初她为了章晨光放弃了自己的学业和所有的一切，但是她一点也不后悔。她和章晨光现在都已经是两个孩子的父母了，不管以后命运如何，只要他们一家人平平安安在一起，就是最大的幸福。

在那段时间里，章晨光不仅要工作，还要每天来看林青和他们的孩子。而且章晨光每次只要来医院看望林青，就会到庞子瑞的病房来看望他。章晨光还将自己做的或者在外面买来的给林青补身体的各种营养品，无一例外地送给庞子瑞一份。章晨光还怕庞子瑞有心理负担，说自己给林青做的营养餐太多了，林青一个人吃不完，才送来给他的。不仅如此，章晨光更是在林青出院时，主动将庞子瑞的住院费也给结清了。

从此以后，林青夫妇就成了庞子瑞在香港最好的也是最信任的朋友。也是在之后的相处中，庞子瑞才了解到，章晨光原来是一个大家族的富家子弟，为了和林青在一起，才受到了自己父母和姑母的惩罚。他现在不仅得不到家族的任何帮助，要靠自己来挣钱养家。所以，为了节省开支，林青这次在生他们的第二个孩子时，才执意去了收费较低的庞子瑞当时入住的那家医院。

庞子瑞在和林青夫妇接触的过程中，慢慢地从自己的阴影中走了出来。他觉得，像林青那样一个柔弱的女人都敢于面对生活的困难，章晨光一个富家子弟也能靠自己的工作来赚钱养家，他一个男子汉、大丈夫，又没有什么牵挂，有什么拿不起放不下的。

庞子瑞的身体渐渐恢复以后，章晨光还介绍他到自己任职的公司里工作。就在生活慢慢稳定，一切也都向着好的方向发展的时候，意外却再一次发生，章晨光在一次外出中意外去世。这个打击对于林青来说无疑是晴天霹雳，她当时还不知道，章晨光的去世，可以说是章晨光的亲生父亲无意之中的一次无法挽回的失误和败笔。

章晨光的父亲本来是让那些人想办法去对付高翔的。可让人没想到的是，章晨光却在无意中知道了这件事情的缘由。章晨光的父亲和姑妈认为，在当时高翔父亲病重的情况下，只要除掉了高翔，高家就没有理由拒绝当时已经被改了姓氏的章晨光成为高氏的继承人。章晨光给他的父亲打了无数的电话，可是他父亲的手机却一直没有人接听。为了阻止这件事情的发生，章晨光才急速赶往旺角街头。他想对父亲说，他并不想成为什么高晨光，也不想成为高家的继承人，他只想做章晨光，只想和爱人与孩子在一起。

可是，一切就那样发生了。出乎所有人的意料，就在那辆大卡车将高翔撞飞之后，就在章晨光的父亲站在高翔身边欣赏着他一手策划的杰作时，就在离他几百米以外的地方，他的亲生儿子也躺在了血泊之中。

那辆肇事的大卡车，在撞飞高翔之后，在慌乱之中夺路而逃。可是还没开出多远，就再一次将慌忙赶来的章晨光撞飞了。当章晨光的父亲目睹了他的计划完美实施的时候，他的亲生儿子就在离他不远的地方，被他亲手安排的这一切所摧毁。

章晨光的父亲面对如此的结局，曾经在他心中燃烧着的熊熊怒火才得到了些许的缓解。他憎恨高氏家族，憎恨他们对自己将亲生儿子过继给妹妹、妹夫的良善美意嗤之以鼻、视之敝屣；他憎恨自己的妹夫对妹妹的不忠，还在外面生了一个私生子，致使自己的妹妹和儿子最后都成了他人的笑柄；他还憎恨那个酷似无辜的私生子高翔，如果不是他的出现，也许就不会生出这许多的枝节；甚至连林青他都憎恨，如果不是有林青的存在，他的儿子就会顺从地答应自己为他千挑万选的好亲事，如果是那样，高氏家族迫于他们章家和未来亲家双方的势力，也不敢对章晨光及他在高氏的身份及地位熟视无睹。他站在旺角的街头，面对着血泊中的高翔，感觉自己心中那燃烧着的熊熊怒火，渐渐有了些许的回落。

章晨光的父亲在目睹了高翔的惨状后，深深地呼出一口气，然后才回到家中。直到这时，他才发现自己手机上那众多的来自他亲生儿子的呼叫电话。他一次又一次地拨打着自己儿子的手机，可是没有人接听，他不知道，他的儿子永远也不会接听了。

这时候，有人向他汇报说，就在那辆肇事大卡车撞飞高翔的片刻之后，还有一个人也被撞身亡了。章晨光的父亲那时候还没意识到，那第二个被撞身亡的人就是他的亲生儿子章晨光。

第六十一章 一无所有 把酒酣歌

  章晨光的父亲在得知黑社会的人除了撞伤高翔以外，还撞伤了其他人后，虽然在心里骂那些人莽撞，但也并没有把那肇事的大卡车以及撞伤的第二个人放到往心里去。可是没过多久，就有人向他汇报，他的儿子出了车祸，已经被送往医院抢救了。当他和章晨光的母亲来到医院，看到的却是已经没有了呼吸的儿子。
  章晨光的父亲当时就让人追查肇事司机和肇事车辆，可得到的消息更是如五雷轰顶一般，让他在瞬间瘫软了下来。那肇事司机和肇事车辆，就是为了帮他铲除高翔而安排的，当时的他就那样眼睁睁地看着高翔被撞飞，看着高翔的生命一点点地消逝。他以为一切都计划得天衣无缝、完美无缺，可是现实却是那么的残忍。他自己万万也没有料到，他的亲生儿子为了阻止这一切，会亲自来旺角找他，要阻止这一阴谋的实施。可不幸的是，章晨光不仅没能阻止这一切的发生，更是从此与自己的爱人还有孩子阴阳两隔、生死离别。
  章晨光的母亲无法接受这一切，也在不久以后离开了人世。
  而章晨光父亲也被这一系列残酷的现实摧毁，他觉得自己的夫人和儿子，其实都是被自己间接杀害的。这样的想法像把刀一样，让他的那颗心饱受凌迟之苦。他在这一系列的打击和内疚中一病不起。也就是在这个时候，高翔的父亲才扭转局面、力挽狂澜，将章氏家族的企业逐个击垮，也将那些本来即将要被章氏家族吞并的高氏产业再一次夺了回去。
  两个家族的明争暗斗、血雨腥风，就这样在两个青年付出了一死一残的惨烈代价中落幕。章晨光的父亲面对这样惨烈异常的生命之殇，更是无法释然，这也成了他今生今世都难以释怀的痛。
  章晨光的父亲面对章晨光的意外身亡和夫人的伤心离世虽然悲痛欲绝，但也不得不打落牙齿和血吞，因为他比谁都更清楚这一切是怎样发生的。是他，亲手导演了这样一场人间悲剧；也是他，亲自断送了自己亲生儿子年轻的生命；更是他，直接引发了自己夫人的离世；还是他，让一对可爱的孙子，从此便永远失去了他们的父亲。
  章晨光的父亲对自己所做的一切懊恼极了，他也在瞬间便苍老了几十岁。当初那个身材魁梧、身体健硕的中年男人，一下子就变成了一个风烛残年的老人。在外人眼中，都以为他是一时之间难以承受丧子又丧妻的痛苦才瞬间苍老的。可是只有他自己清楚，内心的自责才是对他更加致命的打击。他要求章氏家族所有知道内情的人都必须保持沉默，对外界和媒体也必须统一口径。章氏家族对外界的说辞是，章晨光是身患重疾而亡，其母也因为禁受不住白发人送黑发人的打击，才伤痛欲绝而引发旧疾离世。

　　章家老爷子为了支撑章氏残存的家业，也为了避开高氏的打压和纠缠，所以才将章氏家族生意的重心转到内地。也是因为章晨光的母亲在临终前恳请他，让章晨光的孩子认祖归宗，他才承认了林青和她的两个孩子。至于庞子瑞后来加入章氏，是因为庞子瑞是林青和章晨光都认可的人，更因为庞子瑞当初在北京读的大学，对内地环境也相对熟悉。

　　章老爷子的本意是，让庞子瑞出面来收购曹氏，打理所有的生意。这样就不会引起不必要的麻烦，也可以避免高氏家族的注意和报复。章老爷子认为，有林青在庞子瑞身边协助监督庞子瑞，再加上他自己的幕后指挥，过不了三五年，章氏便会在内地东山再起。到那个时候，高氏再想打压他们就没那么容易了。表面上那个看似呼风唤雨、神通广大、无所不能的庞子瑞，其实都只是按照章老爷子给他规划好的套路在执行。无论是庞子瑞还是林青，只不过是在生意场抛头露面、负责执行的人。章老爷子才是那个运筹帷幄、全面布局，在幕后操纵着一切的人。只是，人算不如天算。也许是老天真的要灭他们章家，这看似精密布局的一切，还是被高翔从中找到了破绽，从而给了章氏最致命的一击。章老爷子再也禁不住如此打击，这一次真的倒了下来，也许以后都不能再站起来了。

　　说到这里，庞子瑞分别看了看李玉璞和朴正浩，又喝了一大口酒，继续说道："回到北京以后的事情，不用我多说你们也知道得差不多了。高翔那小子在那场车祸中居然活了下来，而且还追到了北京，更是在章氏发展到最关键的时刻，利用章氏在内地立足不稳、资金紧张的危难之时，联合之前和曹氏有过合作的金融公司，给章氏来了个暗度陈仓、移花接木，堂而皇之地成了章氏最大的股东。老爷子在一气之下再一次一病不起，医生说只能回家慢慢休养，看来他也是时日不多了。林青决定带着孩子和老爷子一起回香港，北京这边的事，随便高翔怎样处置。林青说，即使是倾家荡产，她也会好好照顾章老爷子和她的两个孩子。"

　　李玉璞和朴正浩呆呆地看着眼前的庞子瑞，简直不敢相信自己的耳朵，"豪门恩怨"这四个字同时出现在他们的脑海里。李玉璞和朴正浩做梦也没想到，像自己这样的一介草民、小老百姓，还能和这四个字扯上什么关系。更没想到，看上去腰缠万贯、风光无限的庞子瑞，其实早就在一场豪赌中，输得空空如也。现在的庞子瑞居然和他们一样，也不过是个一清二白的打工者而已。李玉璞和朴正浩在这个时候甚至有些庆幸，庆幸自己没有生在那样的豪门，没有面对那样的生死离别和人情冷暖。曾几何时，他们还无比羡慕那些豪门贵胄可以腰缠万贯、一掷千金。可是他们从没想到过，看似让世人羡慕的生活，需要付出怎样的代价才能获得和维持。像自己这样的小老百姓，不过就是求个温饱而已，虽不能大富大贵，但也不用承受那样的压力和束缚；也不会因为各种利益的多寡和矛盾的纠葛而身不由己，甚至是以命相抵。

庞子瑞举起手中的酒杯说："明天我就和林青还有她的两个孩子，以及章老爷子一起回香港了，也不知道哪天再回北京。你们哥俩保重！希望在不久的将来，我们还能相聚。青山不改，绿水长流，我们后会有期！"

"一定！一定！你也保重！也替我们向林青问好！"李玉璞也举起酒杯，将杯中的酒一饮而尽。

"就是，就是。替我们向林青问好！还有，我欠她的那笔钱，我一定会还的。也替我谢谢她！"朴正浩也跟着说道。

"问候我一定带到，至于她借给你的钱，上次不是和你说了嘛，她根本就没想过要让你还。"庞子瑞说道。

"林青那边我和玉璞也帮不上忙，就靠你多帮助她们母子了。你在香港那边要是没什么事，就早点回北京来，反正我们都是赤条条来去无牵挂，你回来了咱们的光棍队伍就更加壮大了。我都已经从'光光'到'双双'，然后又从'脱光'辗转回归光棍族'胜利光复'，转一大圈了。可是你俩，都还在那原地踏步至今也没能'脱光'呢，你们得跟上时代的步伐啊！"朴正浩先看看庞子瑞，又看看李玉璞，然后他拿起了庞子瑞带来的那个已经空空如也的酒瓶晃了晃。他对庞子瑞和李玉璞继续说道："得，这酒没了，你们凑合着喝我的二锅头吧！"他转身去了厨房，一会儿就拿了一瓶二锅头回来。朴正浩给庞子瑞和李玉璞的酒杯分别斟满酒以后，又给自己的酒杯也斟满了酒。

"你那一套说法才叫没跟上时代的步伐呢！现在对单身一族的叫法有了新的命名，单身叫'光棍'，结婚叫'脱光'，初婚叫'开光'，二婚叫'反光'，离婚叫'抛光'，闪婚叫'闪光'，单身聚会叫'借光'，四处相亲叫'走光'，电视征婚叫'曝光'。现在的人不管是'光'还是不'光'，都在'光棍节'这天来'沾光'，商家也好，光棍也罢，都相信生活中总会有灿烂的阳光！"李玉璞一脸坏笑地看着朴正浩说道。

"好！'没谱儿'！你总结得好！我们为了生活中的灿烂阳光，干一杯！"庞子瑞端起刚刚朴正浩给他斟满的酒杯说。

"好！为了生活中的灿烂阳光，干杯！"李玉璞和朴正浩也端起酒杯，一起说道。

他们三人将杯中的二锅头一饮而尽。

"你们以后怎么打算的？是继续找工作，还是有什么其他的想法？"庞子瑞放下酒杯问道。

"能有什么打算，我和'没谱儿'现在一没工作，二没钱，还能怎么样？想办法挣钱养活自己，才是首要大计。我有时候觉得自己应该去庙里烧烧香、拜拜佛，看看老天爷能不能化解一下我这命运多舛的人生。"朴正浩一脸寂寥的表情说道。

"你这临时抱佛脚能有用吗？怪不得人说，'好色看照片，倒霉上卦摊'。这还真在你身上应验了。"李玉璞一听那个什么都不在乎的朴正浩，都要参禅礼佛了，还真是出人意料。他还真怕朴正浩干出什么与他那不正经的性格截然相反的事，那就说明，在朴正浩的心里真的留下什么阴影了。

李玉璞就那样盯着朴正浩看，希望能从中看出朴正浩有没有什么异常反应。但见朴正浩的神色和往常相比并没有什么变化，他继续说道："有时候，我真不想在北京待了，真想干脆回老家算了。原来自己在北京也算是还可以立足，可现在连住的地方都没有了。这种租房住的日子，也不知道到什么时候才是个头？我要不是怕丢人，也怕父母伤心，我真想回老家去啦！"

"是呀！其实我也这样想过。我干吗非得在北京活受罪，回老家去不是一样活着吗？连英国都能'脱欧'，我们为什么不能'脱都'（脱离首都）？你们有没有看过那副'脱欧'的对联？上联是：脱帽、脱衣、脱鞋、脱裤，竟然还有脱欧。下联是：有理、有节、有情、有意，全都不如有钱！横批是：大不了一颠儿（大不列颠）！"朴正浩说完，将杯中的酒再一次一饮而尽，颇有些"壮士一去兮不复还"的架势。

"这对联你是从哪看到的？真是高手在民间。绝了！"李玉璞听着朴正浩念出的对联不禁觉得好笑。

"就是！就是！大不了一颠儿！没什么大不了的，我明天就颠儿了，你们什么时候颠儿？"庞子瑞也难掩脸上的笑意说道。

"大不了一颠儿！说说而已，要真的是回老家去，我害怕家里的父母伤心。他们到现在都不知道我和唐琪离婚的事，更不知道我连房子都没有了。这要是回老家去，可就什么都瞒不住了。到时候，我挨顿打是小事，把我老爸、老妈气着可就事儿大了，我可不敢。"朴正浩又喝了一大口酒，颇有些无奈地说道。

"是呀！我也一样，虽然我没离婚，但是我也一直都没结婚呀！我家的老头儿、老太太，盼孙子盼得望眼欲穿！本来还想弄个假冒伪劣的糊弄一下他们，也算是给他们那份盼孙子的心情一点安慰。哪想到，现在连拿假冒伪劣冒充的希望都没有了，回去真不知道该怎么交代。我要是回去了呀，说不准就被他们逼着娶个什么二丫、三丫、招弟、来弟的。到那个时候，我还不如死了算了。"李玉璞一边说着，一边不由得自己都笑了出来。

"你以为那些二丫、三丫、招弟、来弟能看上你吗？我告诉你，现在在农村想娶个媳妇，一点都不比城里花钱少。在我老家，想娶个媳妇，起码要有一套楼房，彩礼还要十几万元到几十万元不等。你说你就一间小平房，根本就没人嫁你。

像咱们这样的，无论在哪都只能把'光棍儿'的优良传统发扬光大了。"朴正浩悻悻地说。

夜色深沉，窗外早已万籁俱寂，只有李玉璞他们的房间里那一抹昏黄的光晕还在闪烁着。

李玉璞、庞子瑞、朴正浩三个人就那样面对面地坐着，谁也不知道该继续说些什么，只是一次又一次地举起手中的酒杯，孤寂地喝着酒杯里的二锅头。

良久，朴正浩开始用他手中的筷子敲打着面前的酒杯，哼唱起了他们在大学里经常唱起的，也是他们都非常喜欢的那首歌——《一无所有》。

只是，当初的他们即使是一无所有，起码还有无敌的青春。可是现在的他们已经接近不惑之年，青春的尾巴渐行渐远，如今他们才真真切切地感受了一把什么叫一无所有。

李玉璞和庞子瑞听着朴正浩那接近嘶吼的歌声，也跟着加入进来，他们借着酒劲，大声地唱着《一无所有》——

我曾经问个不休　你何时跟我走
可你却总是笑我　一无所有
我要给你我的追求　还有我的自由
可你却总是笑我　一无所有
噢……你何时跟我走
噢……你何时跟我走

第六十二章　秋意阑珊　吾心微寒

苍凉的歌声在这样萧索的深秋，与凉薄的秋风一起相互纠缠着、唱和着，别有一种难以言喻的悲怆和不甘。

李玉璞记得，在上大学的时候，他们还经常说："人的一生中至少要有两次奋不顾身，一次是为了爱情，一次是为了梦想。"可事到如今，他们好像已经没有那样的勇气了，爱情、梦想，也好像离他们越来越遥远了。

一曲唱罢，李玉璞、朴正浩和庞子瑞三人再一次陷入沉默当中。良久，李玉璞将目光投向窗外缓缓地说道："一无所有，这么多年过去了，我们始终是一无所有。以前，我们无论是在家人面前，还是在外人面前，一直都伪装得人模狗样的。如果现在一无所有地回老家去，实在是无颜见江东父老呀！老家我是没脸回去了，可是在北京，也快待不下去了。听说最近的房租普遍又涨了，没准呀，明天一早房东就会来通知我们涨房租的事儿呢。"李玉璞端起酒杯，又是一饮而尽。他又接着说道："我们呀，都在不知不觉中学会了在人前伪装成那个自己希望成为的、他人眼中羡慕的、在潜意识当中被自己易了容的自己，却在幕后接受着甚至是忍受着卸去妆容后那个伤痕累累、血迹斑斑、自己都难以面对的自己。"

"是呀！我们都在不知不觉中学会了在人前伪装成那个自己希望成为的、他人眼中羡慕的、在潜意识当中被自己易了容的自己，却在幕后接受着甚至是忍受着卸去妆容后那个伤痕累累、血迹斑斑、自己都难以面对的自己。"庞子瑞默默地将李玉璞的话，又意味深长地重复了一遍。

沉默，再一次的沉默。在这个时候，语言已经完全无法表达他们内心情愫的涌动。在残酷的现实面前，任何语言，都是那样的苍白和脆弱。

他们在不知不觉中都陷入各自的情绪当中，也在不知不觉中保持着彼此的缄默。更是在这样的缄默中，各自陷入混沌，与黑夜一起聆听着时光那淡定的、从不曾慌乱的、铿锵有力的足音。

第二天一早，庞子瑞看了看还在熟睡中的李玉璞和朴正浩，轻手轻脚地穿好外套，走出了李玉璞和朴正浩的合租房。

外面的天刚蒙蒙亮，一弯清冷的残月悬挂在天空。庞子瑞抬头看着那弯清冷的残月和那闯入他眼帘的在风中飘零的落叶。这一切都让庞子瑞在这深秋的清晨，感到更加清寒无比。

第六十二章　秋意阑珊　吾心微寒

他开着车先回了自己住的地方去取自己已经收拾好的行李，然后又去接林青和她的两个孩子以及章老爷子。等他们一行人来到首都机场，天光早已经大亮。

庞子瑞找了一个人少的地方，让林青带着两个孩子和章老爷子在那里等他，而他则去柜台办理行李托运和登机牌。

林青环顾了一下周围熙熙攘攘的人群，又看了看坐在轮椅上的章老爷子和自己那两个在一旁打闹玩耍的孩子。一时间，那种苍凉而又寂寥的感觉涌上她的心头。她这次回北京来，本以为自己可以拥有崭新的生活，也可以给孩子们一个快乐的童年。可是，现实中发生的一切都让她始料不及，她不知道自己以后什么时候才可以回到北京；回到香港以后，她又将会面临什么样的局面。

"林青！林青！"两声亲切的呼唤，将林青从寂寥而又哀怨的情绪中唤醒。她抬眼一看，不远处，李玉璞和朴正浩正在快步向她走来。

"林青，你就这样走了？怎么都不跟我们打声招呼？不拿我们当朋友吗？"朴正浩注视着林青，首先开口道。

"是呀！你就这样走了！我和正浩都会想念你的。"李玉璞也跟着讲道。

"玉璞、正浩，你们怎么来啦？"林青瞪大了眼睛，看着眼前的李玉璞和朴正浩说道。

"我们怎么不能来？你这样不告而别，是不想见我们吗？"朴正浩一脸坏坏的样子，仿佛回到了多年以前他们在大学时相互斗嘴的情景。

"怎么会呢？只是没想到而已，子瑞他没有说过你们会来。"林青看着他们，有点不好意思地说道。

"你一定多保重！也和我们多联系，有什么事尽管让子瑞那家伙去干。如果需要我和正浩，让子瑞发条信息过来，我俩马上就飞过去给你当保镖，只要你管饭就行，不管饭也行。"李玉璞最不愿意面对离别的伤感，所以故意打趣着说。

"行，你们到时候一个给我看孩子，一个给我当厨师。不许反悔啊！"林青眼圈红了，但依然笑着说道。

"嗯！绝不反悔！"李玉璞诚恳地说道。

"来！让哥哥抱抱！"朴正浩一看到林青眼中的泪光，心疼的感觉不禁从心底里泛滥开来。他主动上去拥抱着林青，虽然他脸上满是调侃的表情，但他的心却在和林青相拥的那一刻，已经被融化了。林青在他的心里永远都是女神一般地存在着，他也从没有对林青有过一丝一毫亵渎的想法。

林青并没有拒绝他，就由他那样抱着，泪水却在这一刻悄悄地滑落了下来。就在朴正浩放开林青的那一瞬间，林青悄悄地擦去了脸上的泪水。

林青看着站在一旁一脸呆萌的李玉璞，脸上露出了一抹笑容，学着朴正浩的样子说道："'没谱儿'，来，让妹妹抱抱！"

李玉璞呆呆地站在那里，任由林青就那样抱着他。他刚才看到了林青脸上滑落的眼泪，心里早已是五味杂陈、难以言表。这时候被林青这样一抱，他心里的感动和对林青的心疼，比朴正浩更胜几分。

就在这个时候，在李玉璞眼睛的余光里，出现了一个让他熟悉的身影。李玉璞将目光聚焦在那个身影上，让他意外的是，张玉环正站在不远处呆呆地望着他。

李玉璞放开林青，将自己心头的那份感动强压下去，一步一步地朝着张玉环的方向走去。

"你这是要去香港，当你的豪门贵妇吗？"李玉璞冷冷地说道。

张玉环好像还没有从刚才的惊愕当中缓过神来，她愣愣地看着眼前的李玉璞，稍后才幽幽地说道："是，是的，天天的爸爸，他需要我们。"

"他需要你们？那你能不能确定，那个人是不是你需要的？是不是你想要的？你是否能确定，你现在的选择，是你和天天最好的归宿？你能否确定，将来你不会为今天所做出的选择而后悔？"李玉璞的声音有些难以控制地颤抖。

"玉环，我们该走了！"在张玉环的身后，一个穿黑西装的男人推着高翔的轮椅，向张玉环和李玉璞缓缓走来。坐在轮椅上的高翔还是连看都没有看李玉璞一眼，依然保持着他那副居高临下的样子。

"玉环，你真的能确认，今天的选择，你以后不会后悔吗？"李玉璞此时的心情好像是被什么东西搅动着难以平静，更是被高翔那居高临下的气势挑衅得像一座沉寂已久的火山，马上就要爆发一样。李玉璞侧身让出刚才被他挡住的林青一家人，继续说道："你看，那个带着两个孩子的女人，是我和正浩的大学同学。她的爱人，为了阻止自己亲生父亲的一个错误决定而意外身亡。那个间接害死了自己儿子和妻子的父亲，现在不仅行动不便而且连思维的意识都没有了。还有那两个年幼的孩子，更是小小年纪就没有了自己的父亲，他们以后都将在缺少父爱的环境中长大。那两个孩子的母亲不仅要抚养两个年幼的孩子，更要照顾一个瘫痪在床而且失去了思维意识的老人。不仅如此，事到如今，他们现在还将要面临巨额的债务。难道，这一切还不够吗？这一切的一切，难道就应该由一个女人和两个孩子来承受吗？"

张玉环听着李玉璞的话，眼睛直勾勾地盯着林青一家人。她的大脑里一时间还不能完全明白李玉璞说的这些内容，但是她也大致明白了李玉璞的一切所指意欲何为。张玉环的大脑里一片混乱，她就那样呆呆地站在原地，不知该何去何从。

"玉环，我们该过安检了。"高翔已经来到了张玉环的身边，呼唤着目光呆滞的张玉环。

"太太，我们该过安检了。"高翔的另一个随从，来到张玉环的身对她说。

张玉环转过身去，看着坐在轮椅上的高翔。

高翔伸出手拉住张玉环的手，意味深长地说："走吧！我们回家去，不管怎样，我会给你你想要的一切。"

第六十二章　秋意阑珊　吾心微寒

张玉环还是就那样呆呆地看着高翔，木讷地被高翔拉着手，跟着他的轮椅一起缓缓向前。

庞子瑞此时也办好了托运的手续和登机牌，他和林青及朴正浩一起来到了还在发呆的李玉璞身边。

"玉璞、正浩，我们也该过安检了，你们都保重！我们还会再见面的。"庞子瑞分别和李玉璞、朴正浩拥抱了一下，颇为动容地说道。李玉璞和朴正浩看着庞子瑞和张玉环一家人缓缓转身，向安检的方向走去。他们在原地停了片刻，然后也转过身来，朝着首都机场的大门外走去。

张玉环坐在飞往香港航班的头等舱内，仍然保持着沉默，她的目光呆呆地望向舷窗外面，内心难以平静。她被刚刚眼前的那一幕震惊了，她不知在高翔的世界里，有多少惊涛骇浪，又有多少阴谋诡计；有多少血雨腥风，又有多少残酷无情。她更不知道，在今后的岁月里，她和天天又将会面临怎样的险境。

就在这个时候，张玉环眼睛的余光扫到林青一家人也上了飞机，在她的身边依次经过，向后面的座位走去。张玉环将目光依次投向那一家老小，她看到了那位一脸沧桑的老人，看到了那一对年幼的孩子，还有那个清瘦的女人。李玉璞的话再一次在她耳边响起："他需要你们？那你能不能确定，那个人是不是你需要的？是不是你想要的？你是否能确定，你现在的选择，是你和天天最好的归宿？你能否确定，将来你不会为今天所做出的选择而后悔？""那个带着两个孩子的女人……她的爱人，为了阻止自己亲生父亲的一个错误决定而意外身亡。那个间接害死了自己儿子和妻子的父亲，现在不仅行动不便而且连思维意识都没有了。还有那两个孩子，更是小小年纪就没有了自己的父亲，他们以后都将在缺少父爱的环境中长大。那两个孩子的母亲不仅要抚养两个年幼的孩子，更要照顾一个瘫痪在床而且失去了思维意识的老人。不仅如此，事到如今，他们现在还将要面临巨额的债务。难道，这一切还不够吗？这一切的一切，难道就真的应该由一个女人和两个孩子来承受吗？"

两行眼泪在张玉环的眼角夺眶而出，她赶紧转过脸，迅速地抬起手将脸上的泪水抹去。

"玉环，你怎么啦？"坐在另一侧的高翔伸出手来，紧紧地握着张玉环的手问道。

张玉环紧紧地注视着高翔，良久，她才缓缓地说："是生活把我们变得面目全非，还是我们把生活变得面目全非？"

"什么？"高翔似乎没听懂张玉环的话。

"是生活忘记了我们原本的模样，还是我们忘记了生活原本的模样？"张玉环那满含眼泪的双眸紧盯着高翔，就好像要将自己的目光探入高翔的思想深处。她不知道自己这是在向高翔发出疑问，还是在向自己发出疑问。

尾声　一半苍凉　一半芳香

窗外，猎猎的北风刮得呼呼作响，枯萎的树叶也在无情的北风中如孤魂野鬼一般，漫无目的地游荡着。已经立冬了，虽然只是初冬，但突如其来的降温还是让人感到寒冷和不适。

李玉璞听着窗外呼啸的北风，迟迟不肯离开那能让他寻求到些许温暖的被窝。虽然已经立冬，又是大风的天气，但因为还没有到采暖季，所以房间里还没有供暖，挺阴冷。李玉璞也就为自己的赖床找到了自认为理所当然的理由。

朴正浩又一早就出去应聘了。很多时候，李玉璞还真是佩服他的这个死党加损友。虽然在女人的问题上他俩都是半斤八两、难分伯仲，迄今为止谁也不能想得清楚、看得通透，但在吃苦耐劳上，朴正浩绝对要比他强上几分。

李玉璞自从上次不知是机缘巧合还是造化弄人，同时送走了林青和张玉环后，他也一直在心里盘算着，自己是不是也该离开这座自己已经打拼了十几年的城市了。虽说他并不愿意回老家去，但是他可以尝试一下，去另一个完全陌生的城市，邂逅一场不同的人生境遇。李玉璞感觉现在的自己真的没有一点明确的想法，也只得得过且过、顺其自然了。

李玉璞就这样在被窝里赖了整整一个上午，直到他的肚子咕咕直叫，才钻出被窝给自己煮了一包方便面，也算是他对自己五脏庙的一个交代了。就在李玉璞刚刚祭拜过自己的五脏庙，还没有打扫战场的时候，朴正浩也结束了他今天的应聘生涯，回到了他们赖以生存的出租屋。

"今天风真大！冻死我了！"朴正浩一进屋，就开始抱怨外面的天气。

"这都已经立冬了，你就穿一身西装出门，能不冷吗？人家都说'姑娘爱俏，冻得直跳'。你这大老爷们儿也卖弄身材，是不是准备勾引未来的女总裁呀？"李玉璞看着刚刚进屋的朴正浩说。

"女总裁没见着，倒是见到一个漂亮的女秘书，感觉还不错，特别像我的初恋女友。"朴正浩嬉皮笑脸地看着桌子上李玉璞刚刚吃完方便面的空碗。他继续说道："还有方便面吗？给我也煮一碗。"

"有，你去洗个手，我给你煮去。"李玉璞转身走进厨房，给朴正浩煮方便面去了。

"多加个鸡蛋，饿死我了。"朴正浩一面对李玉璞嘱咐着，一面走进了洗手间。

一会儿工夫，一碗方便面已经端上了餐桌。李玉璞看着狼吞虎咽的朴正浩问道："今天应聘的情况如何？你又看上什么女秘书了？你小子长点心吧！漂亮的女秘书可不是方便面，你想泡就能泡的。一般情况下，漂亮的女秘书都是老板的菜，你别不知轻重啊！"

"你不试试，怎么能知道那不是你的菜？再说那女孩真的像我的初恋女友。"朴正浩依然嬉皮笑脸地说道。

"你看见漂亮女孩就说像你的初恋女友，人家认你是初恋男友吗？"李玉璞虽然嘴上和朴正浩针锋相对着，但在心里，他特别喜欢跟朴正浩这样斗嘴。这种感觉，仿佛让他再一次回到了他们的大学校园，也让他再一次重温了那种美好的青春时光。他们现在的这个出租屋，也好像变成了他们的集体宿舍。

"本帅哥天生就长得是一副初恋男友的样子，那美女已经被我的魅力所折服，已经对我暗送秋波了。"朴正浩感觉良好地说着。

"好吧，那我干脆离开北京，换一个城市另谋出路吧，也好给你腾地方，省得你连干坏事的场所都没有。"李玉璞好像开玩笑似的说着。

"'没谱儿'，你不会是真的想离开北京了吧？你是开玩笑的对不对？"朴正浩的目光注视着面前的李玉璞，他还真的怕李玉璞一走了之，那样他就再也找不到既能不分彼此又能插科打诨的哥们儿了。

"是，跟你开玩笑呢。除了在你这儿赖着，我还能上哪儿去呀？"李玉璞安慰着朴正浩。虽然他想离开北京，但是还真的没地方可去。

"'没谱儿'，再过两天就是你生日了，你打算怎么过？"朴正浩听李玉璞说不打算离开北京，刚刚还悬着的一颗心又放回了他的肚子里。

"能怎么过？你陪着我，我看着你，咱俩一人一碗最方便的面，这样就行了。"说到过生日，不禁让李玉璞想起去年生日聚会的情景。短短一年的时间，他就从一个有房、有车、吃穿不愁的"没谱儿"，变成了一个一无所有、一穷二白的"没谱儿"。他的人生啊，还真是没谱儿得跌宕起伏，没谱儿得匪夷所思。

"过生日哪能让你吃方便面呢，一个生日蛋糕，哥们儿还是买得起的。"朴正浩已经将一碗方便面吃完，连碗里的汤都喝得一干二净。

"什么蛋糕不蛋糕的，到时候再说吧。"李玉璞看着朴正浩面前那只空空如也的碗，心里有一种说不出的酸楚。

两天以后，一年一度的"双十一"和李玉璞的 37 岁寿诞再次来临。傍晚时分，就在朴正浩为了李玉璞晚上的生日宴会采办而感到囊中羞涩时，他们出租屋的门铃却出人意料地响了起来。

"你们什么时候交房租呀？这个季度可都过去一个多月了，你们再不交房租，我就把房子租给别人了。"就在朴正浩打开门的那一瞬间，房东那刺耳的声音就冲到了朴正浩的耳朵里。房东这已经不是第一次来催缴房租了，他们也是实在没办法，才一拖再拖，拖到了现在。

"大姐！我知道我们早该交房租了，但是我们最近真的手头有点紧。您就再容我们几天好吗？我们尽快想办法，一定尽快想办法啊。"朴正浩嬉皮笑脸地应付着房东大姐，这一套说辞他也不知道说过多少遍了，但还是得一而再、再而三地赔着笑脸说着自己都不知道何时才能实现的话。

"这是最后一次通知你们啊，三天之内，你们再不交房租就搬家吧！"房东大姐虽然也有些无奈，但还是不得不威胁他们一下。

"行！行！行！我们三天之内肯定交房租，不然您就把我们轰出去，行吧？"朴正浩在那承诺着，看房东大姐转身离开了，才慢慢把门关上。

可是，就在朴正浩深呼一口气刚刚转身要往回走的时候，门铃声再一次不解风情地响了起来。

"怎么又回来啦！还让不让人活呀！"朴正浩无奈地再次转身并打开房门。

"你好！正浩哥！"朴正浩没想到，李玉璞原来的助理李明正站在门口，朝着朴正浩诡异地笑着。

"李明！你怎么来啦？"朴正浩面对着门外的李明，一脸疑惑地说道。

"今天是李总的生日，我特意来为李总祝贺。你们跟我走，咱们一起去看一个地方。"李明看着朴正浩和此时已经来到了他面前的李玉璞说道。

"去什么地方？要看什么？"李玉璞也是一脸的不解。

"走吧！到了地方你们就知道了。对了，你们穿上外套，外面挺冷的。"李明依然是一脸神秘。

朴正浩和李玉璞被李明拉着下了楼，然后又被李明一路带领并催促着，朝李玉璞原来住过的那栋楼的方向走去。当他们来到了李玉璞和朴正浩原来居住过的那栋楼后，李明伸出手按下了李玉璞原来居住过的那个楼层的号码。站在电梯里，李玉璞和朴正浩你看着我、我看着你，谁也想不明白李明到底想干什么。没办法，他们也只得怀揣着一颗忐忑的心，静观事情的发展。

电梯发出一声清脆的铃声，在李玉璞原来居住的楼层停了下来。他们走出电梯，李玉璞和朴正浩跟在李明的身后，来到了李玉璞曾经居住过的那套房子的门前。李明从衣兜里拿出钥匙轻轻地插进了锁孔，然后又转动了两下，伴随着一声清脆的"咔嚓"声，房门被打开。李玉璞自从上电梯开始，心脏就一直不由自主地跳着，当他看到李明拿出钥匙打开了他原来房子的房门时，一颗心更是跳到了嗓子眼，他无法想象这一切是怎么回事。李玉璞再一次疑惑地看着朴正浩，朴正浩也疑惑地看着他，他俩如同丈二和尚一般摸不着头脑。

房门打开，他们先后走进房子里。李玉璞此时站在自己曾经的房子里，感觉恍如隔世一般。他看到原来的一切都没有变，除了他自己拿走的东西外，依然保持着李玉璞以前在这里居住时的模样。

"李总，您好！"张玉环原来的助理小许和另外一个陌生的男人这时已经出现在李玉璞的视线里，正面带微笑地注视着满脸疑惑的李玉璞。

"这位是受张总委托，来处理与您相关的事务的郑律师。"小许满面含笑地看着李玉璞说。

"郑律师，这位就是李玉璞，李总。"小许又转过脸对着那位郑律师介绍道。

"李先生，您好！我是受高翔先生委托，来请您签署一些相关文件的。"那位郑律师一副刚正不阿的架势。

李玉璞一听是律师，又是高翔委托的，心简直要崩塌了。直觉告诉他，肯定是那天在机场的时候，自己的一番慷慨陈词惹毛了那个叫高翔的男人，他设局来报复自己了。李玉璞觉得自己现在已经是绳床瓦灶、穷困潦倒了，那个高翔怎么还不放过自己呢？难道他非得赶尽杀绝、斩草除根才行吗？还请律师来，这是要给自己安个什么罪名呢？他非要把自己送进监狱不可吗？高翔那小子还真是够狠。既然这样，直接叫警察来不就行了，还请律师来干吗？难道说，他陷害人还得证据确凿才行吗？而且还在他原来居住过的房子里，这不仅是在向他李玉璞示威，更是对自己的嘲笑！可是自己这时还真没有什么办法，现在的情况就是"人为刀俎我为鱼肉"，自己也只得任人宰割、任人欺辱了。

"律师？我和你没什么关系吧？你找我干吗？"李玉璞哆哆嗦嗦地说着不明所以的话。

"李先生，您别紧张！我只是受高翔先生所托，特意来找您在这份委托文件上签字的。只要您在上面签字，我就可以负责办理相关的过户手续，将此房产过户到您的名下。"郑律师拿出一份文件指着上面签名的地方对李玉璞说道。

李玉璞一时间没弄明白怎么回事，他一脸呆萌地站在那里，感觉如坠梦中。

"还有这一份文件，也请您签字。这是高翔先生聘请您为高氏集团公司，也就是原来的曹氏集团公司总经理的任命书。只要您签字，任命即时生效。"郑律师一脸尽职尽责的态度。

李玉璞依然愣在那里，他不敢相信自己听到的都是真实的，更不敢相信这所有的一切都是真实的。他觉得这里面一定有什么天大的阴谋，正在等着他自己往里跳。

"不！不！不！"李玉璞一连说了三个"不"！他诧异地看着那位郑律师问道："你刚才说什么？这房子要过户给我？为什么？我不接受！还有那个什么总经理，我也不接受。"李玉璞不是没有过天上掉馅饼的奢望，但以他之前的经验来看，天上是不可能掉馅饼的，从天而降的只可能是陷阱。尤其是那个高翔为他准备的馅饼，是绝对不可以轻易触碰的。

李玉璞不知道自己为什么语气中带着些许的激动，但是他不相信那个高翔能有什么好意。自己和高翔身处完全不同的两个世界，彼此之间不可能有什么交集，更不可能有什么好感。

"李先生,您这就让我为难了。您看,这样的事情,别人都求之不得,您居然一口拒绝。这让我怎么交差呀?"郑律师一脸茫然地看着李玉璞说道。

"郑律师,您说这套房子是没有任何附加条件地还给玉璞是吗?还有这总经理的聘用,也没有什么额外条件吗?"朴正浩看到这样的事情,也是一百个不放心,他再一次向那位郑律师求证。

"没有,没有额外的条件。当然,既然聘请了李先生为高氏的总经理,当然也要他尽总经理的职责,不能有渎职行为,还要给集团带来更好的效益才好。"郑律师回答道。

李玉璞看看郑律师,又看看朴正浩和李明以及小许,他还是不敢相信这一切,但见他们都用肯定的眼神在看着自己。

"不!我不签,这里面绝对有猫腻。"李玉璞依然坚持自己的直觉,一副戒备满满的样子。

"这怎么办?这位李先生怎么就不相信,这是高先生的一番善意呢?"那位郑律师看看李玉璞,又看看周围的人说道。

"呃……玉璞,其实你也不用想太多,那个高翔要是真的想陷害你,还真是没必要又还你房子,又聘请你当总经理的。他那样的人,想陷害你还不容易吗?没必要搭上自己的公司,这不是多此一举吗!我们就姑且相信他是一番好意,再说这一年里发生的一切,不知有多少是他亲手策划和实施的,这也可能是他对你的一点补偿吧。我觉得你还是接受吧,没什么大不了的。"朴正浩将手臂搭在李玉璞的肩膀上,一边向旁边的窗户前走去,一边给李玉璞分析着。

李玉璞沉默着,不知该如何理解今天的事情,更不知该对眼前的事情做出什么样的决定。

"是的,李总,张总也跟我说了,让我和李明跟着你一起到新公司好好干。您不相信别人,还不相信张总吗?张总是绝对不会害您的,是不是?"小许这时候来到了窗边,她一提到张玉环,总有一种备感亲切的感觉。虽然她只是张玉环的助理,可是张玉环对她一直像对待妹妹一样。

"是呀!李总,小许说得对,张总是绝对不会害您的,您就别多想了。我也想继续和您一起工作呢。"李明也走过来对李玉璞表达了他的意见。

"签吧!玉璞。你现在是一无所有,就算签了这份文件,还能比现在更坏吗?"朴正浩对李玉璞说道。

李玉璞看着众人的眼睛,他真的不知该如何是好。也许他们说的都对,高翔要是想害自己,可以随便采取什么手段,何必这么麻烦,又还他房子,又高薪聘用的。他都已经这样上无片瓦遮身,下无立锥之地了,还有什么可怕的呢?

"聘我为总经理,那么副总经理是谁呢?"李玉璞面对着不远处的那位郑律师问道。他还是有些疑虑，他想尽可能地多了解一些情况，来按捺住自己的忐忑之心。

"副总经理是高氏的第二大股东代表庞子瑞先生，庞先生明天从香港返京，周一正式上任。"郑律师回答道。

"子瑞！"李玉璞和朴正浩异口同声地喊道。

"是的！正是庞子瑞先生。他是高氏的第二大股东，委托他作为代表来出任副总的。"郑律师耐心地解答着。

李玉璞这下明白了，虽然他不知道细节如何，但是这一切的演变，张玉环可能起到了决定性的作用。李玉璞看着朴正浩那肯定的眼神，走到郑律师的身边，接过郑律师递给他的笔，按照律师的指点在相应文件上签署了自己的名字，并礼貌性地对郑律师说了声"谢谢"！

郑律师接过文件，松了一口气说："不客气！我是职责所在，不求有功，但求无过。祝李总事业蒸蒸日上！"然后他主动伸出手和众人一一握手，便告辞离开了李玉璞的家。

"叮咚！"又一声清脆的门铃声响起，李明走过去打开房门一看，原来是他提前订好的菜品送到了。

"好啦！我们现在为李总庆祝生日！"小许这时也把一个提前准备好的生日蛋糕摆上了餐桌，一边看着李玉璞笑，一边往蛋糕上插蜡烛。

李玉璞看着蜡烛上那温暖的火苗，感觉他这一天的经历简直就像做梦一样，那么的不真实，那么的难以置信，但是又那么的温暖。

就在这时，李玉璞的手机发出了两声清脆的提示音。李玉璞拿出手机，屏幕上显示他收到了两条微信。李玉璞点击微信，在他看到微信好友那久违的名称时，他那颗本来就激动不已的心，这时更是狂跳不止。那两条微信，居然是张玉环发给他的。

李玉璞此时仿佛能听到自己的心跳一般，他的手颤抖着点开了张玉环给他发来的信息。而从张玉环手机发出来的破空而来的两行文字映入李玉璞的眼帘时，更是让他泪水盈满了眼眶。

李玉璞手机屏幕上赫然显示着："愿你出走半生，归来仍是少年。不猜疑，不踌躇，不哀伤，不彷徨，满怀希望，地老天荒！"

"Happy birthday to you！"